MÁSCARA DE SOMBRAS

LINSEY MILLER

MÁSCARA DE SOMBRAS

Traducción de Cristina Martín

SIN LÍMITES

Título original: *Mask of Shadows*
Traducción: Cristina Martín
1.ª edición: noviembre, 2017

© 2017 by Linsey Miller
© 2017, Sipan Barcelona Network S.L.
  Travessera de Gràcia, 47-49. 08021 Barcelona
  Sipan Barcelona Network S.L. es una empresa
  del grupo Penguin Random House Grupo Editorial, S. A. U.

Printed in Spain
ISBN: 978-84-666-6245-1
DL B 18692-2017

Impreso por QP PRINT

A mi padre.
No es un libro de imágenes de un cocodrilo
que hace patinaje artístico, como habíamos planeado,
pero creo que de todos modos te habría gustado.

1

El olor denso y salobre del cuero empapado en sudor se filtraba a través de mi máscara de tela. Por el camino, a contraviento, se me acercaba un carruaje acompañado por guardias. Desde mi árbol, me incliné un poco para asomarme y vislumbré una luz que parpadeaba: la lámpara de un pescante. La pintura azul del carruaje, salpicada de barro, relucía con brillos dorados.

Dejé escapar un gemido.

—Nobles.

Las ramas que me sostenían crujieron con el peso de alguien que trepaba por el tronco. Al instante saqué un cuchillo. La condena por robar a un noble era la horca.

Pero solo si lograban capturarte.

—¡Por Dios, Sal! ¿Dónde te has metido?

Entre el follaje apareció de improviso el rostro de Rath, y se acomodó en mi rama.

—El objetivo de esconderse es que no puedan verte. —Lo empujé hacia atrás y, de un tirón, le bajé la máscara que le cubría la cara—. ¿Qué es lo que quieres?

Rath me dio un golpecito en la nariz con su bastón.

—¿Estás pensando en robar a los Erlend?

Los Erlend eran tan duros y fríos como las tierras

que gobernaban, y tan despiadados como la muerte. Les divertiría mucho presenciar mi ahorcamiento.

Apreté los nudos que sujetaban mi máscara en la nuca.

—¿Vas a guardar silencio?

Rath se tapó la boca con la mano y señaló con la cabeza el carruaje, que en aquel momento ya casi estaba pasando por debajo de nosotros. Avancé todo lo que pude hasta el extremo de la rama, y observé con atención la ventana del vehículo. Si no tuviera hombros, podría colarme por ella con facilidad.

—Esto va a ser divertido —comenté meneando la cabeza.

Esto iba a doler.

—¿Divertido de divertirse? —Rath se frotó el muñón en el que antes estuvo su dedo meñique—. ¿O divertido de «como falles nos ahorcan a los dos»?

—Divertido.

Rath soltó un resoplido y se bajó de mi árbol. Se oyeron sus pisadas en la hojarasca, y a continuación surgió entre la espesura un silbido suave y prolongado. Un silbido, un carruaje y una oportunidad para satisfacer nuestra cuota.

Los caballos pisoteaban el barro acercando a los soldados cada vez más hacia nuestros escondites. Diez guardias montados y con corazas rodeaban el carruaje. Miraban a derecha e izquierda, pero nunca hacia arriba. Respiré hondo y me así con más fuerza a la rama. El convoy estaba pasando justo por debajo de mí.

Dejamos caer las redes. Los soldados, con las lanzas y los brazos enredados en la malla, empezaron a lanzar aullidos, y el cochero se detuvo de golpe. Rath emitió otro silbido.

En aquel momento salté de la rama. Mis botas rasgaron el cortinaje que cubría la ventanilla y dejaron fuera de combate a un pasajero con un fuerte golpe en la cabeza. Al deslizarme en el interior me rocé los hombros con los dos marcos de la ventana. Saqué mi cuchillo.

—¿La bolsa o la vida? —pregunté girándome hacia el noble.

—La bolsa.

El noble —una dama— era apenas mayor que yo y medía media cabeza menos, pero cuadró sus delgados hombros y me miró por encima de unas gafas de montura metálica. Señaló con un gesto de cabeza la criada que yo había dejado inconsciente de una patada.

—Ella también.

Me abstuve de dar la habitual orden de «callad y soltad los puñales» e hice un gesto afirmativo.

—Trato hecho. Las joyas, el dinero y todos los artilugios que llevéis encima.

Por fin, alguien lo bastante inteligente para comprender que esta batalla la tenía perdida.

La dama se quitó los anillos que llevaba en los dedos. Yo le quité la bolsa a la criada con una mano sin dejar de apuntar con mi cuchillo a la dama con la otra. Por más que pareciera una persona inteligente, no me fiaba de que un noble no fuera a clavarme un alfiler de sombrero por la espalda.

Emitió un carraspeo.

—¿Algún problema, Erlend? —le pregunté volviéndome hacia ella.

—No. —Miraba fijamente mi cuchillo—. Y cuando os dirijáis a mí llamadme «milady», o de lo contrario absteneos de hablarme.

Dibujé una ancha sonrisa e hice una pequeña reverencia. Muy propio de un Erlend, pero mejor eso que ponerse a chillar y forcejear.

11

—Naturalmente, milady.

La dama se removió en su asiento. Sus joyas le formaban un puñado de plata en el regazo, y su bolsa permanecía entreabierta encima de unos papeles arrugados. Había entrelazado las manos para disimular que le temblaban.

—Os habéis olvidado de una cosa. —Tomé un pequeño medallón que llevaba al cuello, con sumo cuidado para no asustarla. No era que disfrutase de asustar a la gente, sobre todo a las personas que actuaban de modo inteligente mientras yo les robaba. Pero siendo eficiente se obtenían los mismos resultados que siendo malo—. Y no voy a apuñalaros, a no ser que vos me apuñaléis primero a mí.

—Me estáis robando a punta de cuchillo —dijo al tiempo que me apartaba la mano. Una sonrisa burlona transformó su expresión tranquila en el gesto Erlend que yo conocía tan bien—. No vale nada.

—Lleva rubíes auténticos. —Le di la vuelta. La cara frontal del medallón estaba adornada con pétalos de rosa hechos con láminas de cobre e incrustados de rubíes. Busqué el cierre y lo abrí. Dentro había dos retratos: uno de un niño de mejillas sonrosadas y otro de una mujer tocada con un velo azul que tenía la misma nariz alargada que la dama del carruaje. Me guardé el cuchillo en la funda que llevaba al cinto y solté el colgante—. Quitáoslo.

Ella se llevó las manos al cuello.

—No vale nada.

—Silencio. No voy a llevármelo, pero es necesario que lo ocultéis.

No quería que llegase Rath de improviso y viera a aquella dama llevando todavía una joya al cuello; se pasaría varios días riéndose de mí y se quedaría con el medallón.

Ella empezó a desabrochárselo, y maldijo en voz baja cuando se le enredó la cadena en el pelo.

—¡Silencio! No habléis. —Había quedado un mechón de cabello castaño enrollado en torno a la delgada cadena. Lo liberé, y al hacerlo inhalé el perfume de agua de rosas que llevaba la dama, y que me hizo farfullar—. Si mi jefe se entera de que os he permitido conservar esto, me cortará la mano.

—Procuraré que en la orden de búsqueda no figure que habéis sido piadoso conmigo. —Sonrió. Levemente—. Pero... gracias.

Era la primera vez que alguien me daba las gracias por robarle. Además, poseía una belleza inquietante, con aquel cabello oscuro y rizado y aquel mentón que transmitía seguridad en sí misma, y me hacía frente sin pelear. Se necesitaba inteligencia y temple para hablar con altanería.

Por fin, se apartó, y con ella el perfume de agua de rosas.

—Escondedlo. Lamento haberos estropeado el peinado. —Indiqué con un gesto los mechones que tenía detrás de las orejas. Desear a una Erlend no me traería más que desgracias.

—Bueno, me están robando. —Se guardó el medallón en la manga, en un bolsillo oculto, y se alisó el cabello—. Sois muy joven para ser un salteador de caminos, y más amable de cómo los describen.

—Y vos sois muy joven para ser un miembro de la corte de la reina. Apuesto a que eso ha enfadado a todas vuestras amigas Erlend. —Levanté en alto su anillo de plata grabado con los dos rayos enlazados que identificaban a Nuestra Soberana. No podía tener más que uno o dos años más que yo—. Es posible que los tengáis tan enfadados que por eso os han hecho viajar acompañada de tan pocos guardias, y que se nieguen a pagar vuestro rescate.

No me extrañaría que esos señores de la guerra se volvieran contra sí mismos para obtener beneficio.

De repente se oyó un alarido fuera del carruaje, seguido de un revuelo de voces airadas y entrechocar de espadas, y la dama se apresuró a apartarse de mí.

—Lo siento, no tengo intención de secuestraros. Solo estaba bromeando. —Me guardé el anillo y le hice una reverencia—. Os pido perdón por haberos asustado, milady. —Lancé un corto silbido. Habíamos terminado, era hora de marcharse. Toqué a la criada con la punta de la bota—. Y por haberle dado una patada a vuestra sirvienta. Decidle que me perdone.

—¿Y el robo? —Ni siquiera se inmutó, tan solo levantó la barbilla.

—Por Dios, señora. Y el robo. ¿Os da por acosar a todo el mundo? —Me volví hacia ella para grabar en mi memoria el perfil de su rostro, la forma en que le caía el cabello por las mejillas de color tostado y el salpicado de pecas que tenía en la nariz. Al menos así tendría una luz que iluminaría mi colección de recuerdos duros y desagradables.

—Solo a quienes me están robando —replicó sonriendo con los labios cerrados y los ojos entornados—. Vos no sois uno de los que han estado raptando personas últimamente, ¿verdad?

—No, esos son peligrosos como serpientes, y transitan los caminos del sur. No os conviene acercaros por allí. —Le hice un gesto, mientras esperaba el silbido de respuesta de Rath—. Pero decidles que fui despiadado. Para que figure en mi orden de búsqueda.

Si aquellos necios que secuestraban nobles pensaban que nosotros éramos más despiadados que ellos, no se acercarían a nuestro territorio.

—Aterrador —contestó la dama con un jadeo fingido—. Diré que me asaltó una bestia gigantesca y monstruosa, armada con un cuchillo y cubierta por una máscara tan horrible como sus modales. Eso salvará la autoestima de mis guardias.

Abrí la boca para obligarla a retractarse de lo referente a mis modales, pero de pronto se abrió la portezuela del carruaje. Rath acababa de arrancarla limpiamente de sus goznes.

—Más guardias —bramó al tiempo que sacudía la cabeza en un gesto de negación y lo salpicaba todo de sangre.

Con la misma rapidez con que había aparecido, desapareció de nuevo entre los árboles. En el exterior, soldados y ladrones forcejeaban en la oscuridad en una maraña de brazos y piernas. Me volví hacia la dama.

—Si queréis figurar en esa orden, tendréis que escapar —me dijo a la vez que me empujaba por la puerta—. Huid.

Salté del carruaje y, con su imagen grabada a fuego en mi memoria, me perdí en la noche.

2

—Las patrullas de caminos han cambiado la ruta. —Rath corría como una flecha entre la espesura, cargando al hombro con las lanzas que había robado y que iban rebotando contra su espalda—. Les he cortado las riendas, pero, aun así, podrían seguirnos. Son los guardias más leales que he visto jamás.

—¿Has podido sacarles mucho? —Hice un alto para escuchar el bosque que nos rodeaba. No se oía nada cerca.

Aunque los guardias se hubieran lanzado a perseguirnos, habrían caído desmayados a causa del calor. Yo apenas lograba mantenerme en pie en medio de aquella humedad, vestido con pantalones y camisa. Y el sudor que me provocaba la coraza era una tortura.

—No lo suficiente. —Al alcanzar la orilla de un lago, frenó en seco en el barro y se subió a una piedra dejando una estela que fue extendiéndose por la superficie del agua. Luego fue saltando de piedra en piedra por la ribera—. ¿Acaso crees que resulta aceptable disponer solo de ocho dedos?

Grell da Sousa, el cabecilla de nuestra banda, organizador de todas las reyertas, robos y casas de juego que había en el distrito de Kursk, le cortó el dedo meñique a Rath cuando ambos teníamos nueve años. Rath solo robaba lo suficiente para comprarse comida y alojamiento, pero aquel día no habíamos llegado al cupo necesario. Desde entonces no volvió a suceder.

—¿Quién necesita dedos? —Me quité la máscara y procuré acompasar mi respiración con cada zancada. Respirar a través de una tela era como boquear bajo el agua—. He cogido unas pocas perlas y gemas. Bastará para cubrirnos. Vámonos.

Acto seguido, Rath volvió a tierra firme.

Yo fui detrás de él. No tenía otro remedio. Grell me había metido en este oficio a la edad de ocho años. Me ofreció la opción de pagarle un tributo o de perder un dedo por cada moneda que le sisara en su distrito. A mis ocho años, me gustaba conservar todos los dedos. Rath y yo trabajábamos juntos, ahorrando juiciosamente y amañando apuestas a mansalva, pero no confiaba en que él me guardara las espaldas mejor que Grell. Al menos Grell era muy claro en lo de la amputación de dedos.

El propio Grell había perdido un dedo en una pelea; aprendió la lección, y no veía nada malo en enseñarnos a nosotros a vivir desmembrándonos poco a poco.

Introduje una mano en la bolsa de la dama y extraje el anillo de plata. Me costó un poco hacerlo pasar por mis hinchados nudillos, pero era más bonito que ningún otro que hubiera tenido nunca.

—Te estás entreteniendo —me dijo Rath volviéndose hacia mí sin dejar de avanzar, corriendo de espaldas. Tenía detrás un árbol—. ¿Estás tan viejo que empiezas a no ver bien?

—Veo mejor que tú, y soy más joven. —Observé detenidamente el blasón grabado en el anillo. Huir a la carrera y robar iban de la mano, y yo era capaz de correr más que Rath con los ojos cerrados—. Tú preocúpate de mirar por dónde vas.

—Siempre lo hago.

Se estampó contra el árbol.

Rath era un ladrón malísimo. Quería establecer un negocio de verdad, con licencia y clientes, y operar con el mínimo de objetos robados que le fuera posible, pero estando bajo el dominio de Grell nunca iba a poder acumular el dinero suficiente para entrar a formar parte de la clase de los comerciantes. Tampoco ganaría lo suficiente sin contar conmigo, y por lo tanto no podía traicionarme. Grell nos permitía quedarnos con lo justo para ir tirando, y se llevaba la cantidad adecuada para que nos viéramos obligados a volver a él a gatas. Yo tenía puesta la mira en otro sueño más barato.

Convertirme en soldado.

Me quité la bolsa que llevaba colgada del cinto, saqué a Rath de la maraña de ramas y, a continuación, adoptamos un paso más lento. Rath observó disimuladamente el contenido de mi bolsa.

Las nuevas y relucientes monedas de plata de Igna y el inservible oro viejo de Erlend tintineaban unas con otras al lado de un papel doblado. Cuando Nuestra Soberana Ignasi puso fin a la guerra civil entre Erlend y Alona, juntó ambas naciones para formar Igna y creó un conjunto de monedas nuevas. La finalidad era unirnos, o alguna tontería parecida, pero en los bolsillos de Erlend yo continuaba encontrando oro de Erlend. No se atrevían a desprenderse del pasado.

—¿Ahora te quedas con lo mejor? —me dijo Rath propinándome un codazo—. Eso no es propio de ti.

—Yo no soy un temerario. —Sostuve el papel en alto y escondí los dedos detrás de él al tiempo que levantaba el anillo y lo apretaba en torno a un nudillo roto tiempo atrás—. Y me gusta conservar los dedos intactos.

—Oh, discúlpame. —Rath se llevó a los labios los tres últimos dedos de su mano intacta, con el pulgar y el índice doblados hacia dentro—. Yo soy temerariamente ambicioso, ¿y quién necesita dedos?

—Un culo ambicioso. —Desplegué el papel y dibujé una ancha sonrisa—. Rezo para que la Tríada no vuelva a hacer crecer ese dedo.

Rath frunció el ceño y repitió el movimiento, exagerando.

—¿Qué es eso?

—Un panfleto. —En la parte superior del papel figuraba un grabado que representaba unos rayos incidiendo en el verde árbol de Erlend y sobre las azules olas de Alona. El texto escrito en aloniano aparecía repetido en erleniano, y ambos me resultaban inútiles—. ¿Qué dice?

Yo sabía leer un puñado de palabras, mayormente nombres y números, pero Grell prefería tenernos totalmente a su merced.

—Habla de unas pruebas. —Rath recorrió el texto con la mirada y entrecerró los ojos. Él era de la costa meridional de Alona, y así lo delataban la tonalidad bronce de su piel oscura y las motas de color gris que salpicaban sus ojos negros, unos ojos sal y pimienta, los denominaba él—. Nuestra Soberana de los Pináculos del Este y Señora del Rayo requiere un nuevo Ópalo para su Mano Izquierda. A las pruebas podrá presentarse todo aquel que reciba una invitación o que demuestre poseer la determinación y las habilidades adecuadas.

De modo que Ópalo había muerto. Aceleré el paso. La Mano Izquierda de Nuestra Soberana era su colección de asesinos y guardias personales, que recibían su nombre según la piedra del anillo que llevaban: Rubí,

Esmeralda, Ópalo y Amatista. Eran propiedad de ella y hacían lo que ella les ordenaba, como dar muerte a quienes amenazasen la autoridad de su señora. Como, por ejemplo, a los Erlend rebeldes, los que se escondieron en el norte e iniciaron la guerra civil con Alona. Utilizaron su territorio, Nacea, como una distracción para salvarse cuando la guerra empezó a recrudecerse. En la actualidad, Nacea —mi país y mi pueblo— estaba muerta y desaparecida. Iba a llevarme años entrar en las milicias para tener la posibilidad de dar caza a los Erlend responsables, pero si me presentaba a aquellas pruebas se me abriría una puerta para entrar. Serían míos ya.

No tenían derecho a vivir mientras Nacea estuviera arrasada y vacía. Rodolfo d'Abreu, el mago que había hecho realidad lo que habíamos soñado todos y había asesinado a los Erlend que crearon las sombras, tuvo la idea acertada: matarlos y asegurarse de que no pudieran causar más problemas.

Naturalmente, acabó muerto, pero lo mismo les sucedió a los magos Erlend que instigaron la guerra. Yo podría terminar lo que él empezó, y vengar a Nacea con un último golpe.

Faltaban seis días para las pruebas. Di a Rath una palmada en el hombro.

—Vuelve a leérmelo, la parte de la invitación.

—«A las pruebas podrá presentarse todo aquel que reciba una invitación o que demuestre poseer la determinación y las habilidades adecuadas.» —Rath me guardó el panfleto en el bolsillo—. ¿Quién crees tú que habrá recibido una invitación?

—Nobles jóvenes y sus amigos —respondí sin dudarlo—. Lo cual es lógico, ya que piensan que uno de ellos forma parte de la Mano Izquierda y seguirá formando parte durante muchos años.

Yo nunca había matado a nadie, pero si Nuestra Soberana lo ordenara, ¿cómo iba a discrepar? Ella puso fin a la guerra y acorraló a los nobles. Ella era la única persona que nos mantenía a salvo de la avaricia de los nobles, que se arriesgaron a ser asesinados cuando la traicionaron, de igual modo que Rath y yo sabíamos que por robar podíamos acabar en la horca.

Pero yo iba a tener que superar la prueba para poder estar cerca de los nobles, y nunca había luchado contra adversarios entrenados en un enfrentamiento de igual a igual.

Claro que los asesinos no peleaban limpio.

—Tiene que haber algún requisito más —razoné. Las pruebas eran un evento cerrado, y yo nunca había sabido en qué consistían—. Si no lo hubiera, podría presentarse cualquiera que deseara un título. Deben de exigir matar a alguien.

—La delicadeza con que lo dices me llega al corazón.

Le arreé un empujón con el hombro.

—Si sientes algo en el corazón, es que necesitas un médico.

—Y tú también. —Rath se abrió paso por entre un nudo de ramas y salió al camino que conducía de regreso al pueblo. Habría sido el luchador perfecto, con sus anchos hombros y sus grandes músculos, pero le desagradaba la sangre y le gustaban más los números que los puñetazos, incluso después de llevar tantos años asaltando carruajes—. ¿Qué harías tú? ¿Robarles de camino a las pruebas?

—Eso demuestra determinación, ¿no te parece?

—Determinación por morir. —Rath se estremeció—. Tú nunca has matado a nadie, ¿cierto? A ninguno de esos soldados que están ahí pudriéndose.

Guardé silencio. Aquel era un botín que no me hacía

ninguna falta. Yo había soñado con matar nobles, con matar a caballeros Erlend sin rostro hasta que tuvieran bien claro el motivo por el que fui a por ellos, hasta que se les quedaran grabados en el alma los gritos de agonía de Nacea. Pero eran solo sueños.

—Si hubiera matado a alguien, ¿qué más daría? —pregunté arañando el anillo de plata con la uña. Eran muchos los Erlend que habían hecho fortuna con la caída de Nacea. Como Horatio del Seve, cuyo nombre se me había grabado a fuego en la memoria en cuanto supe que se proponía vender las tierras de mi país—. Los soldados nos matarían igual de rápido.

—Pero no sería una pelea justa. Nosotros somos ladrones. Para ellos es su trabajo.

Arrugué el entrecejo.

—No hay nada de justo en pelear contra soldados que llevan coraza.

—Tú eres el tipo adecuado para esas pruebas. —Rath iba caminando detrás de mí, hablador, jadeando, soltando opiniones que no servían de nada. Eran muchas las veces que había hablado de personas con las que le gustaría poder enfrentarse—. Aplastarle la cara a la gente por dinero.

—Ya me pagan por pelear. —Me volví hacia él, lo agarré por el cuello de la camisa y lo empujé contra un árbol—. Ellos saben en lo que se están metiendo. Firman para pelear, igual que yo. No hagas como si no dependieras de que yo gane.

—Yo no mato gente. —Las lanzas que llevaba a la espalda se agitaron con estrépito.

—Yo tampoco. Tú amañas las apuestas mientras yo gano las peleas.

—Bien. —Me dio un manotazo en las costillas y se escabulló—. Nos está esperando, Grell. Vamos.

Un rato más tarde, sudorosos y temblorosos, llegamos a Tulen. Los guardias pagados por Grell nos dejaron entrar en la ciudad. Yo iba dando vueltas al anillo de la dama en mi dedo, pero al echar un vistazo a la callejuela decidí quitármelo. La única persona que me acompañaba en medio de aquella oscuridad era Rath, y ahora estaba doblado por la cintura, intentando recuperar el resuello. Aquel anillo había sido tocado por Nuestra Soberana, la cual lo había estampado con su sello. Yo solo la había visto desde lejos. Haría un trato con la Señora. Si lograba conservar el anillo después de ver a Grell, ello significaría que era lo bastante inteligente para presentarme a las pruebas y servir a Nuestra Soberana; si no lo lograba, no me recuperaría a tiempo para presentarme.

Saqué mi cuchillo de la funda, me retiré la camisa del hombro y me hice un corte en el brazo. Dejé que manara sangre sobre la hoja, aguantando el dolor que me subía por el hombro, y a continuación limpié el cuchillo con la manga. Después apreté el anillo contra el brazo, por encima del corte, y vendé la herida con un pañuelo robado. El anillo permaneció en el sitio.

Un poco de dolor, pero la recompensa mereció la pena.

Un poco de mi sangre para sellar la plegaria que elevé a la Señora.

Di unas vueltas más al vendaje, las suficientes para disimular el bulto pero al mismo tiempo permitir que rezumase un poco de sangre y por lo tanto se viese que era una herida real. No se veía en absoluto el anillo, había gran cantidad de sangre, y Rath todavía estaba recuperando el aliento. Perfecto.

De repente se abrió la puerta del Sombrerero Hambriento y apareció Grell gritando:

—¡Registrad dos veces a Rath!

Rath dejó escapar un gemido y se incorporó con dificultad. Al momento salió a la luz Lorne, uno de los guardias más charlatanes de Grell. Yo me apoyé contra la puerta.

Mejor todavía: las personas se fían de ti si te acuerdas de cómo se llaman y de los problemas que tienen.

—Veo que trabajas hasta muy tarde. —Bebí un trago de mi odre mientras Lorne palpaba las piernas de Rath—. Pensé que a lo mejor estabas teniendo otra mala noche con tu hijo.

—Cayet ha hecho el turno de día —respondió Lorne al tiempo que desataba las botas de Rath y le subía las perneras del pantalón para dedicar unos momentos a examinarle las pantorrillas y las caderas antes de pasar al pecho y al interior de la camisa—. Pero da lo mismo, ese crío nunca quiere dormir cuando dormimos nosotros.

Me froté el brazo. Sentía un hormigueo que se me estaba extendiendo por el hombro, pero continué haciendo gestos de afirmación, como si entendiera su problema. No era capaz de imaginar que una criatura de dos años se mostrase razonable respecto de lo de dormir.

—¿Qué te ha pasado? —me preguntó Lorne tras dar una palmada a Rath en el hombro y quitarlo de en medio de un empujón.

—Me han apuñalado. —Le tendí mi brazo sangrante y separé las piernas, pero mantuve una expresión neutra. Rath giró la cabeza hacia mí, pero no le hice caso. Él no sabía mentir para salvar la vida. La sangre impidió que los guardias se me acercaran demasiado, y yo sabía que Grell estaba escuchando. Llamar la atención hacia un escondite no era lo más inteligente, pero si yo lo nombraba directamente, él en absoluto pensaría que tenía algo que ocultar—. Al asaltar el carruaje me clavé un alfiler de sombrero.

—¿Lo has traído? —me preguntó Lorne palpándome los bolsillos y las botas.

—No. Era de madera.

Lorne soltó un bufido.

—Abre la boca.

Saqué la lengua y giré la cabeza a un lado y al otro. Lorne cogió nuestras bolsas y regresó con el Sombrerero después de dar otra palmadita en el hombro a Rath y de palmearme a mí el brazo bueno. Rath y yo nos miramos el uno al otro. Él me pasó un brazo por los hombros.

—Así que un alfiler de sombrero.

Yo apreté los dientes. Rath era tan sarcástico hablando como la dama del carruaje.

—Cállate.

Genial. Ahora, para equilibrar las cosas, yo iba a tener que sacarle a él los trapos sucios.

3

—Levántate. —Rath, con un aliento que olía a té rancio, me zarandeó para despertarme—. Hora de desayunar.

Enterré la cara entre los brazos. De improviso me subió por el brazo un dolor agudo, breve pero intenso, que me hizo abrir los ojos de golpe. Rath, a contraluz y con una taza en la mano, me dio un codazo para que me bajase de la cama. Había estado soñando con tormentas.

Soñar con tormentas era mejor que las pesadillas que sufría habitualmente, llenas de oscuridad y de dientes que goteaban sangre, pero aun así me desperté encogido a causa del miedo, igual que cualquiera de aquellas terribles noches.

Recogí mi camisa del suelo, palpé el borde de la tela y acaricié el anillo con el dedo pulgar. Estaba a salvo, fuera de mi improvisado vendaje y fuera de miradas inquisitivas. Rath me había limpiado la herida mientras yo cosía el anillo al interior del bolsillo oculto que tenía mi camisa, sin dejar de reír durante todo el rato.

—¿Todavía piensas presentarte a las pruebas para ocupar el puesto de Ópalo?

—Sí, y ya sé cómo voy a demostrar mis habilidades.

—Las recompensas eran muy cuantiosas, y yo tenía la recompensa perfecta que podría hacer las veces de invitación. Al fin y al cabo, los asesinos negociaban con la muerte—. Necesito que distraigas a los guardias de Grell.

—No. Sal, por Dios. —Se dejó caer sobre la cama de al lado y se pasó la mano por el pelo—. Grell mata a cualquiera que le mire mal. Sea lo que sea lo que estás planeando hacer, te matará por ello.

Si antes lo mataba yo, no.

—Si le apetece, podría matarnos a todos —repliqué.

Grell era responsable de una fila de cadáveres más larga de lo que medía yo, y que crecía tan deprisa como los niños abandonados. Mataba por sisar objetos robados, por escaquearse, por mentir, o por cualquier cosa que se le antojara. Él fue quien empezó a secuestrar a nobles; yo lo descubrí de forma accidental, y si se enterase de que yo estaba al tanto, me mataría. Con el tiempo, Grell y sus socios acabarían arrastrándonos a todos a la horca.

—Ha estado organizando secuestros de gente adinerada.

Rath se puso en tensión.

—Eso no es nuevo.

—Hizo un trato con unos socios del sur, pero están matando a los secuestrados. —Si se hubiera enterado antes, Rath habría huido. Una cosa era que a uno lo ahorcasen por robar, pero ningún hombre decente quería que lo relacionasen con asesinos avarientos—. Desde el momento en que muera quien no debe, Grell ya no podrá seguir sobornando a los guardias. Irán a por él, y él hará recaer la culpa sobre nosotros para salvarse.

Lo mismo que habían hecho los antiguos nobles Erlend. Los Erlend extendieron las sombras por toda Nacea para enlentecerla, y permitieron que el ejército Erlend escapara mientras Nacea era pasada a cuchillo. De mi pueblo no quedaron más que manchas de sangre en la tierra en la que sus habitantes fueron despellejados por garras afiladas. Grell se serviría de nosotros para entretener a los soldados, con lo cual él podría escapar. Todos acabaríamos muertos y desaparecidos, igual que Nacea.

La única manera de impedir una carnicería era frenar a los que la iniciaron, los que volverían a iniciarla ahora, como hizo Nuestra Soberana con las sombras, como hizo Rodolfo d'Abreu con sus creadores, y como haría yo con Grell y con los nobles Erlend que habían orquestado la ruina de Nacea para salvar su pellejo.

Rath se tumbó y me agarró la mano con fuerza.

—Nos matará a todos.

—No, nada de eso. Pienso entregarlo. —Al menos pensaba entregar una mano suya, pero Rath no tenía por qué saber ese detalle. Tampoco podía permitir que me delatara a mí—. Tú gobierna este lugar con rectitud, sin matar a nadie y sin pedir rescates, y yo probaré a obtener el puesto de Ópalo. Aquí te quiere todo el mundo. Cuando tenías diez años, le dabas cien vueltas a Grell.

—Tú nunca has querido ser sino quien ya eres. —Rath meneó la cabeza, negando—. Ópalo tiene que matar a gente sin otro motivo que porque así se lo ordene Nuestra Soberana.

—Con eso me basta. —Oculté el rostro para que no viera que me había sonrojado. Nuestra Soberana era mi heroína, y con razón, porque había eliminado toda la magia del territorio. Sin dicha magia, las sombras no eran nada. La magia las vinculaba a la tierra, continuó atrapándolas mucho tiempo después de que hubieran desaparecido los cadáveres y se hubieran quebrado las voluntades. En el momento en que Nuestra Soberana liberó esta tierra de la magia, las sombras se dispersaron. Yo le debía miles de vidas. Mi propia vida también—. Ella me salvó. Haré lo que me ordene, siempre que ello la mantenga en el trono.

Y, además, disfrutaría matando a unos cuantos, siempre que fueran los que efectivamente debían morir.

Rath se había criado demasiado al sur para ver las sombras, pero se ponía nervioso cada vez que hablábamos de aquel tema. Hasta los rumores que se contaban de ellas generaban un pánico capaz de durar una vida entera: monstruos rápidos como el viento y dotados de garras afiladas como cuchillos, desesperados por reconstruir los cuerpos que les habían robado. Sus víctimas despellejadas aún me atormentaban en sueños.

—Se hará justicia —dije en voz baja. Aquellos que habían matado a tantos y eran capaces de vivir con ello, pensando que reunían las cualidades necesarias para gobernar a las personas a las que con tanta presteza habían sacrificado, no tenían sitio en este mundo—. Lo cual no quiere decir que vaya a torturarlos. Simplemente los mataré.

—Simplemente los matarás. —Rath soltó una carcajada e hizo la señal de la Tríada, con una mano posada sobre el corazón—. ¿Al menos has logrado dormir esta noche?

—Un poco.

Rath lanzó un suspiro.

—¿Así que lo único que necesitas es que distraiga a los guardias?

—El tiempo suficiente para que se vayan. —Grell siempre se parapetaba en su habitación, y enviaba a sus efectivos cuando llegaba un alijo. Nunca permitía que sus guardias penetrasen en el interior, pero de todas formas los tenía apostados en la puerta. Pasaba el día entero solo—. El tiempo suficiente para que yo pueda entrar.

—De acuerdo, pero me debes una. —Me sacó de la cama a rastras y me dio un apretón en el hombro—. Adelante. Para cuando llegues allí, ya los habré distraído.

Bendito fuera.

El pasillo al que daba la habitación de Grell se hallaba vacío y silencioso cuando llegué yo. Llamé a la puerta. Respiré hondo para calmarme, aunque sentía un dolor en el pecho con cada inspiración, y me notaba inquieto. Lo que estaba a punto de hacer me causaba una opresión en el pecho y me formaba un nudo en la garganta. Por Grell se ofrecía una fuerte recompensa, vivo o muerto. Era lo que merecía.

—Adelante —se oyó retumbar la voz de Grell a través de la grieta de la puerta.

Grell estaba encorvado sobre su mesa, envuelto en una nube de humo. Cerré la puerta con suavidad y eché la llave. Grell no se percató de mi gesto, absorto como estaba en examinar una sortija de jaspe a través de una lupa de joyero. Di unos pasos hacia él con la cabeza agachada, hasta que por fin levantó la vista y me miró. Al moverse, agitó la bolsa de huesecillos que descansaba sobre su mesa.

No había nada malo en esperar. Nosotros éramos molestias, y él era lo bastante amable como para aceptar recibirnos. A Grell le encantaban las luchas de poder. Que yo le siguiera el juego quería decir que no había acudido allí a sorprenderlo.

Empezaba a pensar si no debería haberme servido del factor sorpresa, pero ya era demasiado tarde.

—¿Qué es esto? —Tosió contra un pañuelo. En otra época fue como yo: menudo, desnutrido, sobreexplotado. Pero había aprovechado muy bien los años de robos y el dinero obtenido.

Su gigantesco corpachón era todo músculo y exhibicionismo. Las reyertas callejeras habían dado forma a su imperio y a su carácter, pero le habían destrozado el hombro izquierdo, la rodilla derecha y varias costillas. No me costaría mucho partírselas de un buen puñetazo, si fallaba el método fácil.

—Rath te ha traicionado. —Me pellizqué para no desviarme de mi mentira—. Va a intentar salirse de esto vendiéndote su parte.

Grell se incorporó con dificultad y se apoyó sobre su mesa, erguido sobre mí con todas sus cicatrices y todos sus músculos.

—¿Y qué es lo que quieres tú a cambio de haberlo delatado? —me preguntó extendiendo los brazos en el gesto menos afectuoso que había visto jamás—. Mantenerte a ti en el negocio no me inspira confianza, precisamente.

—Ya no quiero continuar con él. —Me moví con nerviosismo, fingiendo miedo, y me acerqué tímidamente señalando el mapa de Kursk que colgaba de la pared. Grell vino conmigo—. Si está planeando separarse de nosotros, nos delatará. No pienso dejarme ahorcar porque él esté pensando en dejar el negocio.

—Un último trabajo —me dijo Grell inclinado por encima de mi hombro. Exhaló una bocanada de humo azul y dulzón y dio unos golpecitos en el mapa con un dedo encorvado—. Y después tú podrás regresar a lo tuyo y yo buscaré quien sustituya a Rath.

—Gracias.

Arranqué de la pared el alfiler que llevaba mi nombre. Era pesado y grueso, y lo bastante puntiagudo para traspasar una tabla de madera que fuera delgada.

—Los delatores no reciben recompensas. —Arrancó el alfiler de Rath y lo arrojó a un lado—. Fuera.

Sin avisar, le clavé mi alfiler en el cuello. Él forcejeó y se llevó las manos a la garganta. Rápidamente me giré y aplasté la espalda contra la pared. Grell, con el rostro contraído en una sonrisa burlona y desencajada, retrocedió e intentó lanzarme un puñetazo a la cara. Yo lo intercepté agarrándolo del antebrazo, y el impacto me repercutió en todo el cuerpo. De repente sus dedos se cerraron en torno a mi brazo.

Mierda.

Me lanzó por los aires. Aterricé sobre su escritorio haciendo caer al suelo papeles y joyas, y me golpeé la cabeza contra el bloque de papel secante. Parpadeé para aclararme la vista y levanté las rodillas hacia el pecho. Grell emitió un gorgoteo.

Dios, el desastre que había creado. Grell tenía un alfiler clavado en el cuello, no había muerto, y estaba hecho una furia. Entonces me saqué el cuchillo que llevaba en la bota.

Grell arremetió contra mí. Yo me afiancé apoyándome en el escritorio.

Se le partieron las costillas.

Fue a estrellarse de espaldas contra la pared, rezumando sangre por debajo de la mano con que se aferraba el cuello. Me separé del escritorio con la horrible sensación de que el suelo se ondulaba bajo mis pies y con un agudo dolor en la nuca. Me agarré a la mesa y tragué la bilis que me ascendía a la garganta. Notaba un fuerte pitido en los oídos.

—Mi intención era haber acabado rápido —articulé con la voz gangosa y la mente más lenta de lo normal—. Lo siento.

De pronto, los ojos de Grell, inyectados en sangre, se abrieron de golpe y se posaron en mí. La pared estaba manchada de salpicaduras de sangre. Grell tenía la respiración agitada, frenética, el pecho demasiado tenso, y me arrodillé junto a él. Se apretó el cuello con más fuerza.

—No es nada personal —le dije. Tomé su brazo libre, lo sujeté contra el suelo y le apliqué el cuchillo—. Pero es que necesito una mano.

Grell, con movimientos débiles, intentó asir los cordones de mis botas, y yo lo retuve apoyando una mano en su pecho. Sentí bajo mi palma cómo le retumbaba el corazón en el afán de compensar el boquete del cuello. Entonces le hundí el cuchillo entre las costillas, rápido y limpio. Grell dejó escapar una exclamación ahogada.

Su corazón se detuvo.

Su mano se desplomó.

Me aparté de él con un sabor amargo en el fondo de la garganta. Mi cuchillo cayó al suelo. Me abrí paso por entre las joyas de oro y los huesecillos de dedos esparcidos por el suelo para retirar la vieja espada que tenía Grell en la pared, detrás de su escritorio. Sentí que mi corazón intentaba salirse del pecho.

Poseía las habilidades apropiadas.

Respiré hondo de nuevo, y mis dedos se acompasaron con mi mente cuando agarré la espada con las dos manos. Deslicé el filo por la muñeca de Grell. Sus huesos se rompieron con la misma facilidad que los de Rath, y el roce del metal contra él me provocó un escalofrío en la columna vertebral. Me temblaban las manos, y la espada se me resbaló.

No era más que Grell.

Grell no era bueno, ni siquiera un poquito. Le había cortado el dedo meñique a Rath cuando este tenía nueve años, con una risotada y un cuchillo afilado.

Ópalo no se molestaría. Grell tenía que morir, y yo tenía que hacerlo, igual que haría Ópalo con una de las víctimas señaladas por Nuestra Soberana. No había nada de malo en ello.

La quemazón que me ardía en el pecho y el nudo que me atenazaba la garganta no tenían cabida en la vida de Ópalo.

Tosí, tuve una arcada y, finalmente, vomité el desayuno en un rincón. Decidí incorporarme y salir de allí, no deseaba pasar más tiempo en aquel lugar. Ya no quedaba nada que pudiera causarme malestar por haber matado a Grell; él había tomado sus decisiones, y yo las mías. Iba a ser Ópalo.

Así pues, recogí la mano de Grell da Sousa y hui.

4

Me fui de la ciudad en cuanto hube terminado de lavar la sangre de mi túnica. Me mezclé bastante bien con los demás viajeros cubiertos de polvo de la carreta que se dirigía a Willowknot, la ciudad situada junto al palacio nuevo, pero cuando llevaba tres días de viaje se me acabó el dinero. Lo único que pude hacer fue comerme la sangre seca que tenía bajo las uñas.

No estaba acostumbrado a todo lo que había sucedido con Grell. Después de la guerra, estuve varios años sin poder soportar la sangre. Era demasiado injusto, iba demasiado en contra de todo lo que me habían enseñado de pequeño. Y, sin embargo, tendría que familiarizarme con ello de nuevo.

Mi hogar, Nacea, era un lugar pequeño, enclavado entre Erlend y Alona y gobernado desde lejos por los Erlend.

Un territorio con permiso para conservar su reina y su dios a cambio del pago de tributos.

Luego, Erlend y Alona entraron en guerra y trajeron a sus magos a sus líneas de avanzada. Nacea no sabía nada de magia. La Señora, nuestra piadosa Señora de Nacea, no se dejaba robar. No era humana ni estaba hecha de carne, era mágica en todos los sentidos. Los magos se sirvieron de ella, la obligaron a aprender la antigua escritura mágica y devoraron su poder.

Pero ella los devoró a su vez. La escritura mágica pudrió su carne y su mente y no dejó otra cosa que almas descerebradas.

Sombras de las personas que habían sido.

Los magos Erlend no lo sabían, naturalmente. Jamás llegaron tan lejos, jamás se esforzaron tanto por innovar como durante la guerra, pero el daño ya estaba hecho. Los soldados perfectos que habían intentado fabricar no pudieron recuperarse. Las sombras carecían de cuerpo y de mente, no eran más que almas rotas, recuerdos de un rostro, y sentían la necesidad perentoria de recuperar la carne que les había sido robada. Recorrían los campos buscándose a sí mismas y arrancaban la piel a todo aquel que iban encontrando a su paso.

Los señores de Erlend comprendieron demasiado tarde su error, pero no lo bastante tarde para salvarse ellos y arrasar Nacea.

En mis sueños yo veía una familia que una vez muerta me resultaba irreconocible, caras de vecinos cosidas formando un mosaico de piel. No hubo socorro, ni ayuda, ni actos conmemorativos. Nos habían olvidado.

Yo haría que Erlend nos recordara.

—Mi Señora, ayudadme —supliqué levantando el rostro hacia el cielo soleado, mirando hacia el punto en el que estarían aquella noche las estrellas de la Señora.

No había sitio para los dioses en un mundo de monstruos y hombres monstruosos, pero la tradición perduraba.

—La Señora se ayuda a sí misma. —Mi vecino de carreta agitó una mano llena de callosidades recientes señalando hacia el horizonte. Para él el hambre era algo nuevo, y se aferraba al blasón familiar que llevaba al cuello, el cual le proporcionaría dinero de sobra cuando quisiera venderlo. Tenía los brazos decorados con inscripciones mágicas. Era un mago viejo y ocioso—. Es una sombra en el sol naciente de Erlend.

Un mago Erlend que creía que yo estaba hablando de Nuestra Soberana.

Arrugué el ceño. La carreta que me llevaba a Willowknot iba recogiendo viajeros en cada cruce, y mi asiento era ya más codos y rodillas que madera. La mano de Grell, envuelta en tres sacos viejos y tela perfumada, iba debajo de mis piernas. No me quedaba espacio para estirarme ni paciencia para aguantar a estúpidos.

—¿Vos llegasteis a ver las sombras? —le pregunté. El palacio de Nuestra Soberana se había construido encima de las ruinas de la antigua torre de los magos, ubicada en la extinta frontera que separaba Erlend y Alona. Ahora eran una única nación, y, como ya no había magia, no había motivo para la escuela. Antes de la guerra, Nuestra Soberana fue la Gran Sacerdotisa de la Mente. Los otros dos sumos sacerdotes crearon las sombras. Ella los juzgó por crímenes de guerra una vez que Rodolfo terminó con ellos, pero la horca era una muerte más rápida de la que ellos merecían.

A mí me gustaban más los métodos de Rodolfo: les dio a probar un poco de su propia medicina y no dejó erlenianos que pudieran propagar el secreto de la creación de sombras. Murió para salvarnos a todos de la amenaza de que algún día las sombras pudieran volver.

—Embustes. —El viejo mago escupió fuera de la carreta—. La gente tenía miedo de su propia sombra, miedo de ir a la guerra, miedo de proteger lo que habíamos construido. Y fijaos en la porquería que surgió de nuestra ruina.

Respondí chasqueando la lengua. Ya se veían pináculos de madera elevándose por encima de los tejados y de las almenas, y la luz del sol se reflejaba en las vidrieras de colores que rodeaban las torres. Las paredes de vidrios teñidos de oro y azul lanzaban destellos con cada sacudida de la carreta. En todos los puntos elevados ondeaba la nueva bandera de Igna.

—Pues fijaos en la porquería que no ha reclamado Nuestra Soberana —repliqué al tiempo que me inclinaba hacia abajo para recoger mi saco del suelo y propinaba un cachete a mi compañero de viaje con la mano de Grell—. ¿Cuándo irá a buscaros su Mano Izquierda?

El mago palideció. Cuando la carreta se detuvo, me apresuré a apartarme de él y recorrí el resto del camino a pie, riendo todo el tiempo.

En las puertas de la ciudad había un grupo de guardias examinando documentación de viaje y registrando equipajes. Desenvolví la tela que protegía la mano de Grell. Lo mejor era mostrarla directamente.

La fila iba dispersándose. La mano de Grell empezaba a oler mal, pues las flores y el perfume a duras penas seguían estando presentes en los dedos putrefactos.

—¿Cómo declaro esto? —pregunté sosteniéndola en alto.

—Suelta eso —me ordenó un guardia cuyos mofletes colorados se tornaron de un verde claro. Me apuntó con la lanza al pecho y me preguntó—: ¿Cuál es tu nombre?

—No puedo soltarlo, lo pondrá todo perdido. Me llamo Sal. —Extendí los brazos todo cuanto pude y me eché la capucha hacia atrás. El pelo, largo y sucio, me caía sobre los ojos. Debería habérmelo cortado antes de partir—. Es mi invitación.

—Hackett, haz un descanso. Aquí hay uno que viene a las pruebas para la Mano Izquierda. —Otro guardia apartó de mí la lanza y tocó la mano de Grell con un dedo enguantado, sin dejar de reír por lo bajo—. ¿Traes una invitación de verdad, o solo la mano?

—Solo la mano —respondí encogiéndome de hombros—. En el panfleto se decía que había que traer una invitación o una prueba de que uno poseía las habilidades necesarias.

La orden de búsqueda de Grell incluía la huella de su mano, tomada cuando lo arrestaron unos años antes, con todas sus cicatrices identificables inmortalizadas en tinta en los carteles. Incluso se indicaban los tatuajes de los nudillos.

En los carteles no figuraba el diminuto anillo de sello del dedo corazón, pero es que se lo puso después del arresto y ya nunca había podido sacárselo. Si la huella de la mano que llevaban los carteles no bastaba, bastaba el anillo.

—¿Y de quién se trata? —inquirió el guardia al tiempo que empujaba a Hackett hacia un lado para que no nos vomitara encima—. La mayoría de los aspirantes traen cabezas.

—Es Grell da Sousa, de Kursk. No estaba dispuesto a viajar varios días seguidos con una cabeza en estado de putrefacción, y en la descripción que figura en su orden de búsqueda se incluyen las manos.

—Por los cabecillas de bandas se paga una bonita perla, pero este año Rubí está siendo bastante tacaño con los que no traen invitación. Sois más de los habituales, y ya tienen ocho invitados. ¿Traes algo más? —Le lanzó un pañuelo a Hackett y dio unos golpes en el portón—. ¡Otro para las pruebas!

—Solo los cuchillos y la mano —respondí. Saqué mi vieja máscara y volví a cubrirme la cabeza con la capucha.

41

A continuación, el guardia me indicó que me dirigiera hacia una puerta de baja altura que había en la entrada, de la que partían unos escalones que bajaban hacia un trillado túnel que atravesaba la ciudad. En las calles públicas de nuestra nueva capital no había sitio para ladrones y asesinos.

—Viajas ligero de equipaje.

Había renunciado a todo lo demás. Era una carga innecesaria que solo podía estorbar.

5

El rostro de Rubí era como una señal luminosa en medio de las vestiduras negras de los aspirantes. Su máscara relucía bajo el sol y lanzaba destellos de color rojo hacia el suelo. No se le veían los ojos ni la nariz, únicamente una hendidura sonriente que se abría en sus mejillas de oreja a oreja. El hueco que quedaba estaba cubierto por una malla metálica.

Yo sabía que constaba de aberturas para los ojos, porque Rubí de algún modo tenía que poder ver, pero cuando su cara sin ojos se volvió hacia mí, sentí un escalofrío.

—¿Nombre? —Su voz sonó amortiguada por el metal. Iba vestido de un color blanco sucio. Sus poderosas piernas estaban cubiertas por unas gruesas calzas de color tostado, y su túnica, larga hasta las rodillas y abierta desde las caderas, carecía de mangas e iba ceñida al cuerpo. Los músculos de sus brazos se tensaban con cada gesto.

—Sal —contesté, y bajé la mano de Grell.

Empujó mi capucha hacia atrás con un dedo largo y lleno de cicatrices. Ni coraza ni armas. Si no fuera por la máscara, no habría creído que se trataba de Rubí.

—¿Algún alias?

—Sal.

—¿Apodos? —Juro que le oí reír bajo la máscara.

—Sal.

—Así que Grell da Sousa... un botín interesante. —Tomó la mano de Grell que yo sostenía y la levantó en alto. De la carne surcada por venas verdosas se desprendió una uña—. ¿Cómo lo mataste? Porque no podrías haber traído esta mano sin matarlo primero.

Hice una mueca de dolor. Los que estaban detrás de Rubí intentaban verme, pero cambié de postura para que Rubí bloqueara su campo visual.

—Le clavé un alfiler en el cuello y un cuchillo en las costillas. Fue rápido.

Entre los presentes empezó a cundir el nerviosismo. Yo también me sentía nervioso, con todos aquellos ojos fijos en mí. Todos eran altos y corpulentos, con abultados músculos y ropas nuevas y lustrosas. Unos cuantos llevaban brazales de cuero en las muñecas y cargaban con un carcaj vacío. Yo no tenía nada más que dos cuchillos.

—Pues no te luciste mucho con el cuchillo.

—Utilicé una espada. Una espada sin filo. La tenía Grell en su oficina, colgada en la pared. No quería estropear mis cuchillos. —Al ver que Rubí reaccionaba lanzando un bufido, respiré hondo y bajé la voz—: Ya iré aprendiendo con la práctica.

—Maravilloso. —Rubí arrojó a un lado la mano de Grell y señaló al soldado que me había llevado hasta allí—. Practica con ese.

Arremetí contra él. El soldado solo tuvo tiempo para abrir unos ojos como platos y levantar los puños. Yo le propiné una patada en la entrepierna que le hizo soltar una exclamación ahogada y derrumbarse en el suelo.

Funcionaba con todo el mundo.

A continuación, lo agarré por el cuello de la camisa y lo levanté hasta que quedó de rodillas. Era un soldado. Había firmado morir por Nuestra Soberana, y aquel era su trabajo. Me situé a su espalda, puse un pie en su pantalón para sujetarlo y le aprisioné los hombros con las rodillas. Era necesario que yo me convirtiera en Ópalo, y era necesario que él muriera. Le sujeté la cabeza con ambas manos y, al tiempo que parpadeaba para olvidar la visión de su rostro, le dije:

—No es nada personal.

—¡Alto! —Rubí apoyó una mano en la cabeza del soldado—. Suéltalo.

Lo solté. El soldado se incorporó a toda prisa y se perdió de vista entre el gentío de espectadores que observaban a los aspirantes. Rubí me levantó la barbilla y me miró con una sonrisa burlona.

No lo había oído moverse. Tampoco lo había visto.

—Ve con los demás. —Seguidamente sacó una máscara negra de un bolsillo, de las que los condenados llevan a la horca, que cubren la cabeza entera igual que una capucha: de tela fina y negra, con una rendija para la boca y dos agujeros para los ojos. En la cara llevaba cosido el número 23 con hilo muy blanco, tan grande como la propia máscara—. Ya no eres Sal. Ahora eres Veintitrés.

—Gracias. —Cogí la máscara con dedos temblorosos.

Ya estaba un paso más cerca de convertirme en Ópalo, de juntarme con los Erlend, de apagar la sed de venganza que corría por mis venas.

Rubí lanzó otro gruñido y me despidió con un gesto. Todos los aspirantes contemplaban la escena. Cinco me miró de arriba abajo con sus ojos claros, Quince echó hacia atrás sus enormes hombros, y Trece, una mujer, observando mis manos con sus ojos escondidos bajo la capucha, hizo exhibición de la vieja inscripción mágica que llevaba grabada en el brazo. Reprimí un escalofrío.

Nadie dijo nada. Todos guardamos silencio y nos limitamos a lanzarnos elocuentes miradas los unos a los otros mientras Rubí paseaba frente a la puerta. La mayoría de los aspirantes eran más altos que yo. El más alto era Quince, y el más ancho era Diecisiete. Tres era una mujer encorvada y cargada de hombros, toda músculos y fibra, pero su cinturón lucía marcas de erosión de fundas de cuchillo. Veintiuno tenía una nariz tan larga que pugnaba contra la tela de la máscara.

Lo aspirantes del uno al ocho debían de venir con invitación, porque sus máscaras eran ligeramente mejores, su postura era ligeramente más relajada, y la mayoría de ellos parecían tener mi edad o acercársele mucho.

Genial.

De improviso, con un chirrido, se abrió la puerta del túnel. Por el hueco asomó la cabeza de Hackett, el soldado al que yo había hecho vomitar. Por encima de él apareció un fornido brazo que aferró la puerta y la empujó. Rubí dejó de pasear.

—¿Nombre? —La voz de Rubí llevaba el tono perfecto entre aburrido y tajante.

—Víctor dal Graf —respondió el recién llegado. Era un matón de peleas callejeras, yo conocía bien a los de su ralea: cicatrices, nudillos hinchados y nariz torcida.

Dos y Cuatro soltaron un bufido, y otros cuantos que no alcancé a ver lanzaron risotadas. Los asesinos con información eran gente peligrosa.

—¿Algún alias? —preguntó Rubí paseando alrededor de Víctor—. ¿Apodos?

—Rompehuesos —contestó Víctor. Desde luego, se

le veía lo bastante fuerte para romperme a mí la pierna—. Peleo en Kursk.

No me sonaba de nada.

—No me cabe duda —replicó Rubí. Hizo señas a Hackett para que se acercara—. Víctor, mátalo.

Hackett dio un paso atrás.

—¿Que lo mate? —Víctor juntó las cejas—. ¿Pues qué ha hecho?

Rubí asintió con la cabeza y levantó la mano.

—Gracias, Víctor, eso es todo.

A continuación, le indicó la puerta. Hackett le dio a Víctor una palmada en la espalda, mientras otro, que tenía un brazo y una estatura suficientes para igualar los suyos, le susurraba algo al oído. La puerta se cerró tras ellos con una nube de polvo.

—Bien. —Rubí abrió los brazos a modo de bienvenida. El sol reveló las cicatrices de los muchos años que llevaba manejando la espada y peleando. Emitió una risita y anunció—: Empezaremos con veintitrés aspirantes.

6

Rubí paseaba lentamente a nuestro alrededor, mirándonos de arriba abajo con su máscara sin ojos.

—Cuando finalicen estas pruebas, uno de vosotros pasará a ser Ópalo. La Mano Izquierda, bajo la supervisión de Nuestra Soberana, seleccionará al aspirante que más prometa de entre los tres finalistas, o bien el puesto será ocupado por el último aspirante que aún continúe con vida.

De repente se abrió una puerta lateral del edificio contiguo y salieron por ella una fila de sirvientes. Rubí les indicó con una seña que se acercaran.

—Solo hay tres reglas que respetar: matar a los competidores, que no te sorprendan haciéndolo, y no causar daño a nadie que no esté participando en la eliminatoria. Si algún miembro de la Mano Izquierda tiene alguna prueba significativa de que habéis dado muerte a alguien, una prueba suficiente para dar lugar a vuestra detención y condena si fuerais llevados a juicio, quedaréis descalificados. Si tenemos el convencimiento de que vuestras acciones han causado o podrían haber causado algún daño a alguien ajeno a la eliminatoria, quedaréis descalificados o moriréis, como mejor prefiráis. ¿Alguna pregunta? —Rubí levantó la cabeza y nos cegó a todos con destellos de luz roja. Por último dio una palmada—. Excelente. Un sirviente os acompañará a vuestra habitación. Espero que a la hora del desayuno ya seáis menos.

Acto seguido, se fue hacia los soldados que nos había ordenado matar y nos despidió con un gesto informal de la mano.

—¿Aspirante Veintitrés? —Una sirviente vestida con un sencillo uniforme de color gris ribeteado de azul, desprovista de joyas y de armas, se dirigió a mí con una breve inclinación de cabeza—. Ten la amabilidad de acompañarme a tu alojamiento.

Me condujo a través de una serie de corredores ocupados por sirvientes que no nos estorbaron el paso. En las paredes se apreciaban zonas de mortero sin pulir, resto de las renovaciones recientes, y el techo se hallaba cruzado por vigas de madera que soportaban su peso. Una estructura perfecta para tener dónde agarrarse y espacio de sobra para esconderse. Mi sirviente abrió una puerta situada en mitad de un pasillo.

—Tienes preparado el baño para...

—¿Quién lo ha preparado? —pregunté. La habitación era pequeña y llena de corrientes de aire, porque las ventanas, aunque se hallaban provistas de postigos, carecían de cristales, y la puerta estaba torcida. Había una bañera en un rincón y un andrajoso colchón de paja en el otro. En las historias de terror que me contó Rath del orfanato, por lo menos los niños tenían camas para compartir.

Desde luego, lo más probable era que lo pusiéramos todo perdido de sangre. Yo tampoco malgastaría el dinero en camas buenas con una chusma como nosotros.

La sirviente contuvo una exclamación.

—Lo he preparado yo, para ti, para que te bañes.

—Ya sé lo que es bañarse. —Examiné la cerradura de la puerta, débil y fácil de forzar, y los postigos—. ¿También te encargas de la limpieza?

—Así es.

Toqué con la mano las ropas de color negro que había encima de la cama y pasé el dedo por el borde de la bañera. Al instante se me humedecieron las mangas con volutas de vapor saturado de sales minerales.

—¿De dónde has traído el agua?

—Del pozo. Soy una sirviente, y como tal respondo ante Dimas, no ante la Mano Izquierda. Si te ofende el modo en que te he preparado el baño, puedes quejarte a él.

Me incliné sobre la bañera.

—No me ofende. Es que no me apetece morir ya antes de que empiece la competición.

—En ese caso, pondré especial cuidado en que tu baño y tus comidas no contengan veneno —me replicó en tono irónico—. ¿No has trabajado nunca con sirvientes?

Le indiqué con un gesto que cerrase la puerta. No tenía por qué enterarse todo el mundo de la historia de mi vida. Había robado a unos cuantos sirvientes y había conocido a personas que habían trabajado de fregonas, pero nada más.

—A mí me conocerás simplemente como Maud. —Se colocó contra la puerta y entrelazó las manos a la espalda—. Yo te prepararé las comidas, excepto el desayuno, limpiaré, lavaré y realizaré las demás tareas. Pero no tengo obligación de ayudarte a ganar. Daré parte de cualquier sospecha que albergue, o de lo contrario perderé mi empleo.

Afirmé con la cabeza.

—En ese caso, procuraré que las manchas de sangre sospechosas sean las mínimas.

—Eso sería lo preferible. —Sus labios se agitaron para formar una leve sonrisa—. Pero el color negro disimulará la mayor parte de la sangre, y las manchas que no sean de sangre podré eliminarlas.

—Ocúpate de que mi ropa esté limpia y de que los demás aspirantes no toquen mis cosas. Que nadie haga preguntas ni chismorree sobre mí. Ni sobre mis cicatrices, mi forma de vestir o mis medidas. Visto de acuerdo a cómo quiero que la gente se dirija a mí: como hombre, como mujer, o como varias cosas a la vez. Es muy simple. —Para mayor énfasis, fui enumerando las opciones con los dedos. Aunque siempre dejaba este punto bien claro para los curiosos, no acababan de entender por qué.

Llevaba toda la vida acostumbrado a llevar ropa de segunda mano y a alojarme en lugares cochambrosos. No me estaba poniendo en peligro. Nuestra Soberana predicaba la aceptación y la paz. Me habían aceptado.

Tenían que aceptarme.

—Si cometo un error al dirigirme a ti, puedes corregirme. —Pasó por delante de mí para dirigirse a la bañera, tocó el agua y a continuación se llevó el dedo mojado a la lengua—. Por si te sirve de algo saberlo, te diré que un sirviente de Ópalo gana cinco perlas al mes. Yo me siento orgullosa de mi puesto, y lo necesito para sobrevivir. No cometeré errores al servirte.

Lancé un silbido.

Aquel sueldo bastaría para mantener a cuatro personas durante mucho tiempo. No sabía yo que a los sirvientes se les pagara con perlas. Mis ahorros eran en sencillas mitades de cobre, y sesenta y cuatro hacían una de plata.

—No tiene nada de malo trabajar por dinero —repuse. Si tan necesitada estaba de aquel dinero, más dispuesta se mostraría a ayudarme. Sin contar con nada más, entre los demás aspirantes y yo, que tres reglas y una puerta rota, ya me veía muerto al día siguiente—. ¿Me pagan algo a mí mientras estoy aquí? Voy a necesitar unas cuantas cosas para seguir vivo.

—La Mano Izquierda ha apartado una pequeña cantidad para los aspirantes, suponiendo que ninguno tendría los fondos necesarios. —Dicho esto, sacó una bolsa no más grande que la palma de su mano.

—Bramante, alambre, ratones...

—¿Cómo?

Lancé un suspiro.

—Para probar mi comida. Ratones, campanillas, una hacha, un martillo, clavos y una manta mejor. —La puerta estaba inutilizada, y para cerrarla iba a tener que apuntalarla con clavos y bloquear el paso con alambre. Aquello por lo menos frenaría a quien viniera con ánimo de atacarme—. Ve a buscar esas cosas mientras yo me doy un baño, y cuando vuelvas llama dos veces. Y mañana tráeme tú el desayuno. Que no sea muy abundante.

La sirviente regresó cuando ya me estaba vistiendo. Traía las mangas enrolladas, y sus brazos aparecían salpicados de hematomas ya medio desvaídos, en tonalidades amarillas y azuladas, que se había hecho lavando. También traía un cesto de gran tamaño colgado del brazo. Entró y cerró la puerta con llave.

Una chica lista.

—Te traigo lo que me pediste. —Depositó el cesto y se frotó uno de los callos de la palma de la mano—. A los ratones no pienso ni tocarlos. Encárgate tú de ellos.

—De acuerdo. —En cualquier caso, los ratones eran mucho más eficaces que ella detectando el veneno. Señalé la puerta con la cabeza y le tendí una mano; lo mejor era darle un carácter oficial a la colaboración entre ambos—. Si no te interpones en mi camino y procuras que no me maten, nos llevaremos bien. Y cobrarás tus cinco perlas.

Maud dibujó una sonrisa, aunque más que sonreír enseñó los dientes, y en vez de estrecharme la mano hizo una pequeña venia.

—Ni siquiera advertirás mi presencia.

Dudoso.

Cuando se hubo marchado, apuntalé la puerta con clavos. Maud hablaba en serio, el dinero era una buena motivación. Si la Mano Izquierda había dicho que ella no formaba parte de la eliminatoria, no formaba parte. Tendría que confiar en que no me envenenara. En el momento en que yo viese que mostraba curiosidad por mi manera de vestir, la despediría. Llevar la ropa limpia no era tan imprescindible.

Volví a ponerme el anillo de plata de la dama del carruaje para que me diera suerte y pasé a poner clavos todo alrededor de la ventana y a sujetar los postigos con alambres y campanillas. De ese modo, por lo menos tendría tiempo de despertarme antes de que irrumpiera alguien, y si lo lograban, no tendrían forma de esquivar un hacha dentro de un cuarto de tan reducidas dimensiones.

—Primera noche —les dije a los ratones. Tiré el agua sucia de la bañera por el desagüe que había en el rincón, confeccioné un bulto con forma humana en la cama y me recosté contra la bañera con el hacha en las manos—. ¿Vosotros creéis que vendrán?

Que se atrevieran. Se llevarían un hachazo en la cara y una buena dosis de dolor.

7

Aquella noche las campanillas sonaron una vez, un suave tintineo en medio de los gritos que levantaban eco por los pasillos. Alguien tiró del alambre con la mano, pero las campanillas lo asustaron y volvió a perderse en la noche. La mañana la pasé retirando clavos de la puerta.

—Hay sangre —dijo Maud al entrar, temblando con cada palabra—. Si eres capaz de andar, te esperan para el desayuno.

Cogí al vuelo un panecillo de la pequeña bandeja que traía, protegida con un paño, menos mal, y metí el taco de mantequilla amarilla entre las dos mitades.

—Si te pone enferma ver sangre, vamos a tener problemas.

—Se servirá el desayuno todas las mañanas, y tú debes estar presente, para que la Mano Izquierda pueda hacer el recuento de aspirantes. —Frunció el ceño haciendo caso omiso de mi comentario acerca de la sangre—. No volveré a traerte nada, a no ser que lo pidas.

Afirmé con la cabeza.

—¿Dónde es?

Maud me condujo pasillo adelante. Los sirvientes iban apartándose con una reverencia.

Comida, habitación y ningún miedo de que me robasen en cuanto me volviera de espaldas; no me iba a costar acostumbrarme a aquello. Debería acostumbrarme a aquello. Iba a ser así hasta que muriese, tanto si moría aquella noche como dentro de veinte años.

En cualquier momento podía morir de una puñalada, pero eso podía sucederme en cualquier parte.

Aquella mañana, Maud había metido en el cesto un vestido largo y negro y unas gruesas calzas. Con una rápida pirueta, para extender el vestido con todo su vuelo, cogí un par de ciruelas de la bandeja de Maud, que me miraba con los ojos como platos, y me metí una en la boca por debajo la máscara. Si íbamos a comer con la Mano Izquierda, íbamos a comer bien. Necesitaba aprovecharlo al máximo y engordar un poco para poder enfrentarme a mis adversarios. Maud arrugó la nariz.

—El desayuno —dijo, y acto seguido abrió una puerta que había al fondo del pasillo y fue a decir algo más, pero una voz suave la frenó en seco.

—No imagino cómo has podido dormir con esas campanillas.

Al girarme en redondo, se me escapó la otra ciruela de la mano. Cuatro, un muchacho más o menos de mi misma edad, dotado de un cabello negro y rizado que le asomaba por la parte de atrás de la máscara, acababa de descolgarse de una viga del techo. Era robusto y musculoso, y apenas hizo ruido al acercarse a mí. Sus manos eran un mapa de profundas cicatrices.

—No te preocupes, me han encantado tus campanillas. —Entró conmigo en el salón del desayuno y levantó en alto un brazo en el que se veía una herida recién cosida. El hilo de sutura destacaba por su color blanco en contraste con el tono oscuro de su piel. Era atractivo, y lo sabía; cuando lo miré con cara de pocos amigos, se limitó a contestarme con una sonrisa—. Le dijeron a todo el mundo dónde estaba. Listo, muy listo.

Eché los hombros hacia atrás y procuré ocupar tanto espacio como me fuera posible al lado de aquella mole de ser humano.

—Calculé que por lo menos podría dormir una noche antes de que comenzase la competición de verdad.

—Pues has pasado mejor noche que Veintiuno. —Cuatro me guiñó un ojo, se fue despacio hacia el extremo de la mesa y tomó asiento al lado de Dos y Tres.

Así que aquel aspirante alto y de nariz alargada había quedado eliminado. Por supuesto, aquellos que no logré distinguir no tuvieron la decencia de morir antes, y de ese modo facilitarme las cosas.

Me dejé caer en una silla junto a Dos, Tres y Cuatro. Habían venido juntos a desayunar, y Cuatro no dejaba de llamar a Dos «Afortunada». Ella le respondía todas las veces con un gesto displicente de su mano vendada.

La mayoría de nosotros éramos jóvenes, sin arrugas alrededor de los ojos y sin manchas de edad en las manos. Más fáciles de moldear en la clase de asesino que buscaba la Mano Izquierda. Si es que sobrevivíamos.

Faltaban nueve aspirantes. El único aspirante invitado que no estaba sentado a la mesa era Uno, y yo no tenía ni idea de si Rubí se sentiría impresionado o decepcionado. Claro que tampoco importaba mucho; yo estaba allí, y nueve de los otros no estaban. Solo quedaban catorce.

Cinco le lanzó un pellizco a una criada que pasaba. Su mano, de piel blanca llena de ampollas sonrosadas por efecto del sol, voló rauda por los aires, con los dedos de punta y rectos como cuchillos, y se clavó en la criada al mismo tiempo que le susurraba algo. De malos modos, le señaló lo que quería y dónde lo quería. Nadie le prestó la menor atención.

Quedó claro que Cinco se había criado rodeado de sirvientes.

Cuatro, también. Por lo menos habló con su sirviente como si esta fuera una persona y le dio las gracias por la pequeña taza de té rojo y afrutado que se sirvió en nuestro extremo de la mesa. Yo entrelacé los dedos; no me merecía la pena comer a no ser que tuviera la seguridad de que no había peligro. No conocía los venenos.

De improviso se abrieron las puertas principales y entró Rubí en la sala: un torbellino de seda de colores, con el cinturón de la espada alrededor de sus estrechas caderas y los brazos extendidos. Su espada colgaba dentro de un vaina plateada, y la empuñadura, en forma de melón, iba golpeando contra la parte superior del muslo. La hoja era curva y tenía el largo de mi brazo.

—Nueve muertos. Maravilloso. Si seguís haciendo caso de mis consejos, para la hora de la cena habremos terminado aquí. —Rubí caminó sin prisas alrededor de la mesa, pasando los dedos por los respaldos de nuestras sillas, y tomó asiento en el otro extremo. Inclinó la cabeza hacia un lado, fingiendo que reflexionaba—. Lo estáis haciendo mucho mejor que cuando llegué yo.

Su mirada invisible hizo que se me erizase el vello de los brazos. Las pruebas a las que se presentó él tuvieron lugar siete años atrás, cuando yo estaba haciendo los primeros trabajitos para Grell. El miembro más reciente era Amatista, que se ganó la máscara hacía tres años, y los chismorreos acerca de ella tampoco se habían propagado mucho. El único miembro que quedaba del grupo original era Esmeralda, elegida directamente por la reina al finalizar la Guerra de los Magos como guardia personal. El finado Ópalo se sumó justo después de ella.

—No es precisamente para sentirse orgulloso, tus pruebas estuvieron llenas de tipos insignificantes —dijo una voz cantarina a mi espalda—. Seguro que anoche solo los aspirantes del Dos al Ocho hicieron algo más que encogerse de miedo.

Apreté los dientes y, con un bufido, me volví al momento.

Y en el mismo momento olvidé lo que iba a decir.

Esmeralda, una visión formada por acero y seda verde, acababa de entrar silenciosamente por la puerta. Era ágil y musculosa, lucía los brazos desnudos y flexionados, surcados de cicatrices, y toda su piel estaba cubierta por una fina capa de polvo color plata que recordaba a la cresta de las olas en contraste con el negro intenso y frío del mar visto a lo lejos. Pasó por mi lado dejando una brisa de perfume y menta, dos aromas que se pegaban a ella igual que la tinta negra de las inscripciones mágicas que adornaban su cuerpo. El velo de seda que le caía desde los hombros hacía juego a la perfección con el color esmeralda de su máscara de pómulos marcados y carente de boca. Las alas de escarabajo que llevaba cosidas a la cola del vestido lanzaban destellos cuando les daba la luz.

Esmeralda era la única persona que se había enfrentado en solitario a la sombra de un mago y había sobrevivido al encuentro, prueba de ello era la cicatriz que le cruzaba el nacimiento del pelo y asomaba por debajo de la máscara... y la tenía solo a unos pocos pasos de mí.

—Matar es simple —dijo Esmeralda al tiempo que se instalaba en una silla y cogía una tetera para servirse un poco de té en una taza. Agregó un chorrito de leche—. Pero los secretos son difíciles.

Rubí apoyó la barbilla sobre sus dedos entrelazados.

—¿Quién ha sido visto?

—Trece está descalificada y eliminada. —Esmeralda entregó su taza a Rubí—. Tu sirviente recogerá tus pertenencias y un guardia te escoltará hasta la salida. Gracias por intentarlo.

—¿Quién ha sido? —Trece golpeó la mesa con ambas manos, volcando tazas y haciendo volar su plato por los aires—. Tenéis que decirnos quién ha sido... Concedednos una súplica. No había nadie presente.

Esmeralda tomó una cuchara, la sostuvo en alto igual que un cuchillo, y Trece se calmó.

—Cuatro personas han informado de tu metedura de pata. Estás eliminada.

Trece dio un puntapié a la silla y partió una pata por la mitad.

—Lady Esmeralda te ha dado una orden —rugió una voz. Seguidamente oí a mi espalda unas fuertes pisadas, amortiguadas por el roce de una coraza de cuero, y en la periferia de mi campo visual detecté el brillo de una máscara de color morado claro, sin ojos y con una simple ranura en forma de boca—. Acátala.

Trece salió corriendo del salón.

—A no ser que a alguien más le apetezca desobedecer, pasaremos a los detalles de vuestra nueva y breve vida. —Esmeralda levantó la barbilla buscando preguntas, ya que no podíamos verle el rostro. Todos guardamos silencio—. La persona que erais ayer ha muerto. Ahora vuestra vida nos pertenece a nosotros, hasta que la perdáis o quedéis descalificados. Dado que vamos a seleccionar a un nuevo miembro de la corte, existen ciertas reglas que deberéis respetar. Si las infringís, os mataré.

—Desayunamos todos juntos. —Rubí sirvió una taza de té y se la pasó a Amatista—. Durante este rato no es nuestra intención matarnos entre nosotros ni matar a otro. El desayuno es para nosotros. Debéis terminar vuestros asuntos antes o después de desayunar. Siempre comemos juntos por la mañana, y nos gustaría que aprendierais a ser seres sociables a esa hora del día.

A continuación, Esmeralda extendió un grueso bloque de mantequilla en el centro de un panecillo oscuro, añadió varias lonchas de jamón y se levantó. Era el desayuno típico de alguien del sur. Interesante elección, cuando uno llevaba puesta una máscara que carecía de abertura para la boca.

—Tendremos sesiones de entrenamiento físico durante todo el día, todos los días. Si consideráis que ya estáis duchos en la materia, podéis no asistir. Pero recordad que estaremos observando. Uno de nosotros se convertirá en el nuevo Ópalo de Nuestra Soberana, y no podemos permitirnos la mediocridad.

—Así que comed bien y relajaos —dijo Amatista a la vez que indicaba con un gesto el surtido de alimentos que había sobre la mesa.

—Esta mañana, os evaluaremos de forma individual. Cada dos días, hasta que os digamos lo contrario, vuestra obligación es jugar limpio hasta que comience el entrenamiento—. Rubí se puso de pie, hizo una seña a una sirviente que llevaba el cuello de la camisa de color rojo sangre y le indicó la mesa con un gesto de la mano—. Si no olvidáis que esto es una prueba y que nosotros somos los supervisores, lo haréis lo mejor que sepáis.

Acto seguido, Esmeralda cogió su plato y desapareció por una puerta lateral. Amatista hizo lo mismo, y Rubí también, por detrás de su sirviente. Rubí nos dirigió una última mirada.

—Un consejo: no seáis previsibles —dijo—. A partir de hoy, la previsibilidad supondrá la muerte. Empezaremos con Dos.

Dos se levantó de su asiento con la gracilidad de una bailarina y respiró hondo. Tres y Cuatro la observaron mientras se marchaba.

¿Cómo se suponía que íbamos a ser imprevisibles todo el tiempo, si nos iban a tener ocupados el día entero con clases programadas?

—Una noche larga, y una mañana más larga todavía. —Cuatro observó a los demás integrantes de su mesa mientras bebía de su taza de té—. A lo mejor es que están poniendo a prueba nuestra paciencia.

Yo me serví un té ligero y floral, de sabor mucho más suave que aquel al que estaba acostumbrado, e hice caso omiso de su mirada interrogante. Observar, estudiar a tu adversario, saber cuándo efectuar tu movimiento. La única diferencia entre robar y asesinar radicaba en el objeto que se robaba.

—El té es demasiado delicado —musitó Tres dirigiéndose a Cuatro—. Cabría pensar que si hay alguien que merece una bebida estimulante, somos precisamente nosotros.

Dibujé una sonrisa. La costa suroeste de Alona era famosa por contar con variedades de té más robustas de lo habitual. Aquel era el único vicio verdadero que tenía Rath.

Cuatro se encogió de hombros.

—No somos suficientes para justificarlo.

Me acerqué mi plato. En la mesa había suficiente comida para alimentar a un batallón. La habían dispuesto de manera que resultase atractiva a cualquiera, y todo el mundo estaba aprovechándola. Cinco estaba vertiendo aceite sobre una tostada cubierta de rodajas de tomate y ajo picado, y otros siete comensales hacían lo mismo que él; era el desayuno típico de las gentes del norte. A mí no me gustaba comer tomate antes del mediodía.

Pero a ellos sí, de modo que ahora me enteré de dónde eran.

—No me había dado cuenta de que existiera un «nosotros» —dije en erleniano. Las lenguas que hablábamos se parecían tanto que se diría que todas eran la misma, salvo por unos cuantos vocablos y expresiones. Hubo una época en que fueron un solo idioma, pero la política las había segregado. Puse un trozo de pan en mi plato, lo cubrí generosamente con ajo y aceite y coloqué encima una rodaja de tomate. Por lo menos podría ahorrarme el sabor insípido de la carne del tomate añadiéndole ajo—. Eres muy hablador, para ser alguien que está tomando parte en una competición a muerte.

No pensaba dar ninguna pista acerca de quién era ni de dónde, como las pistas que me habían dado ellos a mí. Yo no llevaba inscripciones mágicas tatuadas ni poseía rasgos sobresalientes, tan solo una piel de color ambarino y un puñado de cicatrices. No me quedaba nada que pudieran arrebatarme, ni familia ni amigos, aparte del puesto de Ópalo.

Y aquel puesto era mío.

Cuatro me ofreció otro tomate.

—Si bien es cierto que las campanillas tienen un sonido encantador, tú eres demasiado bajito para darme miedo. No es nada personal.

Extendí el tomate con el cuchillo.

—¡Tres!

Todos nos volvimos hacia la puerta y vimos entrar a Dos con los puños cerrados y la máscara torcida. Al cruzarse con Tres le susurró algo.

Después de aquello se hizo el silencio. Lo único que se oía era el roce de los cuchillos contra los platos y el tintineo de las cucharas en las tazas. Cinco dio un mordisco a su tostada, escuchando a medias a Ocho y a Siete, que cuchicheaban en voz baja. La separación entre Erlend y Alona había cambiado algo más que el idioma. Cinco era la viva imagen de un arrogante señor del norte, la cabeza ladeada, acaparando el espacio con brazos y piernas, hasta el punto de invadir una cuarta parte o más del espacio de Dos en la mesa.

Regresó Tres, y Dos, en su prisa por retirarle la silla, empujó y desalojó a Cinco. Cuatro se fue, volvió y después ocurrió lo mismo con Cinco, Seis y los demás. Cada entrevista en privado duraba lo suficiente como para que yo tuviera tiempo de asentarme antes de que la sirviente de cuello rojo gritara el siguiente número. Daba vueltas y más vueltas al anillo que llevaba en el dedo, acariciando el sello con el dedo pulgar, y el desayuno comenzó a rebelarse dentro de mi estómago. Cinco tenía callos de tanto manejar la espada y un collar de oro que le asomaba bajo la ropa. Sobre los estrechos hombros de Once se veía el sello de un boticario. Ocho caminaba con los típicos andares de alguien que lleva un cuchillo oculto en la bota. Pero yo poseía destreza, y preocuparme no me serviría de nada.

—¡Veintitrés!

Me puse en pie, eché los hombros hacia atrás y me dirigí hacia la puerta con zancadas largas y regulares.

Que empezasen las pruebas.

8

Cuando entré, observé que Amatista tenía la máscara torcida. Las cintas que la sujetaban a su cabeza estaban flojas y mal anudadas. Esmeralda chasqueó los dedos para llamar mi atención. Tomé asiento en la única silla que había.

—Ya veo cuál es tu primer problema —me dijo Esmeralda tendida en el sofá y con la barbilla apoyada en sus dedos largos y curvados—. Estás muy desnutrido.

—Cosa bastante común en los aspirantes que no vienen con invitación. —Rubí me observó atentamente tras su máscara sin ojos, y su escrutinio me provocó un hormigueo en los oídos. Ahora que lo tenía cerca, vi que en el lugar en que debían estar situados los ojos había una fina malla, de tela o de algún metal maleable, pintada de rojo para que se confundiera con el fondo. Inclinó la cabeza hacia un lado y añadió—: Veintitrés, Sal, Sal, Sal, trae la cabeza de Grell da Sousa. Muestra escasa habilidad con el cuchillo, pero está dispuesto a practicar.

Amatista soltó una risita.

—¿Grell da Sousa? ¿Ese viejo perro callejero de Kursk?

—El único e irrepetible —afirmé yo al tiempo que

estiraba el vuelo de mi vestido para quedar sentado igual que Esmeralda: acaparando espacio y exhibiendo mis músculos, aunque no de forma tan exagerada como Cinco.

—¿A qué te dedicas? —Esmeralda se fijó en mis pies y después fue recorriéndome con la mirada hasta llegar a mi rostro. Corrigió mi postura hasta que mi columna vertebral quedó tan recta como la de ella—. Tienes pinta de ser mensajero.

—Soy ladrón. —Me puse tenso—. Lo mío es el salteamiento de caminos, el allanamiento de moradas, y alguna que otra reyerta callejera.

—Deduzco que tú eres uno de esos que rondan los caminos aterrorizando a los pobres carruajes y robando todas nuestras cosas. —Rubí cruzó las piernas y dejó escapar una risilla que me hizo pensar que no se trataba en absoluto de una pregunta. Se volvió hacia los otros y les dijo—: Mató a Grell con un alfiler.

Esmeralda soltó un bufido.

—¿Lo mataste con un alfiler?

—Grell marcaba las rutas en un mapa y las señalaba con viejos alfileres de sombrero. Era más seguro obligarlo a acercarse a un mapa. Lo que él esperaba era un cuchillo—. Me removí en el sitio—. Ah, y cuando vaya así vestido podéis dirigiros a mí como si fuera mujer. Mi forma de vestir me define.

Era un arreglo de lo más útil. Si llevaba un vestido, la gente me trataba como si fuera chica. Si llevaba pantalón y una de aquellas camisas de hombre de cuello flexible, la gente me trataba como si fuera chico. Sin preguntas molestas y sin discusiones.

—¿Y si no te vistes ni de lo uno ni de lo otro? —me preguntó Esmeralda.

—En ese caso soy neutro —respondí. En cierta ocasión me lo preguntó Rath, un poco después de que nos conociéramos y empezáramos a vivir juntos, y no supe cómo explicarlo. No encontré la forma adecuada de decirlo. Él siempre se consideró Rath, y yo siempre me consideré Sal, excepto que era como ver fluir un río. El río es siempre el mismo, pero uno nunca ve la misma agua. Yo también cambiaba y fluía, y aquel era mi estado permanente. Lo que más me dolía era que Rath no lo entendiera, pero por lo menos lo aceptaba—. Claro que no siempre soy neutro.

—Entendido.

El momento pasó, y el gesto que hizo Esmeralda con la barbilla y la afirmación que hizo Rubí con la cabeza me hicieron pensar que no iba a volver a haber otro.

—¿Qué más sabes hacer? —Amatista me hizo una seña para que me acercase y me quitó los guantes—. No seas humilde.

—Soy rápido, buen escalador, hábil con las manos. —Flexioné el brazo mientras Amatista me exploraba la musculatura—. Era el mejor luchador de Tulen y de casi todo Kursk.

—¿Posees algún entrenamiento real en algo? —Esmeralda apartó a Amatista y pasó a examinar las yemas de mis dedos—. ¿Algún oficio, acróbata de feria, boticario?

Negué con la cabeza.

—Solo peleas callejeras.

—Estuvo a punto de partirle el cuello a nuestro querido Roland —le dijo Rubí a Esmeralda—. No es un matón cualquiera.

—Poseo muchas habilidades —dije con un encogimiento de hombros.

—Como todo el mundo. —Rubí lanzó una carcajada—. Bien, ¿qué es lo que no sabes?

—No sé nada de venenos. —Al ver que Esmeralda meneaba la cabeza en un gesto de negación, no titubeé ni un momento y suspiré para mí mismo—. Sé utilizar el cuchillo, pero no la espada. Nunca he manejado una lanza. Una vez lancé una flecha con un arco y fallé, y tampoco tengo ni idea de la vida en la corte. No sé leer el idioma erleniano, aunque el aloniano se me da un poco mejor, y tampoco he aprendido a escribir.

Al oír esto último, los tres se removieron en sus asientos.

—Lo único que necesito es practicar con el cuchillo.

—Todos esos males tienen remedio, si tú quieres —dijo Rubí inclinándose hacia delante, y al hacerlo se le entreabrió el cuello de la camisa y se le vieron las cicatrices. Cicatrices blancas en una piel oscura. Debieron de hacérselas empleando la magia. Porque había sido mago—. En Alona hay escuelas públicas. ¿Cómo es que no acudiste a ellas?

—Solo tenía cinco años —dije con otro encogimiento de hombros—. Y vosotros aún tenéis que proveernos de uniforme y suministros.

—Hum —respondió Rubí—. ¿Quién eres tú, Sal, Sal, Sal?

—¿Qué más da eso?

Sal había desaparecido. Aquello era lo importante, ¿no? Yo no estaba atado a nada, nadie conocía mi rostro, y carecía de amigos y familiares que alguien pudiera utilizar contra mí, y de aliados que pudieran traicionarme. Había heredado espectros, y yo mismo iba a convertirme en uno.

—Nos importa a nosotros —replicó Esmeralda tocándose la máscara. No llevaba joyas, no iba cubierta con esas cadenas de plata que tan a menudo encontrábamos Rath y yo en los carruajes que asaltábamos; sin embargo, sus dedos ya eran joyas en sí mismos. Llevaba

unos óvalos de un metal brillante pegados a las uñas—.
El nuevo Ópalo será nuestro compañero, nuestro asesor
y nuestro amigo. Será la única persona, aparte de Nuestra Soberana, que conozca nuestro rostro, y nosotros
conoceremos el suyo. Será uno de nosotros.

—Tenemos que seleccionar a una persona con la que
podamos vivir —dijo Amatista con un gesto de asentimiento—. Hemos de saber quiénes sois todos, para poder saber a quién estamos invitando a compartir nuestro
espacio de seguridad. Y averiguaremos quién eres, con
independencia de que te muestres sincero o no.

—Bien, ¿y quién eres, pues? —me preguntó Rubí.

—Sallot León.

Los tres se quedaron callados. Mi nombre completo
contenía mucha información. Solo los naceanos conservaban el nombre de su madre incluido en el suyo propio,
una reminiscencia de los tiempos en que había más países, más tradiciones. Mi abuela se llamaba Margot, mi
madre León Margot, y yo Sallot León. Era lo único que
recordaba, y lo único que me quedaba.

Lo único que era verdaderamente mío.

—¿Por qué te molestaste en aprender erleniano o aloniano, cuando no eras ni de un país ni del otro? —me
preguntó Esmeralda flexionando los dedos—. Pocos
naceanos escaparon de las sombras.

Según la historia, fuimos masacrados por la magia
errante. Un accidente. Una baja de guerra.

Pero yo sabía que nuestro asesinato había sido orquestado. Recordaba haber visto a los soldados leyendo
cartas el día antes de partir. Recordaba haberlos visto
huir presas del pánico. Recordaba haberlos oído susurrar algo acerca de unas «órdenes».

—Uno sí que escapó —repliqué en voz queda—. Jamás he conocido a otro.

Rubí lanzó un profundo suspiro.

—En el linaje real de Nacea no había ningún León. Mis padres fueron granjeros. Lo más cerca que estuvieron de la realeza fue el hecho de tener que mandar nuestras mejores ovejas a la reina a modo de tributo.

—No, la Última Estrella de Nacea se llamaba Namrantha. Sin vinculaciones políticas. —Esmeralda puso su cabeza a la altura de la mía—. Dentro de unos momentos irás al entrenamiento en fuerza física y manejo del arco y de la espada. Las noches son para la reflexión personal y para la competición, y existe la posibilidad de que ofrezcamos entrenamiento personalizado. Tú asistirás todos los días a las tres sesiones de entrenamiento, hasta que nosotros ordenemos otra cosa. Si es que aún sigues vivo para entonces.

—Seguiré vivo.

—Maravilloso. —Rubí se levantó de su asiento en medio de un revuelo de sedas blancas y negras y abrió la puerta—. Ya puedes salir.

Una vez que la traspuse, la volvió a cerrar.

—La Mano Izquierda te concederá tiempo para que pongas en orden tus ideas —me dijo con una sonrisa el sirviente de cuello rojo, aunque su gesto era más de consuelo que de alegría—. Y desean que te recuerde que en este salón la competición está prohibida.

Estaban evitando llamarlo «asesinato». Me quedé unos instantes junto a la puerta y volví a enfundarme los guantes. Seguro que no permitían que los aspirantes descalificados hablasen de las pruebas, y si no quedaba nadie vivo, tan solo los sirvientes sabrían que nos habíamos asesinado unos a otros. Los siguientes aspirantes a la máscara que cayeran primero no sabrían que se trataba de una lucha a muerte hasta que llegaran. No lo sabría ninguno.

9

La Mano Izquierda nos hizo esperar. Yo bullía de nerviosismo en mi asiento, escuchando el zumbido de las conversaciones que tenían lugar a mi alrededor. Veintidós era uno de los aspirantes de más edad, una arquera y espadachina, a juzgar por su aspecto, y al terminar la primera sesión pidió a su sirviente que le trajera unas protecciones para las muñecas. Siete y Ocho eran dos inquietos norteños; Siete no dejaba de vigilar a todos sus rivales, mientras que Ocho susurraba en erleniano. Veinte devoraba un plato de comida tras otro y masticaba con la boca abierta todo el tiempo. Yo me serví otra taza de té.

Comer antes de correr siempre me sentaba mal, así que mejor no arriesgarme; el entrenamiento de fuerza física podía resultar determinante.

De improviso se abrió la puerta del comedor restringido. En primer lugar apareció Amatista, que susurró algo al sirviente de Rubí. A continuación, salieron todos los integrantes de la Mano Izquierda.

—Lady Amatista supervisará vuestra primera sesión. Os sugiere que dediquéis un momento a beber un vaso de agua. —Acto seguido, el sirviente nos fue mirando a todos de uno en uno, hasta que todos hubimos bebido el vaso. ¿Otra pequeña prueba para ver lo rápido que obedecíamos?—. Tened la bondad de seguirme.

Todos nos levantamos de inmediato, pero no nos movimos del sitio.

Ninguno quería ser el primero en salir. Ni el último. Dos y Quince, dando la espalda a todos, se retaron el uno al otro para ver quién echaba a andar primero, hasta que finalmente, antes de que pudiéramos reaccionar, Dos cuadró los hombros y se encaminó hacia la puerta. Detrás fueron Cuatro y Tres, esta última vigilando la retaguardia de Dos. Yo no había pensado que mereciese la pena hacer amigos, pero estos serían buena gente.

Hasta que se volvieran contra mí y contra ellos mismos.

La familiaridad generaba confianza, y la confianza hacía que uno acabara muerto, porque te hacía creer que había alguien para sostenerte cuando cayeras, cuando en realidad no había nadie. Cosa que aquellos tres no iban a tardar mucho en descubrir.

Salí caminando en medio del grupo. Cinco, cuyo enorme hombro rozaba el mío, me miró con sus inexpresivos ojos. El sol les habría robado todo el color, si no fuera por el anillo gris oscuro que rodeaba el azul del iris. Me empujó hacia el costado, y sentí en el brazo el contacto de un cuchillo que llevaba oculto bajo la camisa. Qué raro. Había creído que, con aquellos aires suyos de noble, sería un experto en esgrima.

—Si somos listos, el que caiga en una trampa durante el entrenamiento no llegará vivo a mañana —le dijo Cinco a Ocho en voz baja—. Cualquier arquero, por poco que valiera, sería Ópalo antes de que se pusiera el sol.

Ocho miró a Cinco.

—Cualquier arquero al que no sorprendan —dijo Siete en tono irónico.

—Están buscando iniciativa. —Cinco dio una palmada en la espalda a Ocho, y me percaté de la sonrisa ladeada y de aburrimiento que se adivinó bajo su máscara. Ni hacía amigos ni los conservaba—. Emplea tu tiempo de manera sabia, y no les importará que te saltes el entrenamiento.

Siete se besó los tres dedos que le quedaban en la mano y elevó una plegaria a la Tríada mientras Ocho continuaba andando, sin enterarse de nada. Cinco estaba jugando a un juego totalmente distinto.

De pronto tropecé con Cinco, y me agarré de su brazo para no perder el equilibrio al tiempo que lanzaba un juramento para distraerlo. Con mi otra mano, me colé bajo su túnica y le arrebaté el cuchillo. Él me apartó de un codazo sin siquiera mirar mi número. Volví a mezclarme con el grupo.

De pronto Cinco se palpó el pecho y se detuvo en seco. Me apresuré a esconderme detrás de Veinte.

Si Cinco podía jugar a su juego, yo podía jugar al mío. Ahora tenía una cosa menos con la que asesinarme.

Más tarde, empapado en sudor y temblando bajo el peso de la ropa que llevaba, lo único que deseaba era liberarme de toda la carga adicional que suponían el cinturón y los cuchillos. Amatista nos observaba atentamente. El sol arrancaba destellos a su máscara. Solo siete de nosotros estábamos en tierra, con la nariz tocando el suelo y metiendo tripa, de tal forma que parecíamos tablones de madera, haciendo equilibrios sobre los antebrazos y los dedos de los pies. Yo tenía la seguridad de que solo cuatro de nosotros necesitábamos hacer aquel ejercicio. Cuatro y Dos estaban situados frente a sí en el círculo, y no dejaban de vigilar cada uno la retaguardia del otro. Yo a duras penas lograba mantener los ojos abiertos.

—Diez, nueve, ocho. —Amatista pasó por mi lado. Apenas le temblaban las piernas, y eso que había estado corriendo con nosotros alrededor del patio durante una eternidad—. Siete, seis, cinco.

Tomé una profunda bocanada de aire respirando por la nariz y conté sus pasos. Tenía la tela pegada a la cara, hormigueante y sudorosa.

—Dos, uno.

Me derrumbé. Amatista chasqueó la lengua.

—Arriba. Más recto. Otros diez. —Se acercó a Once, le metió el pie bajo el estómago y la levantó del suelo—. Me da igual lo desentrenados que estéis, la espalda debe estar recta. Si controláis los músculos del centro del cuerpo, ampliaréis la variedad de movimientos y de habilidades. Aquí no hay lugar para los que no tienen control.

Yo apreté los dientes y estiré la espalda. Otra vez.

—Barbilla alta —me ordenó Amatista separándome la nariz del suelo con la punta del pie—. Solo debes mirar al suelo si te dispones a rendirte.

Enfrente de mí, apoyado en una pared a la sombra, estaba Cinco observándonos. Él no había sido uno de los debiluchos incluidos en el entrenamiento de fuerza, y desde su llegada no se había movido siquiera. Estaba esperando.

A Ocho no se lo veía por ninguna parte. Esmeralda y Rubí debían de estar evaluando a los que no se encontraban en la sesión de entrenamiento. Examinando qué era lo que hacían los aspirantes en su tiempo libre.

¿Pero por qué se presentaba Cinco a las pruebas? Si era un noble, ya poseía toda la riqueza y todas las tierras que necesitaba para vivir. A no ser que se hubiera vuelto avaricioso. Pero así y todo.

—Abajo —me ordenó Amatista empujándome con el pie.

Me tendí en el suelo, con las manos junto a los hombros y los codos levantados, como nos había enseñado ella. Once se desmoronó jadeando y se hizo un ovillo. Debajo de sus ropas nuevas, era toda huesos y tatuajes místicos. El intenso dolor que sentía en mi estómago también me suplicaba que me hiciera un ovillo y no volviera a moverme más.

Pero semejante muestra de debilidad me llevaría a la muerte.

—Para ser Ópalo, has de ser capaz de sostenerte solo. —Amatista, que aún vestía la coraza a pesar del calor y que, sin embargo, no daba la menor señal de notar que la llevaba puesta, se agarró de una de las barras que, tan altas como un hombre, estaban colocadas en horizontal en el centro del círculo. Separando las manos a la anchura de los hombros, despegó los pies del suelo. No le temblaron los brazos, no dobló la espalda; simplemente elevó el pecho por encima de la barra manteniendo las piernas rectas frente a sí—. Si bien nuestra misión consiste en hacer exhibiciones en público y en proteger a Nuestra Soberana, también hay una serie de trabajos que requieren discreción. Las rutas de escape dependen del azar. Yo he permanecido colgada del alféizar de una ventana por las puntas de los dedos, en invierno, esperando que se vaciara una habitación... desde el amanecer hasta media mañana. Si me hubiera soltado, habría muerto. Si me hubiera agarrado al alféizar con la mano entera, también habría muerto. Debéis ser capaces de sostener vuestro propio peso y el de vuestras armas, o fracasaréis.

Repitió aquel ejercicio diez veces. Sin dejar de hablar.

Yo podría ejecutarlo quizás una sola vez. Sin coraza. Y temblando.

Amatista era espectacular.

—Me da igual cuán fuertes os creáis. Debéis ser más fuertes aún. —Descendió hasta el suelo y adoptó la posición de espalda recta y estómago metido hacia dentro que habíamos adoptado nosotros—. Boca abajo, con las manos ligeramente más separadas que los hombros y la espalda recta. Izaos hacia arriba y bajad de nuevo, sin tocar el suelo, y arriba otra vez. No paréis hasta que yo lo diga.

Sintiendo un escalofrío que me recorría la columna vertebral y un charco de sudor que se me formaba en la parte baja de la espalda, volví a izarme una vez más.

La corriente de aire provocó otro escalofrío. Mi respiración me abandonó a mitad de camino, mi estómago rozó el suelo, y clavé las uñas en el polvo. Tenía que ser Ópalo. Era lo bastante fuerte. Sería Ópalo, noble y letal.

Al izarme de nuevo, me crujieron las articulaciones de los codos. Al instante Amatista se volvió hacia mí. Jamás había estado en mis planes reclamar aquella máscara, pedir cuentas a aquellos Erlend que me debían Nacea, pero iba a ser noble. Disfrutaría de un rango igual que el de todos aquellos viejos nobles que se sentaban en la corte.

Sería igual que la dama de aquel carruaje... en rango, ya que no en descaro.

Mi nariz chocó de lleno contra el suelo. Hice una mueca al notar una fuerte punzada de dolor detrás de los ojos, y levanté la cabeza y esperé hasta que pasara la sensación. Advertí que Cinco ya no estaba en su sitio. Al momento se me erizó todo el vello de la nuca.

A mi lado, Once estaba lanzando resoplidos. A mi otro lado tenía a Veinte, derrumbado en el suelo y con los codos de cualquier manera. Tres, Cinco, Siete y Ocho habían desaparecido. Hice una pausa. Amatista emitió un carraspeo.

Levanté la cara. En la ventana que había detrás de ella, al fondo, brilló un reflejo.

La punta de una flecha.

Inmediatamente me incorporé, me eché hacia atrás y caí de culo. Veinte soltó una carcajada.

En aquel instante una flecha le atravesó limpiamente el cuello y fue a estrellarse en tierra, donde un segundo antes estaba yo, con una salpicadura de sangre. Veinte, aferrándose el cuello con ambas manos, se desmoronó asfixiándose entre gorgoteos. Yo me giré de nuevo hacia el reflejo que había visto.

Nada.

Amatista puso a Veinte boca arriba. Su pecho no volvió a inflarse.

Recorrió a los presentes con la mirada.

—¿Alguno de vosotros ha visto quién ha sido?

Nadie respondió. Yo tenía algunas respuestas posibles, pero eran solo suposiciones: o Cinco estaba llevando a cabo su plan, o bien Ocho había hecho caso de su sugerencia. Ninguna de las dos posibilidades era halagüeña.

—¿Abel? —Amatista hizo señas a su sirviente para que se acercara—. Ordena que limpien esto. Los demás, pasad al lado izquierdo y continuad. No estorbéis.

Todos nos quitamos de en medio para dejar espacio a los sirvientes y volvimos a adoptar la misma postura, esta vez lanzando miradas fugaces a las ventanas y a los tejados. A partir de ahí fui siguiendo las instrucciones de Amatista solo a medias, me esforzaba todo lo que podía sin dejar de prestar atención a las conversaciones que oía a mi alrededor. Dos estaba frente a mí en sentido diagonal, y cada vez que volvía la vista en mi dirección me aseguré de observar cómo reaccionaba. Nadie vio nada, y no murió nadie más.

Ya estaba un paso más cerca de ser Ópalo, pero mis adversarios también.

Excepto Veinte, claro.

10

Una eternidad después me incorporé con las piernas temblorosas. Dos y Cuatro fueron a buscar arqueros, y me fui detrás de ellos y enfrente de Once, que también temblaba. Cuatro cogió el odre que le ofrecía su sirviente, y Dos aceptó una taza de crujientes frutos secos del suyo. Once se sacó una cantimplora de un bolsillo oculto.

Los cuchillos, desde luego; pero el agua nunca había sido un arma. Ahora podía matarme o salvarme. No le había dicho a Maud que...

—¿Aspirante? —Maud había aparecido a mi otro costado, con una cantimplora de cuero en una mano y medio boniato en la otra. Se me acercó un poco más y me dijo—: Soy la única persona que ha traído esto.

Me bebí media cantimplora de un trago.

—Gracias.

—Claro. —Maud apartó la mirada mientras yo, con las manos temblorosas de puro agotamiento, salpicaba agua por todas partes—. ¿Te apetece algo más?

—No. —Cogí el boniato y lo olfateé. No olía a nada peligroso; por el momento iba a tener que fiarme de Maud. Le di un mordisco y dejé escapar un gemido al notar cómo se deshacía la carne en mi lengua. Correr una noche entera no había sido tan duro como esto, no me había dejado el estómago royéndome las costillas de esta manera. Una cosa era el hambre, pero esto era pura necesidad. ¿Cómo iba a hacer nadie algo así?

¿Cómo iba a repetirlo yo al día siguiente?

—¿Puedes traerme agua en el próximo descanso? —Miré hacia el grupo y añadí—: O cuando puedas.

Maud frunció los labios.

—Quédate con la cantimplora. No puedo interrumpir tus sesiones, y no vas a tener más descansos.

—Genial. —Me enganché la cantimplora al cinto y me metí en la boca lo que quedaba del boniato.

Maud se retiró con discreción y se fue con el resto de los sirvientes. Era muy servicial.

Hasta el momento.

El nuevo patio era grande y ventilado. Estaba semicubierto por las construcciones que lo rodeaban, altas y de tejados muy inclinados. Los muros, salpicados de algunas ventanas, aparecían siniestros y vacíos, con multitud de muescas para agarrarse, y el resto del terreno estaba circundado por una alta tapia de ladrillo que formaba un largo semicírculo. Al otro lado de dicha tapia había un grupo de robles y árboles de hoja perenne que no dejaban ver los pináculos del este. Un bosque decorativo que nos separaba del palacio real.

Unos cuantos árboles que me separaban de los nobles Erlend.

—Lávate las manos antes de tocar mis arcos. —Esmeralda me dio un apretón en el brazo al pasar junto a mí y se dirigió hacia un conjunto de arcos y aljabas—. Dispararás hacia la tapia. —Fue escogiendo un arco para cada uno de nosotros en función de nuestra estatura y nuestra constitución. Luego señaló el bosque—. Pero antes quiero ver qué tal lo hacéis.

Nos mostró cómo sostener el arco. Yo tenía los dedos tan débiles que el mío estuvo a punto de caérseme al suelo. Pero estando al aire libre y a la sombra se me secó la película de sudor que me cubría la piel, y pude agarrar el arco con fuerza. Tenía a mi lado a Cinco, que había regresado de dondequiera que estuviera, y que se fijó en mis manos. Hice un esfuerzo para no moverme hasta que él dejara de mirarme.

Esmeralda se situó en el otro extremo de la fila para que todos pudiéramos ver lo que hacía.

Ahora que ya no la tenía pegada a mí, relajé la postura y apoyé el arco en mi pie. Once, que todavía estaba recuperando el resuello, encajó el suyo en un hombro y flexionó las rodillas. Acaricié el arco con la mano; era más fino que ningún otro que hubiera manejado nunca, y desde luego mejor que los que nos permitía llevar Grell en trabajos peligrosos.

—Por supuesto que no. —Esmeralda me propinó un golpecito con una flecha en el hombro—. El arco no debe tocar el suelo, o de lo contrario te pasarás la noche entera comiendo tierra.

Obedecí al instante, y agarré el arco con una mano y la cuerda con la otra. Esmeralda volvió a negar con la cabeza.

—Los hombros deben estar perpendiculares al objetivo. —Vino hasta mí, me separó los pies y me metió el estómago—. Al imaginar tu cuerpo debes pensar en ángulos: el ángulo que forma con el objetivo, el ángulo de tu brazo en relación con el suelo, el del arco en relación con tu cuerpo. —Acto seguido, pasó a Cinco y elevó el tono de voz—. Tus ojos no te conducirán a tu objetivo. El que manda es tu cuerpo, y en tu cuerpo debes mandar tú. —Empujó los hombros de Once hacia abajo y le ajustó la postura. Cuando quedó satisfecha, o lo más satisfecha que podía quedar con todos nosotros, tomó su arco—. Ahora, no os mováis.

Me dolían los hombros. Sentía un dolor lento y que me iba bajando por la columna vertebral, me iba tensando los músculos uno por uno y pasaba por debajo de los omoplatos. Empecé a sentir un intenso hormigueo en la parte baja de la espalda. El dolor se me fue extendiendo por los brazos hasta que los codos se me quedaron agarrotados.

—Vuestro objetivo —dijo Esmeralda, cuyos brazos no temblaban en absoluto— no siempre va a encontrarse en una posición fácil de acceder. Tendréis que esperar a que se mueva y se coloque dentro de una zona en la que podáis matarlo a él, no herir a nadie más, y escapar sin ser detectados. O bien tendréis que hacer los ajustes que sean necesarios.

A continuación echó el brazo derecho hacia atrás como si fuera a disparar, y todos la imitamos. Mi mano derecha se puso tan tensa que no tuve la seguridad de poder desdoblar de nuevo los dedos. El dolor me llegaba hasta la médula de los huesos, lo notaba en todas las articulaciones. Esmeralda nos tuvo así unos instantes, hasta que a mí empezó a resbalarme el sudor por la frente, la nariz, la barbilla y el cuello. Sentí el peso de la cantimplora al cinto.

—Si te conviertes en Ópalo, llegará el día en que sus deberes exigirán paciencia, y has de estar preparado para ese día. De lo contrario, no tienes derecho a convertirte en Ópalo.

Esmeralda se movió y bajó el arco. Once bajó los brazos con un sonoro resoplido, y yo desbloqueé los hombros con un crujido. Por fin.

Esmeralda volvió a quedarse quieta y chasqueó la lengua.

—No podéis actuar con prisas, la impaciencia invita al fracaso.

Y una vez más colocó su arco en posición.

Nadie se movió. Mi sombra iba haciéndose más larga con cada sacudida de mis brazos doloridos, mis dedos agarraban el arco cada vez con más torpeza. Lancé un resoplido contra el hombro y flexioné las rodillas en el intento de aflojar la tensión que me había dejado las piernas duras como piedras. Esmeralda bajó el arco y sacudió los brazos. Yo me derrumbé de rodillas.

—En pie —me dijo al tiempo que recogía mi arco y los de los demás—. Aún no has terminado.

Me incorporé reprimiéndome para no dejar escapar un gemido de dolor por el hormigueo que sentía en los músculos. Cinco cruzó los brazos por encima de la cabeza y relajó las manos. Tenía los dedos llenos de callosidades.

Cuatro paseó un poco haciendo estiramientos, con un brazo a la espalda. Cuando yo intenté hacer lo mismo, sentí un chasquido en el hombro.

En lugar de copiar lo que hacían los otros, apuré el agua que me quedaba en la cantimplora.

Vino Rubí a sustituir a Esmeralda. Tres desapareció entre el pequeño grupo de árboles que crecían junto a la tapia, se internó en el follaje y se perdió de vista. Cinco volvió a entrar en el edificio; los brazos no le temblaban en absoluto.

Rubí nos fue pasando unas espadas de gran tamaño, de punta roma. Yo apenas podía sostener la mía por la empuñadura, y retrocedí a trompicones hacia la sombra. Para alcanzarme allí, un arquero tendría que asomarse mucho, y por lo tanto ser detectado por Rubí, y yo no había visto a nadie en el otro edificio. Por lo menos podría esquivar la flecha... siempre que mi cuerpo me obedeciera.

Rubí nos fue guiando poco a poco a través de los conceptos básicos de la lucha: parar el golpe y golpear, parar otro golpe y golpear, bloquear. Con cada giro sentía una punzada en el costado, con cada paso que daba el agotamiento parecía arrancarme la carne del hueso de las pantorrillas, y con cada pensamiento errático mi cabeza amenazaba con desprenderse de mi cuerpo y salir volando con la brisa. No era capaz de concentrarme.

—Apoya el peso en el pie que está atrás. —Rubí se inclinó sobre mis pies con una flexibilidad que parecía increíble en alguien de su estatura y me dio un tirón para que adoptase la postura correcta—. Tus talones deben formar un ángulo. Una pierna atrás, el pecho hacia un lado, un pie delante.

Teniéndolo tan cerca me resultaba imposible ocultar mi temblor. Me tocó en el brazo derecho.

—¿Qué hacías normalmente durante el día? —Bajó la mano hasta mi codo y lo obligó a moverse—. No te bloquees. Se te caerá la espada.

—Dormía mucho. Y me trabajaba a la gente cuando el mercado estaba animado. —Hice un esfuerzo para realizar el primer movimiento que nos había enseñado. Sentía el cuerpo tan liviano que, de no ser por la pesadez que tenía en el estómago, habría echado a volar. La última vez que experimenté aquel mismo frío en mitad de agosto vomité y me desmayé a los pies de Rath—. Si estaba peleando o huyendo, dormía más y dejaba en paz a la gente del mercado.

—No has mencionado comer.

—Eso sale caro. —Volví a adoptar la posición inicial—. Los empleos de verdad son para quienes tienen padres, o para todos esos magos. Ellos pueden permitirse trabajar por menos. Podría ser un obrero, claro, pero no te permiten empezar hasta que tengas diez años. La mayoría acaban dedicándose a robar ya desde jóvenes. Y luego no los dejan abandonar. Yo conseguía lo suficiente para mantenerme vivo y robaba lo suficiente para mantenerme fuerte. Si hubiese tenido pinta de estar bien alimentado, Grell se habría sentido amenazado.

Grell solo me permitía seguir siendo tan bueno en las peleas callejeras porque ello le reportaba suculentos beneficios.

Rubí emitió un curioso ruidito en el fondo de la garganta y me quitó de las manos la espada, que cayó con estrépito al suelo.

—Mediocre.

A continuación, pasó a Once, cuya postura era tan insegura como la mía. Recogí mi espada del suelo. Por lo menos, que nadie me viera ruborizarme, que nadie viera el calor que me había subido a la cara tras aquel comentario. Tragué saliva y observé cómo hacía pedazos la posición de Once.

¿Qué importancia tenía lo que hubiera hecho yo? No había trabajo. Una vez desaparecida la magia, una generación entera de magos perdieron su imperio e inundaron el mundo de personas adultas desempleadas. Los magos eran adultos que podían permitirse el lujo de hacer lo que la gente quisiera y que ya sabían cosas, ya tenían experiencia y dinero ahorrado. Los niños no podíamos competir con aquello. Los niños íbamos por ahí gorroneando los trabajos que no quería nadie.

Si yo no hacía mucho más, era porque no había mucho más que hacer, y después de haber pasado una noche entera peleando, lo último que me apetecía era moverme.

Cuando Rubí dio la señal, fruncí el ceño y lancé un mandoble con la espada. Agarré la empuñadura con tanta fuerza que mis nudillos pugnaron contra los guantes.

Rubí me dio un golpe en el codo.

Pero no solté la espada.

Casi se me salieron las tripas al retroceder.

—En fin, supongo que es el primer día. —Rubí, con una mano en la que se adivinaban las inscripciones mágicas un tanto desvaídas que llevaba grabadas en los dedos, nos señaló el soporte para las espadas que había en el armario del rincón del patio—. La cena se sirve en el comedor, pero depende enteramente de vosotros cómo transcurra. Habrá comida y sirvientes, y podéis continuar compitiendo, siempre que no os sorprendan y que no causéis daño a nadie más. Os veré mañana por la mañana. O no.

Cuatro y Dos se miraron el uno al otro. Tres permaneció unos instantes en la puerta, con las uñas sucias de tierra y trozos de corteza adheridos a la máscara. Unos momentos después desaparecieron, y a continuación se fueron también Diez, Once y Quince, de uno en uno; no juntos, pero tampoco dispuestos a perderse de vista. Yo oteé el bosque.

—Las dependencias de los honorables miembros de nuestra corte se hallan al otro lado de ese bosquecillo. En primavera son unos cerezos preciosos. —Rubí hizo un alto en la puerta y señaló la tapia con los dedos—. Si te atrapan al otro lado de ese muro, te detendrán por violación de la propiedad y te descalificaremos.

Asentí con la cabeza. Rubí se marchó.

Los buenos ladrones no se dejaban atrapar.

Y yo era el mejor.

11

El bosquecillo que había al otro lado de la tapia estaba formado por pinos frondosos y verdes y por robles de gran altura. Un pequeño arroyo discurría suavemente bajo el zumbido de los insectos y los pájaros. Me icé hasta quedar sentado en el borde de la tapia. Las ventanas que tenía a mi espalda se veían oscuras y vacías, pero si me las quedaba mirando demasiado tiempo acababa viendo sombras que se movían en los huecos.

Agité los brazos.

Nada, salvo el manchón borroso de la oscuridad.

De pronto sentí volar una flecha por encima de mí. Rápidamente bajé el cuerpo y pegué el estómago al borde de ladrillo. Una segunda flecha pasó rozándome el hombro, fallando por los pelos, y me hizo descolgarme por el otro lado de la tapia. Mi caída se vio amortiguada por un grupo de arbustos decorativos. Una tercera flecha se clavó en el árbol que tenía enfrente.

No capté ruido de pisadas. Debían de haberme disparado desde una ventana.

Lancé un guante al aire, por encima de la tapia, y en el momento de recogerlo se clavó en el árbol otra flecha más. El atacante debía de encontrarse apostado en el tejado o en una de aquellas ventanas, pero lo más seguro sería una habitación. Estaba fuera de mi alcance, y yo no tenía ni idea de cómo llegar hasta él. Dudaba que la tuviera alguien. ¿Cómo había conseguido apostarse allí en tan poco tiempo?

Un guardia patrullaba cerca de allí, por un sendero que describía una curva, con la espada golpeando contra el costado y la manga izquierda vacía y ondeando en el viento. Esperé a que se perdiera de vista. La tupida cortina que formaban las agujas de los pinos y el follaje de tonalidades doradas y rojas tamizaba el sol de últimas horas de la tarde y los sonidos del bosque. Era un milagro que el guardia no me hubiera oído ni hubiera acudido de inmediato.

Me incorporé con dificultad.

—¿Sigues ahí? —pregunté agitando los dedos por encima del muro.

Nada.

Asomé la cabeza.

El patio estaba vacío y las ventanas estaban a oscuras. Claro que no las había visto desde la última vez que miré. Guantes negros, mangas negras, un arco negro; ese era el truco. Además, las flechas describían una parábola, ¿no? Tracé una línea desde las flechas que se habían incrustado en el tronco del árbol.

En lo alto del edificio de la izquierda había una ventana grande y vacía, con el alféizar de madera. Era el emplazamiento perfecto: un punto elevado, la única ventana que había en aquel nivel, y probablemente provista de una sola entrada. El atacante debió de creer que no corría ningún peligro.

Fui siguiendo la tapia hasta el punto en que se unía con el edificio de la izquierda, me subí a ella de un salto y, con los brazos y las piernas al borde del agotamiento, empecé a escalar el tejado.

Allí no había nadie más que yo.

Y las manchas de sangre de la noche anterior.

La zona del tejado a la que daba mi habitación estaba salpicada de manchitas rojas. Miré a través del postigo entreabierto y vi a Maud caminando dentro de la habitación. Di unos golpecitos en el alféizar, y eso le produjo un sobresalto.

—¡Señor! —Apartó las campanillas y me ayudó a entrar—. Existe una puerta.

—Y una docena de personas esperando a verme llegar por ese pasillo —repliqué—. ¿Puedes hacerme la cena?

—Precisamente para eso estoy aquí. —Maud revoloteaba a mi alrededor, empeñada en retirar la manta limpia para que no la pisara con mis botas sucias—. No nos han dicho que tú fueras a saltarte la cena, pero lo he compensado con una comida que normalmente reservamos para los reclutas nuevos que aún están verdes.

La miré con cara de enfado.

—¿Así que yo estoy verde?

—Estás flaco. —Puso una bandeja de provisiones junto a la cama—. En ese rincón hay ropa, vendajes limpios y una bolsa de primeros auxilios. Cámbiate. Ya te preparo yo la comida.

Me bajé de la cama. Maud se volvió de espaldas y se puso a trabajar. Yo me quité el vestido y me puse una túnica suelta. Vi que me había llenado la bañera, pero el baño tendría que dejarlo para más tarde. Por lo menos estaba seco.

—¿Hay algún alimento que te siente mal? —Maud miraba con gesto inexpresivo la pared de enfrente. Arrodillada ante la bandeja, sirvió una taza de fuerte achicoria y le agregó una generosa cucharada de miel—. Supongo que aún tardarás un rato en acostarte.

—No hay ningún alimento que me siente mal, y no

pienso dormir a no ser que esté muerto. —Me tendí en la cama a tiempo para ver cómo arrugaba la nariz. Así que, después de todo, poseía sentido del humor—. ¿Sabes algo de cómo han ido las últimas pruebas?

Le quitó la tapa a un cuenco, y vi que contenía carne de cordero bañada en una pasta densa y de color rojo, salpicada de guisantes, chiles verdes y dientes de ajo, que desprendía un aroma a pimienta. Cogí un pedazo. Los ratones lo devoraron antes de que llegase a tocar el fondo de la jaula.

—Lo único que sé es que han tenido lugar —respondió Maud con ironía. Les dio a los ratones una miga de pan—. En el año de Amatista, Dimas estuvo aquí y nos dijo que por la noche no debíamos acercarnos.

—Seguramente es lo mejor. —Miré a los ratones. Aún seguían vivos—. Si tú quisieras introducir algo en la comida de un aspirante, ¿cómo lo harías?

—No —respondió Maud acercándome la bandeja—. Nos movemos de un lado a otro con las bandejas cubiertas. Con tanta construcción, hay demasiado polvo en el aire. No se podría introducir nada. En la comida que traigo yo, no.

Lancé un suspiro.

—¿En ningún momento la pierdes de vista? ¿Ni siquiera para ir a mear?

—Vin no permite que entre ningún desconocido en su cocina, y ninguno de nosotros va a envenenarte. Cada sirviente cocina lo suyo, y todos estamos encargados del desayuno. —Maud fue hasta la ropa que yo acababa de quitarme y cogió el vestido. De pronto se quedó petrificada—. Las tapas se quedan aquí toda la noche. Empezaré lavando la mía.

Y nadie se quedaba de guardia protegiendo las tapas que se estaban secando. Pasé un dedo por el interior de la tapa y no encontré nada más que agua. La probé para ver a qué sabía.

Agua templada.

Mojé el pan en el huevo y le di un mordisco. Señor, Maud sí que sabía cocinar, y demostraba ser inteligente al saber que el hecho de que las tapas permanecieran toda la noche en los cuartos podía plantear un problema.

—¿Por qué me has elegido a mí? ¿Qué os han contado acerca de nosotros?

Los sirvientes conocían los mejores chismorreos, y si Maud arrugaba la nariz cuando reía, seguro que hacía el mismo gesto delator cuando decía una mentira.

—No te he elegido yo, y tampoco lo habría hecho. —Dobló mi camisa sobre su brazo y se apoyó contra la bañera llena de agua—. Lo echamos a suertes, y yo saqué el número veintitrés. Me alegro de que te haya correspondido a ti. Un caballo en la carrera es mejor que ninguno, y si se hubieran detenido en el veintidós habría sido mi ruina. —Lancé un bufido—. Además, ¿por qué iba a haber elegido al aspirante más flaco de todos? Se encogió de hombros—. No pienso mentirte, ni tampoco pienso mentir por ti.

Yo sí que me habría elegido a mí, pero es que yo me gustaba.

—Nosotros tenemos más reglas que vosotros —continuó Maud transcurridos unos instantes—. Las típicas: no establecer relaciones, no robar... y también otras más concretas. Nada importante, en lo que a ti respecta.

—Y si tu aspirante sale ganador, tendrás cinco perlas más y una camisa de cuello elegante. —Me apliqué a la comida; los ratones seguían vivos y yo estaba muerto de hambre—. ¿Se supone que tú —le pregunté blandiendo mi cuchara hacia ella— no debes acercarte para no resultar herida? Yo no voy a hacerte daño.

—No, con eso te descalificarían a ti. —Maud sonrió, pero apretando los dientes—. En el pasado, los aspirantes no siempre han aceptado el adecuado código moral, y la Mano Izquierda constituye un punto de romanticismo dentro de la corte.

Hice una mueca. No me extrañaba que las reglas que prohibían hacer daño a otras personas ajenas a la competición fueran tan estrictas; la agresión física no era la peor manera de hacer daño a alguien, y los aspirantes teníamos mando sobre los sirvientes.

—Yo no te tocaré.

—Bien.

—¿Qué has querido decir con lo del romanticismo?

—Que los integrantes de la Mano Izquierda son deseados. Adorados. —Maud señaló la servilleta doblada que descansaba junto a la bandeja—. Son los elegidos de Nuestra Soberana, y los únicos a quienes ella escucha. Los miembros de la corte consideran que si cuentan con el favor de la Mano Izquierda están a salvo. Todo es falso: el coqueteo, la adoración. Al Ópalo anterior le encantaba, pero implica que algunos aspirantes acudan aquí en busca de eso. Dimas nos dijo que limitáramos el tiempo que pasamos con vosotros. Dice que la gente que mata por conseguir dinero o una posición es de lo peor.

Dimas no se equivocaba. Lord Horatio del Seve había amasado una fortuna vendiendo productos de Nacea a Shan de Pau y sus comerciantes, de dudosa honradez. Antes preferían matar a una persona y desplumar su cadáver que robar a unos cuantos viandantes. La lealtad a las riquezas que superaban con mucho lo necesario para vivir y la falta de un adecuado sentido de la responsabilidad ya nos habían llevado a la guerra. Eran ambiciones que se servían a sí mismas, y a nadie más.

Sin embargo, la Mano Izquierda impartía justicia.

—Muy inteligente. —Me limpié la boca. Cuando uno llevaba puesta una máscara, comer resultaba casi tan fácil como respirar—. Soy capaz de defenderme de alguien que intente asesinarme; en cambio, no sé si seré capaz de defenderme de que tú intentes conquistarme.

—No eres mi tipo. Eres muy bajo. —Maud me miró levantando la nariz y parpadeando despacio—. Además, va totalmente en contra de las normas. Y si me despiden, no puedo ascender en el escalafón.

—Tú eres más bajita que yo, ¿sabes?

—Eso no modifica tu estatura, ¿no? —Se apartó de la bañera—. Deja la ropa sucia en la puerta, la recogeré mañana por la mañana. El agua está limpia. Esta camisa es la que mejor te queda de talla, así que te la lavaré esta noche. Las otras son las únicas que he podido encontrar que te sirvieran. He calculado tus medidas. ¿Necesitas algo más?

—No. —Observé la ropa doblada que había en el rincón y sentí que me subía un escalofrío a la garganta. Maud me había traído un vestido largo y una camisa a medida de cuello flexible, unas calzas gruesas, un pantalón entallado y hasta un par de calcetines de lana. Sin preguntas; simplemente hizo lo que yo le había pedido—. No le digas a nadie ni una palabra sobre mí. Si saben cómo voy a ir vestido, perderé la ventaja del factor sorpresa.

Y ahí era cuando la gente por lo general empezaba a hacer un montón de preguntas que yo no deseaba contestar.

—El sastre que vende ropa de segunda mano ha tenido que ajustar varias prendas, pero en el caso de los vestidos le he dicho que los dejase tal cual; siempre los confecciona demasiado cortos. Si algo no te queda bien del todo, puedo componértelo yo. —Maud sonrió, esta vez sonrió de verdad, mostrando los dientes y formando hoyuelos en sus redondas mejillas—. Nadie más tiene por qué saber cuáles son tus medidas, y no van a saberlo por mí.

Contuve la respiración. Todas las posibles palabras de agradecimiento estaban enterradas en mí bajo muchos años de lágrimas y explicaciones, y lo único que acerté a decir fue:

—Gracias.

—Naturalmente, aspirante. —Maud afirmó con la cabeza y me dejó sin habla.

Me dirigí hacia donde estaba la ropa. No eran prendas confeccionadas para mí, pero estaban limpias y secas, y eran las más nuevas y más bonitas que había usado en siglos. Aparté a un lado una túnica larga y vaporosa, más vestido que camisa, y fui mirando los pantalones y las calzas. Las que encontré, de color negro, eran más gruesas que las que estaba acostumbrado a llevar, pero aun así me cabrían dentro de las botas. Por lo menos, estaría bien equipado para el frío de la noche.

A lo mejor, Maud valía mucho más de lo que parecía.

12

Me bañé todo lo deprisa que pude. El agua fría alivió mis huesos doloridos, y al finalizar tiré el agua sucia por el desagüe. Las campanillas seguían estando en su sitio, y no me costó mucho cerrar la puerta con clavos: únicamente unos cuantos crujidos en el hombro y varios gruñidos de dolor.

Me froté los muslos. Tenía más fuerza en las piernas que en los brazos, y se notaba. A lo mejor eso fue lo que puso sobre aviso a Esmeralda. Pero, entonces, ¿por qué me dolían tanto las pantorrillas?

Me hice un ovillo dentro de la bañera, que todavía tenía restos de agua. La sensación de tener el estómago lleno me invitaba a cerrar los ojos y acurrucarme sobre mí mismo, y me tendí lo justo para poder seguir teniendo a la vista el bulto que había fabricado en la cama con la forma del aspirante Veintitrés. A mi alrededor todo era oscuridad, había sombras que aleteaban a través de los postigos. La luz arrancaba destellos a las campanillas y conferían al bulto de la cama el espejismo de un ser que respiraba. Di vueltas al anillo que llevaba en el dedo.

A lo mejor los otros estaban tan cansados como yo y se quedaban dormidos a la primera oportunidad.

La oscuridad se veía acrecentada por el silencio. Bajo la puerta capté unas sombras que se movían. Parpadeé, y las sombras se replegaron. Eran fantasmas de mi mente, que venían a mantenerme despierto y atento. Allí no había nada. Por muy entrenados que estuvieran mis competidores, no podían atravesar puertas cerradas con llave ni ventanas protegidas con postigos. Me puse los cuchillos en el regazo. El hacha descansaba a un costado.

Deslicé el anillo de plata por el dedo, arriba y abajo. Debería devolverlo. Tanto si me convertía en Ópalo como si no, no me resultaría muy difícil dar con aquella dama, solo con que dispusiera de un poco de tiempo para mí mismo, y no estaría nada mal verla de nuevo. Era una Erlend, pero era guapa e inteligente. Hablar con ella había sido divertido.

Con ella me sentí escuchado.

Me pasé la mano por el mentón y por el cuello y observé la ventana. Al otro lado de los postigos solo se veía oscuridad, y el resplandor de la luna se filtraba por las rendijas. Lancé un suspiro.

Tampoco me vendría mal escuchar. Cerré los ojos.

Se oyó un tintineo de campanillas. Me levanté de un salto, cuatro blandos anillos todavía flotando en mi cerebro, y tropecé con el hacha. Las campanillas inundaron la habitación con su cascabeleo y dieron vida a las sombras que recorrían las paredes. Cogí los cuchillos y salí de la bañera. Y de pronto el tintineo cesó.

Sentí un hormigueo en la nuca. Una brisa agitó el alambre silbando entre las campanillas, pero estas no emitieron ningún ruido. Sentía el viento en la piel, pero no lograba oírlo. Se me erizó el vello de los brazos.

Me asomé al exterior.

Nada.

De repente, con el rabillo del ojo vi que la oscuridad

cambiaba de forma. Me quedé petrificado, con la respiración paralizada en el pecho. Entonces se desgajó una sombra de la pared, la oscuridad se modificó y se retorció entre los ladrillos, y se proyectó sobre el suelo. Eran las sombras, que me hacían jugarretas. Pesadillas en estado de vigilia.

Aquello no era real.

Nunca eran reales.

Noté que me goteaba sangre en el hombro. Gota tras gota. Me incorporé rápidamente y me quedé de rodillas. Por el brazo me bajaba un reguero de color rojo que se curvaba alrededor de mi muñeca y formaba un charco en la palma de mi mano. De pronto sentí el aliento de alguien en mi oído.

—¿Soy yo?

Me volví a oscuras, y me encontré cara a cara con mi hermana.

El rostro de Shae aparecía enmarcado por regueros de sangre. Las trenzas que yo le había hecho alrededor de la coronilla estaban apelmazadas por la sangre y la tierra.

Ataqué con el cuchillo, y la hoja se precipitó con estrépito entre mis piernas y la sombra que llevaba la cara de mi hermana. La sombra inclinó la cabeza hacia un lado. Los cuchillos no servían de nada, y pelear resultaba inútil. No podía salir de aquello peleando. Yo no era nada a su lado.

Aquello era lo que nos había hecho Erlend: nos había raptado, nos había separado de lo que éramos, había arrancado a los niños de sus hogares y les había arrebatado el alma. Cuerpos rotos, recuerdos rotos, almas rotas. Nos habían reducido a la nada.

—¿Soy yo?

Mis manos, temblorosas, salpicaban mis piernas de sangre, una sangre tibia, húmeda, insidiosa.

—Déjala.

—¿Soy yo?

—Déjala. —Acerqué la mano a su rostro, y al pasar los dedos por su piel húmeda y pegajosa, lancé una exclamación ahogada. La bilis se me agolpó en la garganta y me taponó la nariz—. No eres tú. ¡Déjala!

—¿Este eres tú? —preguntó la sombra girando la cabeza, y el rostro de Shae comenzó a desdibujarse. Aún quedaban unos hilillos enroscados en torno a ella que tiraban su piel para transformarla en un recuerdo distorsionado de lo que había sido un momento antes. La sombra me la mostró—. ¿Este eres tú?

—Era Shae. —La aparté de mí—. Era Shae León.

De improviso cayó sobre mí la oscuridad, densa y caliente, con olor a carne, a sangre y a tierra, y sentí un enjambre de moscas azules que se me posaban en la piel y gusanos que se agitaban bajo mis pies. El corazón me retumbaba en el pecho, la única señal de que aún estaba vivo, y me volví, deseoso de salir de allí, de huir, de despertarme, de alejarme lo más posible de aquella cosa capaz de colarse bajo mis ropas como si estuviera desnudo. Sentí un calor que traspasaba mi máscara y me quemaba la cara.

—¿Este soy yo? —susurró.

Por segunda vez ataqué con el cuchillo arremetiendo hacia la oscuridad. Mi cuerpo cayó hacia delante, sin nada que lo sostuviera, sin carne que frenase la hoja del cuchillo, y me estrellé contra la pared. Sentí un pitido en los oídos y los brazos se me agarrotaron, todavía con los dedos cerrados alrededor de la empuñadura. Entonces, la oscuridad de la habitación comenzó a disiparse.

Ya no había ninguna sombra.

En las paredes se agitaban únicamente las sombras reales. Palpé el suelo con las manos, buscando a Shae, pero no hallé nada. Ni sangre, ni piel.

La opresión que sentía en el pecho no se aliviaría. El frío que me congelaba la piel no iba a abandonarme.

Estaba empapado.

Las campanillas tintinearon otra vez. Había empezado a entrar una llovizna por los postigos de la ventana que había agitado las campanillas. El agua me mojó los brazos. Me olfateé el hombro.

Agua de lluvia. Nada más que lluvia, y una pesadilla.

No había sido real.

Aflojé los dedos y tiré el cuchillo. Su frío tacto se me extendió por el brazo. Ya no había hermana, ya no había sombras. Había sido tan solo una jugarreta de mi mente en la oscuridad.

Creía que aquellas pesadillas eran cosa del pasado. Me arrastré de nuevo hasta la bañera y me dejé cae dentro de ella. Con los hombros embutidos contra el borde y las rodillas incómodamente flexionadas hacia el pecho, volví a ajustarme la máscara a la nuca.

—Ha sido una jugarreta —susurré. Me froté las manos contra la camisa para limpiar el tacto pegajoso de Shae, que llevaba tanto tiempo muerta. Luego me llevé el anillo a los labios. Aquello sí que era real, Nuestra Soberana era real, y estaba caliente y viva. Shae estaba muerta, y Nuestra Soberana había erradicado las sombras. Yo estaba solo.

Estuve oscilando entre el sueño y la vigilia, viendo con el rabillo del ojo las sombras que se agitaban en la pared, asomándome de tanto en tanto por el borde de la bañera con los ojos enrojecidos y continuos bostezos. La lluvia cesó al amanecer.

Como no había descansado nada, no tenía fuerzas. Deseaba dormir, pero necesitaba salir huyendo y no detenerme nunca, alejarme de los recuerdos y las sombras que aún permanecían agazapadas en mi habitación. La ventana me hacía señales.

Salí al tejado. Los postigos estaban cerrados y vacíos, el agua de lluvia goteaba de los alféizares y levantaba eco en mis oídos. Medio corriendo y medio resbalando, recorrí la hilera de ventanas que sobresalían del tejado. Por entre los postigos de una de ellas vi asomarse unos ojos soñolientos que parecían los de Once y que me siguieron con la mirada, y me apresuré a huir de ella.

Al otro lado del edificio, el trío de invitados se hallaba reunido en un amplio salón. Dos, Tres y Cuatro iban de un lado para otro vistiéndose y estirándose. Resbalando en las tejas mojadas, escalé una chimenea cercana que ya no se utilizaba y metí las piernas por el borde. Las tejas que tenía debajo estaban todas sueltas y resbaladizas. Ni siquiera un acróbata se arriesgaría a algo así.

Pero necesitaba tantearlos un poco. Si iban a ser un trío hasta la muerte, representaban un problema. No podía luchar contra todos ellos a la vez.

—Si estás en esto únicamente por el dinero, hay un circo falto de saltimbanquis al que te podrías sumar —me dijo Cuatro, y a continuación me saludó con la mano al tiempo que salía por la ventana al tejado.

—¿Así es como os conocéis unos a otros? —le respondí yo con un bostezo.

—No te gustaría saberlo —murmuró Dos estirándose y llevándose los brazos a la espalda.

—Por eso lo pregunto. —La imité, y noté gran alivio en los hombros y en la espalda. Respiré hondo—. Este es un lugar bastante extraño para hacer amigos. Os gusta guardar secretos.

—Dijo Sal, Sal, Sal, que no sabe nada de secretos. —Tres, que debía de haber oído lo que dijo Rubí el primer día de las pruebas, cruzó su brazo izquierdo sobre el pecho y lo apretó contra el cuerpo—. Haz esto.

Lo hice, y sentí un chasquido en el hombro, pero

mereció la pena. No era justo que ellos tuvieran mi misma edad y todo aquel entrenamiento. Los circos iban por ahí recogiendo críos para entrenarlos y ofrecer un poco de diversión después de la guerra, pero no pagaban hasta que uno formaba parte del espectáculo y se había ganado la permanencia. Yo no había tenido tiempo para aquellas cosas.

—También deberías estirar las piernas. —Tres se agarró un pie y se lo pasó por encima de la cabeza.

—Eso no voy a hacerlo.

Acto seguido, Dos se apoyó en Tres, sirviéndose de su hombro para no perder el equilibrio, y le dijo algo al oído. Yo incliné la cabeza hacia un lado, pero no pude oír lo que hablaban.

—¿Tienes algún motivo en particular para estar aquí? —me preguntó Cuatro embutiendo las manos en los bolsillos.

—Ha habido un bonito amanecer. —Retrocedí levemente, preparado para saltar y echar a correr, y disimulé mi movimiento señalando los nubarrones que se extendían sobre los pináculos del este—. Quería saber dónde dormíais todos.

—No te preocupes —dijo Dos—. Cambiaremos de sitio.

—Para que nunca sepas lo que puedes esperar —añadió Cuatro con cara de pocos amigos.

Yo sonreí de oreja a oreja.

—Qué divertido.

De improviso sacó una mano del bolsillo, y yo retrocedí dando un traspié y fui a caer en cuclillas contra el tejado, detrás de la chimenea. Su delgado cuchillo de lanzar rasgó el aire por encima de mí y se estrelló contra las tejas. Al momento salí disparado de allí.

—¡No resulta tan divertido! —exclamé.

Crucé el tejado oyendo a mi espalda la carcajada atronadora que había soltado Cuatro. Me volví un instante, pero no me estaban persiguiendo. Cuatro dio una palmada a Dos en la espalda, y Tres se despidió de mí con la mano. Continué corriendo sin detenerme, y con cada bocanada de aire se me fue despejando la cabeza.

13

Entré en el comedor procedente del patio de entrenamiento de fuerza justo cuando entraban Cuatro, Dos y Tres procedentes de los dormitorios. Tres meneó la cabeza en un gesto negativo al verme, y tocó con el codo a Cuatro.

Habría sido estupendo tenerlos de amigos. Eran buenos amigos entre ellos.

Y acabarían teniendo que matarse unos a otros.

Ocupé el asiento situado al lado de Cuatro y me extendí el vestido sobre las rodillas. Con Grell no había muchas ocasiones en las que arreglarse; en cambio, si en los próximos días todo iban a ser flexiones y posturas, me arriesgaría. Podía moverme con la misma comodidad llevando puesto aquel vestido.

Y llevándolo me sentía mejor. Llevaba siglos sin poder ponerme uno de verdad.

—Si yo quisiera, hipotéticamente, hablar a tus espaldas —dijo Cuatro sirviendo una taza de té y añadiendo una cucharada de miel de azahar—, ¿cómo debería referirme a ti?

Cogí la miel (naturalmente, aquel palacio tenía una lujosa miel que malgastar con unas personas que estaban condenadas a morir) y eché una cucharada en mi taza.

—Llevo un número gigantesco cosido a mi máscara.

—Aquello resultaba más fácil con personas a las que solo había visto una vez y que solo sabían cómo era yo aquel día. El resto de la gente quería que yo escogiera un nombre, de aquel modo les facilitaría a ellos la tarea de dirigirse a mí pero me negaría a mí mismo. Ya estaba vistiéndome de modo que lo entendieran. Lo mínimo que podían hacer era esforzarse. No veía por qué tenía yo que escoger—. ¿Qué parezco físicamente?

—Alguien que va a lamentar el dulzor de su té después de que empecemos a entrenar.

Dos, que estaba rellenando un panecillo, soltó una risita.

—Dirigíos a mí en función de mi aspecto exterior.

—Yo era ambas cosas. Y ninguna. Era todo. Pero aquella no era exactamente una conversación amistosa entre unos desconocidos que intentan matarse entre sí. Por lo menos él me lo había preguntado con amabilidad—. ¿Por qué razón habláis de mí?

—Sea como sea, come un poco de comida de verdad.

—Extendió mantequilla semiderretida en una gruesa rebanada de pan y le dio un bocado—. He dicho que era algo hipotético, lo cual quiere decir que era teórico que...

—Lo cual quiere decir que has hecho una suposición, pero nadie pregunta eso si no está hablando de verdad de alguien. —Lo miré por encima del borde de mi taza. La miel ya me estaba resultando demasiado dulce. Nunca había oído aquel término, pero no me apetecía que ninguno de los presentes se enterase—. ¿De verdad vas a jugar a los maestros en una lucha a muerte?

Dos soltó un bufido.

—Lo hace con todo el mundo.

—El eterno hermano mayor —terció Tres al tiempo que se metía un puñado de bayas en la boca.

Cuatro frunció el ceño; finalmente, más que tener treinta años, daba la impresión de tener diecisiete.

—Deja de hacer gestos. —Bebí otro sorbo de té y sonreí—. Te van a salir arrugas.

Al momento, Cuatro relajó la boca.

Abel, el sirviente de Amatista, entró en el comedor restringido con Quince, acompañando a la mano Izquierda. Se habían saltado a casi todos los demás aspirantes.

Bebí otro sorbo de té. Hoy, el trío no había sido invitado a hablar con la Mano Izquierda.

—¿Por qué no habéis intentado matarme?

—No está bien decir que Cuatro no lo ha intentado —respondió Dos—. Lleva lanzando cuchillos desde que empezó a andar.

Cuatro no tenía intención de herirme. Yo había visto suficientes lanzadores de cuchillos para distinguir cuándo uno apuntaba de verdad.

—Me caes bien. —Cuatro se sacudió las migas de su máscara y se limpió las manos—. Y no disfruto matando a la gente que me cae bien.

—No pienso marcharme. Ten la decencia de hacerlo rápido, tan rápido como lo haréis entre vosotros cuando llegue el momento.

Dos cerró los ojos con fuerza, y Tres hizo una mueca. Cuatro miró por encima de mi hombro.

—Oí lo que dijiste aquel día. Que no era nada personal.

—Veintitrés —se dirigió a mí Abel, a mi espalda. Vi cómo resplandecía su cuello de color morado—. La Mano Izquierda quisiera hablar contigo.

Apuré el té dulzón que me quedaba y fui para allá procurando que no se me notase que me temblaban las rodillas de agotamiento. Esmeralda iba nuevamente vestida de verde, para hacer honor a su nombre. Rubí se volvió hacia mí cuando me vio entrar; su máscara roja hacía un vivo contraste con su atuendo amarillo pespunteado de negro.

—No te molestes en sentarte —me dijo Rubí alzando una mano—. Tenemos una pregunta.

—¿Quieres aprender ahora mismo a leer y a escribir? —me dijo Esmeralda inclinada hacia delante, dándose golpecitos en la máscara con sus uñas metalizadas—. Si continúas avanzando en la competición, deberás tomar clases, pero puedes empezar ya, si así lo deseas.

—Sí. —No iba a tener la menor oportunidad, pero ya que me lo estaban ofreciendo, y si ello aumentaba mis probabilidades de convertirme en Ópalo, lo aceptaría. Hasta el momento no lo había necesitado—. ¿Cuándo?

Esmeralda miró a Rubí.

—Ven aquí después del entrenamiento con la espada. Tu tutora es una dama de la corte, y habrás de tratarla como tal. Durante las clases estarás a salvo, pues nosotros estaremos vigilando. Pero en el momento en que finalice la clase se volverá a permitir que atenten contra tu vida. No así toda acción que la ponga en peligro a ella. ¿Has comprendido?

—No le haré ningún daño. —Me incliné ante Esmeralda—. Gracias.

Indicó la salida con la mano. Yo me reuní con los demás sin apartar la vista de las puertas que daban al patio. ¿Los demás aspirantes que habían sido llamados también iban a recibir clases o alguna otra cosa? Tendría que averiguarlo.

¿Pero cómo?

Estaba atrapado en el entrenamiento. Amatista nos dio una verdadera paliza obligándonos a adoptar posturas que a mí me dejaron las piernas destrozadas y el cuerpo exhausto. Acabé un poco más fuerte y más sudoroso que el día anterior, pero no pude hablar con nadie, ni tampoco tuve ocasión de escabullirme sin que Amatista se diera cuenta. Cinco estuvo todo el tiempo observándonos desde su atalaya.

El inconveniente de todo aquel entrenamiento era que aquella noche yo a duras penas iba a poder mantenerme despierto para sobrevivir al día siguiente. Los que no entrenaban disponían de todo el día para observarnos y de toda la noche para matarnos, y siempre estaban bien descansados y preparados. Ellos no estaban hechos papilla.

Las clases supondrían un descanso, un poco de tiempo para ordenar mis ideas y descubrir qué demonios pasaba con los nobles.

Durante el entrenamiento con el arco intenté pensar, intenté calcular la distribución de los edificios y los senderos que había entre mi posición actual y mi cuarto, pero cada vez que cambiaba de postura los pies y tensaba el arco, mi pensamiento y mis dedos se escapaban de mi control. Esmeralda chasqueó la lengua.

—Temblando de esa manera no vas a acertarle a nada. —Pasó un dedo por mi arco, lo estabilizó y lo movió hacia donde ella había señalado—. Ni siquiera eres capaz de tensarlo del todo.

Eché el hombro hacia atrás.

—Todavía.

—Ni dentro de mucho tiempo —replicó, y seguidamente continuó andando, ya perdido todo el interés, y se concentró en la figura de Cinco.

Hoy tenía los pies mal colocados. En cambio los brazos estaban perfectos.

Decididamente era un arquero, y decididamente estaba fingiendo.

Para cuando llegamos al entrenamiento con la espada, yo apenas podía ya agarrar la empuñadura, y Rubí no lo toleraba.

—¡Más fuerte! Aprieta con más fuerza. —Me hizo señas para que atacara y bloqueó mi embestida—. Estás bloqueando la muñeca y tienes el brazo demasiado agarrotado. No vas a poder moverte lo bastante rápido.

Antes de que pudiera moverme, me atacó él. Me arrebató la espada de las manos, giró sobre sí mismo y desarmó a Once de un mandoble. Dos, Cuatro, Cinco y Quince (este último se había presentado luciendo un ojo morado y una visible cojera) formaron un círculo a nuestro alrededor. Rubí blandió su espada contra Once y contra mí.

—Recoged las espadas. —Después se pellizcó lo que habría sido el puente de la nariz, si su máscara hubiera tenido nariz—. Poneos el uno frente al otro. Once ataca primero, y Veintitrés lo bloquea. Si uno de los dos suelta la espada antes de que hayamos terminado, quedará descalificado. No seáis previsibles, pero sed coherentes.

Once recogió su espada del suelo. Yo me arrodillé, me quité el guante y me froté la mano con tierra para mejorar el agarre. A continuación, ambos nos situamos frente a frente.

—Espadas en alto.

Once levantó la suya. No podía matarme abiertamente, con todo el mundo mirando, pero el entrenamiento estaba minando mis fuerzas. Después del arco, sentía las articulaciones de mis brazos como si fueran de plomo, y me temblaban todos los músculos. Pronto tenía que sonar la campana que marcaba el fin de la jornada. Rubí no podía tenernos así para siempre.

—Uno.

Lancé un golpe hacia la derecha, con la punta hacia

abajo y mostrando el dorso de la mano. La espada de Once chocó con la mía cerca de la empuñadura.

El golpe me repercutió en todo el brazo.

—Dos.

Once echó el brazo hacia atrás, demasiado atrás, demasiado despacio, y yo mantuve mi posición. Su espada buscó mi costado izquierdo, y me rozó las calzas al tiempo que yo buscaba el suyo. Al instante replegó el brazo.

Pero aguantó.

Rubí no volvió a cantar más números. Once lo miró, y vio que estaba organizando a los otros aspirantes en parejas y paseando alrededor de ellos sin mucho interés. Yo aproveché y arremetí contra ella.

Once reculó. Yo arremetí de nuevo. Ella paró el golpe, y las espadas chocaron la una contra la otra. Yo no podía matarla y ella no podía matarme a mí, pero había muchas maneras de hacerle la vida imposible a alguien sin matarlo. Con la otra mano, saqué mi cuchillo y me abalancé una última vez contra mi oponente.

Mi cuchillo le hirió el brazo con que sujetaba la espada.

Once soltó un alarido y aflojó los dedos. Rubí volvió la cabeza, un destello de luz roja y cegadora bajo el sol de la tarde. En aquel momento sonó la campana.

La espada de Once cayó con estrépito al suelo.

—Aceptable. —Rubí fue recogiendo las espadas de los demás, y al llegar a Once y a mí hizo un alto—. Pero lento.

Once lanzó un resoplido.

—¿Continúo en la competición?

—Sí. —Rubí meneó la cabeza—. Por los pelos. Los dos sois muy malos.

Yo volví a enfundarme el cuchillo.

—Estoy en ello.

—Por supuesto que sí, como todos los demás. ¿Y los que no tienen que trabajárselo? Me encanta la gente con la que ni siquiera necesito decir nada—. Rubí señaló con la cabeza la campana que acababa de oírse—. Y todavía me encanta más cenar, y vosotros dos me estáis retrasando ese placer.

Once y yo nos dirigimos juntos al comedor, seguidos por la mirada fija de Rubí. Once caminaba agitada, no dejaba de tocarse a cada paso la superficial herida que yo le había infligido. Procuré no acercarme a ella.

Dobló hacia los dormitorios, y Rubí desapareció por algún pasillo lateral. Yo entré en el comedor con Dimas, el esbelto sirviente, y me pasé la mano por el vestido dejando un rastro de tierra detrás de mí. Si me estaban probando a ver qué tal se me daba tratar con nobles, deberían haberme permitido que antes me diera un baño.

Abrí la puerta del pequeño comedor restringido.

—Hola —saludó una voz suave—. Supongo que es mucho pedir que uno tenga la educación de llamar a la puerta antes de entrar.

Ejecuté una reverencia, enmudecido de repente y con la mirada prendida en la bella y tempestuosa muchacha a la que había asaltado siete días antes.

14

Por lo menos mi reverencia fue profunda y lo bastante prolongada para resultar educada... probablemente. Había perdido la capacidad de moverme.

—Puedes sentarte. —Sonrió, y su mirada se posó en la máscara que me cubría la cara. Una cara que ella no conocía, que no podía conocer—. Después de esta clase viene la de protocolo, y no tenemos tiempo que perder si has de aprender algo hoy.

Tragué saliva. A aquella dama y a mí nos separaban días y máscaras, y ella no me había reconocido.

—Gracias. —Carraspeé. Ella era tan solo una dama a la que yo había robado, y en el mundo había muchas como ella. No podían descalificarme por ello—. Por haber accedido a hacer esto.

Ella rio suavemente.

—Nuestra Soberana me ha pedido que comparta mis conocimientos. No es necesario que me des las gracias.

Por supuesto que ella no había accedido. Los Erlend siempre se consideraban más inteligentes y mejores que nadie (conservaban suficientes documentos para ahogar a la nación en papel) y acaparaban todos sus conocimientos.

—Pues no decepcionemos a Nuestra Soberana —respondí, y observé su rostro para ver cómo reaccionaba. La mayoría de los antiguos señores se encogían de tal manera que se les notaba a la legua—. ¿Cómo os gustaría empezar?

Ella solo sonrió y se inclinó hacia delante. Llevaba al cuello su medallón adornado con láminas de cobre en forma de pétalos de rosa.

—Por las presentaciones. Yo soy Elise de Farone.

Elise de Farone. Soltera. Hija del señor que gobernó la franja noreste de Erlend, la actual Igna, pegada a las montañas y haciendo frontera con las tierras que quedaban fuera del control de Nuestra Soberana. No tenía yo noticia de que sus padres hubieran tomado parte en la masacre, pero la mayoría de ellos empleaban nombres secretos.

Todos excepto dos: Horatio del Seve y su traicionero mercader, Shan de Pau. Del Seve gobernaba las tierras que habían sido vecinas de Nacea y servía a Nuestra Soberana a regañadientes, pagando únicamente los mínimos impuestos para que ella le permitiera estar. Pau no había tenido nada que ver con la masacre, pero después de la guerra subió los precios de todo, rodeó con una valla las tierras robadas a Nacea y endeudó a la mitad de Igna. Todo el mundo deseaba verlo muerto.

Pero nadie lo había logrado aún.

—Encantado de conoceros, lady De Farone —dije con una inclinación de cabeza. Por el momento me convenía seguir el juego—. Yo soy Veintitrés.

Respiró hondo, se tocó las gafas en un gesto de desagrado y se remetió un mechón de pelo detrás de la oreja.

—¿De verdad se os conoce a todos por el número?

—De verdad. —Retorcí mis guantes en el regazo (todavía llevaba puesto su anillo) y luché por reprimir el calor que se me estaba acumulando en la boca del estómago. Más valía que ella no se hubiera dado cuenta—. De esa forma, por lo menos podréis distinguirnos a los unos de los otros.

—Dudo que te confundiera a ti con ningún otro, Veintitrés. —Hojeaba sus papeles sin dejar de observarme por encima de la montura de las gafas—. ¿Te sientes cómodo hablando erleniano y aloniano?

—Desde pequeño.

—Vamos a empezar con el aloniano. —Elise sacó un delgado libro del montón con unas manos cuya única imperfección eran unas manchas de carboncillo y unos finos cortes producidos por el papel, y lo depositó delante de mí—. Era la primera lengua de Nuestra Soberana, y tiene menos conjugaciones. Después te costará muy poco aprender el erleniano.

Sonreí.

—Si es que aún continúo con vida.

Elise soltó el pincel. Los nobles de piel suave no estaban acostumbrados al humor de la horca, y lady De Farone era toda suavidad... excepto en la manera de hablar. Tomarle el pelo era lo más divertido que podía hacer yo sin correr peligro de muerte.

—Estaba bromeando. —Cogí el pincel y lo dejé cerca de su mano. Las páginas del libro estaban llenas de una escritura redondeada, propia de una mano más pequeña y más joven. Yo había peleado contra un número de adversarios que equivalía a mi edad multiplicada por cinco y, sin embargo, iba a aprender utilizando un libro para niños. Reconocía las letras, pero no entendía lo que significaban todas juntas—. Bueno, ¿y cómo funciona lo de leer?

—Funciona con letras —me respondió Elise sin dudar un instante—. ¿Cuáles te resultan conocidas?

Examiné el alfabeto. Las páginas eran viejas, estaban amarillentas y dobladas en las esquinas. Pasé el dedo por las curvas de la palabra «gato», que semejaban todas óvalos y ganchos.

—Gato. —Las letras estaban retorcidas para formar el animal, pero reconocí la palabra. La sala de conciertos más popular de Kursk se llamaba El Gato y el Violín, y yo pasaba casi todos los meses por debajo de su letrero—. Se sabe por las orejas.

—Efectivamente —repuso Elise con una sonrisa. A continuación, pronunció el sonido con el que empezaba la palabra «gato» y, antes de que yo pudiera reaccionar, dibujó la siguiente letra en el aire—. Estudiaremos qué sonido representa cada letra, y tú lo escribirás con carboncillo. Resulta un poco más sucio, pero si nunca has aprendido a escribir, es probable que lo encuentres más fácil que empezar directamente usando un pincel. Aprenderás los sonidos y las formas al mismo tiempo.

Entorné los ojos y la miré.

—De acuerdo.

—La palabra «gato» tiene dos letras más, que forman los dos últimos sonidos.

—La esquina y el círculo. —Me incliné sobre la mesa—. Estáis siendo sumamente amable con un asesino.

—Aspirante a asesino. —Se pasó la lengua por los labios, se reclinó en su asiento y levantó el rostro—. La esquina es el penúltimo sonido. Pronúncialo.

Obedecí, tropecé donde terminaba el sonido, y cogí el carboncillo.

—Y el último es el círculo.

—Bien. —Elise escribió algo en mi papel. Sus letras formaban bellos picos y lazadas—. El pincel hay que sostenerlo como lo que es, no como un cuchillo. No vas a apuñalar, sino a deslizarte.

Qué graciosa.

Contemplé las letras y las copié. Me salió fatal.

—Ahora te toca a ti. —Elise repitió el sonido—. Gato, igual que un salteador de caminos.

Solté bruscamente el carboncillo y entorné los ojos.

—Me sorprende encontrarte aquí. —Dibujó una sonrisa, y solo curvó un lado de la boca en un gesto de suficiencia. Luego se retiró el cabello del hombro. Tenía el cuello al descubierto, sin pizca de miedo—. Ni siquiera me robaste como es debido.

Me quedé petrificado. Lo que tenía pensado decir se me quedó bloqueado en el fondo de la garganta.

—¿Cómo me habéis reconocido? —En aquella ocasión llevaba puesta una máscara. Ahora también llevaba una. Tenía ropa nueva, suciedad nueva y nombre nuevo. ¿Cómo sabía que era yo?

Por favor, que no me entregase a las autoridades que me andaban buscando.

—Por la máscara. —Señaló mi cara y volvió a reclinarse en su asiento—. Solo una vez en mi vida he visto tus ojos y tu boca, y un poco de tus mejillas, y tu voz es la misma.

¿Cómo era que una muchacha noble de Erlend sabía desvelar un secreto mejor que yo?

Elise alargó un brazo por encima de la mesa, tomó mi mano y empezó a recorrerme la palma con los dedos hasta llegar al anillo.

—Y dudo que seas miembro de la corte de Nuestra Soberana —me dijo—. Quisiera recuperar mi anillo, gracias.

—Está bien. —Me quité el guante, que ya no servía de nada, dado que Elise había podido ver el sello a través de la delgada tela, y le entregué el anillo. Pertenecía a Nuestra Soberana, y por supuesto no podía quedármelo—. Aquí lo tenéis. Lo he lavado.

Elise lo cogió y se lo puso de nuevo en el dedo, sin dejar de sonreír en ningún momento.

—¿Y por qué lo has lavado?

Me mordí la mejilla para contener mi exasperación. Lo había lavado porque estaba envuelto en un vendaje todo manchado de sangre y quería tener algo bonito por primera vez en mi vida.

—Es que estaba sucio de tierra. —Me froté el brazo izquierdo—. Ser ladrón es un oficio muy sucio.

Elise me miró de arriba abajo, desde las botas cubiertas de barro que escondía bajo la silla hasta el polvo que llevaba adherido a los bordes del vestido.

—No me cabe duda.

El anillo le encajaba perfectamente, un reflejo plateado en contraste con su piel.

—De los dos, diría que soy yo la que más sabe de la Mano Izquierda y de lo que hace. —Elise me entregó el carboncillo, escribió la palabra «gato» y esperó a que yo la imitara—. Crecí en el entorno de Esmeralda y del anterior Ópalo. A Rubí lo conozco desde que empecé a estudiar con lady Dal Abreu. Sé exactamente lo que estáis haciendo aquí tú y los demás aspirantes. Lo que no sé es por qué estás tú aquí.

En efecto, Elise conocía a todos... a todos los que yo necesitaba conocer. A lo mejor me resultaba más útil para obtener información, pero si yo era un asno no me diría nada. Jugueteé unos momentos con el trozo de carboncillo pasándolo de la palma al dorso de la mano y al interior de la manga, y por último le presenté las manos vacías. Ella rio suavemente.

Bien.

—Presentarse a unas pruebas es mejor que ser detenido por las autoridades. —Dejé caer el carboncillo en mi mano—. Y recibir lecciones, por supuesto.

La sonrisa de Elise se esfumó.

—Pues pongámonos a ello.

Elise recorrió el alfabeto y yo fui repitiéndolo con ella. Lo dejé todo tal como estaba y utilicé los silencios durante los que escribía para lanzarle miradas furtivas. Sus delicadas manos estaban manchadas de carboncillo, en la base de su cuello asomaban varios mechones de pelo que escapaban de unas horquillas de oro cada vez que giraba la cabeza, y bajo el cuello de encaje azul de su vestido se apreciaba cómo le latía el pulso. Era inteligente, y estaba tan concentrada en intentar enseñarme que no se daba cuenta de que cada vez que se echaba el cabello hacia atrás se pintaba rayas de carboncillo en la mejilla. No se parecía en nada a los nobles Erlend que había conocido yo.

De pronto se oyeron unos golpes en la puerta.

—Se acabó el tiempo. —Elise volvió a guardar el carboncillo en la lata—. Nos veremos todas las tardes a esta misma hora. Se supone que dentro de unos pocos días habremos dado lo más básico, si es que consigues pasar de la primera fase.

Qué optimista por su parte.

De modo que había fases. Eso ya era más de lo que sabía yo de las pruebas aquella mañana.

—Gracias. —Saqué mi único pañuelo, una vieja reliquia de mis robos que llevaba bordada una palabra que no conocía, y se lo entregué a Elise. Convenía tenerla de buenas—. Tenéis manchas de carboncillo en la cara.

Elise aceptó el pañuelo y se lo pasó por la mejilla.

—¿Las he tenido todo el tiempo?

—Cada vez teníais más, así que pensé que era mejor esperar a que hubierais terminado. —Sonreí al ver que se ruborizaba. Iba a ser doblemente sencillo extraerle información si yo le caía bien. Un poco de coqueteo no era nada, aunque ella fuera una Erlend—. Además, eso aumenta vuestro encanto.

Elise abrió la boca y arrugó la nariz, pero no dijo nada. Yo me levanté y le hice una reverencia.

—Hasta mañana.

—Si es que aún sigues con vida. —Elise se quedó muy quieta, como si su propio humor negro le hubiera provocado un escalofrío que tenía que reprimir, y sacó otro cuadernillo.

—Espero que sí —respondí afirmando con la cabeza.

—Yo también.

Aquello iba a ser demasiado fácil.

15

Antes de salir del comedor restringido me asomé por la puerta para echar un vistazo. El soldado manco que había llamado era un gigante de gesto adusto que no apartaba de mí sus ojos rodeados de inscripciones mágicas. Yo sentía un cosquilleo en la nuca, con aquellas paredes de piedra tan próximas y aquellos techos tan bajos. Palpé el muro con los dedos; lo habían construido deprisa y era robusto, pero se notaba tosco e imperfecto.

Trepé a las vigas. Al instante acudieron a mi encuentro una colonia de arañas soñolientas y una nube de motas de polvo. Eso por lo menos me permitió deducir que hacía mucho tiempo que allí no había subido nadie. Ya podía dejar de retorcer el cuello para mirar al techo cada vez que estuviera en el pasillo. El soldado emitió una risita. Pero, por mucho que se riera, allí arriba, en una pelea a cuchillo, quien llevaría ventaja sería yo. Incluso Quince, con todos sus músculos, cuando echara el brazo atrás para asestar un golpe se golpearía el codo contra la pared.

Salté al suelo, me subí las mangas y escribí mis nuevas letras con carboncillo a lo largo del brazo. No me quedaron tan bonitas como las de Elise. Naturalmente, ella había tenido la infancia entera para practicar. Me sacudí el carboncillo del vestido (aunque, como era negro sobre negro, era poco probable que alguien se percatara de aquellas manchas) y oteé el pasillo que llevaba a mi habitación. No se me iba a dar muy bien sonsacarle información a Elise si pasaba todo el tiempo pensando en ella. Iba a tener que idear unas cuantas preguntas que hacerle.

Nada más doblar la esquina, me quedé congelado en el sitio.

La puerta de mi cuarto estaba entreabierta.

Me dirigí hacia allí muy despacio, al tiempo que llevaba la mano hacia mi cuchillo. Oí unas pisadas ligeras que iban y venían por la habitación, y empujé la puerta con el pie para abrirla del todo. Maud dio un respingo.

—¡Por fin! —Me hizo señas para que entrara, con ademán nervioso, y se pasó una mano por el pelo. Lo llevaba despeinado, la trenza habitual aparecía medio deshecha a causa de la preocupación—. Ha intentado entrar alguien.

—¿Qué? —Cerré la puerta con llave y me pegué a la pared del fondo, bien lejos de la ventana. Una flecha de ballesta podría colarse entre los postigos y alcanzarme con facilidad—. ¿Quién?

—Por la ventana. —Contuvo una exclamación ahogada y meneó la cabeza—. No creo que fuera a asustarme, pero de pronto levanté la vista y vi unas manos apoyadas ahí.

Estaba temblando. Me aparté de la pared lo suficiente para servirle el té que ella había preparado para mí y regresé a mi lugar seguro.

El lugar menos peligroso, porque la seguridad ya no existía.

—Las normas importan. Importan mucho. Si la

Mano Izquierda insistiera lo suficiente en ellas, a ninguno de nosotros se le ocurriría infringirlas. —De ninguna manera permitirían que pasáramos a ser Ópalo si no se podía confiar en que no usaríamos nuestras armas dentro del palacio. Avancé un poco por la pared—. Y tú no te pareces a mí.

Donde yo era todo ángulos, Maud era toda suavidad, con las caderas redondeadas y hoyuelos en las mejillas. Sus ojos hundidos y de color castaño claro no se parecían en nada a los míos, que eran negros, y ella llevaba una melena negra y larga hasta la cintura que debía de costarle mucho recoger por las mañanas en una trenza. A ella nunca le habían roto aquella naricilla chata, al contrario que la mía. En cambio, teníamos las mismas manos: marcadas por muchos años de trabajo y cubiertas de ampollas.

Aunque, con un poco de ayuda, seguro que podía llegar a parecerme físicamente a ella.

—Tú eres más bonita —le dije transcurridos unos instantes. Maud estaba inquieta y necesitaba aquel halago—. Y mucho más bajita. Un intruso podría mirar alrededor y no verte, a no ser que se agachase.

Maud rio suavemente.

—Han hecho sonar las campanillas. Deberías haberlas oído.

—Podrías haberte marchado. A mí no me habría importado. El propietario de esas manos es alguien con el que tendré que acabar luchando, tarde o temprano. —Acerqué la bandeja de la cena.

—Necesito que tú te conviertas en Ópalo. —Lanzó un profundo suspiro y sostuvo la taza entre las manos—. Necesito la promoción, y no puedo ayudarte, la verdad es que no, pero...

Agitó su mano libre en el aire como si estuviera lim-

piando telarañas. Elevó las cejas hasta la línea de nacimiento del cabello y su mirada derivó hacia los ratones
que se peleaban por el último trozo de salchicha. Esbozó
una sonrisa tan apretada como la primera vez.

—Estás siendo sumamente amable —le dije, pensando a la vez que masticaba. No me fiaba de ella lo más
mínimo: en cuanto sus objetivos y los míos no fueran de
la mano, ella no tendría motivo para ayudarme, aparte
de sus deberes de sirviente. Pero llevaba razón. Cocina-
ba mejor que nadie que yo hubiera conocido y sabía es-
cogerme la ropa mejor que yo mismo—. Nunca había
tenido un sirviente.

—Ya lo sé. —Se pasó una mano por el pelo—. No
eres nada sutil.

—Es posible que me haya precipitado un poco.

—No todos los aspirantes son tan amables como tú.
—Me perforó mirándome con los ojos entornados, toda
seria y en un tono que yo sabía con toda seguridad que
ningún sirviente utilizaba con su amo—. Hablamos de
ti, porque tenemos favoritos, y no podemos ayudarte,
pero un arte de la corte de Nuestra Soberana es el de
perjudicar a una persona sin que nadie se dé cuenta. Ella
no lo soporta, pero nadie puede arriesgarse a entablar
una guerra abierta. Tú eres una caricatura de la etiqueta,
pero con cortesía, y eso hace mucho.

—¿Y las personas que han tenido sirvientes anteriormente no son amables? —Los invitados eran nobles o
ricos. Ignoraban a los sirvientes, los señalaban y no les
daban importancia. Eran ellos los que necesitaban que
alguien les dijera que no podíamos hacer daño a los sirvientes—. ¿Los invitados?

Maud respondió con un sonido gutural. Se recogió
las faldas y, ya bastante más repuesta, se levantó.

—¿Te apetece un baño?

—No, gracias. —Elevé el tono de voz para que se me oyera al otro lado de la ventana. Que vinieran los otros aspirantes—. Estoy agotado. Me voy derecho a la cama.

Maud arqueó una ceja, pero no dijo nada.

Rath y Maud estaban cortados por el mismo patrón: eran demasiado rápidos para que uno pudiera mentirles y demasiado listos para no captar las señales. Apostaría mi máscara a que Maud era tan lista como Rath para los números. En otra vida distinta, tal vez ella se hubiera parecido más a él.

Cerré un ojo, terminé de cenar y volví a apuntalar la puerta con clavos. Para cuando apagué mi única vela, ya tenía el ojo acostumbrado a la oscuridad.

En mi habitación se hizo el silencio. De las chimeneas se elevaban volutas de humo que se filtraban por los postigos. Me escondí detrás de la bañera sin perder de vista el improvisado muñeco que ocupaba mi cama, y me puse a esperar. La oscuridad se hizo más intensa y empezó a colarse por las comisuras de mis ojos. Sacudí la cabeza.

No había ninguna sombra.

De repente se oyó un crujido en la ventana y las campanillas tintinearon suavemente con la brisa. Exhalé el aliento muy despacio y sin hacer ruido, y empuñé los cuchillos. Con ellos era más rápido que con el hacha, y necesitaba ser rápido. Apareció una mano de dedos blancos que asomaban de un guante negro. Se curvó en torno a las campanillas, y el silencio se rehízo.

Si era una persona, sabría lidiar con ella. Agarré los cuchillos con más fuerza, aspirando el humo, y cambié de postura. Ya sabía cómo lidiar con las personas, y lo haría ahora.

Me tumbé entre la bañera y la pared. El aspirante que había venido a matarme se detuvo un instante a observar mi cama desde la ventana. A la luz de una vela cualquiera habría descubierto el engaño, pero con las nubes que tamizaban el irregular resplandor de la luna que penetraba entre los postigos, y con las sombras que se proyectaban en las paredes, el agresor supondría que aquel bulto de mantas estaba respirando. O eso esperaba yo.

El aspirante desenganchó las campanillas. Otro brazo se deslizó entre los alambres y soltó los postigos rotos. En la oscuridad destacó la cinta blanca cosida a la máscara de Ocho. Con medio cuerpo aún fuera de la ventana, las manos apoyadas en el suelo y los pies colgando por el otro lado, se detuvo de nuevo para mirar mi cama. Yo me incliné hacia delante.

«Mi señora, protégeme.»

Entonces me abalancé contra él. Ocho levantó la cabeza a tiempo para recibir mi rodillazo en plena boca. La cabeza le cayó hacia atrás, los brazos le fallaron y se precipitó al suelo. Le hundí el cuchillo en la nuca. Emitió un gorgoteo.

—Lo siento por ti —le dije retorciendo el cuchillo.

Su último aliento lo abandonó con rapidez.

Seguidamente le despojé de sus armas. Llevaba unas cuantas ampollas de cristal en los bolsillos, pero no estaban etiquetadas y de todas formas a mí me resultaban inútiles. Las dagas que guardaba en las botas eran mejores que mis cuchillos, caras y bien cuidadas, y también le quité las fundas atadas a las piernas. No llevaba nada más, excepto una codera de arquero y callosidades como las de Esmeralda. Podría haber matado a Veinte con facilidad.

Sin embargo, había entrado en mi cuarto con la torpe idea de que yo iba a estar durmiendo pacíficamente. No había sido lo bastante listo para tener su propia guarida por encima del campo de tiro.

Y yo no había sido lo bastante listo para comprender que al matarlo en mi propia habitación ahora tenía un cadáver conmigo. Tenía que deshacerme de él.

Por lo menos no era muy corpulento: ligero de pies y todo músculo.

Retiré los clavos de la puerta. No vi a nadie en el pasillo ni en las vigas del techo. El tejado también estaba desierto, y lo único que rompía el silencio eran los susurros apagados de sirvientes y guardias que se movían abajo, por los senderos. Arrastré a Ocho lo más rápido que pude hasta la habitación sin ocupar que había en el pasillo, enfrente de la mía. El fino reguero de sangre que iba dejando lo limpié con una camisa sucia.

Cerré la puerta y me quedé mirando los ojos sin vida del primer competidor al que había matado.

—El primer día rezaste a la Tríada —le dije al tiempo que le dibujaba un triángulo en la frente con su sangre—. Pues ahora vas a volver con ella.

No tenía ninguna fe en las tres divisiones de la magia: mente, cuerpo y alma. Nacea no adoraba a la Tríada, y no empleaba la magia, por miedo de que la Señora se ofendiera al ver que utilizábamos sangre para someter la magia a nuestros deseos. Ella era mágica, y la magia era ella. No se utilizaba a una persona para conseguir lo que uno deseaba. Eso lo recordaba de cuando era pequeño.

Recordaba lo mucho que la magia y sus sombras me habían arrebatado.

Pero la magia había desaparecido, y la Tríada y su poder desaparecieron con ella. Tan solo quedaban las plegarias y los movimientos vacuos para consolar a los creyentes.

Dibujé las marcas de la mente y del cuerpo sobre el corazón y los talones de Ocho, mientras la marca final de sus últimos ritos goteaba de sus botas. A continuación, saqué su cadáver por la ventana y lo dejé caer al tejado, y lo abandoné allí, entre chimeneas, donde cualquiera podría haberlo matado. No se veía ningún aspirante. Volví a entrar en el cuarto desocupado, crucé el pasillo para entrar en mi propia habitación y me derrumbé dentro de la bañera.

Dormí bien hasta el amanecer. Me despertó el ruido del estómago, y salí de la bañera sintiéndome dolorido y débil. El sol se elevaba por encima de los pináculos del este y proyectaba sombras alargadas sobre las ventanas. Cuanto antes alcanzara la seguridad del desayuno, antes me olvidaría de la noche que acababa de pasar.

El comedor estaba muy tranquilo, tan solo había unos cuantos sirvientes preparando las mesas y el superior de Maud, Dimas, supervisándolo todo. Tomé asiento en una silla vacía que encontré en un costado.

—¿Veintitrés? —Dimas hizo un alto a dos pasos de mí y se inclinó en una venia, igual que hizo Maud el primer día—. ¿Necesitas algo? El desayuno no empezará hasta que llegue la Mano Izquierda.

Un recordatorio, pues, de que hasta entonces no me encontraba a salvo. Suspiré.

—¿Tengo tiempo para ir a la cocina a tomarme un té antes de que lleguen?

—Se lo voy a decir a Maud. —Se irguió de nuevo e hizo una seña a un sirviente que estaba al otro extremo del comedor—. Puedes acompañar a los sirvientes a la cocina, pero te ruego que nos digas sin necesitas alguna cosa, para que podamos traértela sin causar problemas.

Sin que alterase sus costumbres, más bien. Asentí y fui detrás de un sirviente de gesto nervioso. Era un descaro por mi parte: en teoría, yo era un asesino, que ellos supieran, un ser sediento de sangre. Las pruebas anteriores debieron de marcar la pauta. Los asesinos cumplían las normas y respetaban a los sirvientes. A lo mejor yo estaba en el lugar adecuado.

Podría haber hecho trampas en casi todo, pero no merecía la pena hacer daño a los sirvientes ni ponerlos en peligro. No era de extrañar que Maud quisiera trabajar allí: Nuestra Soberana cuidaba mucho de su gente, aunque hubiera serpientes en su jardín. Y yo tenía que cuidar de su gente por ella.

La magia y sus sombras no habían puesto fin a la guerra a favor de Erlend. La Señora no había salvado a Nacea, y los rezos no habían salvado a Ocho.

Tenía que depositar mi fe en mí mismo.

16

Me fijé en el sirviente que me había traído el té y que regresaba a la cocina con una bandeja vacía. Era joven, nuevo... estaban entrenándose igual que nosotros.

—Has limpiado tu habitación.

Me volví y me encontré con Maud, que me miraba fijamente.

—Es que esta mañana estoy nervioso. —Señalé el comedor—. Y me ha dicho Dimas que te lo comunicaría.

—Y lo ha hecho. —Adaptó su paso al mío, pero permaneciendo ligeramente por detrás de mí—. ¿Pensabas que no iba a darme cuenta de que había manchas de sangre debajo de la cama?

Hice una mueca de dolor.

—Uno de los aspirantes se coló en mi cuarto e intentó matarme. Yo le rompí la nariz, él huyó, y tuve que limpiar el estropicio. A lo mejor me he dejado algo.

Nos miramos el uno al otro durante largos instantes. Era evidente que Maud estaba sopesando sus alternativas. Si algo le parecía sospechoso podía denunciarme, pero en ese caso perdería su promoción.

—No es una explicación demasiado peregrina —dijo

encogiéndose de hombros—. Supongo que podrías ganar una pelea.

—He ganado cientos —repliqué, procurando mantener un tono de voz normal—. Antes era ese mi trabajo.

Maud elevó una ceja.

—Pero acuérdate de que, si mueres desangrado, yo no solo me quedaré sin promoción sino que, además, seré quien tenga que limpiar el estropicio.

—Tus prioridades son espectaculares. —Comprobé que llevaba los cuchillos sujetos al cinto y me toqué con los talones las dagas que llevaba en los tobillos. Estando Ocho muerto, los demás empezarían a sentir la presión. Quizá yo tuviera suerte, les invadiera la psicosis y se mataran entre sí—. Gracias.

—No hay de qué. —Sonrió y me abrió la puerta para que pasara al comedor—. Hoy ya no volveré a verte. Buena suerte.

Faltaban Ocho y Veintidós. Dimas hacía girar su larga túnica gris mientras paseaba a lo largo de la mesa impartiendo órdenes a los sirvientes, asegurándose de que todos tuviéramos lo que necesitáramos. Había el doble de jarras de agua de lo normal. Le hice una seña para que se acercase.

—¿Veintitrés? —Ejecutó una venia, y al hacerlo le brilló el aro de plata que llevaba en la oreja derecha, marcada con hoyos y cicatrices. Apenas era mayor que Maud y que yo, y desprendía un olor a líquido para limpiar la plata y a productos químicos de limpieza. Otro huérfano de la guerra.

—¿Qué pasa con las jarras? —Me serví un vaso de agua y me puse una cucharada de gachas en el plato. La comida era tan variada como siempre, pero había más cereales: copos de avena, gachas, harina de maíz con leche; cosas que comería si supiera que íbamos a pasar la noche entera huyendo de los guardias—. ¿Y con la comida?

Le temblaron los labios al responder.

—Sencillamente, aportamos lo que se necesita.

—Gracias. —Por nada.

Mientras Dimas se alejaba, desayuné ligero y bebí toda el agua que pude.

—¿Sirvientes? —preguntó Cuatro.

Pelé un huevo duro y empecé a mordisquear la clara.

—Ya sabía yo que vosotros habíais tenido sirvientes. Los tratáis como los tratarían los nobles.

Así que provenían de uno de aquellos grandes circos de atracciones. De los que lo entrenaban a uno desde que nacía y tan solo lo soltaban cuando moría... o cuando lo invitaban a las pruebas de la Mano Izquierda.

Tres sorbió su té sonriendo.

—Por lo menos sabemos que Veintitrés nunca los ha tenido.

—Es de Kursk, se dedicaba a pelear, y nunca ha tenido sirvientes. —Dos sonrió—. Cada vez tenemos más datos.

—¡Arriba!

Amatista acababa de abrir de golpe la puerta del comedor restringido.

Todos nos pusimos de pie al instante. Sentí que me bajaba un escalofrío por la espalda; habían hecho aquello mismo cuando sorprendieron a Trece. Ahora me habían atrapado a mí. Sabían lo que había hecho, e iban a descalificarme.

—Ocho y Veintidós han muerto... de mala manera. —Esmeralda penetró en el comedor vestida con una túnica ligera de algodón estampada con dientes de león y unas calzas oscuras, del color de la tierra mojada—. Solo quedáis diez.

Rubí rio detrás de su máscara y aplaudió.

—Felicidades a nuestros diez últimos aspirantes. Bienvenidos a vuestra primera prueba real.

Lancé un suspiro. Una prueba sí que podría soportar.

Rubí levantó en alto diez pares de grilletes de hierro.

Yo ya había escapado de unos grilletes así en varias ocasiones: tres veces valiéndome de una ganzúa y una vez usando un alfiler de sombrero.

—Está bien. —Amatista hizo salir a Rubí por la puerta y después se volvió hacia nosotros—: Venid conmigo.

Y seguidamente echó a correr. Esmeralda desapareció por una escalera que usaban los sirvientes.

Correr se me daba bien, y que los demás intentaran alcanzarme. Llevaba a Cinco pegado a mis talones, era más rápido de lo que yo pensaba. Amatista se volvió, y nos engulló una nube de polvo. Respiré y tragué tierra. Me supo áspera y gruesa, pero, claro, estábamos en el exterior, corriendo, y el corazón me latía con fuerza en el pecho con la euforia de saber que podía correr sin más. Sin codazos de nadie, sin que tuvieran que corregirme.

—Nuestra Soberana, pese a su poder y su clemencia, no ha logrado persuadir a todos los nobles que se aferran a sus raíces Erlend. —La voz de Amatista no vaciló a pesar del polvo y las zancadas que iba dando. Se las arreglaba para gritar mientras iba corriendo a toda velocidad. Me molestaba correr llevando una máscara, pero aceleré, sin quitarle ojo a ella, e hice un esfuerzo adicional para avanzar más deprisa. Lo deseaba—. En esos casos, nosotros somos su último recurso. Quienes se oponen a nosotros no son bondadosos ni clementes, no les importa quién se interpone en su camino.

Mi respuesta de vestirme con sus colores y evitarlos por completo seguramente no sirvió de nada.

—Nosotros no matamos, siempre que podamos evitarlo. Nosotros servimos a Nuestra Soberana, y ella sirve a su pueblo. Por lo tanto, nuestra misión consiste en asegurarnos de que estén a salvo, incluso cuando las maquinaciones de sus traidores amos los pongan en nuestro camino. —Amatista se detuvo al llegar a la verja que daba paso a Willowknot.

—¡Dos y Once! —gritó Esmeralda desde lo alto de la verja—. ¡Trece y Quince, Cuatro y Veintitrés, Cinco y Siete, Seis y Diez!

Me volví al instante. Once, Quince, Cuatro, Siete y Diez fueron los últimos en llegar a la verja. Rubí se adelantó con los grilletes.

No serían capaces. No podíamos correr, ni pelear, ni hacer nada encadenados a otra persona.

—Se ha limpiado el bosque para la ocasión, y las familias Dal Abreu y Del Contes nos han prestado sus guardias. Intentarán frenaros; vosotros podéis desarmar y aturdir, pero no causar daños permanentes. —Amatista tomó la mitad de los grilletes que tenía Rubí en la mano y empezó a encadenarnos: las manos a la espalda y la cadena unida a los grilletes de nuestro compañero—. Nuestro último Ópalo murió porque no pudo escapar del prisionero al que estaba encadenado en las mazmorras de lord Del Weylin. No cometeremos ese error de nuevo. Escapáis, me seguís a mí, mantenéis el ritmo y no matáis a nadie. Excepto el uno al otro, naturalmente.

Por lo menos, Cuatro y yo éramos más o menos de la misma estatura.

Furtivamente, saqué mis ganzúas del bolsillo y me las escondí en la manga procurando no llamar la atención. Rubí me vio. Quizá. ¿Por qué iban ellos a molestarse siquiera? La boca de Rubí era poco más que un agujero cubierto por una malla, y no me hacían sentirme cómodo fingiendo que podían mirarnos. Se inclinó hacia mí lo suficiente como para que yo hubiera notado su respiración en mi oído, pero no noté nada.

—Respecto de tus clases... —Cerró los grilletes y me situó espalda con espalda con Cuatro—. Lady De Farone me ha dicho que tu rendimiento fue aceptable.

Dudé que Elise hubiera utilizado el término «aceptable». Tal vez utilizara el de «pasable», pero eso me habría dolido.

—Es una tutora excelente —respondí en voz baja.

Rubí soltó una carcajada.

—Tenéis permiso para matar a vuestro compañero —dijo Esmeralda erguida sobre nosotros, portando un arco y varias flechas de caza, de las de punta roma y acabadas en un gancho para capturar vivas a las presas—. Pero de inmediato sospecharemos de vosotros.

—Y también tenéis permiso para soltaros de los grilletes —dijo Rubí al tiempo que nos conducía hacia la verja—. Si es que podéis. El modo en que terminéis esta carrera es enteramente cosa vuestra.

—A nosotros solo nos importa que la terminéis. —Amatista nos fue mirando de uno en uno, hasta que por fin su máscara de color morado se volvió hacia Cuatro y hacia mí—. No desfallezcáis.

Y se marchó.

17

Todos nos quedamos mirando cómo se alejaba Amatista. Yo me saqué el juego de ganzúas de la manga y empecé a manipular los grilletes. Cuatro se pegó a mi espalda.

—Si tú y tu compañero sobrevivís, quedaremos vivamente impresionados —me dijo Rubí, y acto seguido cogió la lanza de uno de los soldados y levantó del suelo a Dos y a Once, que se habían caído en cuanto intentaron moverse.

Esmeralda saltó de la pared a la verja y al suelo con una velocidad increíble.

—Pero no es obligatorio, siempre que no pensemos que a tu compañero lo has matado tú.

—Muy bien. —Cuatro se afianzó en el suelo con un crujido de hombros—. Si conservamos la calma y tú haces lo que yo diga, podremos salir de esta fácilmente.

—Habla por ti. —El grillete que me sujetaba la muñeca derecha se abrió con un chasquido, y me desencadené de Cuatro. Le mostré mis ganzúas—. ¿Necesitas ayuda, o te vales solo?

Cuatro dio un salto, pasó la cadena por debajo de sus pies y puso los brazos frente a sí. En su mano apareció otro juego similar de ganzúas.

—Me valgo solo.

Cinco y Siete, que todavía estaban encadenados el uno al otro, echaron a correr hacia el bosque. Cinco iba gritando órdenes; o no quería que lo viéramos escapar, o Siete estaba a punto de perder una mano.

Atravesé rápidamente la verja. A mi izquierda oí el crujido de una coraza de cuero y doblé hacia la derecha para salirme del sendero. Sin detenerme, di una voltereta en el suelo y volví a ponerme en pie de un salto.

Amatista estaba allá a lo lejos, un reflejo morado entre las copas de los pinos, y yo era el único aspirante que iba por el bosque. Miré atrás y sonreí de oreja a oreja, y aceleré para alejarme aún más del grueso de los aspirantes, que estaban atascados en la verja. Cuatro se desembarazó de un soldado, mientras que Dos arrastraba a Once hacia él. Lo soldados eran muy eficaces a la hora de frenarnos.

Y a mí se me daba muy bien correr más que los soldados. Lo único que tenía que hacer era terminar la carrera, y Cuatro poseía suficientes habilidades para cuidarse solito. No me convenía que pudiera enlentecerme o que lograra encontrar alguna manera astuta de matarme sin levantar sospechas.

Pero Amatista hacía mucho que se había perdido de vista. Tenía que estar yendo hacia el oeste, o de lo contrario estaríamos demasiado cerca de Willowknot. Solo llevaba corriendo un rato, y ya oía a lo lejos el ruido de la ciudad por detrás de los gruñidos de las peleas. Así que apreté el paso y me dirigí hacia el oeste a través de los árboles.

—¡Te encontré! —De la vegetación surgió una pierna, que me hizo la zancadilla. Era el soldado que me había conducido a las pruebas, el que yo había estado dispuesto a matar. Se levantó del lecho del bosque con una ancha sonrisa—. No es nada personal.

Era mucho más alto que yo. Retrocedí a gatas para poner la máxima distancia posible entre ambos. No podía matarlo, y él tampoco sacó ninguna arma. Finalmente, me incorporé.

—No era nada personal. —Eché el pie derecho hacia atrás y, apoyando el peso en las plantas, levanté los puños.

El soldado soltó una carcajada.

—Ya lo sé, pero no por eso me dolió menos.

Muy cierto.

De repente arremetí contra él y le golpeé los oídos con las palmas de las manos. Él enganchó un pie por detrás de mi tobillo y me propinó un empujón. Yo lo aferré por el cuello de la camisa, caí hacia atrás buscando un punto de apoyo y le hundí el pie en el estómago al tiempo que tocaba el suelo. A continuación, levanté la pierna, y él salió volando por encima de mí.

—Eso tampoco es nada personal —dije.

El soldado se incorporó hasta quedar de rodillas y abrió la boca.

De improviso, se le estampó en la sien la punta roma de una lanza. Se desplomó con un crujido morboso.

Inmediatamente saqué mis cuchillos.

Aquel no fue un golpe que me desarmara.

—¿Sabes cuánto tiempo he desperdiciado con Ocho? —Cinco arrojó la lanza a un lado y desenvainó su espada corta. Acto seguido, adoptó a la perfección la postura defensiva que Rubí había estado intentando enseñarme a mí—. Vamos.

Me estaba esperando. Basculé adelante y atrás, y volví uno de mis cuchillos del revés. Era capaz de esquivar una espada, parar unos cuantos golpes flojos, pero Cinco tenía aquello planeado. Debía de haber corrido sin parar hasta darme alcance.

Ataqué haciendo un falso amago hacia la izquierda. Él se desplazó hacia el costado y desenvainó la espada a su derecha. Me retorcí para eludirlo, me lancé hacia donde estaba el soldado y le quité la espada del cinto. Cinco me miró fijamente, con gesto de aburrimiento, y se enderezó la máscara. Yo aferré la empuñadura de la espada con más fuerza.

Cinco soltó un bufido.

—Tranquilo.

Atacó mi flanco izquierdo. Yo paré el golpe, pero me tembló todo el brazo, y antes de que pudiera continuar, su espada me hirió el pecho y resbaló por mi costado derecho. Al instante sentí en el torso un dolor candente y cegador, sumado a la sensación que me bajó por la columna vertebral cuando Cinco extrajo su espada de mis entrañas. Empezó a brotar sangre de mis costillas. Con un floreo, Cinco golpeó mi espada con la suya y me desarmó sin el menor esfuerzo.

—Aficionado —murmuró al tiempo que se preparaba para el golpe definitivo.

Tenía el acento más noble y más del norte que había oído en toda mi vida. Me invadió una oleada de pánico y de furia que me corrió por las venas hasta que mis dedos se agitaron al contacto con mi costado y me aclararon el pensamiento. Hundí la mano en la tierra.

Cinco se acercó.

No era mejor que yo.

Le arrojé un puñado de tierra a los ojos. Se tambaleó, y bajó el brazo con que sostenía la espada. Entonces le hundí el cuchillo en el hombro, retorcí la hoja hasta arrancarle un alarido y volví a sacarla. Él arremetió contra mi costado y hundió los dedos en la herida.

No podía vencerlo en una pelea limpia, pero la vida no era limpia... y yo tampoco.

Le arrebaté la espada de un puntapié. Mi herida me causaba un dolor intenso cada vez que giraba el torso, y mi soldado, el soldado al que Cinco podría haber matado, estaba incorporándose. Le di un puñetazo en la nariz a Cinco, y oí cómo crujía.

—Aficionado —le dije.

Cinco podía superarme en todas las cosas propias de nobles que quisiera, pero Ópalo iba a serlo yo, y él iba a acabar muerto. Mejor todavía si le entraba el pánico y cavaba él mismo su tumba. Que temblase.

—Todas las noches, cuando estés escondido en tu nidito —le pisé las manos con un pie y lo aferré por el cuello de la camisa para levantarlo un poco y poder mirarlo a los ojos— recuerda que la única razón por la que aún continúas respirando es que ese guardia se ha despertado, que lo único que me impide clavarte un cuchillo en el cuello es lo poco que me importa tu cara, y sueña conmigo. Sueña que voy a buscarte.

Volví a empujarlo contra el suelo. Él se retorció y escupió un grumo de sangre mezclada con bilis. El soldado me miraba con cara de sorpresa.

Eché a correr otra vez. A aquel paso, para cuando yo terminase la carrera, Amatista ya sería vieja.

Tenía los dedos manchados de sangre que me rezumaba del costado, lo cual me dificultaba mucho agarrar los cuchillos con precisión. Necesitaba que me cosieran la herida. Y al día siguiente sería peor.

Guardé silencio y discreción. No podía permitirme más peleas a no ser que el que primero que atacase fuera yo, con rapidez y con fuerza. De entre el follaje me llegaban gritos y pisadas apresuradas. Quizá debería haberme quedado con Cuatro; él no podía matarme sin cargar con las consecuencias, y Cinco no nos habría atacado a los dos juntos.

Necesitaba soldados, y también todos los suministros que estos llevasen consigo. Y eran fáciles de localizar, dado que respiraban con fuerza y avanzaban en solitario. Me escondí detrás de uno de ellos, me subí a un tronco para estar a su misma altura y me lancé a su cuello. Él forcejeó y se debatió, y consiguió propinarme unos cuantos golpes bien dados antes de perder el conocimiento.

—Gracias.

Llevaba vendajes en el bolsillo. Me lavé la herida y a continuación me la vendé estremeciéndome cada vez que la tela rozaba mi piel desgarrada. Pero no era un corte demasiado profundo, no lo era en absoluto.

De repente se oyeron unas fuertes pisadas acercándose por el sendero. Recogí el arco del soldado y me escondí detrás de un árbol. Me vinieron a la memoria imágenes de las manos de Esmeralda corrigiendo mi postura: espalda recta, estómago hacia dentro, un brazo flexionado hacia atrás hasta que la cuerda me rozase la mejilla. Respiré hondo.

Delante de mí se detuvo Siete, esquivando una flecha proveniente del otro lado del camino. Se le veía muy hecho polvo, con un ojo morado y las muñecas llenas de rozaduras de los grilletes. Justo en el momento en que saltaba para desarmar al otro arquero, disparé yo, y no se percató de mi flecha, que salió muy desviada y temblorosa. Ensayé unos cuantos disparos más contra los árboles que tenía cerca. Como mucho, mi puntería era desigual, pero Siete era un tipo muy ancho.

De pronto cayó un cuerpo al suelo.

Siete emergió del follaje sangrando por la nariz.

Disparé. Mi flecha le atravesó el hombro y le arrancó un trozo de tela de la camisa. Él se llevó una mano al brazo, y yo me preparé para disparar de nuevo. Mi segunda flecha le pasó volando por encima de la cabeza.

Mierda. Arrojé el arco a un lado, agarré una lanza y trepé a lo alto de un frondoso pino. Siete emergió del denso follaje y tocó al soldado con el pie. Yo me enganché con las rodillas en torno a una rama.

Nada personal.

Se volvió hacia mí, pero había tardado demasiado en percatarse. Ataqué. Mi lanza le atravesó el pecho y lo aprisionó contra el tronco del árbol. Aspiró una bocanada de aire entre borbotones de sangre. Su último aliento fue acompañado de un espumarajo de color rosa.

—Lo siento. —Me agarré de la rama, me descolgué del pino y me dejé caer con pie inseguro en el suelo—. Seguro que eso te ha dolido.

No fui capaz de arrancar la lanza del tronco. Experimenté una sensación desagradable al ver a Siete así, un hormigueo en la nuca que no disminuía. Si yo hubiera sido un poco más lento, un poco más débil, él me habría matado con la misma facilidad y me habría dejado allí pudriéndome. Si el hecho de que hubiera hallado la muerte por mi mano era justicia, ¿qué habría sido en mi caso?

Abandoné aquel lugar imaginando que cargaba con el peso de sus brazos inertes sobre mis hombros.

Mucho más adelante, oí gruñidos de una voz grave y el entrechocar de un metal contra otro, y me acerqué con sumo cuidado.

Cuatro estaba lanzando a un soldado por los aires, y dejó escapar un gemido cuando de repente llegó una flecha sin punta y le acertó en el muslo. El disparo partió de la zona en la que yo me encontraba. El soldado se abrazó a los tobillos de Cuatro. Yo avancé por mi lado del bosque haciendo el menor ruido posible.

Cuatro despidió al soldado con una amenaza. El arquero que había disparado salió de su escondite, y yo lo derribé de una patada en la parte posterior de las rodillas. Cayó al suelo, soltó el arco y quiso escabullirse de mí, pero Cuatro se lo impidió pisándole la manga con el pie.

—Basta. —Se volvió hacia mí, y pude ver que se le agitaba la máscara porque debajo estaba sonriendo—. Qué curioso encontrarte a ti aquí.

—Pensé que sería agradable dar un paseo. —Me arrodillé junto al soldado, le rodeé el cuello con un brazo y apreté hasta que lo dejé inconsciente—. Ha sido refrescante.

—¿Refrescante? —Cuatro señaló con la cabeza el corte que presentaba yo en el costado—. ¿Te encuentras bien?

—Genial. —Me presioné un poco más la herida y apreté los dientes—. Estupendamente. ¿Cómo estás tú?

—Mejor que tú. —Se inclinó hacia mí con la mirada fija en mi hombro y sacó un cuchillo—. Agáchate.

Me agaché. Al momento apareció una flecha que cortó el aire donde había estado yo un momento antes, y Cuatro lanzó un cuchillo hacia el otro lado del sendero.

A mi espalda oí el ruido de alguien que huía.

—¿Cuánto tiempo te ha llevado aprender a hacer eso? —Le pregunté señalando el otro cuchillo que sostenía en la mano. No se parecía en nada a los míos, era demasiado largo y delgado para tener alguna utilidad en las distancias cortas.

Cuatro me ayudó a ponerme de pie.

—¿Cuánto tiempo te ha llevado a ti aprender a pelear?

—No mucho. —Sonreí al ver que respondía con un bufido—. El tiempo que transcurre entre el primer puñetazo y el segundo.

—Mi tía lanzaba cuchillos, y nos enseñó a todos. Pero nos mantenía demasiado ocupados para que nos metiéramos en problemas —explicó Cuatro—. Yo ya he terminado con esto, si has terminado tú. ¿Continuamos juntos, corriendo en línea recta sin detenernos en ninguna parte?

Solo los que habían trabajado en un circo pensaban que lanzar un cuchillo no traía problemas.

—Me parece bien. —Asentí con un gesto y desenvainé un cuchillo de los míos. Más valía prevenir que curar—. Vamos a...

Me interrumpió un alarido, un grito agudo y prolongado, capaz de helar la sangre en las venas, que me erizó todo el vello de la nuca y de los brazos. Cuatro se estremeció.

—¿Esa ha sido... Tres? —Se volvió hacia el punto en el que se había oído el grito, pero ya no se oyó nada más—. ¡Tres!

Lo agarré del brazo.

—¡Calla! Vas a atraer a todo el mundo hacia aquí.

—Ha sido Tres. —Se zafó de mi mano y echó a correr. Sus ojos abiertos como platos y su estado de pánico finalmente delataron su edad—. Todos sabemos que no conviene gritar.

Y se perdió de vista entre los árboles. Santo cielo. Eché a correr tras él, con una mano en el costado y la otra aferrando el cuchillo. Si Tres sabía que no convenía gritar, debía de haberle ocurrido algo lo bastante grave como para incumplir aquella medida de seguridad. Fui chapoteando por el barro, apartando ramas a mi paso. Descubrí un reguero de sangre entre la vegetación. Si estaba sangrando tanto, mi fin estaba cerca. Pero me toqué el costado... No había sangre fresca.

Noté cómo me resbalaba el sudor por la nuca. A lo lejos se oían los chillidos frenéticos de Cuatro, y di un paso atrás. Algo estaba goteando desde lo alto, de forma regular.

Levanté la vista.

18

Me devolvió la mirada un rostro vacío, despellejado, con los huesos al descubierto.

—No eres real —susurré al tiempo que me llevaba las manos al cuello. La humedad que había notado era sudor. No había sangre. No había cuerpo. Me pasé las uñas por la nuca—. Eres un sueño. Un recuerdo.

Mis dedos aparecieron manchados de rojo.

Trastabillé en el barro. Barro... agua. Debía de haber agua por allí cerca. Eso era, tenía que ser eso. Simplemente tenía demasiada sed para pensar con claridad, había perdido mucha sangre y mis pesadillas nocturnas habían invadido mis horas de vigilia. Caí de rodillas y me hundí en el barro, y cuanto más me hundía más seca estaba la tierra. Tenía que haber agua, un río, un estanque. Tenía que haber algo.

Aquello no era real. Nunca era real.

El goteo resonaba en mis oídos, nítido y claro como un cascabel. Aspiré una bocanada de aire con la esperanza de percibir el olor húmedo a tierra y a vegetación, pero lo que invadió mi boca fue el sabor metálico y salado de la sangre. Saqué las manos de debajo del follaje y vi que con ellas salía un trozo de tela.

Lo que tenía en las manos era la máscara de Tres, desgarrada igual que su carne. Unas hebras de cabello se agitaron con la brisa.

Esta vez grité yo.

El grito nació en mi garganta, me salió por la boca y me taponó los oídos. Tres era real, había sido real, y aquello era real. Las gotas de sangre se estrellaban con un estrépito ensordecedor, y me obligué a mirar hacia arriba.

La máscara se me cayó de las manos.

Vi a Tres colgando de una rama como si fuera ropa tendida, con un delgado cuchillo sobresaliendo de la base de su cuello.

Rápidamente trepé a un árbol. Habían vuelto, habían vuelto. Las sombras habían dado conmigo, yo era el único rostro naceano que se les había escapado. Las ramas me arañaron los brazos y la corteza se me clavó en las uñas, pero me abracé a la rama más robusta que pude encontrar, temblando entre el follaje. Las sombras no sabían trepar. Nunca miraban hacia arriba. No me encontrarían.

Una voz amortiguada y jadeante interrumpió el gemido que me inundaba la mente.

—¿Quién es?

¡Tres! Tres, Tres. No sabía cómo se llamaba, pero no pertenecía a las sombras para que ellas la destrozaran y jugaran con ella. Con aquellos ojos marrones que tenía.

Que miraban fijamente.

—¿Quién es?

Intenté respirar pero no pude, el aire se me quedó atascado en la garganta. Las manos me temblaban de tal manera que las veía borrosas. Me apreté las palmas contra los ojos.

Estaba temblando el árbol al que estaba subido. La

sombra se movía allá abajo, rascando la corteza, ansiando mi carne.

—¿Quién eres tú? —murmuró la oscuridad.

No podían atraparme.

De pronto un alarido surcó la niebla de mi cerebro, superponiéndose al pitido que sentía en los oídos y a aquel goteo que me iba perforando la mente.

Los otros. Me había olvidado de los otros. Ellos no sabían cómo eran las sombras, lo que eran en realidad, ni cómo apartarse de ellas. Nadie deseaba aquella muerte.

Cuatro dejó escapar un sollozo y acarició el rostro de Tres con una mano al tiempo que le retiraba la máscara con la otra. Gritó y gritó y gritó, y yo tuve la seguridad de que ya no iba a parar nunca.

—Sube. —La palabra murió en mi garganta, enterrada bajo bocanadas de aire que no podía aspirar y ahogada por el sabor de la sangre. Por fin hice una inspiración profunda y empecé a bajar por el tronco—. Tienes que subir.

Cuatro miró hacia arriba. Mis pies tocaron el suelo y resbalaron en el barro.

Unas garras negras le rodearon los hombros y comenzaron a tirar de él. Lanzó un aullido que me reverberó en toda la cabeza. La máscara de Tres cayó al suelo.

El aullido cesó.

Eché a correr.

Los otros, todos los otros: Rubí, Esmeralda y Amatista. Los aspirantes, los soldados, Nuestra Soberana. Las sombras acabarían con todos.

Matarían a Elise.

Corrí con más ímpetu, mis pies ya volaban por encima del suelo. Veía la oscuridad pasar veloz por mi lado, rozando la hojarasca del suelo, contorsionándose detrás de los árboles, adoptando formas reales y cambiantes. Yo forzaba cada vez más mi respiración, hasta que la nariz empezó a arderme y a dolerme. Nadie se merecía algo así.

En aquel entonces no era lo bastante fuerte para correr más que ellas, pero ahora sí.

Doblé un recodo derrapando, y apareció Rubí en el centro del sendero, mirándome con su máscara sin expresión. Choqué contra él, demasiado rápido para poder frenar, y ambos caímos al suelo. Él me agarró por los hombros en el intento de conservar el equilibrio, y mi codo se estrelló contra su rostro metálico.

—¡Las sombras! —exclamé al tiempo que me incorporaba.

Rubí lanzó un gruñido y se ajustó la máscara.

—Las sombras —repetí sin aliento—. Han vuelto.

A mi espalda oí gritar a unos soldados que buscaban a Rubí. Reanudé la carrera. Su rostro rojo se fundió con las imágenes de los otros condenados que había ido dejando a mi paso. Empecé a sentir un flato en el costado que se me clavaba entre las costillas y me robaba la respiración. Me arriesgué a mirar atrás un momento.

Rubí había regresado rápidamente hacia donde estaba Tres, hacia las sombras, hacia la muerte.

—¡Veintitrés!

Era Esmeralda. Su máscara relucía con brillo propio al borde de los árboles. Tenía el arco en posición.

No iba a servir de nada.

Aminoré lo suficiente para gritar:

—¡Las sombras!

Ella me aferró con una mano.

—¿Qué?

—No, no. —Tiré de ella para arrastrarla conmigo en dirección al palacio, pero mis pies no encontraban apoyo firme en el barro—. Las sombras. Hay sombras. Han capturado a Tres. Y...

Me quedé sin resuello. El esfuerzo de la carrera y la mirada fija de Esmeralda se me agolpaban en la garganta. Esmeralda me aferró la muñeca todavía con más fuerza.

—No hay ninguna sombra —dijo—. Y nunca más volverá a haberlas.

—No, no, no. —Tropecé y caí. Los fui mirando de uno en uno. Tenían que creerme—. Tres ha muerto, y a Cuatro lo ha capturado una sombra. Lo he visto.

De improviso, detrás de Esmeralda apareció Rubí, jadeando tras la máscara y arrastrando a Dos por el brazo.

—Han despellejado a Tres —dijo.

—¿Lo veis? —Intenté ponerme de pie, pero me fallaron las rodillas.

—Calla. —Esmeralda se arrodilló a mi lado y me tomó la cara entre sus manos—. Has visto a Tres y tu mente ha hecho el resto. Las viste en Nacea, ¿verdad?

Afirmé con la cabeza.

—Era por la mañana. Subí para poder ver mejor la constelación de la Señora.

Subí al piso de arriba. Mis hermanos se quedaron abajo jugando, eran demasiado pequeños y no harían sino tropezarse. Las sombras los destrozaron como las espinas destrozan la carne.

—¿Quién soy? —me preguntó Esmeralda agarrándome la cara con fuerza para que no pudiera volver la cabeza.

—Esmeralda. —Sacudí la cabeza—. Sois lady Esmeralda.

—El primer miembro de la mano Izquierda y el único conocido en toda Igna —dijo ella con calma—. Tú sabes que sobreviví a las sombras.

—Las rompisteis por la mitad usando inscripciones mágicas, pero la magia ya no existe.

—Rompí por la mitad las inscripciones mágicas que las mantenían unidas. Sin magia, no pueden existir. Confía en mí, soy una de las cuatro únicas personas vivas que saben cómo crear y destruir a las sombras. —Finalmente me soltó y se hizo a un lado—. Mira.

Cuatro estaba de pie con Dos, los ojos enrojecidos y las manos goteando sangre. Sostenía la máscara de Tres con manos temblorosas.

—¿Qué? —Miré a mi alrededor—. ¿Cómo?

—Como he dicho, viste a Tres y tu mente hizo el resto. Tres era una presa para los aspirantes. Cruel, pero presa de todos modos. —Esmeralda se incorporó—. Lady Dal Abreu es médica de la corte. Te echará un vistazo, y mientras tanto deberás ser educado con ella.

Hice un gesto de asentimiento. Todavía me retumbaba el corazón contra lo que quedaba de mis costillas.

—Pero me encanta tener razón —dijo Esmeralda a la vez que me daba una palmada en el hombro—. No eres mal corredor.

Y yo que creía que llevaba la muerte pegada a los talones.

—No me gusta que me persigan.

—A nadie le gusta.

Se apartó, y su sitio lo ocupó Cuatro. Me hizo una seña para que me acercase.

—Quien me capturó fue Dos. —Meneó la cabeza en un gesto negativo, igual que una persona que hace esfuerzos por contener las lágrimas—. No fue ninguna sombra.

—El que ha matado a Tres es un carnicero. —Lady Dal Abreu se arrodilló a mi lado, con su vestido verde oscuro pespunteado con grueso hilo negro formando como un caparazón a su alrededor, y señaló las hebras de cabello que aún estaban adheridas a la máscara de Tres—. No ha sido una sombra.

Cogí la cantimplora de agua que me ofrecía. Por supuesto, todos los presentes habían visto a las sombras, habían guerreado contra ellas. Ella era la hermana gemela de Rodolfo d'Abreu y conocía las sombras tan bien como él. Todos los rumores afirmaban que había ofrecido una fortuna al que estuviera dispuesto a devolver el cadáver de su hermano para que se le pudieran aplicar los ritos funerarios, cosa ilegal dado que la venganza de su hermano había consistido en matar a los que se rindieron. Ella conocía las sombras tan bien como Esmeralda, sabía cómo crearlas y cómo destruirlas.

Sabía mejor que yo separar los miedos de la realidad.

Con el semblante hundido y sus ojos grises entornados, lady Dal Abreu me quitó la camisa empapada y el improvisado vendaje con sus manos cubiertas de inscripciones mágicas. Los dibujos de tortugas que llevaba tatuados en la piel —que le otorgaron sus poderes curativos y le habrían cortado los brazos a la altura de las muñecas si los hubiera empleado mal— eran las únicas inscripciones mágicas que me gustaban. Ahora, bajo la luz tamizada del bosque, se veían blanquecinos, apagados e inservibles, vacíos de todo cuanto les había dado vida. Igual que Tres.

De pronto me vino al pensamiento el rostro de Elise, con sus hoyuelos manchados de carboncillo y de sangre.

Hice un gesto de dolor.

—Basta. —La doctora me aplicó en el costado un trapo empapado de hamamelis—. Cualquiera de nosotros se habría asustado. —A continuación bajó la voz y siguió hablando en aloniano—: La mayoría de nosotros ni siquiera podemos ya dormir a oscuras. Rubí no es nadie sin una lámpara.

Exhalé el aire en un siseo prolongado y me rasqué un corte que me había hecho en la mano.

—Yo tampoco. Aquí, no.

¿Cómo era capaz de estar cosiéndome la herida, cuando yo representaba todo lo que ella había jurado erradicar: heridas y muerte?

—Si vuelves a rascarte, te coseré los dedos al vestido. —Aquella amenaza de violencia que no iba a hacerse efectiva era muy típica del sur—. Si te rascas, lo pondrás peor.

Afirmé con la cabeza. Ella sonrió. Fue una sonrisa ladeada, tan amplia que le llegó a las comisuras de los ojos y le estiró las inscripciones mágicas que llevaba tatuadas en los párpados.

Tan solo los pares de más confianza de Nuestra Soberana —Esmeralda, Nicolás del Contes, Isidora dal Abreu y Rodolfo d'Abreu— llevaban dichas inscripciones, las cuales les permitían ver la magia de las sombras.

Rodolfo era el hermano gemelo de Isidora, tenía su mismo pelo y sus mismos ojos, sus mismas pecas, según afirmaban todos los rumores. A mí ya me dolía bastante el mero hecho de acordarme de mis hermanos fallecidos; ver a uno de nuevo al mirarse en un espejo debía de ser una tortura.

Yo había crecido escuchando las historias de Rodolfo d'Abreu igual que la mayoría de los niños escuchaban cuentos antes de dormir. Rodolfo había matado a los magos Erlend responsables de que las sombras impidieran que se supiera cómo habían sido creadas, pero yo nunca había tomado en cuenta el sufrimiento que podía haber dejado atrás con su vida. Las sombras no dejaban a su paso otra cosa que dolor.

Cuatro se desmoronó en el suelo a mi lado.

—Yo nunca he visto a las sombras —dijo al tiempo

que se guardaba la máscara de Tres en el bolsillo. Tenía los ojos vidriosos y se le notaba un poco aturdido, completamente ensimismado en su mundo. Ni siquiera se percató de la mirada de preocupación que le lanzó Dos—. Nunca he sabido cómo son.

Dejó el razonamiento en el aire. Le pasé la cantimplora. Si no había sombras, no teníamos por qué preocuparnos. Las personas monstruosas eran un tema conocido.

De todos modos, nunca resultaba fácil ver así a tus amigos.

—Pues lamento que lo sepas ahora.

19

Isidora dal Abreu me cosió con unas suturas dispuestas a intervalos regulares que me fruncían la piel en los bordes. Mis otras heridas las cubrió con un ungüento que despedía un olor dulzón, y finalmente me entregó un frasco con más ungüento y me dio una palmada en la mano. Me senté con Cuatro y Dos en silencio, procurando borrar de mi pensamiento el recuerdo de aquel goteo, y me puse a observar cómo cruzaban la verja los demás aspirantes. Cinco apareció cuando todavía me estaban vendando las heridas; traía el hombro ya atendido por el médico y un ojo morado que no le había provocado yo. Seis y Diez llegaron juntos a la meta, ya desenganchados el uno del otro, pero con los grilletes todavía colgando de la muñeca. Once y Quince se pelearon por llegar el penúltimo. Ganó Quince.

Rubí se puso a pasear alrededor de Once dándole golpecitos en los talones con una lanza. Yo aún tenía metido en el cuerpo el pánico ya familiar hacia las sombras. Del bosque iban llegando guardias de gesto serio. La muerte de Tres nos había pasado factura a todos; a Dos y a Cuatro incluso los había dejado sin habla.

—Ahora que solo quedáis vivos ocho, vuestro entrenamiento físico ha finalizado. —La suave voz de Esmeralda captó nuestra atención—. Sin embargo, el entrenamiento continúa.

Elise estaba en lo cierto: había fases, y yo había sobrevivido a la primera.

—Esta noche, cesaréis en vuestros intentos de quitarle la vida a otro —dijo Rubí apretando los nudos de su máscara—. Vuestros sirvientes os ayudarán a instalaros de nuevo, y observaréis vuestro mejor comportamiento.

—Vuestras nuevas habitaciones constituyen una prueba, tanto como lo ha sido esta carrera —dijo Amatista—. Os alojaréis dentro de las propias dependencias de palacio, pasado el río Caracol, y se espera que os comportéis como invitados de Nuestra Soberana. Nosotros estaremos observando.

¿Iban a permitirnos entrar en el propio palacio? ¿Con todos los lores y ladies, y los honorables miembros de la corte, que abominaban de la suciedad? No podían dejar que todo el mundo fuera más allá del río y de la muralla, y tendrían que confiar en que Ópalo se comportara como era debido en la corte. Lo cual quería decir que nuestras siguientes lecciones eran...

—Las clases sobre venenos, protocolo y conocimientos básicos de medicina empezarán mañana, después del desayuno. —Esmeralda tenía que estar sonriendo como un ser malvado detrás de su máscara, porque se le notaba en la voz que se reía de nosotros—. En cuyo momento podréis reanudar la competición.

—Esperamos que matéis empleando métodos que reflejen que estáis avanzando. —Rubí nos hizo un gesto a todos para que nos pusiéramos en pie—. Los que estéis recibiendo otras lecciones seguiréis asistiendo a ellas esta noche. Mañana explicaremos todo lo demás.

Amatista hizo un gesto afirmativo con la cabeza.

—Todos lo habéis hecho bien hasta ahora. Nuestra intención era que acabarais derrotados físicamente. En la siguiente fase es posible que descanséis el cuerpo, pero no la mente. Descansad bien. Vais a necesitarlo.

A continuación, la Mano Izquierda nos dejó y se dirigió hacia un grupo de soldados que lucían todos diversas contusiones y heridas. Isidora y Rubí se miraron el uno al otro e intercambiaron algunas palabras.

Nos habían dejado libres.

Maud me acompañó a mi habitación. Al ver el vendaje que llevaba en el costado y la sangre que me salpicaba la ropa, me ofreció su brazo, pero yo lo rechacé. Ya había estado a punto de morir y me había puesto en ridículo; los demás aspirantes no tenían por qué ver lo débil que estaba.

Pero Isidora y Rubí dormían con una lámpara encendida, y el resto de la Mano Izquierda había visto las sombras. Seguro que entendían mi ataque de pánico.

Cuando llegamos a la habitación, Maud me quitó la camisa sin tocar la herida. Mi cuarto estaba inmaculado: la bañera en el rincón, los ratones desaparecidos, y todos los artilugios que había ideado para que no entrase nadie tampoco estaban ya. Maud colocó una palangana en el suelo, a mi lado.

—Isidora me ha dado un ungüento, lo tengo en el bolsillo.

—¿Lady Isidora dal Abreu? —Maud rebuscó entre mis ropas destrozadas y sacó una diminuta jarrita.

—Supongo que debería acostumbrarme a llamar a la gente por su título. —Me recosté, tenía los ojos demasiado cansados para mantenerlos abiertos—. Ha sido muy amable. Esmeralda ha dicho que atiende a la Mano Izquierda.

—Y así es. Hum... —Maud examinó los puntos de sutura de mi herida—. Rubí y ella son inseparables, desde que Rubí obtuvo su máscara. No se lo puedo reprochar: Rubí es aterrador, pero si le caes bien se vuelve educado y protector.

Solté un bufido.

—¿Qué más sabes de ella?

—Únicamente chismorreos. Que se casó con Nicolás del Contes hace cinco años, cuanto tenía dieciocho; que está muy cerca de Nuestra Soberana y de la Mano Izquierda; que tiene un laboratorio que da más miedo que nada; que su esposo es muy furtivo, se disfraza de soldado y de sirviente para vigilar. —Me acercó una bandeja de comida: una rebanada pequeña de pan untada de mantequilla y un cuenco pequeño de frutos del bosque—. Pero es agradable. Si uno está enfermo pero no puede pagar las medicinas, no le cobra nada.

Yo conocía a Nicolás del Contes. Era un Erlend que se había puesto del lado de Nuestra Soberana, pero sin ninguna utilidad. Iba a tener que sonsacar información a Elise.

Elise. La clase. Todavía tenía que ir a la clase. ¿Solo había transcurrido un día?

—Maud. —Agité la mano, demasiado agotado para incorporarme—. Tengo que asistir a la clase. ¿Puedes despertarme cuando sea la hora?

La verdad era que llevaba varios días sin dormir en serio. Menos mal que aquella noche estábamos a salvo, porque no iba a haber forma de que yo me mantuviera despierto.

—Por supuesto —dijo Maud—. Y después te llevaré a tus nuevos aposentos.

La puerta se cerró con un suave chasquido. Intenté darle las gracias, pero no pude. Me quedé mirando la puerta cerrada desde donde me encontraba, derrumbado en la cama y con la mejilla pegada a la pared, y cerré mis castigados ojos. Solo un momento, un breve paréntesis, mientras todavía brillara el sol y estuviera a salvo de las pesadillas.

—Arriba, Veintitrés. —Maud me tocó en el brazo—. Ya es la hora.

Me desperté con una sacudida y me volví. Maud retrocedió asustada. Por lo menos ya no me llamaba «aspirante».

—No hagas eso. —Sentía la boca como si fuera de algodón, y tenía la lengua pegada a los dientes. Bebí una taza de té demasiado caliente—. No me toques antes de que esté despierto, podría golpearte.

Aquella costumbre desarrollada a lo largo de toda la vida no me permitiría distinguir entre Maud y un enemigo.

Ella exhaló un bufido.

—Bueno es saberlo.

—Bien. —Mantuve los dedos en torno a la taza y esperé a que me sirviera otro té. Lo último que me convenía era que me descalificaran por haber golpeado a alguien a quien ni siquiera quería golpear. Maud no se merecía acabar con la nariz sangrando y la promoción perdida—. ¿Dónde está la nueva habitación?

—La Mano Izquierda tiene sus aposentos cerca de Nuestra Soberana, pero cada miembro posee una residencia en el círculo exterior, para las visitas. Tú te alojarás en el recinto de Amatista.

El río Caracol brotaba en espiral debajo del palacio, su fuente natural era más antigua que Erlend y Alona juntos y se había formado muchos siglos atrás. Cada brazo de la espiral servía de nivel adicional de defensa para las murallas principales del palacio, situadas en el centro. Solo ahora iba a acostumbrarme a la distribución de aquel lugar.

Probablemente, aquel era el objetivo.

—¿Y no voy a saber dónde se alojan los demás?

Maud puso una cuchara dentro del cuenco y no respondió.

Hice crujir mi espalda y murmuré:

—Esto va a ser divertido.

Maud sonrió.

Estiré mis doloridas extremidades y me metí en la boca tanta comida como pude. Si la siguiente prueba iba a tener que ver con venenos y sustancias curativas, me resultaría difícil encontrar alimentos seguros, sobre todo con Once, cuyo sello de boticaria y rápidos dedos formaban una combinación aterradora. Además, iban a enseñarnos normas de protocolo; en aquella disciplina, ni siquiera sabía por dónde empezar.

—¿Estoy bien? —pregunté manoteando con las mangas, cuyo cuidado corte me resultaba incómodo, de tan nuevo. Más me valía empezar ya mismo a observar una conducta adecuada. Si quería ganarme el favor de Elise para que me proporcionara información acerca de los nobles, mi apariencia tenía que ser impecable—. ¿Estoy lo bastante bien para todos esos honorables miembros de la corte a los que voy a conocer?

—Tienes el pelo fatal —contestó Maud sin dudar un momento. Y llevaba razón; me lo había afeitado el invierno anterior, y estaba creciendo sin control alguno—. Tienes un labio partido y un agujero en la máscara. Y respecto a la ropa, tampoco vas a estar a la altura de la gente de la corte.

Me toqué la máscara. Mis dedos se colaron por una fina rendija, y el rasguño que tenía en la mejilla se notaba áspero y reciente. Dejé escapar un suspiro. Elise ya me había visto en mi peor momento; a partir de ahí solo podía ir a mejor.

—¿Podrías repararme la máscara sin que me la quite? —Introduje la mano por debajo y la separé un poco—. Sin cosérmela a la cara.

—Me parece que sí que podré. —Maud se sentó a mi lado y sacó aguja e hilo de su bolsillo. Llevaba botones, cintas, trozos de tela y un viejo dedal. Enhebró la aguja y le aplicó un poco de cera en la punta—. No te muevas.

Cosió el agujero con la misma precisión que tenía la sutura de mi herida del costado. Yo sabía coser una herida lo bastante bien para dejar una cicatriz pequeña, pero ya me temblaban demasiado las manos los días normales como para hacer un trabajo que no fuera una chapuza. Pasé el dedo por el hilo.

—¿Saber coser forma parte del trabajo de sirviente? —pregunté al tiempo que olfateaba la túnica. Por lo menos iba a oler bien. Seguro que Elise tenía una docena de perfumes distintos. Y una docena de pretendientes distintos.

Abrigué la esperanza de que le gustara la gente peligrosa.

—Yo soy una asistente. —Maud empezó a guardarse de nuevo los útiles de costura en el bolsillo—. Antes era ama de llaves, pero las asistentes disfrutan de un rango más elevado y de mejor sueldo, y esto era lo más rápido para convertirme en una.

Asentí con un gesto leve. Allí había una historia que contar, pero Maud no confiaba en mí tanto como para contarme sus verdades, y yo no confiaba en ella para contarle las mías.

—Los asistentes personales se ocupan de los horarios, la ropa, el maquillaje, la contabilidad y cosas así —explicó—. En la corte, todo el mundo tiene uno, y si no se lo pueden pagar hacen que otro sirviente ocupe su puesto. Las apariencias importan mucho.

Genial. Otro aspecto en el que podría fracasar. No me gustaba depender de Maud para tantas cosas.

Fui solo hacia el comedor restringido alisándome el pelo todo lo que pude bajo la máscara. Elise era hija de uno de los lores que habían acatado la autoridad de Nuestra Soberana —nada halagüeño— y había abrazado la nueva corte. Ella conocía todos los detalles que yo desconocía respecto de los nobles, como qué Erlends eran infelices, quién sabía qué acerca de Nacea, y dónde vivían todos ellos pasado el río Caracol.

Dónde estaba Horatio del Seve.

Dónde estaban los lores que habían retirado sus soldados de Nacea y nos habían dejado morir.

Quiénes me debían la sangre de millares de personas y aún no habían pagado su deuda.

Mi Señora, guiadme. Con el empujoncito adecuado, Elise de Farone podría decirme todo lo que yo necesitaba saber.

20

Elise dejó su pincel al verme entrar. Hoy llevaba el cabello suelto, y la ventana que había detrás de ella estaba abierta. Sus apretados rizos le rebotaban sobre los hombros, mechones oscuros como el negro aterciopelado de la noche, y se había puesto dos peinetas de perlas, adornadas con el emblema en forma de dos rayos de Nuestra Soberana, para que el pelo no le cayera sobre los ojos. Apoyó la barbilla en el puño.

Coquetear con ella iba a ser fácil.

Ejecuté una venia.

—Lady De Farone.

—Veintitrés. —Me saludó con un gesto de cabeza, y el polvo de azurita que le delineaba los ojos brilló como las olas del océano. Unas motas plateadas semejaban la sal—. Aún estás vivo.

—No quería perderme la clase con vos. —Ocupé mi asiento, y eché los hombros hacia atrás y saqué ligeramente el pecho. La túnica me resbaló de los hombros hasta que la base del cuello quedó al descubierto. Necesitaba saber si Elise sentía verdadero interés por mí o podría sentirlo—. Estáis encantadora.

—Gracias —respondió ella—, pero estamos aquí por ti, no por mí.

—Y yo no dejo de preguntarme qué habré hecho de bueno para merecer pasar esta hora en vuestra compañía.

Elise rompió a reír y se tapó la boca con la mano. Yo me permití relajarme.

Abrió la boca para decir algo, pero sacudió la cabeza en un gesto de negación y volvió a reír. Yo tomé el carboncillo.

—Disculpadme. —Acerqué hacia mí el cuadernillo de frases, ignoré lo que había escrito otro aspirante, otra persona con la que Elise seguramente también estaba siendo igual de amable, y señalé una sección próxima al final—. Ayer lo dejamos aquí.

—En efecto. —Elise alargó la mano y, con delicadeza, me quitó el carboncillo.

La miré. Las gafas le habían resbalado hasta la punta de la nariz dejando a la vista la constelación de pecas rojizas que le recorría toda la cara, de una mejilla a la otra. Encima del labio superior tenía una pequeña cicatriz.

—¿Por qué coqueteas conmigo? —me preguntó—. Aborrezco la política, y no tengo tiempo para enredarme en jueguecitos con los aspirantes de la Mano Izquierda.

—No se trata de ningún jueguecito. Me gustáis. —No era del todo mentira. Volví a coger el carboncillo, y al hacerlo le rocé la mano con sumo cuidado. El anillo que robé descansaba cómodamente en su dedo índice—. Y sois la persona más bella con la que he podido hablar últimamente.

—Por favor, conozco a lady Esmeralda. —Entrecerró los ojos—. Esto se te da fatal. Vas a necesitar mejorar tus artes, para poder sobrevivir en la corte.

Estupendo: ahora conocía los gustos de Elise. Y eran muy acertados. Lady Esmeralda era una joya entre los mortales y tan peligrosa como la misma muerte.

—Podríais enseñarme vos —le dije inclinándome hacia delante y pasándome la lengua por el corte que tenía en los labios.

Su mirada bajó hasta mi boca y rápidamente volvió a subir hacia mis ojos.

—Te enseñaré a leer y a escribir. No coqueteo con personas que podrían matarme con la misma facilidad con que podrían besarme.

Vale, pero por lo menos se sentía tan atraída hacia mí como me sentía yo hacia ella.

—Me parece justo. —Pasé el carboncillo por el perfil de las palabras que se suponía que iba a aprender—. Pero yo no soñaría siquiera con mataros.

Captó lo que quise decir y desvió la mirada al tiempo que sus mejillas doradas se teñían de rubor.

—Escribe el alfabeto, y veremos qué es lo que recuerdas.

Obedecí. Las letras me salieron un poco temblorosas, pero correctas. Elise me observaba con la cabeza lo suficientemente inclinada para que yo no alcanzase a verle los ojos al otro lado del brillo de las gafas. Escribí la palabra «Ignasi» en el papel mientras ella examinaba el alfabeto y las palabras que yo había aprendido a escribir el día anterior.

—Bien. —Puso el papel a un lado, y se estremeció ligeramente cuando se rozaron nuestras manos—. Ya perfeccionaremos la caligrafía más adelante.

—¿Cómo se escribe «Erlend»? —le pregunté a la vez que señalaba la palabra «Ignasi» que acababa de escribir y fruncía los labios fingiendo sentirme confuso—. ¿Y vuestro nombre? ¿Cómo son los títulos?

—Hum. —Asintió con la cabeza—. Eso te será de mayor utilidad. Vamos a empezar con Nuestra Soberana y la Mano Izquierda, y después iremos pasando por los rangos de las personas que seguramente tendrás que conocer.

Sacó una hoja de papel en blanco y empezó a escribir nombres. Reconocí el de Nuestra Soberana Marianna da Ignasi. Había rezado por ella de pequeño, había escrito su nombre con sangre y después había quemado el papel para que le llegara a la Señora. Los demás pude adivinarlos: el de Rubí era corto, el de Esmeralda era más largo de lo que yo había imaginado basándome en cómo sonaba, y el de Amatista parecía ridículo incluso escrito con la bella caligrafía de Elise.

—¿Podéis escribir también el de Ópalo? —solicité. Era mejor saber cómo era aquel nombre, ya que iba a ser el mío si lograba sobrevivir—. ¿Y los de todos esos nobles de Erlend? Los alonianos ya los conozco.

—Nobles de Igna. —Elise continuó escribiendo con letras separadas y claras. Había varios nombres que eran más duros, la punta del carboncillo se hundía agresivamente en el papel con cada trazo angular. Alguien había molestado mucho a Elise—. Ahora todos somos miembros de Igna.

Se mostraba diplomática y educada aunque la hubieran molestado. Copié todos los nombres que iba escribiendo, pero solo reconocí unos cuantos: Del Contes, De Farone, Del Seve. Horatio del Seve se encontraba dentro del grupo de los que, más que una palabra, parecían una puñalada. Tiré del papel hacia mí.

—No tan rápido —me reprendió agarrando el papel—. Yo diré un nombre y tú me lo señalarás. A ver si eres capaz de leerlo a primera vista.

Toqué el nombre escrito debajo del de Seve.

—De acuerdo, ¿pero qué daño os ha hecho este papel?

Elise hizo una mueca. Bien, que se sintiera un poco arrepentida y me ofreciera una explicación. Información de utilidad para mí.

—Son personas totalmente normales —me dijo, y casi me pareció oír a continuación un «pero» reprimido en su compostura diplomática—. Las tierras de Horatio del Seve hacen frontera con las de mi padre, Hinter, y yo tengo la intención de normalizar la educación entre las escuelas gratuitas y los tutores privados. Pero él consideró que mi propuesta era muy costosa—. Me miró por encima de sus gafas con gesto reservado y apasionado. A las personas apasionadas las encantaba hablar de sus pasiones—. Válida pero infortunada. Tú estás aprendiendo en gran medida algo que cubren las escuelas públicas. Así que muéstrame qué es lo que has aprendido.

Por supuesto, con independencia de lo que yo pretendiera sacar de nuestras clases, Elise seguía enseñándome a leer y a escribir. Dijo un nombre al azar y yo se lo señalé, y recorrí la lista entera cometiendo muy pocos errores.

Ahora ya sabía cómo se escribía el nombre de Horatio del Seve. Por lo menos a Elise se le daba bien juzgar la personalidad de la gente. Como es natural, a él no le habría gustado que todo el mundo aprendiera aquellas cosas; no se podía permitir que la gente a la que uno pretendía gobernar fuera tan culta como para poder derrocarlo.

Le limpié una mancha de carboncillo que tenía en la mano.

—Muy bien. —Elise se apartó de mí y tamborileó con los dedos sobre la mesa—. Vamos a probar algo nuevo. Di «mesa».

—Mesa —repetí, al tiempo que me reclinaba en mi

asiento y apoyaba la barbilla en los dedos como hacía Esmeralda. Sabía que a Elise le caía bien Esmeralda, y tenía que conseguir que yo también le cayese lo bastante bien como para que quisiera enseñarme algo más que palabras, sonidos y letras.

—Si se quita la primera letra, ¿qué palabra queda?

Abrí la boca, pero no supe continuar.

—¿Cómo?

—Ya conoces los dos idiomas —me dijo en erleniano, y esperó a que yo afirmara con la cabeza. Luego cambió al aloniano—: Tenemos que relacionar lo que sabes con lo que no sabes. Así que yo diré una palabra y tú la escribirás. Por ejemplo: reina.

Aquella era fácil. Ni me acordaba de cuánto tiempo llevaba escribiéndola en mis plegarias.

Elise sonrió.

—Muy bien. Señora.

Y así prosiguió la clase, Elise decía una palabra y yo la escribía. Tenía buena memoria, siempre la he tenido, pero los sonidos no siempre coincidían con las letras, y combinarlos suponía un gran trabajo. Fallé más de los que acerté.

Y tras el tercer error rompí el carboncillo sin querer.

—No pasa nada. Deja de fruncir el ceño. Te veré mañana en las nuevas dependencias. —Recogió los papeles y los fue poniendo a un lado. De repente se oyeron unos golpes en la puerta—. De hecho, para entonces ya tendré todas mis cosas.

—¿Dónde están exactamente las nuevas dependencias? —le pregunté a la vez que la ayudaba a recoger trozos sueltos de carboncillo y un pincel que había por allí caído.

Me miró, y las motitas plateadas que tenía en las pestañas suavizaron su expresión.

—No sé dónde estará todo lo demás, pero yo impartiré mis clases en la sala de invitados de Esmeralda. Su residencia es la más espaciosa de todas.

Bueno, ya era más de lo que sabía hasta aquel momento.

—Pues hasta mañana, entonces.

Le tomé la mano como había visto hacer a los cortesanos y ejecuté una reverencia, pero no le besé los nudillos: habría sido excesivo, teniendo en cuenta que ya no se fiaba de mí.

Ella emitió una risa suave.

—Te he dicho que no coqueteo con personas que podrían matarme.

—Por supuesto que no. Tan solo les seguís la corriente a las que os roban.

—Tú difícilmente podrías robarme —replicó al tiempo que me conducía hacia la puerta.

Cuando salí me encontré con Quince en el pasillo. Lo saludé con un gesto de cabeza, incómodo con su presencia y su expresión de pocos amigos, aun cuando todavía estaba vigente la orden de la Mano Izquierda de que no debíamos intentar matarnos entre nosotros. Me apresuré a marcharme; Maud me estaba esperando fuera.

—¿Hora de trasladarse? —le pregunté.

Ella afirmó.

—Lo único que queda eres tú.

Maud me llevó por los edificios contiguos al patio de entrenamiento. Dimas nos estaba aguardando junto a una puerta cerrada con llave y provista de una cerradura nuevecita. Sacó un juego de llaves de su bolsillo —ninguna de ellas llevaba una marca identificativa que pudiera relacionarla con la puerta— y seleccionó la adecuada al primer intento. Maud se ajustó la cinta negra, nueva, que adornaba el cuello de su camisa. Dimas hizo un gesto.

—¿Qué ocurre con el cuello de tu camisa? —le pregunté una vez que la puerta se hubo cerrado.

Echamos a andar por un cuidado sendero de césped recortado y salpicado de florecillas silvestres. El bosque estaba en silencio, a lo lejos se divisaban las luces de unos pocos faroles que llevaban los guardias en la cadera, y en los árboles se agitaban las sombras. Yo iba con la vista fija en Maud.

—Si no eres capaz de averiguarlo —me dijo mirándome—, yo no estoy autorizada a responderte.

—Genial. —Se hacía obvio que era una forma rápida de indicar quién tenía autorización para entrar en qué lugares, pero así y todo—. ¿Dónde estamos?

—La planta del palacio es circular —contestó Maud en voz baja—. Antes estábamos en el borde exterior de dicho círculo, cerca de la muralla, y ahora estamos acercándonos hacia el centro. Todo gira alrededor del palacio, que ocupa el centro.

Se oyó con mayor intensidad el rumor del río Caracol.

Maud me guio por un laberinto de senderos que fui incapaz de memorizar, hasta una ancha pasarela guardada por dos soldados que sostenían faroles y lanzas. Por debajo de la pasarela discurría el río Caracol, lento y sereno, caldeando el aire con aromas a azufre y a sal. Maud señaló al soldado más alto, el que tenía canas en el pelo. Llevaba al cinto una empuñadura de la que no colgaba ninguna espada.

—Así que —dije una vez que los hubimos dejado atrás— los soldados y los sirvientes tienen una entrada propia y secreta.

—La puerta principal es para las visitas. No debemos

ser vistos hasta que se solicite nuestra presencia. —A continuación tomamos otro sendero, y empezó a soplar contra nosotros una brisa cargada de olor a naranjas—. Esmeralda es la encargada de supervisar los naranjos. Al lado de ella y de los demás invernaderos se encuentra la residencia de Amatista.

—¿Y dónde viven todos los nobles? —Aquellos senderos eran más de bosque que de otra cosa, y lo único que se veía era un dosel de denso follaje y jardines colgantes. Con unas normas tan estrictas acerca de quién tenía permiso para entrar por una puerta y por otra, podían darse el lujo de tener aquel espacio tan difícil de defender—. Los nobles ante los cuales voy a tener que inclinarme y mostrar deferencia.

—Bastará con que te inclines —resopló Maud—. Bastante te importa eso a ti, y yo no pienso ayudarte en ninguna conspiración que estés tramando.

—Así que cuando me tropiece con algún alto miembro de la corte, ¿tú mirarás hacia otro lado?

—Los nobles viven más adentro de la espiral y más cerca del palacio propiamente dicho, pasados los aposentos de Rubí —contestó Maud—. Esmeralda tiene sus habitaciones junto al invernadero de naranjos, y después van Amatista, Rubí y los demás: jefes de mercaderes, embajadores, miembros de la corte. Todo está dispuesto en una espiral, y cuanto más se acerca uno al centro más nobles son quienes la habitan.

El centro lo ocupaba Nuestra Soberana.

Afirmé con la cabeza.

—Procuraré no tropezarme con ellos.

Las ventanas de los pináculos del este resplandecían como estrellas allá en lo alto, y caminaba detrás de Maud con la vista en el cielo. Las torres y los arcos hendían el firmamento como si fueran relámpagos, las habitaciones iluminadas por lámparas de araña proyectaban arcoíris sobre el suelo, y los árboles se juntaban unos con otros para ocultar el paisaje. Maud se detuvo frente a un edificio enmarcado por una tupida madreselva. En la puerta tenía grabada a fuego la máscara de gesto adusto que usaba Amatista.

No había modo de equivocarse al adivinar quién vivía allí.

—Aquí estás tú. —Maud extrajo dos llaves de su bolsillo y me entregó una. Le di vueltas en la mano. La cerradura era de resorte, bastante fácil de forzar—. Antes de ir a buscarte te dejé preparado el baño, muy caliente, para que aguantase un rato, y también te dejé preparada la ropa. Vendré a recogerte mañana por la mañana.

Abrió la puerta usando la llave. Yo me asomé al interior y lancé un silbido. Era una habitación sencilla pero agradable. En un rincón había una cama de verdad, con almohadas y colchas que recordaban al cielo nocturno, y un delgado biombo decorado con la pintura de un bosque primaveral, que dividía la modesta estancia en dos zonas. Detrás se encontraba la bañera, llena de agua humeante.

—Es mucho más bonita que la otra. —Pasé un dedo por la madera de la pared, que formaba suaves relieves de osos y ciervos.

—Queda entendido que tu obligación es dejarla al marcharte tal como la encontraste al llegar. —Maud dibujó una leve sonrisa—. Seguro que es incluso más bonita que ninguna otra en la que hayas estado. Mi cuarto es mucho mejor que el del orfanato.

—Qué sabrás tú —repliqué de manera automática, pero cerré la boca antes de decir nada más. Así que el orfanato. Aquello explicaba muchas cosas. Rath también llevaba todas sus posesiones en los bolsillos—. Yo nunca he sabido con seguridad si me iba mejor o peor que a los niños de los orfanatos.

—Depende de la suerte... La mía no fue la peor. Allí me enseñaron a lavar y a coser. —Señaló la bañera con la cabeza—. Vendré a despertarte mañana. Dos golpes en la puerta. No tienes ventanas, solo las tablas del techo, así que solo tendrás que preocuparte de la puerta.

Ni siquiera me había fijado, pero el techo estaba abierto al cielo, y faltaban listones de madera a intervalos regulares, lo cual permitía que penetrase la luz de la luna. Una fina malla cubría los huecos.

—Gracias. —Le sostuve la puerta abierta, con la firme intención de echar la llave en cuanto se hubiera ido, y también esbocé una sonrisa.

Maud salió al exterior y, sin mirar atrás, dijo:

—Y gracias por no morirte.

—Tus constantes palabras de elogio me mantienen en la brecha.

Cerré la puerta. Decididamente, era una cerradura de resorte. De buena calidad, pero de resorte al fin y al cabo. Luego, recorrí la habitación de un extremo al otro buscando pasajes ocultos que le hubieran pasado inadvertidos a Maud. Nada.

Contemplando el cielo nocturno, envuelto en las mantas más finas que había tocado nunca y estando más limpio de lo que había estado en toda mi vida, recorrí el mapa de cicatrices que había ido dibujando en mi cuerpo una vida entera de huidas, peleas, robos y miedo, y sonreí.

Me habían dado la bienvenida a su casa, y yo me proponía echarla abajo.

21

Soñé con campanillas y con sangre. Me costó más trabajo despertarme del que me había costado dormirme, y batallé con mi cuerpo para conseguir controlarlo mientras miraba fijamente el techo. Tuve que esperar a que fueran cediendo lentamente el dolor y el agarrotamiento de los músculos que noté al despertarme para ponerme en marcha. La inquietante oscuridad de aquel cuarto, rota tan solo por las aberturas del techo, ejercía un importante efecto en mí. Por fin me bajé de la cama.

Los dos golpes de Maud en la puerta despejaron la niebla de mi cerebro.

—¿Veintitrés? —De nuevo llamó dos veces, y la cerradura se abrió con un chasquido—. Voy a entrar.

—De acuerdo. —Regresé a la cama, me puse la máscara y me quité la camisa con la que había dormido para volverla del revés—. Aquí la luz resulta un poco rara, al no haber ventanas.

Maud levantó en alto la vela que traía.

—La Mano Izquierda lo prefiere así.

Fue encendiendo las lámparas mientras yo me incorporaba para ir a desayunar. Me aguardó en la puerta, con la vela humeando en la mano, y meneó la cabeza en un gesto negativo cuando me dirigí hacia ella. Me detuve.

—Vas a aprender protocolo y la vida en palacio —me dijo, y a continuación fue hasta el montón de ropa y tomó una túnica más larga—. Ya no vas a pasar el día entero en tierra. Tienes que impresionar.

—Mi ropa es toda igual. —Cogí la túnica y le hice a Maud una seña para que se volviera—. Negra y barata.

—Yo te he comprado la más bonita —dijo elevando un poco la voz—. Ya saben que tú no tienes gran cosa con la que hacer algo, pero al menos debes intentarlo.

¿Que yo no tenía gran cosa con la que hacer algo? Me quité la camisa vieja y me puse la túnica. Era más bonita, por la espalda el dobladillo me llegaba hasta las rodillas, y el filo era rizado y de color gris oscuro. Los botones negros del cuello brillaban tanto como las calzas. Decididamente, estaba mejor.

—No veo que con esto vaya a mejorar mucho —le dije a Maud al pasar junto a ella pasa salir por la puerta. No era necesario que se envalentonase y creyera que yo la necesitaba.

Volvió a echar la llave.

—Por supuesto que no lo ves. Aún no tienes ni idea.

Me detuve.

—El desayuno es por aquí.

Con una sonrisilla satisfecha, Maud me condujo por un sendero de tierra, tortuoso y protegido por un dosel de alambre, hiedra y uvas del diablo trepadoras. Por un sendero situado al oeste, bastante por delante de nosotros, vi entrar a Cinco.

—¿A quién pertenece esta residencia? —Volví la vista hacia el oeste, para que Cinco no me sorprendiera fisgoneando.

—A Rubí. —Maud hizo un chasquido agudo y despectivo con la lengua.

—¿Cinco no te cae bien? —Si iba a competir con él de nuevo para la carrera en el bosque, necesitaba conocer todos los secretos y rumores que hubiera acerca de él. Y también dónde dormía.

Maud me miró con los labios fruncidos y susurró:

—Es muy exigente, y eso desde luego no es nada nuevo. Nuestro trabajo consiste en hacer lo que nos pidan y en ocuparnos de lo que no nos pidan, pero Cinco...

—¿Cinco es la definición misma de un Erlend arrogante?

—También me estás insultando a mí, ¿sabes? —Maud me acompañó hasta poco antes de llegar a la puerta—. Cinco es cruel sin necesidad.

—¿Se cree que tiene derecho a salirse siempre con la suya?

Maud asintió. No iba a tardar mucho en encargarme de él, y su sirviente quedaría libre.

—Pediré a un sirviente que te traiga una cantimplora durante el desayuno, y así podrás llenarla tú mismo —me dijo—. Yo voy a estar ocupada con otras cosas.

Dos y Cuatro se sentaron juntos a la mesa. Los demás muertos no habían ocupado tanto espacio en mi mente como Tres. Tres me había enseñado a estirar los músculos, le gustaba el té fuerte, y ahora estaba muerta, desaparecida en una nube de dolor y sangre que nadie se merecía sufrir. Me senté frente a ellos dos y al lado de Quince. Cuatro me saludó con un gesto de cabeza.

—Otra vez aquí. —Levantó hacia mí su taza de té y se lo bebió de un solo trago. En el aire quedó flotando un fuerte olor a alcohol—. Por lo menos, lo de correr ya se acabó.

—Aquí estamos, ocho de veintitrés. —Rubí entró en

el comedor, sostuvo la puerta para que entraran Amatista y Esmeralda y acto seguido ocupó su asiento a la
cabecera de la mesa—. Estoy seguro de que cada uno de
vosotros se muere por saber cuáles van a ser las reglas.

—Son exactamente las mismas —dijo Esmeralda sirviéndose una taza de oscura achicoria—. Pero debéis
guardar las formas: nada de causar estropicios ni meter-
se en líos.

Pan comido. Me terminé lo que tenía en el plato y
acepté la cantimplora que me entregó el sirviente.

—Y si causáis un estropicio, lo tendréis que limpiar
—dijo Amatista—. El desayuno sigue siendo un momento seguro del día. Comed.

Llené la cantimplora con agua. Quince fue a buscar
otro plato de comida, mientras que Cinco se reclinaba
en su silla con la mirada fija en Rubí.

—En primer lugar asistiréis a la clase sobre venenos
—dijo Rubí haciendo girar una cuchara entre los dedos—. Por supuesto, podréis saltaros la clase de la materia en la que ya os consideréis suficientemente preparados, pero nosotros estaremos observando.

—Siempre estamos observando. —Amatista posó
una mano en el hombro de Rubí—. Después de la clase
sobre venenos, Rubí os enseñará protocolo, y la última
materia del día será primeros auxilios. Lady Isidora dal
Abreu os guiará a través de unos cuantos ejercicios básicos. Después pasaréis a otras lecciones, también necesarias. En el instante en que salgáis de este comedor, se
reinicia la competición.

Bien. Todavía contaba con Elise para enterarme de
dónde estaba Horatio del Seve y qué era lo que tramaba.
Quizás incluso pudiera averiguar algo acerca de Shan de
Pau.

—Arriba. —Esmeralda nos señaló una puerta situada al fondo—. No tenemos necesidad de correr, pero tampoco pienso consentir la pereza.

Nos llevó hasta un invernadero que tenía una elegante cerradura de combinación, paredes de cristal y techos apuntados y más altos que muchos de los árboles que nos rodeaban. Relucía bajo el sol de primeras horas de la mañana. En el interior, las paredes estaban cubiertas de enrejados repletos de lantanas de color anaranjado entrelazadas unas con otras; jardines colgantes de frondosas enredaderas de un verde oscuro y flores azul marino; y una cortina de tomillo verde suave, que se desparramaba sobre la maceta colocada encima de la puerta. Esmeralda apartó la enredadera para dejarnos pasar y a continuación se enfundó unos gruesos guantes de cuero. Yo crucé la puerta detrás de Cuatro. Once se escabulló y se separó del grupo. No me sorprendió que conociera ya los venenos.

Sentí el tacto del agua en la piel. El aire estaba impregnado de humedad: se condensaba en forma de gotitas en mis brazos y, además, se notaba un intenso olor a tierra mojada. Mis pisadas hacían crujir suavemente los tablones por los que caminábamos, un poco elevados por encima del suelo, cuyo fin era evitar que pisáramos las plantas. A mi derecha, una abeja revoloteaba entre las uvas del diablo. Diez se inclinó para oler un racimo de campanillas.

—No debéis tocar nada mientras estéis aquí dentro, a no ser que yo os lo diga. —Esmeralda se situó detrás de una mesa de trabajo que había en el centro del invernadero. Su túnica verde de algodón y sus pantalones marrones eran de buena confección, pero parecían cómodos, y sus guantes estaban manchados de barro. Una diminuta florecilla de color amarillo pálido se le había adherido a la manga—. Si tocáis algo que es venenoso, no puedo garantizar que pueda salvaros. Ni que intente salvaros. Tengo asuntos más importantes que tratar antes que preocuparme de vosotros. Entre otras cosas, estamos buscando en todos vosotros ese impulso inteligente que os ayude a conservar la vida. Y que toquéis plantas en un invernadero lleno de venenos no nos inspira confianza.

Me metí las manos en los bolsillos. Me sentía bastante cómodo al pensar que en aquel lugar nadie podría hacerme daño sin que lo sorprendieran, y estaba lo bastante descansado para sacar las manos a tiempo para parar un golpe. Solo había transcurrido una noche, pero ya me sentía mucho mejor sin la presión de la psicosis y el agotamiento.

—Cualquier persona es capaz de matar si se empeña, y lo mismo ocurre con las plantas. —Cogió una pequeña raíz de yuca—. Estoy segura de que la mayoría de vosotros habéis comido esto de un modo u otro. Existe un motivo para que a la yuca se le aplique un tratamiento antes de comerla. Cuando seáis un miembro de la Mano Izquierda, utilizaréis venenos capaces de matar con poco esfuerzo, si es que llegáis a utilizarlos. Os encontraréis con variedades de todo tipo. —Nos hizo avanzar con el dedo y señaló un bosquecillo que tenía a su espalda repleto de flores blancas y capullos con espinas—. Voy a mostraros cuáles son las plantas venenosas más comunes y a describir los síntomas que provocan. Lo más probable es que no sepáis que os habéis envenenado hasta que ya sea demasiado tarde, a no ser que estéis bien entrenados. En los días venideros, os pondré a prueba para ver si sois capaces de detectar el veneno en vuestra comida y en vuestra bebida. La primera norma para la supervivencia es evitar envenenarse.

—¿Pero no nos sería más útil aprender a sobrevivir

al veneno? —preguntó Quince indicando la yuca que descansaba sobre la mesa con los dedos flexionados; era un boxeador hasta la médula—. ¿Saber qué hacer para no morir?

—No estoy aquí para manteneros con vida, sino para que scáis más letales de lo que ya sois —replicó Esmeralda—. Estoy aquí porque el que de vosotros llegue a la cumbre y se convierta en Ópalo necesitará saber estas cosas, y no porque todos podáis resultar envenenados. Vuestra supervivencia depende de vosotros, no de mí.

Nadie más formuló preguntas. Seguidamente, Esmeralda nos condujo hasta otro punto del invernadero, un mudo desfile de aspirantes con el ceño fruncido. Se detuvo ante un racimo de tallos verdes y largos, terminados en unas flores azules y cubiertos por un enjambre de polillas blancas. Al lado había otro racimo igual, pero de flores amarillas. Arrancó una hoja.

—No solo ingiriendo el veneno puede morirse uno. —Frotó la hoja entre los guantes y la aplastó hasta convertirla en una pasta—. Si tocáis una de estas hojas con los dedos, también podéis morir.

Genial.

A continuación, Esmeralda se cambió de guantes y nos condujo hasta un rincón en el que había unos pequeños arbustos de flores anaranjadas que desprendían un olor intenso y muy agradable. A su sombra crecía otra planta de hojas pequeñas y verdes provistas de agudas espinas y flores en forma de campanilla que empezaban siendo blancas y terminaban teniendo una tonalidad morada y aterciopelada. El contraste era muy bonito.

—Existen determinadas cualidades que delatan el sistema defensivo de una planta. —Esmeralda se inclinó, arrancó una de las campanillas y la acercó al agujero de su máscara situado sobre su ojo izquierdo—. Colores vivos cuando no procede que los haya—. El tallo de la planta presentaba unas franjas moradas—. Espinas y púas, hojas brillantes y savia blanca: todo ello indica que la planta probablemente es venenosa. Si tenéis la desgracia de degustar una, descubriréis que tiene un sabor amargo.

Puso la flor junto a su planta madre y señaló con la mano las florecillas anaranjadas. Aquel arbusto no mostraba ninguna de las características que había nombrado.

Aquello iba a ser divertido. Mis ratones estarían gordos y felices mientras nadie intentara envenenarme, y yo sabría qué flores evitar si me encontraba muerto de hambre en un jardín.

Esmeralda nos fue llevando por el invernadero señalando flores y frutos. Yo procuré memorizarlos —espinas, tres hojas, colores vivos— y me fui rezagando del grupo. Las paredes de cristal eran prácticamente impenetrables a causa de las enredaderas y las pasarelas.

Once, una de dos: o estaba conspirando o estaba descansando. Cinco y Seis habían desaparecido. Comprendí que si me quedaba asistiendo a aquellas lecciones, por mucho que las necesitara, al día siguiente estaría muerto. Necesitaba tiempo para planificar mi supervivencia. Aquellas clases eran demasiado previsibles: a la misma hora, en el mismo sitio, todos los días; y mientras yo estaba atrapado en ellas la ventaja la tenían los demás.

Mucho después, yo ya con la piel arrugada a causa de la humedad, Esmeralda se quitó los guantes y nos hizo salir del invernadero. El calor que hacía fuera me quemó los pulmones y me secó la piel. Levanté la cabeza hacia el cielo; ya era más de mediodía. A lo mejor teníamos suerte, y Cinco y Seis se habían matado entre sí.

Por lo menos allí no había lugares elevados desde los que pudiera dispararnos un arquero.

—Por aquí, por favor.

El sirviente de cuello rojo de Rubí ejecutó una reverencia y echó a andar por un sendero.

Observé a los demás. Once y Cinco habían regresado al grupo, y Dos y Cuatro iban detrás del sirviente. Yo lo seguía también, llevando detrás de mí a Once. Las zancadas livianas y seguras de Cinco, unos pasos más atrás, iban rebotando en mi cabeza. Me toqué el costado.

¿Sería mucho pedir que se mataran entre sí?

22

En los dominios de Rubí nos esperaba una mesa alargada y semicircular, preparada para un banquete pero vacía de viandas. Alrededor había ocho sillas, más una en la cabecera, ligeramente elevada por encima de la chusma. En ella estaba sentado Rubí.

—No. —Agitó la mano en un gesto negativo, luego echó la cabeza hacia atrás como si estuviera poniendo los ojos en blanco y levantó un dedo—. Todo mal.

Todos frenamos en seco. Cinco lanzó una carcajada.

Rubí se levantó de su asiento y vino hacia nosotros con calma.

—Soy lord Rubí, de la corte de Nuestra Soberana, cuarto integrante de la Mano Izquierda. Antes de entrar en la habitación de alguien, debéis esperar hasta que se os conceda permiso, sobre todo si es un miembro de la Mano Izquierda.

Retrocedí hasta la puerta, y poco me faltó para chocar con Dos.

—Uno no se acerca a Nuestra Soberana sin hacer primero una reverencia y esperar a que ella dé permiso para que se aproxime. Absteneos de hacer la venia junto con los demás, la Mano Izquierda está por encima. —A continuación, Rubí nos obligó a formar una fila y se situó en un extremo, a mi lado, con la espalda más recta que el palo de una escoba. Me apresuré a echar los hombros hacia atrás para imitar su postura—. Una vez que os hayan dado permiso para entrar, os acercáis hasta quedar a una distancia de tres pasos y entonces hacéis la venia.

Ejecutó una reverencia perfecta, con la espalda recta y los pies separados; un remanente de la época en que los magos llevaban inscripciones mágicas en los pies y el hecho de salvar la distancia hacía que la magia cobrara vida. Lo imité, y los demás hicieron lo mismo.

—Una regla muy útil es la de permanecer horizontal el tiempo que se tarda en hacer una inspiración. No os incorporéis todavía, voy a examinar vuestra postura. —Enderezó la espalda y me miró a mí—. Ahora, todos los honorables nobles ocupan el mismo lugar en el corazón de Nuestra Soberana, y los únicos que están por encima de ellos son los miembros de la Corte Suprema, la Mano Izquierda y Nuestra Soberana. Si os cruzáis con ellos mientras estéis aquí, os inclinaréis cuando pasen y no os levantaréis hasta que los hayáis perdido de vista. ¿Entendido?

Afirmé con la cabeza.

—No muevas la cabeza mientras estés haciendo una venia. Simplemente di «sí» —murmuró Rubí dirigiéndose a mí al tiempo que me palpaba la espalda con la mano—. Y pon la espalda recta.

Fue avanzando por la fila.

Yo doblé la columna vertebral hacia el suelo, sintiendo un chasquido en los hombros, y levanté la barbilla. Por lo menos hacer una venia era lo mismo para las damas y para los caballeros. Habría sido insoportable aprender con Rubí dos conjuntos de normas distintos.

Cinco tenía la postura perfecta. Cómo no.

Rubí nos corrigió a todos y, finalmente, nos condujo de nuevo hacia la puerta.

—¡Qué afortunada casualidad! —Hizo un floreo con la mano sobre su pecho, con fingida sorpresa, e indicó la mesa—. Tomad asiento, os lo ruego.

Yo me incorporé y me detuve. Con el rabillo del ojo vi que Cinco también se había detenido. El hecho de imitarlo me ponía la carne de gallina, aunque él supiera lo que hacía. Rubí chasqueó la lengua cuando Once se sentó a la mesa, y la llevó de nuevo hasta la puerta para que esperase el permiso para entrar. A continuación, se enfrascó en un monólogo acerca de los modales y las tradiciones de antiguas naciones ahora unidas en una sola, y yo, en vez de escucharlo, me dediqué a observar a Cinco. Yo estaba allí para ser Ópalo, no para aprender la historia de cómo se sentaba uno a la mesa.

Cinco tampoco estaba prestando atención. Su gesto era de concentración: mirada tranquila, movimientos afirmativos con la cabeza cada vez que Rubí elevaba el tono de voz para resaltar un dato importante. Cinco había sustituido las dagas que le había robado yo por otras más pequeñas y un estilete oculto en la bota. Fingí que me asomaba por un costado de Quince para ver mejor la mesa; sobre su muslo descansaba un cuchillo de mesa de punta redondeada. Todos tenían la marca de un ave rapaz con las plumas de la cola extendidas.

El desayuno se me revolvió en el estómago. Los cuchillos de mesa se utilizaban para despellejar.

Cinco se volvió hacia mí.

—No eres tan sutil como crees.

—Y tú no das tanto miedo como crees —repliqué hablando en susurros, oculto tras los anchos hombros de Quince.

—No necesito dar miedo, cuando tú ya te asustas con una mera sombra.

Me aparté de él. Sentía que la furia me borboteaba en la garganta, hasta el punto de que pensé que iba a vomitar sobre la mesa de banquete de Rubí. No descarté que hubiera sido Cinco el que había despellejado a Tres y la había dejado morir. Nada de rajarle el cuello o apuñalarla en el corazón... No, en el cuello.

Tal como le dije yo que pensaba hacérselo a él.

Rubí dio una palmada y dijo algo que no llegué a oír por culpa del estruendo que provocaba la furia en mis oídos, y seguidamente nos hizo salir del comedor. Yo salí con los demás, con el cuerpo agarrotado y el cerebro funcionando a toda velocidad. Cinco había matado a Tres.

Cinco había matado a Tres y había utilizado contra ella lo que le había dicho yo.

Me quedé con la vista clavada en su nuca, sintiendo un hormigueo en los dedos y una cólera que solo había experimentado de pequeño, antes de saber cómo se llamaba el sentimiento que me corría por las venas. Cinco había despellejado a una mujer sin motivo, y ahora iba andando por ahí con toda normalidad.

No era una sombra, pero seguía siendo un monstruo.

Dejé de andar unos instantes, para no golpearlo. El resto del grupo siguió a Amatista hacia la clase siguiente, y después de ver que todos los aspirantes doblaban la esquina, me tapé los ojos con las manos y reprimí las ganas de gritar. Yo había matado, pero jamás había torturado. No existía otra forma de denominar lo que Cinco le había hecho a Tres.

Cuando entré por la puerta, Lady Isidora dal Abreu y Amatista estaban hablando a los aspirantes. Nadie se percató de que yo llegaba con retraso, y crucé los dedos para que tampoco se percatasen de que salía otra vez. Me arrimé a la pared mientras lady Dal Abreu hablaba de lesiones comunes que sufrían los integrantes de la Mano Izquierda. Las inscripciones de color blanco que llevaba tatuadas en torno a las muñecas, tan pequeñas y tan frágiles, hacían juego con el pespunteado blanco de su vestido gris paloma. Se le ceñía bajo el pecho y combinaba con el pantalón gris y la túnica marfil que vestía Rubí. Este estaba apoyado contra la pared, cerca de la puerta.

—¿Y cómo se supone que debemos practicar con esto? —preguntó Quince indicando el hilo de sutura, los escalpelos, las agujas y las vendas que estaban esparcidos por la mesa de al lado.

Rubí sacó un cuchillo de una funda secreta que llevaba en la manga y le hizo un corte a Quince en el brazo.

—Ve practicando con eso y no interrumpas.

—Dado que si resultáis heridos lo más probable es que estéis solos, aprenderéis practicando con vosotros mismos. —Isidora le entregó una venda a Quince, que se miraba la herida conmocionado. Acto seguido, lanzó una mirada ceñuda a Rubí y salió de la habitación—. No es un corte profundo. Presiona la herida y dejará de sangrar.

Reprimí un estremecimiento. Yo ya sabía coserme una herida y enderezar una extremidad rota. Era naceano, y los naceanos no nos hacíamos sangre a no ser que pudiéramos devolvérsela a la Señora.

Yo tenía cosas mejores que hacer.

23

Me escabullí hacia la puerta. Volví sobre mis pasos y regresé al camino que llevaba hacia el norte, pero avanzando por el bosque, evitando el sendero. El viaje al norte de los pináculos del este no era muy largo.

Los edificios eran de piedra, achaparrados, dispuestos como las sinuosas cordilleras que cubrían todo el norte. Las banderas de Erlend no colgaban en las ventanas ni decoraban las puertas, sino que estaban repartidas por todas partes, y sus colores eran más vivos y más brillantes que el resto de la pintura.

Por los senderos caminaban sirvientes, mensajeros y soldados. Oculto detrás del tupido follaje, me subí a un pino para observar cómo iban y venían. Los más fáciles de identificar eran los mensajeros, porque sus ropas de viaje resultaban aceptablemente elegantes para el palacio sin dejar de ser funcionales. Cada uno portaba una carta con el nombre del destinatario en una cara y el sello de Nuestra Soberana en la otra. Algunos ocultaban el nombre; otros, no.

Para entregar aquellas cartas, debían de haber tenido que cruzar la verja de la entrada y recibir el visto bueno de los guardias. Ningún mensaje ni persona traspasaba aquella verja sin el sello de los guardias.

De pronto me fijé en la primera letra de un nombre: la S de Seve.

Parecía el nombre de Seve. Probablemente lo era.

Bajé del pino de un salto y fui detrás del mensajero intentando ver la otra cara de la misiva, que quedaba debajo del brazo.

Decididamente, el destinatario de aquel mensaje era Horatio del Seve. Incluso llevaba su sello estampado al final del nombre: un milano bidentado con las alas extendidas tras una tormenta, preparado para atacar de nuevo. Lo había colocado de forma que quedase erguido por encima del sello de Nuestra Soberana.

El mensajero se detuvo ante un edificio de dos alturas y provisto de un jardín en la azotea cargado de flores originarias de Erlend, y le hizo una breve venia al guardia de la puerta. Unas delgadas persianas de papel teñidas del verde suave de los pinos cubrían la planta de arriba. Aminoré el paso para escuchar. El guardia, un individuo de hombros anchos que llevaba una lanza en las manos y una espada al cinto —pura exhibición, tantas armas—, saludó al mensajero con una ancha sonrisa.

—Entregaré la carta a su asistente.

Fui hasta allí sin encontrar ningún guardia a la vista y me escondí de nuevo entre los árboles. Si Del Seve no estaba allí, no había ningún peligro en que me quedase a fisgonear un poco sus cosas y buscase la mejor manera de entrar. La única puerta del edificio estaba vigilada por los guardias, pero las ventanas eran grandes y se podían abrir, y aquel jardín tenía que tener una puerta.

Trepé a un roble que se elevaba por encima del tejado. Un lado de la azotea estaba ocupado por un patio en el que había un estanque alimentado por agua de lluvia recogida en unos barriles. El otro lado era una pequeña zona para comer, protegida por un grueso toldo. La mesa estaba rodeada de los más bellos farolillos de colores y pieles que jamás había visto. Ya me imaginaba a Horatio del Seve cenando allí, envuelto en pieles compradas, no de animales que él hubiera cazado, bajo unas luces de colores que costaban más dinero que el desayuno de la mayoría de la gente. Del Seve había seleccionado los objetos aprovechables del botín de guerra y se los había vendido a Shan de Pau. La gente no podía permitirse los lujos que él podía vender. El solo hecho de acordarme de él me puso enfermo.

Calculé la distribución de la casa de Horatio del Seve lo mejor que pude desde la rama del árbol. De pronto vi pasar la silueta de un sirviente tras las persianas; iba y venía de un lado del edificio al otro. Memoricé los previsibles movimientos de los guardias.

Busqué el momento apropiado para saltar, salté, y aterricé en la azotea con un golpe sordo. Me quedé quieto unos instantes: no se oían pisadas ni gritos, ninguna puerta que se abriera ni ningún sirviente movido por la curiosidad. Rodeé la mesa, pasando los dedos por las pieles de ciervo y las decorativas cornamentas de alce de las que colgaban velas. Lo habían preparado todo para un té. Un ritual nocturno antes de irse a la cama, a juzgar por el leve olor a aceite de valeriana que flotaba en el aire.

Aparté a un lazo la taza de té de Horatio del Seve, adornada con motivos de pájaros, y contuve una exclamación al observar la mesa. Era de madera trabajada. Lo que había allí era una caja con un laberinto dentro. Toqué una de las bisagras, y al momento se desplazó una pieza y dejó al descubierto una cerradura. Así que no era un laberinto, sino una caja fuerte tallada como si lo fuera, para que uno pareciera más listo.

Forcé la cerradura. Los papeles que encontré dentro no eran nada: apuntes de contabilidad y de administración, y palabras que no supe reconocer porque aún no necesitaba reconocerlas. En ningún sitio aparecía el nombre de «Nacea», solo había tierras en barbecho y bestias de carga que se volvían inquietas. De modo que dejé aquellos papeles a un lado.

De repente, una pequeña nota cayó revoloteando hasta el suelo.

«Espera a que avance el Invierno, y la Tormenta pasará.»

La letra era tan controlada como la de Elise, pero los finales eran más afilados y angulosos. Volví a guardarla en la caja. Fuera cual fuese su significado, no podía ser nada bueno. La sencillez y el tamaño de aquel papel, lo bastante pequeño como para poder ir pasando de mano en mano sin que nadie lo viera, decían a gritos que se trataba de correspondencia secreta. Horatio del Seve continuaba espiando, aun cuando la guerra ya había terminado.

Los últimos erlenianos que resistían, dirigidos por lord Del Weylin, estaban escondidos en las infranqueables montañas, y seguro que tramaban cobrarse venganza de Nuestra Soberana como yo tramaba cobrarme venganza de ellos. Sobre aquellas cumbres flotaba una traicionera corona de hielo y de niebla que los protegía de los ejércitos de Igna. Nadie de las tierras de Weylin se había aventurado jamás a llegar hasta aquí.

Si no fuera porque de vez en cuando había amenazas e incursiones, habríamos pensado que estaban todos congelados y muertos.

Levanté las manos para estirarme, y de pronto choqué contra uno de los faroles de plata. La filigrana brilló a la luz.

Plata naceana.

Unos brazaletes de plata naceana que Del Seve no tenía derecho a poseer.

Los arranqué del alambre, rompí la cola que los mantenía unidos y me los guardé en los bolsillos. No me quedaba nada de Nacea, y Del Seve tenía todos los objetos que ningún Erlend debería tener.

Mi madre llevaba unos brazaletes de plata cuando se casó con mi padre, y también cuando nacimos sus tres hijos. Constantemente decía que aquella plata le traía buenos recuerdos, que se acordaba de la sensación de llevar los brazaletes en las muñecas. Eran para las ocasiones especiales.

Yo haría que Del Seve se acordase de nosotros, que se diera cuenta de que éramos algo más que objetos robados y tumbas profanadas.

Avancé por la azotea. Los costados rebosaban de carísima pintura dorada y hiedra recortada. No había ninguna reja por la que pudiera trepar ni ninguna ventana por la que pudiera colarme. La única puerta que daba paso al interior se hallaba protegida por una cerradura de resorte.

Me descolgué por el borde posterior de la azotea agarrándome con las yemas de los dedos. Cuando me dejé caer y mis pies chocaron contra el suelo, reboté y rodé sobre mí mismo. El golpe me repercutió en las rodillas, pero no me hice demasiado daño. El pequeño bosquecillo que tenía a mi espalda no estalló en gritos de guardias.

Amatista se habría sentido orgullosa.

Volví corriendo a mi habitación, impulsado por la furia, y entré y cerré de un portazo. Naturalmente que estaba allí Del Seve. Ya sabía que estaba allí, viviendo muy bien, sin pagar por lo que había hecho, pero el hecho de verlo con mis ojos era muy distinto. ¡Y aquel encaje!

Naturalmente, Del Seve se había quedado con los objetos más bellos. Naturalmente, había acaparado los últimos tesoros de Nacea.

¿Pero por qué seguía allí? ¿Cómo era que Nuestra Soberana no había hecho nada? No se ocultaba precisamente, con toda la casa llena de tesoros naceanos, lejos del hogar. ¿Cuántos más vivían con él todo el año en el norte?

Me derrumbé sobre la cama. Quizá, teniendo a Del Seve tan cerca de mi mano y tan cerca de poder matarlo, no me despertarían ni las sombras ni los recuerdos de Nacea.

24

Me despertó Maud, con unos fuertes golpes en la puerta. Otra noche más, y otra clase más con Elise de Farone.

Me toqué el costado. Tanta excitación había reavivado el dolor de los puntos de la herida. Jugueteé con los brazaletes de plata que tenía en el bolsillo; nunca había tenido un objeto de Nacea que llevar conmigo.

Me bañé y me vestí en silencio. El silencio era algo conocido y bien recibido: no había nadie haciendo juegos con las palabras ni intentando matarme, no tenía nada de que preocuparme salvo mis propios pensamientos.

—¿Dónde está la salita para las clases? —Hice un esfuerzo por alisarme el pelo bajo la máscara. Sentía el estómago revuelto.

—Ya te guío yo —me respondió Maud al otro lado del biombo—. No te preocupes, tienes tiempo de sobra para prepararte para tu tutora.

Fruncí el ceño.

—¿Qué quieres decir con eso?

—Solo que te preocupas mucho de tu apariencia cuando vas a esas clases —dijo Maud—. Más que para ninguna otra cosa.

—Qué lengua tan viperina en un rostro tan angelical. —Me enderecé de nuevo la máscara y estiré la larga falda de mi vestido. No tenía nada de malo que me preocupase lo que pensara Elise.

—Calla. —Sin dejar de fruncir el ceño en ningún momento, Maud me acompañó hasta la puerta de la habitación y me condujo por un sendero.

El aire olía a botica. La brisa traía aroma a hojas de menta, y desde el invernadero de los naranjos soplaba un perfume fresco que nos acariciaba los hombros. Los farolillos de cristal proyectaban sinuosas líneas de colores desde lo alto de las ramas, y cada paso que dábamos se veía amortiguado por la alfombra del cuidado césped. Al final del sendero había un edificio bajo y alargado que resplandecía de luz. El palacio no reparaba en gastos.

Vinieran de donde vinieran.

—Entra por esa puerta. —Maud señaló el edificio y acto seguido se marchó, con expresión altiva.

Respiré hondo, sacudí los brazos y me apoyé una mano en el costado dolorido. Elise levantó la vista al verme entrar.

Llevaba una redecilla de oro, fina como hilo de pescar, que le sujetaba el cabello a la altura de la nuca. Esta vez no llevaba cosméticos y su túnica era muy sencilla: larga y de color negro, cayendo en un juego de sombras en torno a las rodillas, con todos los matices de la noche mezclados unos con otros en la urdimbre de la tela. El cuello de la túnica, alto, aparecía salpicado de oro, y completaban su atuendo unas calzas y unas botas de cordones. Cada movimiento que hacía atraía mis ojos hacia las suaves curvas de sus brazos, sus caderas y la forma en que cruzaba las piernas.

Hice una reverencia flexionando las manos.

—Ya te dije —me corrigió ella con un suspiro— que puedes dejar de hacer eso.

—Por algo me están enseñando reglas de protocolo. —Permanecí inclinado, con la mano extendida y esperando. Los dedos de Elise se deslizaron sobre los míos hasta que pude tomarle la muñeca con delicadeza, como hacían los nobles Erlend cuando saludaban a las damas Erlend. Le toqué los nudillos con los labios, y me impresionó el tibio calor de sus manos y lo agradable que fue sentir el roce de su piel contra la mía. Sentí un calor desconocido en el estómago.

—Hoy oléis a limón.

Aquel penetrante olor a primavera le sentaba muy bien.

—Utilizo limón para borrar las manchas de tinta. —Agitó la mano, y al hacerlo sus dedos rozaron mis dedos, y la retiró—. ¿Hoy, dices?

—El primer día que nos vimos llevabais un perfume de rosas. —Respiré hondo otra vez; el aroma a limón ya iba disipándose—. Lo recuerdo bien.

—¿Recuerdas qué perfume llevaba el primer día que nos vimos?

—Aquella noche me cambió la vida. —Flexioné la mano, un tanto descolocado por la apremiante sensación que me subía por el brazo. Aún notaba el calor de su piel.

Elise se ruborizó.

—Eso es mucho decir.

—No. —Aquella noche fue cuando encontré en su bolsa el panfleto que anunciaba las pruebas, pero si Elise creía que, en realidad, estaba hablando de ella, de aquel modo se sellaría cualquier sentimiento que albergara hacia mí. Necesitaba que me contase la historia y los rumores de que tuviera conocimiento, y no tenía ninguna manera mejor de conseguirlo. Además, el limón tampoco olía precisamente mal. Resultaba agradable—. Lo cierto es que no lo es.

—Aun así. —Elise se escondió detrás de un libro de gran tamaño, encuadernado con un cuero exquisito—. No deberíamos perder el tiempo, es mejor demostrar a la Mano Izquierda que estás aprendiendo deprisa.

Sonreí de oreja a oreja.

—Por supuesto.

Repetimos la clase del día anterior con palabras nuevas, siguiendo unas listas preparadas de antemano. A mitad de camino, Elise hizo un alto en la última palabra que me había hecho leer: «pretencioso».

—Qué curioso —dijo—. No hablas como si no supieras leer.

Allí lo tenía.

Apoyé la barbilla en las manos como hacía ella.

—¿Y cómo se supone que debería hablar?

—De manera vulgar —me respondió.

Los comerciantes y las personas de clases más altas lo decían todo el tiempo sin decirlo nunca. A Rath lo habían rechazado en muchos trabajos para los que estaba cualificado porque hablaba como un plebeyo huérfano sin educación. Saber leer estaba muy bien, pero la gente no te creía a no ser que hablases como ellos querían.

Era fácil representar el papel adecuado. Hablar empleando un lenguaje vulgar unas veces y utilizar un vocabulario pretencioso otras era típico de tener que vivir en dos círculos diferentes.

Saber leer no le enseñaba a uno palabras tales como «pretencioso» o «hipotético». La gente las utilizaba todo el tiempo. El hecho de verlas escritas en un papel no hacía que uno supiera por arte de magia lo que significaban. Ayudaba, pero no era el único modo.

—Perdona —dijo Elise entrelazando las manos en el regazo.

—¿Por qué?

—Tengo la impresión de haberte insultado.

—Y lo habéis hecho. —Me encogí de hombros y aparté los papeles que habíamos estado utilizando—. La forma de hablar de la gente no quiere decir nada. Lo único que significa es que uno ha tenido tutores particulares y una educación elegante que le ha enseñado a hablar de una determinada manera, y yo no he tenido nada de eso.

Elise meneó la cabeza en un gesto de negación.

—Perdona.

—Insistís en pedirme perdón. —Dibujé una sonrisa que fuera lo bastante ancha, para que ella pudiera verla a través de mi máscara, aunque, en realidad, todavía estaba furibundo. Y perplejo. Los Erlend nunca pedían disculpas—. No sabía que los nobles pudieran hacerlo.

—¿El qué? —Elise entornó los ojos detrás de sus gafas y levantó la barbilla.

—Pedir perdón. —Di unos golpecitos en la mesa con mi mano derecha, para que Elise desviara la atención de su colección de materiales, y con la mano izquierda cogí un puñado de papeles y carboncillos. Ella no se percató—. Gracias.

—De nada. —Elise posó su mano sobre la mía. Tenía manchas de tinta en los dedos—. ¿Qué pasa? Tienes la expresión de alguien que está pensando lo que va a decir.

Disimulé la risa tosiendo.

—Todos esos nombres que me enseñasteis ayer han funcionado muy bien.

—¿En serio? —Enderezó la postura y apoyó la barbilla en la otra mano—. ¿Los escribiste, o los viste en alguna parte?

Era el típico tira y afloja, como cuando se estafaba a una víctima: halagarla lo suficiente para hacerla hablar, pero no lo bastante para que abrigara sospechas.

—La verdad es que... —La miré a los ojos e hice caso omiso de su otra mano, que continuaba posada en la mía—. Con todos los mensajeros que se mueven por aquí, he reconocido unos cuantos nombres. Pero vos tenéis mejor letra. Y he conocido a lady Dal Abreu. ¿Su esposo es lord Del Contes?

Elise afirmó con la cabeza.

—¿Sabes cómo se escribe su nombre?

—No. —Empujé el papel hacia ella, con la esperanza de hacerla hablar de la división entre los nobles. Pero ella lo volvió a empujar hacia mí.

—Voy a deletrearlo, y tú lo escribes.

Dios, de pequeña debió de ser una niña muy difícil.

Por lo menos, escribí el nombre sin faltas. A continuación, Elise me puso a copiar letras y palabras y fue corrigiéndome la ortografía. En un momento dado escribí su nombre en el margen de la hoja.

—¿Siempre habéis vivido aquí? —le pregunté.

—No. —Se puso a escribir más palabras para mí, como ejercicio. Los libros apilados junto a ella eran de historia y de medicina, y en la portada llevaban escritas palabras que yo no conocía. Abrió uno y se detuvo en una página llena de cálculos; debía de haber estado enseñando los números a otro aspirante—. Viví en mi casa hasta que Nuestra Soberana solicitó mi presencia. Ella necesitaba tutores y escribientes, y yo quería ver la corte. —Calló unos instantes y pasó los dedos por el desgarro que presentaba una hoja del libro—. Yo prefería estudiar con otros, y la guerra lo había dejado todo...

No terminó la frase. Su tono de voz reflejaba un dolor por los malos recuerdos que yo conocía bien.

—¿Destrozado?

Elise negó con la cabeza.

—Deteriorado. Si estuviera destrozado, no se habría podido reparar. Yo era demasiado joven para ser una escribiente, pero Nuestra Soberana quería personas que recordasen la guerra, e Isidora accedió a contratarme. Yo creo que simplemente quería tener otra hermana, algo en que concentrarse que no fuera el dolor. De todos modos, mi padre opinaba que Hinter no era lugar para mí: un país hundido, lleno de hombres que volvían hundidos de la guerra. Ahora quiere que regrese, pero a mí volver a casa me parece demasiado definitivo. Todavía no estoy preparada.

»Recuerdo sonidos: el estruendo de las catapultas y de las rocas al estrellarse, gritos, cuerpos cayendo al suelo... —Meneó la cabeza en un gesto negativo—. Hasta que me marché no me di cuenta de lo asustada que estaba. Soy responsable de todos los habitantes de Hinter, y sé que nunca podría protegerlos de eso. Al menos sin ayuda, de modo que cuando Nuestra Soberana me llamó, yo acudí.

El abismo que yo tenía en mi corazón y que normalmente reservaba para Nacea se hizo más profundo. Elise no era lo bastante mayor para haber perjudicado a Nacea. Vivía a costa de aquel legado, sí, pero no había tomado parte en él. Ella también había perdido cosas: su madre, su hogar, su niñez.

Extendí un brazo sobre la mesa para apretarle la mano. Ella me devolvió el gesto.

Cuán fácil era reconocer un dolor que ya se conocía.

—Me alegro de que no llegarais a ver las sombras. —Lo dije en serio. Nadie se merecía verlas, pero sobre todo Elise. Sobre todo sabiendo, sabiendo de verdad, que ella también llevaba las cicatrices de nuestra infancia.

Dibujé una sonrisa—. Pero me gustaría que me contarais cómo es vivir con Nuestra Soberana y con lord Del Contes y todo eso. ¿Cómo es la vida en la corte?

Por lo menos, el hecho de sonsacarle información no haría aflorar todos sus malos recuerdos.

—Ajetreada. —Me pasó una lista de palabras nuevas—. La mayor parte de la corte vive aquí todo el año, y todos los demás van y vienen constantemente. A lord Del Contes le gusta pasear por ahí, estoy segura de que conoce a todo el mundo.

Y, sin embargo, yo nunca lo había visto.

—¿Y cómo se supone que voy a imponer obediencia a los nobles cuando sea Ópalo, si no están aquí?

—Qué humilde —replicó Elise con ironía.

—A vos no os gusto por mi humildad. —A Elise le gustaba porque era peligroso y nuevo para ella. Yo constituía un misterio. Despertar su carácter indómito era bueno, pero también entrañaba cierto peligro.

—Así y todo. —Elise hizo una pausa para corregir mi caligrafía, que de nuevo era demasiado puntiaguda, llena de ángulos donde debería haber curvas, y me entregó otra lista más. Era un milagro que no me hubiera mostrado ya todas las palabras que existían en el mundo—. A mí no me gusta la arrogancia. Puede que no me gusten todas tus facetas.

Fruncí el ceño.

—Pues para no apreciarme, coqueteáis mucho conmigo.

—Acostúmbrate a sostener el pincel, pero todavía no uses tinta —me dijo cambiando mi carboncillo por dicho instrumento—. He dicho faceta. Todo el mundo tiene defectos. —Bajó el rostro y me miró por encima de las gafas, un poco desde las alturas, a pesar de que los dos estábamos sentados—. Como el error que he cometido yo antes.

Solo los nobles podían ayudarte y enfurecerte al mismo tiempo.

—Coquetear para obtener lo que uno desea no es algo propio de la corte, la gente lo hace en todas partes. —Blandí el pincel, totalmente desacostumbrado a sostener algo tan delgado entre los dedos.

Elise rompió a reír.

—Desde luego que sí, pero la gente no se acuerda del perfume que llevaba yo cuando nos conocimos.

Aún recordaba yo aquel perfume de rosas. Aún la recordaba a ella, pero por cálidos que fueran aquellos recuerdos, también eran peligrosos.

—Pero conversar contigo no se parece al coqueteo de la corte —dijo Elise en voz baja—. Conversar contigo me gusta. Y gracias por corregirme antes.

Nadie me había dado nunca las gracias por aquello.

—Sería una necedad por vuestra parte hacer algo más que coquetear. —Intenté sonreír para aplacar el dolor que sentía en el pecho; me ayudó el tono de broma que detecté en su voz. Debía de haberme tocado los puntos de la herida del costado; por eso me sentía tan inquieto en su presencia—. Soy peligroso, y podría morir en cualquier momento.

—Una combinación terrible. —Elise miró la vela-reloj que había en el rincón y me quitó el pincel de la mano—. Se está acabando la mecha. Supongo que tendremos que continuar mañana.

Elise me mataba a escribir palabras, pero conversar con ella era agradable.

Por lo menos había logrado quedarme con el carboncillo. Si Del Seve tenía algo útil que decir antes de morir, le obligaría a escribirlo.

Afirmé con la cabeza.

—Si es que sigo vivo.

Seguiría vivo. Aquella noche vigilaría a Horatio del Seve, y al día siguiente lo encontrarían muerto.

—Vivirás. —Elise juntó todos mis papeles y los puso a un lado—. Tengo fe.

Dios lo quisiera. No me vendría mal un poquito de suerte de más. Apreté el brazo contra el costado para calmar el dolor del pecho y me aparté para dejar pasar a Quince. Debía de ser él el aspirante que estaba estudiando los números. Detrás de él se veía ya un resplandor rojo en el cielo, más allá de los árboles.

—Buenas tardes —le dije, e incliné la cabeza como nos había enseñado Rubí.

Quince me devolvió el gesto y pasó por mi lado. La puerta se cerró de golpe antes de que pudiera siquiera oír el saludo de Elise.

No importaba; Elise ya me había dicho lo que yo necesitaba saber.

—¿No encuentras tiempo para entrenar, pero sí lo encuentras para ir a clase particular? —Rubí se inclinó sobre mí hasta que su rostro quedó a la altura del mío—. Y yo que había abrigado tantas esperanzas respecto de ti.

Tuve que recurrir a todo mi autodominio para no retroceder ante aquel rostro contra natura.

—Vos dijisteis que el entrenamiento era opcional.

—Sí, pero se recomienda encarecidamente.

—Y fui al entrenamiento con vos. —Me volví para mirarlo de frente; no necesitaba que me amilanasen más criaturas de otro mundo. En las sombras seguía estando el hombre que había detrás de Rubí—. Solo me he saltado primeros auxilios.

—Medicina. —Acto seguido, Rubí me despidió con un gesto de la mano—. Ahora se llama medicina. Desde hace cien años.

—Estás siendo demasiado duro con Sal —dijo el otro hombre. Se adelantó, y vi que tenía casi el doble de mi estatura y estaba totalmente cubierto de tatuajes mágicos: oscurecían la parte dorsal del único brazo que le quedaba, bajaban por la curva de sus pies descalzos y forraban los párpados de sus ojos negros. Solo dos hombres llevaban aquellos tatuajes, y uno de ellos estaba muerto.

Hice una reverencia a lord Nicolás del Contes tal como nos había enseñado Rubí.

—No inclines los hombros, es de mala educación —se burló Rubí—. Mañana quiero verte sin falta en clase de protocolo, o de lo contario te clavaré a una silla y te dejaré así hasta que aprendas los modales que observar en la mesa.

Los clavos y los modales en la mesa eran la última de mis preocupaciones si Nicolás del Contes estaba espiándome, pero de todos modos asentí.

—Por supuesto, lord Rubí.

—Sería de mala educación enviar a un naceano a estudiar con Isidora... demasiada sangre derramada. —Nicolás se pasó un dedo por el cuello y se detuvo en el mismo punto en el que yo había apuñalado a Grell—. Es curioso que incluso te hayas presentado a las pruebas.

Fruncí el ceño. Así que habían estado comentando quién era yo, y Nicolás sabía lo suficiente de Nacea como para resultar molesto.

—Bien, bien. —Rubí me despidió por segunda vez y se marchó—. Por lo menos aprovecha bien el tiempo que ganas saltándote las clases de medicina. Nos enteraremos de ello.

—¿Por qué estás espiando a los nobles? —Nicolás me perforó con una mirada tan incisiva que tuve la seguridad de que había vuelto la magia, aunque solo fuera para despojarme de todos mis secretos—. ¿O es que simplemente lo haces para divertirte?

—Exacto. —Le hice otra reverencia y memoricé cada uno de sus rasgos cuando lo vi marcharse en busca de Rubí—. Lo hago solo para divertirme.

25

Después de aquello anduve paseando sin rumbo, medio queriendo seguir a Rubí y medio queriendo volver a mi habitación y fingir que no había sucedido nada. Nicolás del Contes no podía saber lo que yo estaba tramando. Y aunque lo supiera, no podía impedirme seguir. Simplemente, tenía que ser más taimado que él.

Además, a los ladrones siempre se les había dado mejor acechar, mucho antes de que los nobles aprendieran siquiera aquella palabra.

De pronto oí una maldición en tono amortiguado, como atrapada detrás de la tela de una máscara, que interrumpió mis pensamientos. Un aspirante. Me asomé por detrás del árbol.

Cinco.

Saliendo de su habitación.

Cerró la puerta con llave y jugueteó con algo que no alcancé a distinguir. Su sirviente, una muchacha de aspecto nervioso que no llevaba la espalda tan recta como Maud —era tan nerviosa que no dejaba de tocarse el pelo— caminaba temblorosa a su lado. Cinco le lanzó la llave, y ella se la guardó en el bolsillo delantero. Se agitaba cada vez que Cinco movía las manos.

—No entres. —Cinco se subió la capucha de su capa y se apartó de ella—. Prefiero no tener sirviente antes que tener una que no sirve para nada. Lávame la ropa, prepárame las comidas y aprende a hacer tu trabajo.

La chica había tenido mala suerte: le había tocado Cinco, que seguramente estaba acostumbrado a tener a su disposición un ejército de criados que hacían todo lo que a él se le antojaba, exactamente como se le antojaba. Ningún sirviente nuevo podía soñar con estar a la altura.

Esperé a que Cinco se hubiera ido. Su sirviente se quedó, haciendo inspiraciones profundas para calmarse.

Me quité la máscara, la cara incómoda al notarla desprotegida, y me pasé una mano por el pelo. Podría haber elegido el color negro, como todos los demás aspirantes, y llevar ropa de segunda mano, pero la túnica era apropiada y elegante. Me saqué los brazaletes de plata del bolsillo y retiré las bisagras para abrir la filigrana de plata como si fueran los pétalos de una flor. Nunca deberían haber sido tomados de un cuerpo sin vida. Necesitaban recuerdos nuevos.

Igual que yo.

Eché a correr por el sendero para poder llegar hasta la sirviente andando. Hice como que estaba limpiando una imaginaria mancha de los brazaletes, y fui directamente hacia ella. La muchacha levantó la vista y empezó a desviarse para eludirme, pero yo me desvié también, para interceptar su trayectoria.

Choqué contra ella. Tropezamos el uno contra el otro, los dos agitando los brazos en el intento de no perder el equilibrio, y en eso le pasé la mano derecha por encima del hombro. Mis dedos le birlaron la llave que llevaba guardada en el bolsillo, y mi otra mano la aferró del brazo para sostenerla y para que no se percatara de mi maniobra. La llave encajó bien entre mis dedos índice y corazón.

La chica intentó zafarse.

—Lo siento mucho. —Se inclinó con el brazo todavía aferrado por mí y la mirada fija en la plata que brillaba en mi muñeca—. Disculpadme.

—No pasa nada. De verdad. —Sonreí y la ayudé a recuperar el equilibrio. Después de tratar con Cinco debía de estar deseosa de que alguien le mostrara un poco de amabilidad, y mi intención era que creyera que yo era algún comerciante de plata que había acudido al palacio por trabajo. Lo mejor era que recordase mis palabras y mis muñecas, pero no mi cara. Rápidamente me guardé la llave en la manga—. No estaba mirando por dónde iba.

Hablé imitando el acento de Rath: el reconocible dialecto de la costa aloniana, que no se parecía en absoluto a mi forma normal de hablar. A continuación tocaba demostrarle que no le había sustraído la llave.

—No ha habido daños. —Extendí los brazos y las palmas de las manos—. No estoy herido, ni tú tampoco. Todo en orden.

La joven afirmó con la cabeza. Aún tenía los ojos abiertos como platos y la mandíbula descolgada.

—Gracias. Que tengáis un buen día.

—Por supuesto. —Sonreí una última vez y eché a andar hacia el refugio de Cinco.

Su habitación estaba tan vacía como la mía. En un rincón había una pila de ropa sucia, y a su lado, unas cuantas vendas manchadas de sangre. En el suelo se notaban marcas de arañazos —huellas de pies que recordaban la postura que nos enseñó Rubí para empuñar la espada— y apoyado contra una pared descansaba un arco la mitad de alto que yo, junto a un carcaj lleno de flechas.

También había una esterilla de dormir, de tipo militar. La habían utilizado recientemente. La tela aparecía arrugada y los bordes estaban manchados de un polvo que no se veía por allí.

Había encontrado al arquero.

Aquello no bastaba para descalificar a Cinco, pero era bueno saberlo.

Saqué un hilo de una de sus camisas limpias, lo anudé en torno a la llave y colgué esta en la pared de enfrente de la puerta, a la altura de los ojos. Para hacerle saber que no estaba a salvo.

El miedo y el nerviosismo lo pondrían inquieto y lo forzarían a tomar decisiones. Y yo lo necesitaba inquieto.

A continuación saqué el trozo de carboncillo y dibujé un ojo enorme detrás de la llave. Y después otra docena más: ojos pequeños y entrecerrados, con agujeritos que semejaban pupilas, escondidos detrás de su almohada; ojos grandes y con los párpados muy abiertos, mirando fijamente su cama, y un montón de ojos del tamaño de una mano que lo observaban todo desde el techo.

Los fáciles podía borrarlos en un momento, e inquietarse al descubrir los escondidos en cuanto se echara a dormir. Revolvería la habitación entera intentando ver qué más habían tocado.

Me quité los brazaletes y los guardé a salvo en mis bolsillos. Después, me arremangué y aparté la cama de su sitio. Cubrí el suelo de carboncillo y, donde antes había la cama, formé una sombra con un charco de polvo oscuro. Dejé dos huecos limpios en el centro, para semejar unos ojos, y saqué dos delgados tentáculos que subían por la pared terminados en unos dedos que buscarían la cabeza del durmiente. A salvo detrás de sus murallas y sus ejércitos, los Erlend no tuvieron miedo de las sombras.

Si Cinco quería sombras, yo le daría sombras.

No tenía derecho a invocar su brutalidad.

Volví a poner la cama en su sitio, me aseguré de que la sombra dibujada quedase totalmente oculta y me lavé las manos. De pronto reparé en una caja de madera para guardar recuerdos que había junto a la cama, en una mesilla: una tradición más antigua que Igna, Alona y Erlend juntos, que normalmente se empleaba para atesorar los recuerdos de seres queridos desaparecidos recientemente. Cuando pasé junto a ella repiqueteó un poco. Se suponía que debían enterrarse un año después del fallecimiento, y que así el dolor retornaría a la tierra; sin embargo, aquella caja era vieja, y se veía bien cuidada. Decidí abrirla.

Huesos de dedos. Había visto muchos en la época en que trabajé para Grell. Cinco guardaba allí dedos suficientes para dos manos, y el constante manoseo los había pulido y suavizado. El constante rezar. Los volví a dejar donde estaban y cerré la caja. El estómago me dio un vuelco.

Cerré la puerta empleando mis ganzúas y borré de mi mente aquellas manos desmembradas. Fuera lo que fuese lo que estaba tramando Cinco, no tenía nada que ver conmigo, e incluso podía ser que aquello acabase con su vida antes de que yo tuviera que lidiar con él de nuevo. Alguien que conservaba una caja con huesos nunca albergaba intenciones pacíficas, aunque fueran el recuerdo de seres queridos.

Tiré el carboncillo al follaje.

Había tenido un buen día, sí.

26

Llegué al desayuno justo a tiempo de meterme un panecillo en el bolsillo y ser acompañado hasta el invernadero de Esmeralda. Esta desapareció por la puerta, una mancha borrosa de color verde que atravesó el cristal empañado mientras su sirviente nos retenía en el exterior. Yo apoyé la espalda contra la pared y miré en derredor: azoteas y ramas de árboles, posibles atalayas para un arquero. Cuatro paseaba arriba y abajo, y todas las veces volvió a posar la mirada en mí; yo no le hice caso.

No me haría ningún bien ver a los demás aspirantes como personas que tenían su propia vida y sus propios deseos. Ello solo me causaría más pesadillas.

—Entraréis de uno en uno —dijo la sirviente de Esmeralda sosteniendo la puerta—, y permaneceréis dentro hasta el final.

—Gracias. —Me colé por la puerta antes que nadie; no pensaba quedarme allí, al descubierto.

Esmeralda sonrió cuando me vio entrar; la delató la piel junto a las orejas, que se le arrugó ligeramente debajo de la máscara. En el centro del invernadero se había colocado una mesa llena de plantas: verdes, punzantes, lisas, con flores o sin ellas, y goteando savia. Las señaló todas con la mano.

—Tienes que comer las que no sean venenosas.

Que Dios me ayudara. No me apetecía comer nada de aquello. Aparté las campanillas azules con la manga, con sumo cuidado para que no me rozasen siquiera. Hice lo mismo con el tallo moteado y terminado en flores blancas, y al llegar a la yuca la estudié durante largo rato. Aquel trozo tan pequeño no me mataría aunque no lo cocinara, pero me resultaría muy desagradable. Aquello debía contar.

La aparté también. La siguiente planta era un diente de león de un vivo color amarillo. Parecía un diente de león, olía como un diente de león, y no me pinchó cuando la toqué con la cara interna de la muñeca. Me la acerqué a los labios. Nada. La dejé a un lado.

Había una flor de color malva en forma de trompetilla que desprendía un olor horrible. Las hojas eran peligrosas, dentadas, y la puse en el grupo de las campanillas y la yuca. Algo que desprendía semejante olor no podía ser bueno para comer.

La última planta era un cactus de un verde apagado del que brotaban unas violentas flores rosas. La panadera de Tulen tenía uno igual en una maceta de su ventana, y a mí nunca me dio por intentar comerlo. Arranqué una de las flores, descubrí una gotita de néctar en la base, y lo olfateé. No noté gran cosa, tan solo un leve dulzor bajo los olores normales a tierra y a planta en crecimiento. Me puse un poco en el brazo.

—Esas de ahí no las voy a comer —dije indicando las que había apartado a un lado. Observé mi brazo; no me picaba, y tampoco se me había hinchado. Mordisqueé el diente de león—. Sabe a hierba.

Esmeralda hizo un gesto afirmativo.

—¿Y la otra?

—A hierba. —Mastiqué el pétalo—. Una hierba que da flores.

No les vendría mal un poco más de dulzor, pero no iban a matarme.

—Quédate aquí. No digas nada.

Esmeralda despejó la mesa y trajo ejemplares nuevos de las plantas que habían servido para examinarme a mí.

Así que me estaban examinando sobre venenos y sobre cómo guardar un secreto.

No murió nadie. Diez tardó una eternidad, pero sobrevivió, y Quince estuvo a punto de comer las campanillas. Yo pasé todo el rato mordisqueando mi panecillo y rememorando lo que Horatio del Seve tenía en su vida y en su azotea.

El cansancio amenazaba con cerrarme los párpados. Me separé del grupo y volví a mi habitación. Necesitaba dormir, y no más lecciones sobre modales y colocación de vendajes. Me derrumbé en la cama sin siquiera haberme quitado las botas.

—Tienes que despertarte.

Me incorporé sobresaltado, agitando las manos y apuñalando el aire con mi cuchillo.

Maud lanzó un suspiro; estaba de pie al otro lado de la habitación, con mi cena en la mano.

—Tienes clase particular.

Solté el cuchillo. Noté unas motitas blancas que me dificultaban la visión, y procuré relajarme. Entonces, con un escalofrío, evoqué vagos recuerdos de plata y de sangre, de ojos en la oscuridad. Me rodeé con los brazos.

Por fin iba a obtener respuestas.

Por fin iba a obligar a Del Seve a suplicar. Tenía una deuda de sangre, y con sangre iba a pagarla.

—Tienes mala cara. —Maud se inclinó frente a mí, a

un brazo de distancia, y entornó los ojos—. ¿Qué tal van los puntos de la herida?

Yo retrocedí.

—Bien. Tengo la misma cara que tengo siempre.

—En efecto, de desnutrido y desaliñado —replicó Maud con un aire de superioridad que me recordó más a una hermana mayor regañando que a un sirviente. Claro que yo tampoco la venía tratando como se solía tratar a un sirviente. Me gustaba su manera de hablar directa y sin tapujos, servía para que nos tratáramos con sinceridad—. Pero hoy se te ve excepcionalmente cansado.

—Por lo menos soy excepcional en algo. —Me encogí de hombros—. ¿Tú conoces a Nicolás del Contes?

Del Contes, además de los tatuajes mágicos, tenía rostro de halcón y piernas de cigüeña, con lo cual resultaba fácil de localizar y aún más fácil de reconocer, y yo necesitaba saber acerca de él tanto como sabía él acerca de mí.

Maud arrugó el entrecejo.

—Siempre anda furtivamente por ahí, sabiendo cosas que no debería saber. Es agradable, pero me pone nerviosa pensar que nos está observando, aunque sea para Nuestra Soberana. Una vez me preguntó qué tal estaban mis hermanos. Casi me muero.

De modo que era un espía. Y, si lo sabía todo el mundo, entonces es que era un espía mediocre, lo cual quería decir que probablemente contrataba a gente para que nos investigase mientras él se dedicaba a seguirnos, para distraernos de los espías verdaderos. Yo no tenía nada de que preocuparme, siempre que continuara haciendo lo que hacía. Si Del Seve supiera lo que estaba tramando en realidad, ya me habría dado el alto.

Y si yo no volviera a hablarle nunca, no podría sonsacarme más secretos.

—Es una persona interesante —dije.

—Bueno, es una manera de describirlo. —Maud frunció los labios y alisó mi vestido, que estaba arrugado porque había dormido con él puesto—. Sea como sea, me alegro de que no hayas muerto.

—Yo también.

La operación de vestirme resultó apresurada. Maud iba lanzándome prendas limpias por encima del biombo mientras yo me tomaba un cuenco de sopa. Cuando ya salía por la puerta, me olfateó y me dijo:

—Hueles a sudor y a polvo. —A continuación sacó una pequeña ampolla del bolsillo y la destapó. Me invadió un limpio perfume a peonías, mezclado con agua—. Totalmente inadecuado para ver a tu dama.

Me quedé petrificado cuando Maud me tocó ambos lados del cuello con las yemas de los dedos y me extendió aquel aroma a primavera por la piel. Tragué saliva.

—No es mi dama.

—Por supuesto que no. —Maud volvió a guardar la ampolla en su bolsillo. Aquel perfume debía de ser suyo, un capricho que se dio a sí misma por haber trabajado tanto. Ella no iba a envenenarme, con todo lo que había en juego—. Pero será mejor no asfixiarla.

Decidí escribirme en el brazo «Ha sido culpa de Maud» en cuanto saliera por la puerta.

No me iba a perjudicar en absoluto mejorar mi apariencia física. Elise estaba hermosa en todo momento, y no esperaría menos de mí.

—Hum —dijo Maud—. Si fueras mejor vestido, podrías pasar por el honorable Ópalo.

Salí disparado antes de que Maud pudiera decirme nada más. Honorable. Un título mucho mejor que lord o lady.

Esta vez no saludé a Elise con una reverencia. Se acabó el coqueteo. Cuando me convirtiera en Ópalo sería su igual, y no le debería nada. Seguro que perdería todo interés por mí en cuanto dejase de lanzarle halagos. Pero luego, en la corte, tendría que soportar su expresión de enfado día sí y día no.

—Estás frunciendo el ceño —me dijo Elise con suavidad—. Y no has pronunciado una sola palabra, excepto «sí».

Di un respingo y sentí una punzada de culpa.

—¿Qué es eso de «enormes salteadores de caminos armados con puñales de doble filo y cubiertos con máscaras tan desagradables como sus modales»?

—Estaba embelleciendo lo sucedido aquella noche. —Dejó el pincel y adoptó una expresión severa—. Ya sé que nuestra interacción es mayormente una exageración, pero resulta evidente que estás molesto por algo.

—No estoy molesto... Es que estoy pensando, y no quiero hablar de ello. —Sacudí los hombros para relajar la ansiedad. Tenía ganas de moverme, de trepar a algún sitio, de ver a Horatio del Seve tomándose el té de la tarde y arrancarle todos sus secretos zarandeándolo de la cabeza a los pies.

—No es necesario que me cuentes nada. —Elise suspiró, volvió a coger el papel y le dio la vuelta para poder escribir una serie nueva de palabras—. Lee esto.

Pues claro que no era necesario que le contase nada a ella. Leí las palabras en voz alta, con el pensamiento puesto en Del Seve, y para cuando finalizó la clase no nos habíamos dicho nada el uno al otro, salvo las palabras que yo estaba aprendiendo.

Intenté no hacer caso de la dolorosa opresión que sentí en el pecho cuando me levanté de la mesa tras la fría despedida de Elise.

Pero una mano en mi hombro me retuvo en el sitio. Percibí un intenso olor a limón.

—Las tradiciones de Erlend continúan vigentes. Resulta indecoroso que yo coquetee con un hombre que no pertenezca a la nobleza, pero los hombres no son las únicas personas que me atraen, y estoy cansada de guardar silencio. —Sus dedos me apretaron con más fuerza; parecía que no, pero su calor traspasaba la tela de mi vestido y me grababa a fuego las yemas de los dedos en la piel. Bajó el tono de voz y agregó—: Tú me has devuelto el coqueteo.

Sentí un escalofrío.

—No es posible que yo haya sido el primero.

—Por supuesto que no —replicó Elise—, pero mi padre tendría menos motivos para quejarse si yo estuviera coqueteando con Ópalo. Sería una astuta maniobra política.

Por supuesto, seguramente su padre tenía unas opiniones tan arraigadas que no quería aceptar a Elise tal como era.

—¿Cómo se llama? —Así podría evitarle para siempre.

Elise dejó escapar un suspiro y esbozó una media sonrisa.

—Nevierno. En erleniano antiguo. Es una persona excepcionalmente tradicional, y en estos momentos está furibundo porque ha pillado un resfriado y no soporta que Isidora se le acerque.

Un erleniano cuyo nombre derivaba de la nieve y el frío odiaría la idea de depender de un aloniano.

—Vos odiáis la política. —Bloqueé las piernas; no quería volverme, aun cuando sabía lo que Elise quería decir—. Y nada nos garantiza que cuando yo sea Ópalo nos sigamos cayendo bien.

—Tú me gustas —dijo Elise—. Y solo quiero que lo sepas.

Abrí la puerta.

—Hasta mañana.

27

Del Seve estaba en el baño cuando me aposté en mi atalaya. Susurré al aire de la noche todos los nombres naceanos que me vinieron a la memoria. Él sabría por qué había venido a por él.

Y después tendría que darle muerte sin hacer ruido.

El hecho de que muriera un lord en mitad de las pruebas de la Mano Izquierda levantaría sospechas. Lo único que tenía que hacer yo era actuar de manera menos sospechosa, y de ese modo jamás llegarían a saber que había tenido algo que ver.

Iba a tener que impedirle que gritase. Pero no podía cortarle la lengua: causaría demasiada sangre, le sacaría poca información y resultaría un tanto extraño.

Me enfundé los guantes, me volví la máscara del revés para que no se viera el número, saqué mis cuchillos e inicié el acercamiento hacia la azotea. El sirviente sirvió el té y se fue, y en cuanto se cerró la puerta, salté a la azotea. Avancé sigilosamente por un costado, siempre dentro de la sombra que proyectaba la silla en que estaba sentado Del Seve. Por mi mente corrían un millar de pensamientos que hacían que me temblaran los dedos.

De repente, Del Seve se inclinó y le dio la luz. Estaba

blanco como la leche, su cuidada piel de mármol aparecía surcada de venas azuladas. Tenía unos mofletes brillantes que relucían con cada uno de sus movimientos, y estaba ciñéndose la capa de seda un poco más alrededor de su largo cuello. Una única inscripción mágica alteraba la blancura de sus manos: el extremo de un símbolo desconocido para mí, que le asomaba por debajo de la manga. Se pasó una mano por el pelo y se enderezó las gafas con montura de oro. Sus ojos se desviaron fugazmente hacia un espejito colgado en la pared, y se miró las patas de gallo.

Por lo menos, acababa de averiguar la forma de mantenerlo sumiso.

—Disculpad, lord Del Seve —dije en erleniano al tiempo que aparecía súbitamente a su espalda y le tapaba la boca con la mano—. Si gritáis, os destrozaré esa bonita cara y os dejaré a merced de las alimañas nocturnas. Pero si guardáis silencio, os compensaré por dedicarme vuestro tiempo.

Del Seve afirmó con un gesto de cabeza. Una gota de sudor le resbaló por la nariz y se filtró al interior de mi guante. Al momento solté la mano y me la froté contra la pierna. Qué asco.

—¿Qué es lo que quieres? —Volvió la cabeza a la vez que llevaba los dedos hacia el bolsillo—. Durante el día concedo audiencias a todo el que lo solicita.

Hacía como que no le preocupaba nada, como si yo no fuera a percatarme de que pretendía agarrar una arma.

—A mí no me habríais concedido audiencia. —Le toqué la mano con mi cuchillo—. Sentaos y no os mováis. Responded a mis preguntas y no os haré daño.

Del Seve se quedó quieto, con las manos cerradas en dos puños sobre el regazo.

—¿Qué es lo que quieres?

—¿Quién ordenó retirar las tropas de Nacea? —Puse el cuchillo a la altura de su cuello y apoyé la punta en su barbilla. Lo miré fijamente a través de la máscara. Que creyera que yo era una sombra que había venido a reclamarle lo que debía. Si Nuestra Soberana hubiera sabido lo que él había hecho, haría muchos años que estaría muerto. Hacía mucho que debería haber muerto—. Un instante antes vuestros soldados estaban allí, y al instante siguiente ya no estaban. Y lo mismo sucedió con todos los demás. ¿Por qué?

—¿Nacea? —Arrugó el ceño—. De eso hace ya una eternidad.

—Apenas una década. —Por lo visto, el tiempo no tenía importancia cuando uno era rico y no le preocupaba morirse de hambre o de una enfermedad porque no podía permitirse un médico. Ojos que no ven, corazón que no siente—. Última oportunidad: decidme los nombres.

—Por Dios, muchacha. —Del Seve levantó las manos y suspiró—. Si ni siquiera recuerdo en qué región estuvieron mis tropas. Si vinieras a verme mañana, podría consultarlo y...

Le aparté la mano de una taza de té, que, sin duda alguna estaba muy caliente y venía directa a mi cara, y lo agarré por el cuello de la camisa. Por supuesto, lo de «muchacha» era un insulto si venía de sus labios. Todo lo que decía Del Seve sonaba tremendamente inoportuno.

—Estuvieron en las tierras de cultivo del oeste, y vos las retirasteis en cuanto tuvisteis noticia de que las sombras iban hacia allá. Os servisteis de Nacea para encerrar allí a los monstruos que creasteis, y quiero los nombres de las personas a las que se les ocurrió la idea. Sé que no fuisteis vos. —Lo agarré con más fuerza sin apartar la hoja de su cuello—. ¿Cómo se llaman?

—¡No lo sé! —Del Seve se estremeció, pero no se movió del sitio. Por lo menos sabía que con un solo movimiento en falso podía desangrarse antes de que pudiera acudir alguien a socorrerlo—. Aquello era Nacea y yo tenía otras tropas, otros lugares de los que preocuparme.

Sentí que me invadía una fría calma. Aún tenía la mano pegada al cuello de Del Seve; sin embargo, no lo notaba. Era insensible al calor de su piel, al pánico que delataba su pulso, al frenético subir y bajar de su pecho debajo de mi brazo. Era como si lo que acababa de decir hubiera soltado el último nudo que me mantenía atado a este mundo.

—¿Que no lo sabéis? —Mi tono de voz era grave y suave, más suave de lo que yo la sentía, más suave de lo que jamás pensé que sería capaz. ¿Aquel era yo? ¿Era mi mano la que tenía agarrado a Del Seve por el cuello de la camisa?—. Permitisteis que masacrasen a miles de personas, ¿y no sabéis quién os dio la orden? ¿Por qué lo hicisteis?

Arrastré el cuchillo por su cuello, por sus labios, hasta la delgada piel de su nariz. Él permaneció inmóvil.

—En pie. —Presioné otro poco más con el cuchillo, y Del Seve se levantó. Tenía los ojos llorosos y me sacaba una cabeza entera—. Recordad que si hacéis lo que yo os diga, conservaréis la cara de una sola pieza.

Lo llevé hasta la zona iluminada por la luna. Que lo viera la Señora. Tal vez no hubiera matado personalmente a nadie, pero su apatía era tan culpable como las sombras.

—No, no. Utilizábamos nombres secretos. Nos enviaron una carta a cada uno. —Se sorbió las lágrimas y dio un traspié. Ya sangraba por la barbilla—. Suéltame. Te las conseguiré.

—Los nombres. —Mi rostro, mi máscara, se veía negro en el reflejo de sus gafas. Una sombra que no dejaba ver las estrellas—. No tenéis nada que yo desee, salvo nombres y sangre. Ya sé que empleaban nombres secretos. ¿Quiénes eran, y cuáles eran sus nombres auténticos?

Una deuda de carne y hueso pagada con sangre.

—¡Invierno! Invierno fue el primero en aceptar. —De pronto se levantó la manga y me mostró la muñeca—. Los naceanos tomáis sangre, ¿no es cierto? Para pagar deudas a vuestra Señora. Pues toma la mía. Por favor. No pienso...

—¿Y los demás nombres?

—No puedo. Él me matará —dijo Del Seve con voz rasposa—. No puedo.

Por lo menos yo era responsable de lo que era. Ellos preferían morir antes que reconocer que habían hecho algo malo.

Permití que se arrodillara en el borde de la azotea, bajo el resplandor de la luna.

—O dejas de alzar la voz y me dices ese nombre, o te hago una nariz nueva.

Bajó el brazo.

—Habrás conservado las cartas, ¿a que sí? Un ave carroñera como tú. —Pensé que estaría furioso, que la rabia que llevaba tanto tiempo ardiendo en mi interior iba a estallar por fin y liberarse, pero no era así. Me sentía tranquilo. Todo estaba muy claro—. ¿Las conservaste por si acaso ellos intentaban hacerte una jugarreta? Dime el nombre o dame las cartas. Él no podrá matarte si está muerto. ¿Quién va a enterarse de que me lo has revelado a mí?

—Estrella del Norte —contestó Del Seve con la voz rasposa—. Nos envió cartas a Invierno, a Caldera, a Ribereño, a Trampa Mortal y a mí después de que Nicolás del Contes se puso del lado de la reina, y nos dijo que nos retirásemos del barbe... de Nacea.

—¿Cuál era tu nombre secreto? —Bajé el cuchillo hasta su cuello.

—Víbora. Yo me llamaba Víbora. —Se agarró a la cornisa de la azotea—. Habiendo perdido a Nicolás, no tuvimos otra alternativa. Las sombras nos habrían matado. Él era el único capaz de contenerlas.

Hice un gesto afirmativo, con la vista fija en el horizonte que dibujaban las copas de los árboles y en el cielo tachonado de estrellas. Las estrellas de la Señora eran brillantes y acusatorias, exigían mi atención.

—No existe ningún mago, ningún modo de frenar a las sombras.

—¡Exacto! Habría condenado a todos aquellos soldados a morir. ¡Centenares!

En realidad, llevó a la muerte a millares, pero daba lo mismo. No eran erlenianos. No importaban.

—Estrella del Norte, Invierno, Caldera, Ribereño y Trampa Mortal. —Esperé a sentir el familiar deseo de venganza, esperé a rememorar aquellos rostros destrozados que no logré reconocer y aquellos estertores de agonía que resonaban en mis oídos. Esperé a experimentar la furia y el miedo que me despertaban del sueño cada dos por tres. Pero no sentí nada—. ¿Qué estuviste a punto de decir antes de nombrar a Nacea?

Del Seve palideció.

—¿Cómo?

—Empezaba por «barbe».

—Estrella del Norte tenía por costumbre... —Carraspeó. Le temblaban las manos—. Estrella del Norte llamaba a Nacea el Barbecho.

De repente lo vi todo rojo: las tierras de cultivo surcadas de regueros de sangre, huellas de manos en puertas desvencijadas, manchas bajo mis uñas que no lograba eliminar por muchos años que llevara frotándolas. El torrente de mi propia sangre provocaba un estruendo en mis oídos y corría por mis venas. Volví el cuchillo del revés.

—Somos únicamente aquello en que nos habéis convertido vosotros.

Y, a continuación, le asesté un fuerte golpe en la sien con la empuñadura del cuchillo.

Del Seve se desmoronó de bruces y cayó a mis pies.

Barbecho.

Nosotros no éramos una tierra en barbecho. Nuestro hogar no era un campo que se deja improductivo para que más tarde produzca una cosecha. Cerré los ojos con fuerza sintiendo cómo aquella palabra me atravesaba el pecho y se me hundía en el corazón. Nos habían matado, y habían tenido la arrogancia de decir que nuestra tierra empapada de sangre era un campo en «barbecho». Me derrumbé en el suelo recorrido por unos estremecimientos tan intensos que creí que iban a partirme en dos. La máscara me tapaba la boca; me la arranqué de un tirón. Sentí sobre mí la carga de todo junto: Nacea, las sombras, Horatio del Seve, su información. Todo ello hacía fuerza contra mis huesos como si fuera un caparazón del que nunca iba a poder liberarme. Me hice un ovillo y ahogué mis sollozos en el hueco de los brazos.

No me sentía mejor. No me sentía mejor en absoluto. Ahora tenía los nombres de los responsables, pero Nacea seguía estando allí, asomada al borde de mi mente, amenazando con recordarme el dolor, el miedo y la sangre cada vez que mirase las inmóviles manos de Horatio del Seve. No podía dejarlo allí. Del Seve no se merecía morir en la comodidad de su hogar, y tampoco podía yo permitir que aquello pareciera un asesinato.

Haciendo un supremo esfuerzo, entré en su vivienda y encontré una botella de coñac que olía a rancio. Serví una porción en la copa que había al lado y luego vertí otro poco más en la boca de Del Seve. Una mala caída le rompería el cuello.

Bebió. Cayó. Murió.

Podía pasarle a cualquiera.

Lo dispuse todo de tal forma que pareciera que Del Seve había estado tomando una última copa antes de acostarse. Me temblaban los dedos cuando lo estiré por la manga y lo arrastré hasta el borde de la azotea.

—Ya puedes esperar que la Tríada te muestre más clemencia que yo —le dije, y a continuación lo empujé.

Aterrizó de cabeza, con un golpe sordo y un crujido de huesos. Acto seguido salté yo, reboté y me incorporé al momento. Los guardias que patrullaban por aquella zona no cambiaron su trayectoria, no se oyeron pisadas que vinieran en mi dirección. Miré fijamente a Del Seve, que yacía abierto de piernas y con el cuello en una posición antinatural. Al caer se había enredado en la hiedra que trepaba por el muro, y se le habían quedado varias ramas adheridas a la cara. De la comisura de los labios le escapaba un fino reguero de sangre.

Le busqué el pulso, pero no lo encontré. Tenía una deuda de sangre, y con sangre la había pagado.

El bosque era como mi hogar. Allá en lo alto parpadeaban luces que se filtraban por entre el follaje, y los demás límites del bosque estaban siendo patrullados por soldados que portaban farolillos no más grandes que la palma de mi mano. La familiaridad del crujir de las hojas secas bajo mis botas y la oscuridad que se cerraba en torno a mí mientras huía a la carrera me causaban una opresión en el pecho, y decidí esconderme detrás de un roble viejo y añoso, abrumado por la risa y el llanto.

Lo había conseguido.

No me sentía mejor, pero lo había conseguido. Seguro que aquellos terribles recuerdos irían atenuándose a medida que fuera acercándome a los demás. Horatio del Seve era tan solo uno entre muchos.

Y yo todavía seguía estando en la competición por convertirme en Ópalo.

Regresé a mi habitación dando tumbos, agobiado por el agotamiento. Únicamente permanecía despierto Cuatro, al que vi aproximarse por el sendero que procedía de los aposentos de Esmeralda. Hacía un ruido irritante, y dejé escapar un gemido; me dolía la cabeza de resultas de todo lo que había ocurrido aquella noche.

Cuatro se volvió. Al instante me lancé hacia un lado del sendero. No podía dejar que me viera, no podía permitir que nadie supiera que yo estaba despierto mientras asesinaban a un lord. De quien primero sospecharían sería de los asesinos, nunca de uno de los suyos, y estarían en lo cierto, pero yo no podía permitir que me atrapasen. Del Seve era solo uno.

Estrella del Norte. Invierno. Caldera. Ribereño. Trampa Mortal.

Cuatro continuó sendero adelante y se perdió de vista. Aproveché a salir de entre el follaje; me había pinchado las manos con espinas y medio me había ahogado con el olor a moho de la vegetación putrefacta. Me recorrió un escalofrío.

El escalofrío permaneció adherido a mis huesos hasta mucho después de que me hubiera metido en mi cama y me hubiera arropado con las mantas. Unas sombras que tenían manos como las de Horatio del Seve se me clavaban en la espalda.

28

Un haz de luz que se filtraba entre las delgadas tablas del techo me chamuscó el brazo. Me levanté despacio, sintiendo los brazos y las piernas todavía abotagados a causa del sueño. Un inmenso bostezo, resultado de haber dormido una noche entera, me despertó del todo e interrumpió la llamada matinal de Maud en la puerta de mi habitación. No me di ninguna prisa en decirle que pasara, pues sentía las extremidades blandas como las de un gatito, y me bajé de la cama. En el instante en que entró, con la boca cerrada en un gesto serio, lo supe.

—¿Qué pasa? —Cogí ropa limpia esperando que mi tono despreocupado sonara sincero—. Traes una cara como si acabaras de enterarte de un chismorreo.

Maud lanzó primero una mirada a la puerta y a las tablas del techo, y después agachó la cabeza para hablar, tal como hacía todo el mundo cuando se disponía a revelar un secreto.

—Esta noche ha muerto lord Del Seve. Se ha caído de su azotea.

—¿Y qué estaba haciendo en la azotea? —Me calcé las botas al tiempo que fruncía el ceño lo bastante como para que ella lo viera—. Yo pensaba que aquí todo el mundo tenía salones y cosas así.

—Las azoteas con huerto son muy populares. Nuestra Soberana empezó a utilizarlas cuando pusieron sitio a la escuela y no había dónde cultivar verduras. Y se convirtió en una costumbre. —Maud recogió mi ropa sin quitarme el ojo de encima, y me miró de arriba abajo—. Alguna vez tendrás que bañarte.

—¿Tú crees? —Olfateé la camisa—. Huele a jabón.

—Qué asco —dijo Maud—. Te prepararé un baño para después del desayuno. No vas a acudir a todas las sesiones de entrenamiento, ¿verdad?

—¿Cómo sabes tú eso?

Maud me miró vuelta de espaldas.

—Mi trabajo consiste en saber dónde te encuentras y en prever lo que vas a necesitar.

—Deberías pensar en presentarte a las pruebas para ser Ópalo —repliqué.

Maud soltó una carcajada, y aún reía cuando nos separamos y yo me encaminé hacia el comedor del desayuno.

La única persona que había allí era Amatista, que estaba ensimismada en un fajo de papeles y una taza de té. Tomé asiento en el otro extremo de la mesa. Era mejor dejarla desayunar tranquila.

Comer con la máscara puesta resultaba toda una prueba. Aún no había sorprendido a ninguno de ellos en dicha circunstancia, solo en los momentos posteriores.

—Tus costumbres a la hora de comer son peores que las de mi hermano —me dijo Cuatro mientras se servía una taza de té bien fuerte y luego se sentaba frente a mí—, y eso que solo tiene cinco años.

Fruncí el ceño mientras hacía esfuerzos para meterme en la boca el tercer buñuelo frito.

Dos añadió mantequilla a su cuenco de gachas de maíz y puso encima una gruesa loncha de jamón frito, comida reconfortante como ninguna. Me fijé en que le temblaban las manos, y Cuatro no comió nada.

Allí estaba ocurriendo algo raro. Tragué mi último buñuelo, desdoblé las piernas y me senté más erguido. A continuación, aparecieron Diez y Once, luciendo en los brazos vendajes de la sesión con Isidora, y mucho después de que hubieran terminado de desayunar llegó Quince. El último en presentarse fue Cinco.

Traía la ropa manchada con un polvo de carboncillo que se depositó en su silla. Sus claros ojos aparecían ligeramente inyectados en sangre y rodeados por unas profundas ojeras, oscuras como la luna nueva.

Bien. Estaba agotado y asustado, y había cometido un error.

—Yo creía —exclamó Esmeralda entrando de repente en el comedor— que os estábamos enseñando a matar en secreto, pero continuáis decepcionándome.

Clavé las uñas sin querer en el panecillo de queso. No podían haberse enterado.

—Seis ha muerto. —Rubí se sentó junto a Amatista y lanzó un suspiro exagerado—. El que lo haya hecho, más vale que tenga una coartada.

Miré a mi alrededor, y el único que no estaba mirando a la Mano Izquierda era Cuatro.

—¿Y bien? —dijo Amatista dejando los papeles—. ¿Tú tienes alguna, Veintitrés?

Todos se volvieron hacia mí.

—¿Qué? —Tuve la sensación de que el suelo se hundía bajo mis pies. Toda la felicidad, toda la euforia que había embargado tras dar muerte a Horatio del Seve se esfumaron en un abrir y cerrar de ojos, y lo que dijo Amatista permaneció resonando en mis oídos. Me había olvidado de que Seis aún estaba con vida—. Yo no he matado a Seis.

—Una negación no es una coartada. —Esmeralda me indicó con un gesto que me pusiera de pie. Sus uñas metalizadas lanzaron destellos bajo la luz.

Me habían tendido una trampa.

—No puedo tener una coartada para algo que no he hecho. —Me levanté y me hice fuerte contra la mesa—. No puedo demostrar que no estaba en un sitio determinado y a una determinada hora secreta si no sé dónde y cuándo ha ocurrido el suceso.

—Probar tu inocencia es asunto tuyo —dijo Rubí con un encogimiento de hombros—. ¿Dónde estuviste anoche?

Apreté los dientes. La noche anterior solo me había cruzado con otro aspirante, y ahora ese aspirante no se atrevía a mirarme a los ojos.

—Durmiendo.

—¿A solas? —preguntó Esmeralda—. ¿Te vio alguien?

—No. —Negué con la cabeza. Todas mis ideas y mis esperanzas se hacían añicos en mi mente. No podían descalificarme. No podían. Yo había renunciado a todo. No tenía dinero, ni forma de regresar al sur, ni un hogar. Si fracasaba, no tendría valor para presentarme ante Rath—. Yo duermo solo. Mi sirviente no me vio hasta esta mañana.

—Qué lástima. —Rubí dejó escapar una risita e hizo una seña a un guardia que estaba junto a la puerta.

Yo era lo bastante bueno para ser Ópalo.

—Maldito entrometido mentiroso. —Cerré las manos en dos puños para no saltar por encima de la mesa y arrearle un puñetazo a Cuatro—. Me estás utilizando como tapadera, pero tu artimaña se va a volver contra ti.

Solo tenía una manera de salir de aquel brete, solo existía un modo de impedir que me descalificasen. Podía costarme la vida instantáneamente el intentarlo siquiera, pero eso era casi tan malo como la descalificación.

Esmeralda inclinó la cabeza hacia un lado.

—¿Cómo sabes que ha sido Cuatro, si estabas durmiendo?

—Lo sé porque es el único que está moviendo nervioso las manos en vez de observar la escena con diversión —respondí.

—Te vi —afirmó Cuatro, todavía sin mirarme a los ojos—. Es preferible abandonar que morir.

De pronto, Rubí cerró una mano en torno a mi brazo. Yo me sobresalté y me volví hacia él.

—Pensaba que vos erais mejor que ellos.

—¿Qué? —Rubí, hundiendo las uñas en las delgadas carnes de mi brazo, me sacó a rastras por la puerta y le indicó a Esmeralda con una seña que aguardase—. ¿Mejor que quiénes?

—Que vuestros amigos nobles. —Intenté zafarme de su tenaza—. Ninguno de ellos sería expulsado o encerrado en prisión sin que existiera alguna prueba de que había cometido un delito. ¿Seríais capaz de descalificar a Cinco y a todos vuestros favoritos, los nobles a los que habéis invitado, basándoos en poco más que mentiras e infracción de las reglas?

Siempre sucedía lo mismo, ya debería haberlo imaginado. Dos y Cuatro no eran tan ricos ni de sangre tan noble como Cinco, pero habían sido escogidos directamente, y los nobles nunca dejaban a sus pupilos ni a sus favoritos ante un tribunal, no los exponían a la posibilidad de recibir un veredicto auténtico. Ellos tenían abogados, juicios, mociones y defensas. Las personas como yo teníamos únicamente un individuo pagado por la corte que no era capaz de distinguir un juez de la silla que ocupaba. A nosotros se nos castigaba.

Malditas fueran la verdad y la justicia.

Rubí me empujó contra la puerta, la cerró de golpe y se acercó a mí hasta que su pecho rozaba el mío cada vez que yo tomaba aire. Del interior de su manga salió un cuchillo que cayó en su mano y se apoyó debajo de mi barbilla. La sangre empezó a brotar entre ambos.

—Permíteme que despeje todas las falsas ideas que puedan andar revoloteando por esa cabecita hueca que tienes. Tú no me conoces. Esa es la cuestión. No sabes ni quién soy, ni tampoco lo que he hecho en el pasado o en el presente. Así que no me vengas quejándote de la justicia de los tribunales ni de la prioridad de las leyes. Yo sí que lo sé. Yo renuncié a todo aquello por lo que había trabajado para cerciorarme de que todos esos nobles y sus favoritos recibieran lo que se merecían. He dedicado mi vida a velar por que se haga justicia. ¿Entiendes?

Afirmé con la cabeza.

Se hizo un silencio entre nosotros, cada vez más tenso, hasta que por fin reventó. Rubí lanzó una carcajada.

—Maravilloso. —Volvió a envainar el cuchillo—. Además, has traído a colación un tema interesante.

Tragué saliva. Tenía el corazón desbocado. Rubí había sido muchas cosas, pero nunca lo había visto tan glacial: la voz grave y la mano firme aun estando dispuesto a rajarme el cuello de oreja a oreja.

—¿Qué? —dije yo con la voz quebrada.

—Tu descalificación. —Me dio una palmadita en la cabeza como si fuera un amo consolando a su perrito porque se había quedado sin su hueso—. ¿Te apetece divertirte un poco?

—¿Me va a apuñalar alguien?

—Probablemente. —Abrió la puerta y me indicó con un gesto de cabeza que pasara—. Pero no seré yo.

Me apresuré a entrar de nuevo por la puerta sintiendo un escalofrío que me subía por la nuca al oír el eco de sus pisadas detrás de mí. Esmeralda emitió un carraspeo. Amatista depositó su taza de té en la mesa.

—¡Cambio de planes! —Rubí dio una palmada y ladeó la cabeza hacia Esmeralda—. Como ninguno de nosotros ha visto el presunto asesinato, y lo importante somos nosotros y no el relato aislado de alguien que quiere ver a los demás aspirantes muertos y desaparecidos, Veintitrés queda en libertad condicional.

La taza que sostenía Cinco se rompió en pedazos.

Libertad condicional. Aquello podía trabajármelo. Lograría ser de nuevo Veintitrés, y eso dejaría vivamente impresionada a la Mano Izquierda. Sin resentimientos.

Rubí y yo estábamos empatados.

Esmeralda y Amatista se miraron la una a la otra. Luego, Esmeralda lanzó un suspiro largo y sonoro, de fastidio.

—Veintitrés tendrá prohibido matar a otros aspirantes, y dispondrá hasta mañana al ponerse el sol para demostrar su inocencia, exactamente igual que sucedería en un tribunal verdadero. —Rubí hizo un gesto en dirección a Esmeralda, alguna señal secreta que yo no los había visto utilizar hasta entonces, y acto seguido se volvió hacia mí—. Y al que mate a Veintitrés antes de que finalice dicho plazo, aportando pruebas de ello, se le concederá la inmunidad durante un día, y nadie podrá causarle ningún daño.

Tragué saliva para mitigar el pánico que había empezado a subirme por la espalda. Cabeza alta, hombros atrás. De ningún modo iba a permitir que me vieran temblar.

Perforé con la mirada a Cuatro, hasta que él desvió el rostro.

—Podéis salir —nos dijo Rubí haciendo un gesto con la mano.

Salí al exterior y me toqué la barbilla manchada de sangre. Aún resonaba en mis oídos lo que había dicho Rubí. Podía amenazarme todo lo que se le antojara, siempre que cumpliera lo de la libertad condicional. Pero, fuera quien fuese antes de convertirse en Rubí, debió de ser una persona interesante de conocer. No era simpático, pero eso a mí me daba igual.

Salvo que ahora habían puesto precio a mi cabeza.

Había matado a Horatio del Seve y me habían cargado con el asesinato de Seis. Y si no conseguía demostrar que Cuatro estaba mintiendo, nada tendría importancia.

Había hecho todo según lo planeado, y no había servido de nada. Maud había confiado en que yo llegaría a ser Ópalo, y yo la había decepcionado. Y era probable que también me hubiera quedado sin posibilidades con Elise, dado que ya no iba a verla más.

Ni Ópalo, ni Elise, ni Maud, y ningún lugar al que ir en el que pudiera sentirme a salvo.

Necesitaba un lugar donde esconderme, un lugar en el que los demás no fueran a mirar. Eché a correr para salir del círculo interior, atravesé el bosque y el río, y regresé a los edificios en los que habíamos dormido la primera noche. Los guardias me dirigieron una mirada somera cuando me vieron pasar como una exhalación. No me importaba la quemazón que sentía en las piernas, con tal de acallar el pánico que se me iba extendiendo cada vez más por el pecho. Necesitaba seguir vivo, y Veintitrés no iba a sobrevivir. De modo que tenía que transformarme en otra persona.

Ya dejaría el pánico para más adelante.

A mi izquierda divisé una columna de humo que nublaba el horizonte. Me lancé hacia ella y me encaramé al tejado de un edificio vecino. Los pequeños caminos y senderos que rodeaban la lavandería estaban muy concurridos y bien iluminados, abarrotados de sirvientes que iban y venían, y fui desplazándome por el tejado hasta que descubrí las carretas llenas de ropa sucia, en la parte posterior del edificio. Fui como una flecha hacia las carretas situadas en un extremo, que nadie vigilaba, y birlé unas cuantas prendas que me parecieron de mi talla. La camisa tenía manchas rojas en la pechera, y los bajos del pantalón estaban llenos de barro. Aprovechando que nadie miraba, regresé a la seguridad del tejado.

—Gracias —murmuré, y leí el nombre que habían cosido en cada prenda—. Lind.

Pasó el mediodía y llegó la tarde. Las pisadas y las risas que se elevaban en el aire me iban adormeciendo, y acabé entrando en un estado de inquieta semivigilia a la sombra de una chimenea. Los otros aspirantes no iban a subir allí, y aunque subieran, ninguno registraría todos los huecos y rendijas de aquellos edificios para dar conmigo. No tenía forma de demostrar que no había matado a Seis, y si no me convertía en Ópalo tampoco tenía forma de encontrar a los otros lores. Una sensación vacía y gélida empezó a enroscarse alrededor de mis costillas igual que la enredadera que se había enroscado en torno al cuello de Horatio del Seve.

Y todo porque Cuatro, por alguna razón absurda, me quería desaparecido pero no muerto.

Si hubiera intentado matarme, por lo menos yo habría podido defenderme.

Excepto que ahora yo tenía una oportunidad para demostrar mi valía, para demostrar exactamente lo bueno que era. Rubí deseaba diversión, ¿no?, pues yo le daría diversión.

Revelaría su petulancia del peor modo posible.

Demostrándole que estaba equivocado.

Sobreviviendo.

A aquellas alturas era probable que Maud ya se hubiera enterado de que yo me encontraba en libertad condicional, y sabría que si yo fracasaba, ella regresaría a su antiguo trabajo y se quedaría sin su aumento de sueldo y de categoría. Si aquello fracasaba, tendría que pedirle perdón.

Y Elise... También necesitaba pedirle perdón a ella, por haberle mentido. Le había mentido para nada. Estaría en la salita, y por lo menos debía decirle la verdad acerca de quién era la persona a la que había estado enseñando a leer.

29

Pasé caminando justo por delante de los guardias y los sirvientes a cara descubierta, para que los aspirantes, si es que estaban observando, no pudieran reconocerme, y ninguno de ellos mostró el menor interés por mí. Cruzar el puente del río Caracol entrañó cierto riesgo, pero me cuadré de hombros, caminé con decisión y les dije a los guardias que llevaba información para la Mano Izquierda acerca de un aspirante a la vez que señalaba con gestos las manchas de sangre que lucía en mi camisa. Palidecieron y me franquearon el paso.

En los senderos no vi ningún aspirante. En mi pecho empezó a burbujear un miedo extraño, una sensación de ansiedad, conforme fui acercándome a la salita. Sacudí los brazos y, sin hacer caso del destello de color morado que capté en mi periferia, cuando Amatista pasó por mi lado me incliné en una venia tal como hacían los soldados. Ella ni siguiera volvió la vista.

A lo mejor Elise tampoco.

—Llegas temprano, Quince —dijo Elise sin levantar el rostro, escribiendo con su pincel en un papel y apretando los labios en un gesto más serio que nunca. Hoy llevaba el cabello recogido en una apretada trenza que le caía por la espalda. Se había puesto unas horquillas de plata que relucían como estrellas, y una larga túnica de color malva pespunteada con hilo plateado. Una constelación hecha carne y hueso—. Si bien aprecio tu interés, no voy a empezar la clase contigo hasta que sea la hora.

—¿Y la clase conmigo? —Entrelacé las manos para disimular que me temblaban.

Elise levantó la cabeza de golpe.

Incluso a través del cristal de las gafas se le notaba que tenía los ojos enrojecidos y las mejillas hinchadas.

—¿Qué?

Ejecuté una media reverencia, y sentí que el corazón se me subía a la garganta. No me salieron las palabras. Elise no me había reconocido. Pues claro que no.

—Explícate, o de lo contrario ordenaré que te envíen al rincón más frío y remoto de Igna.

—Dudo que pudierais ordenar que me enviaran a ese lugar. —Enderecé la espalda—. Ni siquiera pudisteis ordenar mi arresto cuando os robé.

Elise no respondió. A lo mejor era que no deseaba verme. A lo mejor le daba completamente igual que le hubiera mentido. ¿Y si había estado jugando conmigo? ¿Y si había estado fingiendo que yo le gustaba y que me estaba ganando su estima, y yo a mi vez había estado jugando con ella, y ya ninguno de los dos deseaba aquello...?

—¿Veintitrés? —susurró Elise. El pincel se le cayó al suelo y la tinta le salpicó las manos. Se puso de pie muy despacio.

—Quiero pediros perdón. —Me pasé la lengua por los labios. Tenía las mejillas ardiendo; Elise me miraba fijamente, con los ojos muy abiertos y expresión de perplejidad, como hacían los viajeros cuando por fin encontraban el camino a casa. Aquella mirada me estaba quemando por dentro. Lo único que pude hacer fue asentir. No estaba enfadada, pero tampoco decía nada. Yo sentía demasiado calor, demasiada tensión, y todo me resultaba nuevo y extraño. Me sentía incómodo en mi propia piel, me entraron ganas de quitarme aquella ropa, ponerme una máscara y volver al día anterior. No sabía qué estaba haciendo allí—. Pero puedo marcharme, si así lo deseáis.

—¡No! —Elise se abalanzó sobre mí y me agarró por los hombros. Luego me pasó una mano por el brazo, y su anillo de plata me rozó la piel—. Han dicho que habías desaparecido. Creí que se referían que habías muerto. Había muerto un aspirante, y tú no estabas.

—Estoy en libertad condicional. —Lo pronuncié como si fuera una maldición que pesara sobre mí, y di la vuelta a mi mano para que la viera Elise. Nadie me había mirado nunca de aquella forma, nadie había tartamudeado en su deseo de verme vivo. Y, desde luego, ningún Erlend—. Prácticamente es igual que si estuviera muerto.

—En absoluto. —Elise fue recorriendo los callos y las cicatrices que me cruzaban la mano en todas direcciones. Al lado de las suyas, mis manos se veían ajadas. Sus uñas fueron pasando por mis nudillos abultados y mis dedos huesudos. Unas gotas de tinta de sus manos mancharon las mías—. Lo siento.

Intenté hablar, pero no conseguí articular palabra; tan solo era consciente de las sensaciones que me provocaban las yemas de sus dedos en mi mano, la tinta en mi piel, el olor a limón en mis labios. Elise estaba en todas partes.

Me aferraba con tanta fuerza, que tuve la seguridad de que aquellas marcas ya no iban a borrarse nunca.

Y no me importó.

—¿Estás bien? —Elise retrocedió, entornó los ojos y dejó de sonreír—. ¿Qué ocurre?

Respiré hondo, y una vocecilla que no supe decir si era mía o no preguntó:

—¿Por qué estáis siendo tan amable?

Luché contra el impulso de atraerla de nuevo hacia mí, de entregarme de nuevo a su fuerte abrazo. Porque me había abrazado... Apenas me conocía y, sin embargo, se había levantado rápidamente de la silla para abrazarme.

Se preocupaba por mí.

—Creí que habías muerto —dijo como si aquello tuviera alguna lógica.

—Eso lo han pensado muchísimas personas. —Fijé la vista en el mechón de pelo suelto que le caía contra la mejilla, incapaz de sostener aquella mirada propia de alguien que cree haberte perdido y, sin embargo, vuelve a verte. Sentí la dolorosa punzada del anhelo de tener una vida en la que fuera yo mismo, una vida en la que todos me conocieran como la persona que era, aunque mi nombre fuese Ópalo, y pudiera ser yo mismo. Nadie se había preocupado jamás por mí—. Pero habéis estado llorando.

En una ocasión también Rath me creyó muerto, y cuando me reanimé me dio una palmada en el hombro. Él nunca lloraba: otro amigo que moría, otra pira funeraria que no podíamos permitirnos pagar, otro recuerdo que se disolvería a medida que fueran pasando los años. Yo fui siempre «otro».

Elise rio suavemente.

—Pensaba que habías muerto, y la mitad de las cosas que te he estado diciendo tenían que ver con lo peligroso y salvaje que eras. La última vez que nos vimos, te insulté.

—No más que el resto de la gente —repuse encogiéndome de hombros y agachándome un poco para que su mano encajara con mayor facilidad alrededor de mi cuello. Aquello era nuevo, aterrador, y no tenía ni idea de lo que debía hacer.

—La gente coquetea todo el tiempo con la Mano Izquierda. —Elise deslizó los dedos desde mi hombro hacia la curva de mi cuello y mi mandíbula, dejando un rastro de calor allí donde iba tocando—. No quería que pensaras que yo estaba haciendo lo mismo, que estaba mintiendo o que no era sincera. Mantenía las distancias contigo, pero no te mentí. Y de repente te enfadaste, y moriste, y te quedaste sin saberlo.

Mi señora, ya no podía decirle que el que estaba mintiendo era yo. Sobre todo cuando ella había estado haciendo lo mismo: jugar sobre seguro, reservándose la verdad.

Elise no era en absoluto como yo había pensado.

No era su nación, no era una idea.

Era Elise, y yo no había prestado atención.

—Ven. —Tiró de mí hacia la mesa y me obligó a sentarme—. Se diría que el que ha visto un fantasma eres tú.

—Habéis llorado. —No podía alargar una mano y tocarla, todavía no, mientras todo aquello fuera tan nuevo—. Nadie se ha preocupado nunca tanto por mí.

Elise se sorbió las lágrimas y cerró la distancia que nos separaba.

—No has conocido a las personas adecuadas. A mí me pareciste simpático ya desde aquel día en que me robaste: estuviste gracioso, amable, y al final me pediste disculpas.

—Solo porque vos me intimidabais —repliqué con una sonrisa—. ¿Me encontrasteis gracioso?

Elise me miró por encima de sus gafas.

—¿Con aquella máscara? Mucho.

—Pues me buscaré otra nueva.

—Por mí, no te molestes. —Tocó las manchas de sangre de mi ropa—. ¿Qué te ha pasado?

—Un mentiroso, un aspirante, me ha acusado de matar a otro aspirante, y no he podido demostrar que no he sido yo. No tengo coartada.

Tomé su mano muy despacio, debatiéndome entre mantenerla cerca de mí y salir huyendo lo más rápido que pudiera para intentar asimilar qué sentimientos eran aquellos que había despertado Elise en mí. De todas la cosas que había hecho hasta aquel momento, ¿cómo era que tenía que sucederme esta, la más nueva y más rara de todas?

Elise me estiró el cuello de la camisa y estudió mi semblante. Aproximó la mano a mi mejilla. No me tocó, y yo no me aparté, simplemente esperé.

—No te imagino como un nuevo recluta. —Me incliné muy despacio hacia su mano—. Y me alegro de que no lo seas. —Me remetió un mechón de pelo suelto por detrás de la oreja—. Porque en ese caso te habrían enviado lejos, muy lejos de aquí.

—¿Las damas pueden tener aventuras con un soldado raso?

—Podemos hacer lo que se nos antoje —contestó Elise en tono quedo—. Aunque sepamos que no nos conviene.

—¿Como besar a alguien que podría mataros? —No pude disimular un deje de ironía.

—Desde luego. —Elise volvió a deslizar los brazos en torno a mi cuello y me atrajo levemente hacia sí—. ¿Esta es la última vez que voy a verte?

—No. —Enredé los dedos en su túnica hasta sentir el calor de su piel y el pulso que le latía en las venas—.

Volveré mañana, si es que aún sigo vivo. Tengo que ocuparme de otra serie de cosas.

Me abrazó, con tanta fuerza que creí que iba a romperme, y después escondió el rostro en el hueco de mi cuello. Yo le rodeé la cintura con las manos, incapaz de dominar el temblor que se había apoderado de mis extremidades.

—No mueras —musitó contra mi cuello, proyectando el calor de sus labios sobre mi piel—. Voy a estar aquí toda la noche. Vuelve antes de morir.

Yo no deseaba morir, pero la idea de que alguien abrigase la esperanza de que no muriera, que me pidiera que no muriera, hacía que el día siguiente pareciera más luminoso.

—Lo procuraré.

—Bien.

Se apartó de mí, se frotó los ojos e irguió la espalda.

Yo me incliné y rocé sus labios con los míos. Ella parpadeó, con los ojos entrecerrados detrás de las gafas, y entonces la besé con más delicadeza que ninguna otra cosa que hubiera hecho en toda mi vida. Su mano se cerró en torno a mi muñeca. Yo retrocedí.

—Toma. —Se quitó el anillo de plata y me lo puso en el dedo—. Ahora tendrás que regresar... para devolvérmelo.

Asentí con la cabeza.

—No sería capaz de robar algo así.

Y, sin otra palabra ni otro contacto, seguro de que no podría marcharme si me quedaba demasiado tiempo pensando en la sensación de la boca de ella sobre la mía, en el modo en que sus dedos se cerraban con suavidad alrededor de mi muñeca, en la manera en que parpadeaban sus pestañas sobre aquellos ojos con cada respiración, le di la espalda a Elise de Farone y salí.

30

Abrumado por la confusión y el cansancio, regresé a mi habitación y me metí en la cama, que estaba perfectamente hecha. La limpieza que se veía en todas partes no hizo sino acentuar mi sentimiento de soledad. Maud debió de pensar que no iba a volver.

Observé la pequeña constelación de manchitas de tinta que me había dejado la mano de Elise en el brazo, aspiré los últimos retazos del aroma a limón y a papel y lancé un suspiro. Elise había estado presente en mis sueños más tiempo del que aquella tinta podía permanecer en mi piel, y ambos pensamientos mitigaron el gélido vacío que sentía en el pecho.

—¿Es este mi castigo? —le pregunté al cielo nocturno contemplando las estrellas de la Señora a través de las tablas del techo—. ¿Es esta mi retribución por haber matado, por haber perdido los nervios con Del Seve?

Las estrellas me respondieron con un guiño. Levanté una mano para seguir el trazo de la coraza de la Señora, de los tatuajes mágicos que brotaban de las yemas de sus dedos, y las enredaderas de mi tejado susurraron con la brisa. La Señora desapareció.

—Lo estaba haciendo a modo de ritos funerarios.

—Respiré hondo y levanté por encima de la cabeza el brazo salpicado de tinta—. Todos esos lores que derramaron sangre, vuestra sangre, y la dejaron derramada en la tierra, quiero devolverlos con vos. Como pago de sus deudas.

Los aspirantes que quedaban iban a tenerlo muy fácil. Yo apostaría a que los tres últimos iban a ser Dos, Cuatro y Cinco. Mejor que fuera Dos. A Cuatro, si era nombrado Ópalo y yo aún seguía vivo, le arrearía un puñetazo, y me daba lo mismo el castigo que me impusieran por agredir a un noble.

Tendría que vérmelas con él en un tribunal, pero aquella sería otra oportunidad más para golpearle.

Tribunales. Las pruebas seguían las mismas normas que los tribunales, y los testigos se desdecían continuamente. Grell taladraba con la mirada a los que respetaban la ley hasta que huían temblando y retiraban los cargos. Si Cuatro revocase su declaración, ahí tendría la prueba de que no había sido el asesino.

Y podría divertirme con ello.

De repente se oyó un chasquido en la cerradura de la puerta. Rápidamente me eché hacia un lado, me arrimé a la pared y me escondí detrás de la puerta. La persona lanzó un profundo suspiro y entró en la habitación acomodando un cesto que llevaba en el brazo. De pronto reconocí aquella trenza de pelo negro y reluciente, atada con una cinta gris y echada sobre un hombro. La persona cerró la puerta y se volvió.

—¿Maud?

Lanzó un chillido y me arrojó el cesto. Yo lo atrapé en el aire.

—Maud, Maud, tranquila. —Levanté el cesto—. Soy yo, Veintitrés.

Maud dejó de chillar. Abrió unos ojos como platos

y se abalanzó sobre mí con la intención de golpearme. El primer puñetazo me alcanzó en el hombro y me arrojó al suelo. Acto seguido me propinó otro en el costado bueno, sin tocar las inmediaciones de la herida, y me lanzó una lluvia de cachetazos sin fuerza en los brazos y en el pecho.

—Eres un idiota. —Echó los brazos tanto hacia atrás que se enredó los dedos en el pelo—. ¡Te han descalificado!

—¡No es verdad! Solo estoy en libertad condicional. —Le agarré la mano, le abrí el puño y le acaricié los nudillos—. Así vas a romperte el pulgar. Además, debes buscar siempre el cuello, la nariz o los oídos.

Maud puso los ojos en blanco y se sentó en el borde de mi cama.

—No me gusta iniciar peleas.

—No. —Sonreí—. Pero es importante que sepas cómo terminarlas.

—Voy a terminarte a ti —musitó, y acto seguido volvió a cerrar el puño, esta vez de modo correcto, y me dio un golpecito en la cara—. Eres más simple de lo que yo creía.

—Me merezco que me pegues —admití—. Estás muy enfadada.

—Por tu culpa.

Maud se merecía algo más que un aspirante destinado a morir. Como, por ejemplo, el botín de Grell. Alguien tenía que heredarlo, y Maud sabría darle mejor uso que yo. Más tarde lo pondría a su nombre.

—Perdóname. Estoy intentando seguir dentro, pero lo más probable es que muera y que tú pierdas tu trabajo y...

—¿Sabes cuánto tiempo estuve intentando liberarme del yugo de Dimas? —replicó Maud levantando las manos hacia el cielo e interrumpiéndome—. ¡Y limpiando! No me gusta, pero se me da bien, y todo el mundo me dice que tengo buen ojo para los detalles y que eso no puedo desperdiciarlo con un comerciante rico que viene aquí y me tiene trabajando en las habitaciones de los invitados, pero al final es algo que no ha podido impedirme que haga.

Dejé de sonreír. Ya me había hartado de tantas interrupciones y deseaba ser de nuevo Veintitrés.

—Estoy en libertad condicional, y todos los aspirantes quieren matarme —le dije—. Lamento que eso altere tus planes profesionales, pero tengo que conseguir que un asesino revoque su declaración para poder demostrar mi inocencia. Así que voy a concentrarme en eso.

Maud sorbió, fue hasta la bañera y se puso a rebuscar en el armarito con cajones que había al lado. Regresó con una minúscula jarrita.

—Súbete la camisa. No vas a poder hacer nada si se te abren los puntos.

Se lavó las manos con un frasco de hamamelis mezclada con agua y abrió el ungüento de Isidora. Al momento se extendió por la habitación un intenso olor a picante que me irritó la nariz.

—¿Qué es lo que necesitas? —me preguntó.

—Infringirás las normas.

—Esas normas se hicieron para los aspirantes que no estaban en libertad condicional. —Maud sorbió y me aplicó el ungüento en el costado—. Nunca han especificado normas para tu caso.

—Ya sabía yo que me caías bien. —Sonreí y ejecuté un saludo. Si yo moría, Maud no cobraría su sueldo. El hecho de ayudarme a mí, aunque contraviniera ligeramente las normas, la ayudaría a ella—. Necesito saber qué se proponen los otros aspirantes, y solo hay una persona a la que no atacarán: un sirviente.

Maud afirmó con la cabeza.

—Tendré que buscarte un uniforme. ¿Qué más?

—Ya va siendo hora de hacer otro examen, ¿no te parece? —Toqué los bordes de mi herida; cada movimiento aún me producía pequeñas punzadas de dolor—. ¿Te has enterado de que vaya a haber alguno?

—Creí que no ibas a preguntármelo nunca. —Suspiró—. Es el desayuno.

—¿De modo que no tienes inconveniente en ayudarme a ganar, pero sí que lo tienes en contarme cosas de esas abiertamente?

Maud arrugó el entrecejo.

—Un día se te va a quedar la cara así para siempre. —Saqué mi máscara, mis cuchillos y mis ganzúas y lo extendí todo sobre la cama. Me convenía hacer inventario de lo que tenía y lo que iba a necesitar—. Rubí nos ha enseñado modales, que son necesarios en la mesa del desayuno. La comida está envenenada, de ahí las lecciones de Esmeralda, y observarán si hemos prestado la suficiente atención a Amatista y a Isidora para saber el modo de contrarrestar el veneno. ¿Utilizan sirvientes?

Maud asintió.

—Yo me he presentado voluntaria para servir las bebidas.

—¿Tú crees que la Mano Izquierda se dará cuenta de que he ocupado tu puesto?

—Probablemente, no. Quienes nos han reclutado han sido sus sirvientes. —Se encogió de hombros—. Estarán demasiado entretenidos con la comida como para comprobar nada.

De repente giró el pomo de la puerta. Le puse una

mano en la boca a Maud y la llevé conmigo hasta el otro extremo de la habitación.

—Alguien ha forzado la cerradura —susurré—. No hagas ruido y no te muevas.

Nadie me había visto entrar, me había cerciorado de ello. De modo que aquello lo estaban preparando para la próxima vez que yo abriese la puerta. Solté a Maud, me agaché lo más silenciosamente que pude y me tumbé en el suelo, con la cara pegada a los tablones. Unos pies pequeños, demasiado pequeños para ser los de Cuatro, Cinco o Quince, rozaron los escalones de la entrada. Unas manos provistas de guantes se movieron alrededor del cerrojo.

Era Once.

Tenía que estar poniéndome una trampa en la puerta. Yo conocía las más comunes: paquetes que estallaban dispersando polvo y ampollas rellenas de aceites que se inflamaban nada más entrar en contacto con el aire. Una de ellas podía desactivarla sin matarme. Probablemente.

Ya lo había hecho una vez, y Rath solo perdió un poco de vello de los nudillos.

Once cerró la puerta y se fue a toda prisa.

Probé el picaporte y sentí una presión. La trampa estaba dentro del cerrojo, y probablemente era un paquete de algo desagradable. Introduje una de mis ganzúas más finas entre el cajetín del cerrojo y la puerta, y la coloqué en posición. Vi un destello plateado entre la puerta y la jamba. Tomé aire.

Percibí un olor a comida, ligeramente ácido.

—Es amanita muscaria. —Recién sacada de la tierra y lo bastante potente para matar a un hombre hecho y derecho. Esmeralda nos había enseñado aquella seta, que habitaba en un rincón oscuro y húmedo de su invernadero. Anteriormente, yo solo la había visto en estado seco—. No toques nada, ya lo limpio yo. Tú ve a buscar a Esmeralda e Isidora.

Aquello no había sido una maniobra inteligente. La trampa de Once no discriminaba entre el aspirante y su sirviente. La amanita muscaria era el veneno más fácil de utilizar y el más difícil de contrarrestar; el antídoto solo funcionaba si uno sabía qué cantidad debía tomar.

Y la Señora sabía que nadie quería tener que adivinar cuánto extracto de belladona había que beber.

Introduje otras tres ganzúas en la cerradura y abrí la puerta. No hubo ni chasquido, ni estallido, ni nube blanca y letal.

Lo que apareció fue una pequeña bola de papel de arroz, lo bastante delgado para poder doblarse y lo bastante grueso para que el polvillo no se escapase por los poros, escondida en el cajetín del cerrojo. Si yo hubiera abierto la puerta con normalidad, la bola habría caído hacia fuera y la aguja que llevaba adherida encima habría abierto un agujero en el papel. Era basto pero eficaz.

—¿Ya está?

Miré a Maud.

—Matar no es difícil.

¿Y no era así como moría todo el mundo? Sin esperar encontrar la muerte en algo tan simple.

—Tenéis que poner cerraduras mejores —comenté mientras estudiaba la bola de papel dándole vueltas en la mano con sumo cuidado.

—Lo cierto es que no te fías de nadie, ¿no es así? —me preguntó Maud cruzando los brazos sobre el pecho—. Es imposible cruzar el río y llegar hasta aquí...

—Yo lo he hecho.

—... normalmente. —Me dejó a un lado y se asomó por la puerta impidiéndome ver con sus faldas—. Han modificado la seguridad para las pruebas.

—Un pañuelo —pedí tendiendo la mano, y Maud me entregó el suyo—. ¿A qué te refieres?

—La mayoría de los soldados son nuevos —explicó Maud—. Los reclutaron para las pruebas.

Aquello no se me había ocurrido. Extraje la aguja de la puerta y la tiré al suelo. La bola de papel iba a resultarme más difícil, y la envolví en el pañuelo. Si Once había utilizado papel de arroz de Mizuho, el polvillo era demasiado grueso para filtrarse por los poros, y no iba a ponerse en peligro ella misma con una trampa que tuviera fugas. Maud dio un paso atrás, sin apartar la vista de mis manos. Yo le señalé la puerta.

—Ciérrala. —Sopesé el bulto en la mano. Aquello podía funcionar—. ¿Sabes dónde podría conseguir extracto de belladona?

—Lady Dal Abreu tiene de todo en su laboratorio. —Un momento después meneó la cabeza en un gesto negativo, al darse cuenta de por qué se lo había preguntado—. No puedes. Ella da orden de que registren a todo el mundo antes de entrar, y otra vez después de salir.

—Muy bien. —Visualicé mentalmente el edificio donde se llevaba a cabo el entrenamiento sobre artes medicinales intentando recordar cuántas puertas y ventanas tenía—. Pues entraré normalmente, y ya saldré por otro sitio.

—Por la ventana —dijo Maud en voz queda—. Sal por la ventana.

—¿Cómo?

—En el orfanato nos registraban cuando salíamos, y otra vez cuando volvíamos. —Maud se encogió de hombros—. Así que salíamos por la ventana.

Por supuesto: les preocupaba más que les robasen sus pupilos que la razón por la que lo hacían.

—Para no hacernos daño al caer, utilizábamos un

carro de heno. La cosa funcionaba bien si uno aterrizaba correctamente. —Asintió despacio y abrió los brazos, como para demostrar que a pesar de todos aquellos saltos continuaba de una pieza, y que por lo tanto a mí me sucedería lo mismo—. Dejaré allí una carreta de ropa de la lavandería, y podrás saltar encima de ella. Tal vez funcione.

Al ver que yo no aceptaba de inmediato, arqueó una ceja y dio unos golpecitos en el suelo con el pie, como si saltar por una ventana fuera algo tan normal.

—Fíate de mí —me dijo—. No tenemos nada que perder.

Solté un resoplido. La confianza hacía que las personas como yo acabáramos muertas.

Pero Maud había dicho «tenemos». Ella también estaba en esto.

—De acuerdo. —Le di una palmada en el hombro—. Vamos a saltar por una ventana.

31

Maud se apresuró a recordarme que ella no pensaba saltar por ninguna ventana.

Se fue a buscarme un uniforme. Yo revisé los puntos de mi costado y me vendé el resto de las heridas para que no se vieran mientras fingía ser un sirviente. Regresó con un conjunto de prendas muy vistosas, idénticas a las de Dimas: camisa entallada, levita con vuelo y pantalón gris a juego. Guardé el uniforme de soldado para más tarde y me vestí. Maud me observó con ojo crítico.

—Pasable. —Me abotonó el cuello hasta la barbilla—. Ahora inclínate para servir las bebidas.

Me removí incómodo con aquella rígida levita.

—¿He de rellenar las copas cada vez que las vea vacías?

—Solo guarda silencio y presta atención.

Era aburrido. Agotador, sí, pero fundamentalmente aburrido, y el hecho de que Maud tuviera suficiente fuerza de voluntad para aguardar de pie hasta que los comensales le ordenaran que se acercase la convertía en una persona más interesante todavía. Adelantarse a las necesidades de la gente era una manera de espiar totalmente distinta. Me llevó hasta el amanecer cogerle el tranquillo a todas las reglas. Incluso tenía que adoptar una determinada postura al estar de pie.

Maud me estiró la ropa por última vez y arrugó la nariz al ver mis botas sucias.

—Vete ya. El cambio de guardia tendrá lugar después de que llegues tú. Así podrás ganar un poco de tiempo.

—¿Seguro que no eres un genio criminal? —murmuré al tiempo que me marchaba.

Maud se limitó a fruncir el ceño.

Pero llevaba razón: en cuanto salí por la puerta, me tropecé con dos guardias soñolientos que me dieron una palmada en el hombro. No había permanecido en el entrenamiento el tiempo suficiente para estudiar el edificio, pero vi que era más alto y más largo de lo que parecía. La primera planta se metía bajo tierra, era más cimiento que otra cosa, y proporcionaba a los guardias un espacio en el que registrar a la gente que entraba y salía. Yo, mientras me examinaban, adopté la postura pasiva de Maud.

—Solo necesito algo que sea más fuerte para limpiar el estropicio de mi aspirante —dije con un encogimiento de hombros mientras el guardia palpaba el lugar en que había escondido las ganzúas. Bajé la voz para adoptar el tono débil y resignado de quien se ve obligado a hacer algo que escapa de su control—. Ya sabéis cómo son.

Aquella explicación había sido idea de Maud.

El guardia resopló y me hizo un gesto con la mano para que pasara. Y soltó una carcajada cuando su compañera me saludó con un bostezo. Yo respondí con una sonrisa.

—Te lo agradezco.

El edificio estaba mayormente desierto. Tan solo había dos sirvientes caminando por los pasillos, fregando los suelos bajo la tenue luz del amanecer. Me sentía sumamente incómodo con aquella pesada levita, aquel cuello tan subido y tan apretado y aquellas mangas rígidas que parecían grilletes.

No tardé en encontrar el laboratorio de Isidora dal Abreu. No estaba por la labor de saltar por una ventana, y menos por una que no había visto nunca. Lo peor que podía pasar era que Maud colocase mal la carreta y que yo me rompiera las piernas y me estrellara de culo contra el duro suelo.

Saqué mis ganzúas. Fallé en el primer intento, pero en el segundo conseguí abrir la puerta.

Nada importaba. El miedo no importaba. Tenía que hacerlo.

Me colé en el laboratorio. Las paredes estaban forradas de estanterías desde el suelo hasta el techo, y en las mesas brillaban un montón de frascos de cristal bajo la luz mortecina de una lámpara que parecía a punto de apagarse. Había unas cuantas sillas desperdigadas por ahí; una de ellas estaba cubierta por una elegante levita de color amarillo con un odioso pespunte negro, y tenía delante, descansando sobre la mesa, una espada guardada en su vaina y con una empuñadura en forma de melón. Me quité la levita y estudié las paredes. Solo necesitaba un poco de belladona; si usaba más de la necesaria, envenenaría a Cuatro en lugar de curarlo.

En la pared del fondo, a media altura, había un dibujo de las flores con forma de campanilla.

Forcé la cerradura del armario. Entre las decenas de ampollas que había dentro se encontraba la que yo necesitaba. Los pequeños cristales de color blanco que contrarrestaban el veneno de la amanita muscaria eran difíciles de fabricar a no ser que uno fuera médico, y por lo general eran demasiado caros para comprarlos si uno era un ladrón lo bastante infortunado como para necesitarlos. La cogí con cuidado.

Quizá saliera bien de aquella.

—¿No pudiste habérmelo pedido anoche? —Se oyó la voz severa y todavía soñolienta de Isidora entrando por la puerta—. ¿O a cualquier otra hora que no fuera precisamente esta?

Guardé silencio. Después respondí con una risa disimulada.

—Por la Tríada, no has madurado en absoluto. —Se fue acercando con su grácil caminar.

Tan solo quedaba una cosa que hacer. No había más tiempo para entretenerse.

Tomé impulso pegando la espalda a un mostrador, besé el anillo de Elise y salté.

El aire me abofeteó la cara. Doblé las rodillas, con la ampolla de belladona segura en mi bolsillo delantero. El mundo se transformó en una mancha borrosa, un conjunto difuminado de marrones y verdes que pasó raudo por delante de mis ojos, apreté los dientes y miré hacia abajo. Vi un bulto blanco que venía hacia mí, y seguidamente una fuerte sacudida que me reverberó piernas arriba.

Me derrumbé, y expulsé todo el aire que tenía en los pulmones. Una nube de plumas de pato cayó a mi alrededor. Inspeccioné la ampolla de cristal.

Estaba sana y salva.

Maud me quitó un plumón del pelo.

—Bienvenido.

Abrí la boca, pero lo único que acerté a hacer fue aspirar las bocanadas de aire que había expulsado con el aterrizaje.

—Me encanta dejar sin habla a mis jefes. —A continuación, Maud accionó un resorte de la carreta y empezó a empujarla por el sendero—. ¿Has podido cogerlo?

Respondí con un gesto afirmativo.

Me había recogido en mi caída. Había cumplido su palabra. Palmeé una de las almohadas que había atado a los bordes de la carreta.

—Bien. —Tiró de una cuerda, y al instante se soltaron los nudos que sujetaban las almohadas en su sitio. Una operación rápida. Muy ingeniosa—. Si hubiera colocado todo esto de forma incorrecta, habría tenido mucho más que limpiar. Puede que sea mi trabajo, pero odio las horas extras.

Yo no podía dejar de sonreír, aunque el corazón todavía me retumbaba como si un centenar de caballos me estuvieran pateando las costillas. Me iba a salir un hematoma en el trasero, pero merecía la pena. Ahora iba a poder sobornar a Cuatro para que revocara su declaración.

—Además, ha sido divertido verte. —Maud empujó la carreta hacia el puente para cruzarlo—. ¿Sabes qué me has recordado?

Que no dijera que a un gato. Todo el mundo decía que a un gato. Rath siempre me decía que «los andares provocativos, la mirada fija y el aire general de arrogancia son cosas que solo domináis los gatos y tú». Y después señalaba a los gatos callejeros de orejas andrajosas, pelaje oscuro y mirada feroz: los que siseaban y arañaban cuando la gente se les acercaba demasiado.

Me puso los pelos de punta.

—A una cabra montés. —Maud se llevó las manos a la cabeza con los dedos flexionados para representar unos cuernos pequeños y arrugó la nariz—. Una de esas que trepan por los riscos.

La miré ceñudo.

—¿Una cabra?

—Solo la cabra montés. —Maud asintió—. Las buenas son capaces de sostenerse en el aire. Suben por la cara de un acantilado más liso que un cristal y no se caen nunca.

—¿Cómo puedo recordarte a una cabra montés después de saltar de una ventana? —Propiné una patada a una manta sucia para apartarla de mis piernas y lancé un quejido. Una cabra.

Maud soltó una carcajada.

—Una vez vi caer a una. Cuando chocó contra el suelo hizo un ruido graciosísimo, como si el culpable hubiera sido el suelo y no ella.

Le di un cachete en la mano.

—Créeme —me dijo sin inmutarse—, eres una cabra montés.

Yo no era una cabra montés, pero ella me había atrapado al vuelo. Llevaba conmigo la belladona, y Cuatro no tardaría en desdecirse. Así que me acomodé en la carreta y contemplé cómo iba pasando el cielo allá en lo alto.

—Te creo.

32

Maud me enseñó los últimos detalles del trabajo de sirviente: servirle las bebidas a Esmeralda por el lado izquierdo aun cuando con los demás era por el derecho y mantener la cabeza baja para evitar miradas.

Ensayé lo de poner amanita muscaria en una copa. Empleando tierra en lugar del polvo, naturalmente. No iba a usar el material verdadero hasta que fuera necesario. Siempre que no hubiera ninguna otra sustancia extraña en la bebida de Cuatro, no me sería difícil administrarle el veneno. Lo único que tenía que hacer era estar allí a la hora exacta.

Lo cual me dejaba tiempo de sobra para ver a Elise.

Repasé mi uniforme por última vez, abrí la puerta de la salita y sonreí. Elise contuvo una exclamación.

—Tengo que reconocer —dijo al tiempo que se levantaba de su silla y venía hacia mí trayendo consigo un aroma a limón. Tenía una pila de papeles casi tan alta como ella, y debía de haber estado trabajando la noche entera, esperándome—. Si bien me encantaría que Ópalo fueras tú, me gusta mucho tu rostro.

Me tocó la mejilla. Tenía las yemas de los dedos limpias de tinta, pero aún se veían varias manchas tenaces en la palma de la mano. Yo sonreí y bajé la cabeza; ahora no llevaba una máscara que ocultara mi sonrojo.

—Gracias por esperarme. Debéis de estar cansada. —Le cogí la otra mano y tomé aire para contarle todo lo que merecía saber.

—Ya estoy acostumbrada. —Pasó el dedo pulgar por el dorso de mi mano que la noche anterior había salpicado de tinta, y en el que aún se apreciaban algunos puntitos—. Perdona, casi siempre procuro ahorrarle mis problemas a la gente.

Señalé la mancha que tenía en la punta de la nariz.

—Podéis dejar en mí las manchas que se os antojen.

—A eso no puedo negarme. —Entrelazó sus dedos con los míos y tiró de mí hacia la mesa—. Una última oportunidad para hablar.

Fui tras ella, con la vista fija en nuestras manos entrelazadas.

—Si no muero —carraspeé—, buscaré la manera de hablar de nuevo con vos, aunque solo sea por carta. Vos me habéis enseñado a leer y a escribir, y estoy en deuda con vos.

—No me debes nada —dijo con un gesto, y me obligó a sentarme. Yo cerré los dedos en torno a mi propia mano, desesperado por conservar un poco de su calor. Tomó un pincel y agregó—: Pero me molestaría mucho que no me escribieras por lo menos para decirme que estás vivo.

Había ido allí buscando venganza y había encontrado un hogar. Podía tener ambas cosas.

Deseaba ambas cosas.

—Supongo que no habrás pasado a formar parte de la noble casta de nuestros sirvientes. —Mojó el pincel y con delicadeza, siempre con delicadeza, siempre con suavidad, me abrió las manos y volvió una de ellas boca arriba.

—No, es que hoy tengo que hacer como si fuera uno

de ellos. —Tensé los dedos hasta que la raya negra que había pintado Elise en la palma terminó bailando—. Una sirvienta sumisa vestida con un uniforme inmaculado.

—En ese caso, no te lo estropearé. —Elise sonrió, y a continuación acercó la mano al primer botón de mi levita—. Relájate.

—¿Por qué ibais a estropeármelo?

Mi corazón empezó a golpear contra las costillas cuando sus dedos fueron desabrochando los botones de mi levita, uno por uno, y sentí el roce de las yemas de sus dedos en mi pecho. Permanecí tieso como el palo de una escoba, muy consciente de aquellas manos que iban bajando más y más, del calor que irradiaba Elise y se filtraba a través de mi camisa, de la caricia de su pelo contra mi barbilla.

—Así está mejor —murmuró Elise al tiempo que me quitaba la levita de los hombros y me liberaba los brazos. A continuación pasó la mano por mi camisa y me subió las mangas hasta los codos—. Procuraré que los dibujos queden ocultos bajo la ropa. Por si acaso.

Asentí, completamente confuso. La respiración de Elise se aceleró, y pasó las uñas por la cara interna de mi brazo hasta detenerse en donde me latía alocadamente el pulso.

—¿Cómo han sido las pruebas? —me preguntó—. ¿Y la transición a este lugar? Me he estado preguntando cómo es que un ladrón había acabado metido bajo la máscara de un aspirante.

—Agotador. —Debería haber dejado que Cinco me matase en el bosque; por lo menos eso habría sido más rápido que aquella muerte lenta en las firmes manos de Elise—. Se vive mejor aquí.

—¿Incluso con tantas muertes? —Elise arrugó la nariz, y yo tuve un brevísimo vislumbre de la primera vez que nos vimos como tutora y aspirante. Qué necio fui;

por supuesto que yo no le gustaba a Elise por mi peligro y mi misterio. Tal vez un poquito, pero después de que me convirtiera en Veintitrés, me prefirió a mí—. Estoy enterada de lo sucedido en el bosque.

—¿Lo de la sombra asesina? —Me recorrió un escalofrío, y me aferré al borde de la mesa con la otra mano. Aquello era tierno, íntimo y completamente nuevo—. Yo la vi. ¿Cómo es que ha llegado a vuestro conocimiento?

Elise levantó la vista y dejó el pincel goteando tinta en el tintero. Producía un ruido que se me metió en los oídos y me hizo temblar.

—La corte entera tiene conocimiento de ello. —Sentí el calor de su mano subiendo por mi brazo—. Es una transgresión cometida contra Nuestra Soberana, que nos prometió seguridad. Si la reina no puede mantener sanos y salvos a los niños que vienen a aprender a la corte, nadie se fiará de nosotros. De que un visitante mate a otro visitante a que mate a un noble hay solo un paso, y si se propagara el rumor, incluso falso, de que las sombras han regresado, ella perdería el derecho al trono. —Se subió las gafas en la nariz con la muñeca y suspiró—. Me preocupaba que el muerto hubieras sido tú.

Negué con la cabeza.

—Para librarse de mí hace falta algo más que un niño con unos cuchillos jugando a ser una sombra.

Dio un leve golpecito al pincel y después comenzó a deslizarlo sobre mi brazo. El contacto me puso la carne de gallina. Iba trazando una fina línea de tinta negra que formaba delicadas volutas y letras, mientras con la otra mano me sujetaba el brazo para que no lo moviera. Yo hacía esfuerzos por disimular mi temblor. Terminó la palabra que estaba escribiendo con una larga lazada alrededor del codo, luego se acercó mi brazo a los labios y sopló para que se secara la tinta.

Sentía un intenso calor que me nacía en el fondo del estómago y me abrasaba el pecho, incluso tuve la sensación de que me iba a estallar por los poros de la piel. Fijé la mirada en lo alto de la cabeza de Elise —llevaba unas horquillas de pedrería que parecían las piedras de un río, al lado de la cinta verde mar que le rodeaba el cabello— y cerré los ojos con fuerza. Necesitaba recordar todo aquello, cada contacto y cada respiración, por si acaso se convertía en mi último recuerdo agradable.

Porque, desde luego, era uno de los pocos agradables que tenía.

Me removí en mi asiento, todavía sujeto por la mano de Elise, y logré articular:

—¿Qué habéis escrito?

—Ópalo.

Rompí a reír. Su tono grave me había pillado con la guardia baja.

—Muy optimista por vuestra parte.

—Soy una persona optimista. El ladrón que terminará siendo Ópalo. —Elise volvió a colocar mi mano sobre su regazo y se inclinó hacia delante hasta que nuestras rodillas se tocaron. El aliento le olía a té negro—. Y si mueres hoy, quiero recordarte de todas las maneras posibles. Sobre todo teniendo en cuenta que no sé cómo te llamas.

—Sallot. —Se me escapó en un impulso. Elise quería acordarse de mí cuando todo hubiera terminado, me hubiera convertido en Ópalo o no. Aquello hizo que surgiera en mi interior la necesidad imperiosa de salir y gritarle al sol que se elevaba en el cielo—. Recordadme como Sallot.

—Un nombre y un rostro —dijo Elise—. Bellos regalos de despedida.

Volví a reír, y Elise acercó una mano a mi cara y pasó los dedos por mi mentón. Mi risa se cortó en seco.

—Ojalá nos hubiéramos conocido como es debido.

—Nos habíamos conocido unos días antes, y yo había desperdiciado todo aquel tiempo. Sentí deseos de compensarlo, de saber si sus labios tenían sabor a té, memorizar la línea de sus dedos y el sutil giro que hacía con la muñeca al escribir, escuchar el suave y delicado murmullo de su respiración entre una palabra y otra. Sentí deseos de tener todas las cosas que no iba a poder tener nunca.

—Sallot.

Mi nombre pronunciado por ella derribó la última barrera que pudiera estar bloqueando lo que deseaba decirle.

—Elise, tú me gustas.

Ella abrió unos ojos como platos.

—Eso espero, porque de lo contrario me sentiría un tanto violenta.

—No, tú no... —empecé a decir, pero me interrumpí. Le tomé la mano y apoyé mi frente en la suya para que me oyera aunque mi voz sonara ahogada—. Tú no lo entiendes. Odio a los Erlend. Mi vida entera ha quedado atrapada en la sombra de los crímenes cometidos por los Erlend, y antes no me gustabas. Bueno, sí que me gustabas, pero no era consciente de ello. Seguía empeñado en pensar que eras igual que los otros, igual que los lores y las ladies que iniciaron la guerra y arrasaron mi hogar, pero tú no eres como ellos. En absoluto. Y he esperado mucho para que surgiera una oportunidad de ponerlos en evidencia y ayudar a Nuestra Soberana, y aquí tengo esa oportunidad, pero aquí también estás tú, y yo...

De pronto, Elise salvó la distancia que nos separaba y depositó un beso suave y casto en la comisura de mis labios.

—No deberías besar a alguien que podría matarte

272

—susurré, sintiendo que toda la sangre de mis venas cantaba su nombre y me instaba a besarla.

—No presumas de saber lo que yo debería o no debería hacer —me respondió en voz baja—. Yo sé lo que quiero, y ese beso ha sido para desearte buena suerte. No mueras, aún te quedan muchísimas cosas que hacer, y todavía más cosas que explicarme.

Afirmé con la cabeza.

—Te debo algunas explicaciones.

—Esta noche, entonces. —Sin levantarse de la silla, se volvió hasta quedar de espaldas, apoyada contra mi pecho, rozándome la cara con el cabello cada vez que se movía—. Hasta que llegue ese momento, te voy a dar algo para que te acuerdes de mí.

Tomó el pincel de nuevo y comenzó a extender la tinta por mi otro brazo en trazos pequeños. Bajo sus dedos, aquellos tenues dibujos se transformaban en letras, los rasgos que parecían ilegibles iban formando palabras que yo sabía que había visto en alguna parte pero no recordaba dónde, hasta que toda mi piel quedó teñida de negro desde el codo hasta las puntas de los dedos. Después, se inclinó y depositó un ardiente beso en la palma de mi mano.

—Ya está. —En vez de apartarse, volvió a recostarse contra mi hombro, con el oído junto a mi corazón, y suspiró.

En el centro de mi mano quedó marcada débilmente la impronta de unos labios de los que salían palabras formando espirales.

—¿Qué es lo que dice? —pregunté, reprimiendo el fuerte impulso de bajar la cabeza y saborear la respuesta directamente de sus labios.

Esperaría hasta la noche.

Si es que continuaba con vida.

Elise dejó escapar una risita que me sonó como un cascabel. Se sonrojó, y se pasó el dedo pulgar por los labios para limpiarse la tinta que se le había quedado pegada.

—Es un poema tomado de un libro.

—¿Pero qué dice?

—Razón de más para que sobrevivas hasta esta noche. —Elise se volvió y me miró fijamente, con una expresión de falsa seriedad, una media sonrisa con manchas de tinta—. Así me tendrás en el pensamiento. Como puedes ver, soy muy egoísta.

—Ni lo más mínimo —repliqué sonriente. No era probable que dejara de pensar en ella a no ser que me ahogara en el Caracol—. Por lo menos dime el título del libro.

—*Cómo fundir la nieve*. Me lo ha prestado Isidora. —De pronto, miró el reloj y me puso el pincel en las manos—. Rápido, escribe tu nombre.

Flexioné los dedos, temeroso de que la tinta se desmenuzase como si fuera ceniza. Elise quería llevar consigo algo mío durante más tiempo, y aquella idea me dejó noqueado, incapaz de recordar siquiera las letras que formaban mi nombre.

—No va a quedar muy bonito.

—No me importa que quede bonito. Quiero que sea algo tuyo.

Agarré el pincel con mano temblorosa y le escribí mi nombre en el brazo, salpicándole la muñeca de tinta y dejando un rastro de gotas negras entre una letra y otra. Quedó anguloso y chapucero, en absoluto parecido a las suaves curvas que dibujaba Elise. Ella lo miró y sonrió.

La última mirada que nos dirigimos el uno al otro la retuve en mi memoria, tan cerca de mí como la tinta que llevaba adherida a mi piel.

33

El segundo examen implicó una gran tensión. El primer aspirante fue Dos, que inspeccionaba con avidez cada plato y cada copa que le colocaban delante. La Mano Izquierda la observaba desde el otro lado de la mesa. Rubí le propinaba un golpecito en los dedos con una cuchara cada vez que se acercaba un bocado de comida a la nariz para olfatearlo.

—Hazlo sutilmente —recalcaba—. Es de mala educación insinuar que tu anfitrión está intentando asesinarte.

Al decir esto me miró a mí, o por lo menos volvió la cabeza hacia donde me encontraba yo. La Mano Izquierda no había ordenado a los guardias que me bloquearan el paso cuando me vieran entrar. Yo estaba en el rincón, fingiendo ser Maud, con los brazos ya cansados de sostener una jarra durante tanto tiempo, y nadie me hacía caso. Excepto Rubí.

Rubí vaciaba una y otra vez su copa de vino en la planta que tenía detrás y exigía que volvieran a llenársela. Morir por su mano habría sido más soportable que aquello.

Debía de haberme reconocido.

Dos comió lo suficiente para no parecer descortés.

Las setas venenosas del primer plato las escupió en un pañuelo; aceptó el vino, pero sabiamente rechazó el té envenenado, y tocó con la mano las ciruelas, que estaban espolvoreadas con un exceso de azúcar y polvo de trompetillas de la muerte. Los sirvientes acudieron únicamente cuando los llamaron.

Para cuando Dos hubo terminado su examen —viva, pero reprendida por su postura en la mesa—, yo ya estaba harto de sostener la jarra medio llena de vino. Aquello era demasiado aburrido para aguantarlo.

Entró Cuatro. Por fin.

Erguí la espalda. Estaba solo a dos pasos de mí, y reía. Agarré el asa de la jarra con más fuerza, pensé en las palabras que me había escrito Elise en los brazos para reunir valor y esperé a llevarle el vino. Los otros sirvientes revoloteaban alrededor de él tardando más de lo necesario en servirle el primer plato, a fin de que a Esmeralda le diera tiempo a esparcir un polvillo blanco en sus gachas. Cuatro lo vio, sonrió y me hizo una seña a mí para que me acercase. En ningún momento quitó la vista de encima a la Mano Izquierda.

Perfecto.

Me incliné a su lado sosteniendo con la mano el paquete de amanita muscaria encima de la jarra, para que no se moviera mientras vertía una buena cantidad de veneno en su copa. Inodoro e insípido, se disolvió nada más entrar en contacto con el líquido. Cuatro debió de suponer que si la Mano Izquierda no había tocado el vino, este tenía que ser seguro. Perfecto.

Esperé a que bebiera unos cuantos sorbos, y después le susurré:

—Deberías retractarte.

Cuatro escupió en la copa el vino que aún no se había tragado.

—¿Qué es lo que me has puesto?

Todo el mundo hizo una pausa.

—Amanita muscaria. —Erguí la espalda y dejé que se hiciera el silencio entre nosotros. Tenía la belladona a salvo, en un bolsillo extra que Maud me había cosido a la camisa—. Y no recuerdo haber asesinado a Seis, como tampoco recuerdo dónde he puesto el extracto de belladona.

—¡Por fin! —Rubí le dio un golpecito en la muñeca con un cuchillo para la mantequilla—. Creía que no ibas a ir al grano.

Esmeralda se reclinó en su asiento y apretó su copa con más fuerza.

—Un requisito de tu libertad condicional era que no debías matar a ningún aspirante.

—De él depende morir o no —repliqué con la esperanza de haber hablado en tono firme. Les estaba dando motivos suficientes para que me nombrasen Ópalo o me mataran allí mismo—. Cuatro ha mentido para encubrir el hecho de haber asesinado a Seis.

—Yo no he asesinado a Seis —protestó Cuatro retorciendo las manos por debajo de la mesa contra su pantalón. Estaba sudando: el primer síntoma.

—En las pruebas ocurre como en los tribunales, ¿no es así? —Dejé la jarra en la mesa, con los brazos agotados, y miré a Rubí. Su máscara no delataba ninguna expresión—. Si un testigo se retracta, eliminan su declaración. Una persona no puede ser juzgada si no existe ninguna acusación contra ella.

—Esto habría sido más sencillo si tú hubieras tenido una coartada. —Esmeralda cogió la copa de vino de Cuatro y la observó al trasluz—. ¿De dónde has sacado esto?

Me encogí de hombros. Que Once hiciera lo que se

le antojase, siempre y cuando yo recuperase mi posición. Si la cagaba y hacía daño a un sirviente, mejor que mejor. Yo le había dado a Maud la advertencia y el extracto; no les ocurriría nada, y Once quedaría fuera.

—La próxima vez, dejaré un rastro de testigos. —Me incliné frente a Cuatro hasta quedar a la altura de sus ojos. Los miembros de la Mano Izquierda se limitaron a observar. Bien. Si no me impedían continuar, era porque estaban conformes—. ¿Empiezas a sentirte mal?

Cuatro tragó saliva. Segundo síntoma. Sudores y salivación, las señales características del envenenamiento por amanita muscaria.

—Cuando fui a asesinar a Seis, te vi a ti viniendo en dirección contraria. ¿Contento?

—Mucho. —Hice caso omiso del bufido que lanzó Esmeralda—. ¿Y bien?

Rubí y Amatista se miraron el uno al otro, y el primero hizo un gesto de asentimiento en dirección a Esmeralda. Esta se removió en su asiento y empezó a decir algo detrás de su máscara, pero de improviso se oyó un grito fuera que la frenó en seco. Todos nos volvimos hacia la puerta.

—¿Qué más has hecho? —me preguntó Esmeralda en tono cortante.

—Nada —respondí negando con la cabeza—. Mi único objetivo ha sido Cuatro.

De repente se abrió la puerta de golpe y entró Quince, con la máscara hecha trizas y la cara ensangrentada. De la nariz rota le goteaba un sudor que formaba regueros en la capa de polvo amarillo que le cubría la piel. Traía en brazos el cuerpo desmayado de una sirviente de cuya boca salía un fino reguero de sangre. La arrojó hacia nosotros.

Amatista corrió hacia ella. Esmeralda se incorporó

rápidamente al tiempo que sacaba un par de dagas de su vestido, y yo me apresuré a retroceder. La corpulencia y los ojos vidriosos de Quince me habían impresionado. A él no iba a ser fácil vencerlo.

Rubí saltó por encima de la mesa, me aferró por el cuello y me aplastó contra la pared. Sentí la hoja de un cuchillo en la garganta.

—¿Qué es lo que has hecho? —rugió con voz glacial. Por mucho que lo admiraba, no sentía ningún cariño hacia su cuchillo.

—Nada. —Me quedé muy quieto—. Once puso una trampa en la puerta de mi habitación, así fue como conseguí el veneno. No he hecho nada más.

A Rubí le temblaban los dedos, lo único que delataba lo que estaba sintiendo era lo agitado de su respiración. Finalmente, me soltó.

—Y supongo que también le habrás robado la belladona a Isidora. De acuerdo. No ha estado mal.

—¡Espías! —Quince le echaba mano a todo lo que veía, y arrojó una jarra.

Empujé a Rubí, y la jarra lo alcanzó en el estómago y le derramó el agua por la pechera. Apartó la jarra de una patada lanzándola hacia mí, me empapó los pies, y acto seguido rodeó la mesa para ir con Esmeralda. Los dos montaron guardia junto a Amatista y la sirviente.

Seguramente no debería haber actuado de aquel modo. Si Rubí estaba furioso conmigo, utilizarlo como escudo no iba a mejorar su actitud.

—Nos has delatado. ¡Te he visto! —aulló Quince lanzándose a agarrar del cuello a Cuatro. Cuatro, ya blanco como la leche y con la capacidad de reacción enlentecida por el veneno, forcejeó bajo la tenaza de Quince—. ¡Estabas allí!

Si yo no lo hubiera envenenado, Cuatro no habría tenido la menor posibilidad.

Quince tiró otro poco más de Cuatro, aferrándole el cuello con sus manazas. Entre tanto forcejeo, yo no lograba encontrar un hueco. Quince tenía los ojos fuera de las órbitas, las pupilas demasiado dilatadas para resultar naturales, y el habla gangosa. Ambos se lanzaban acusaciones el uno al otro.

Espía. Mentiroso. Asesino. Podría haber sido cualquiera de nosotros, ¿pero por qué iba ahora contra Cuatro? Era posible que Cuatro casi lo hubiera echado todo a perder, pero no se merecía aquello. Quince estaba demasiado trastornado para matarlo decentemente.

Me abalancé sobre Quince y le hice un corte en el brazo. Él lanzó a Cuatro contra una silla sin ningún esfuerzo y me dio un puñetazo a mí. Retrocedí tambaleándome, y el cuchillo se me cayó de la mano.

Cuatro lanzó un chillido. La silla, destrozada, cedió bajo su peso y se deshizo en un millar de fragmentos afilados como cuchillos. Quince no se volvió hacia mí, ni siquiera hizo mueca alguna al ver el profundo corte que le había aparecido en el brazo. Se limitó a recoger una silla. Yo intenté apuñalarlo de nuevo, pero él me arrojó la silla a la cabeza. Rápidamente me agaché detrás de él y le clavé el cuchillo en la blanda piel de la pantorrilla, pero él me espantó como si fuera un mosquito.

Acto seguido estampó la silla contra Cuatro. La madera decorada se hizo añicos y se rompió del todo contra los brazos y las piernas de Cuatro, desprotegidos en aquel momento. Lanzó un chillido, y yo, aprovechando que Quince estaba con la guardia baja, arremetí contra él y le hundí el cuchillo en la cara posterior de la rodilla. Logré que se apartara tambaleándose y buscando agarrarse a algún sirviente.

Esmeralda se movió más rápido de lo que yo pude seguirla, salvó la mesa y hundió una daga en el cuello a Quince. Quince se derrumbó.

Bien. Hecho.

Me arrodillé al lado de Cuatro.

—Te conviene tomarte la belladona.

—Ya es tarde —replicó. Y lanzó una breve carcajada que resonó en mi cerebro al tiempo que señalaba las piernas. La izquierda tenía la carne abierta desde la ingle hasta la rodilla, a causa de las afiladas astillas de madera, y de la pantorrilla le manaba una ancha franja de sangre—. Vencido por una silla... qué original.

—Mierda. —Le quité la máscara, empapada de sudor, para que pudiera respirar. No era atractivo, pero no estaba mal: una nariz fuerte que se había roto innumerables veces, unos ojos negros ya enturbiados por el veneno, y unas cejas muy pobladas y un tanto caídas—. No es lo que yo tenía previsto.

—Dudo que nadie tuviera esto previsto. —Indicó débilmente con la mano el cadáver de Quince y, cada vez con menos fuerzas, se agarró de mi brazo—. Se suponía que debías marcharte.

—Jugué una mano peligrosa y gané. —Miré a mi espalda, pero la Mano Izquierda permanecía inmóvil y muda. Simplemente era otro aspirante más que moría.

—Tendrás que contármelo la próxima vez que nos veamos. —Quiso aferrarse a mí con manos temblorosas, pero no lo logró—. No quise presenciarlo, después de haber visto a Tres muerta. Tres te habría caído bien.

—¿Eso es todo cuanto te hizo falta para hacer que me pusieran en libertad condicional? ¿Mostrarte remilgado con el hecho de ver morir a alguien? —Me senté a su lado, me quité la levita de sirviente y se la puse debajo de la cabeza. Desangrarse no era la manera más rápida de morir, pero tampoco era la peor. Con delicadeza, tomé sus manos en las mías—. No deberías haber venido aquí, ni con invitación ni sin ella.

No sabía muy bien lo que debía hacer ante aquella muerte. Antes deseaba venganza, pero ahora no conseguía evitar el frío que me helaba el corazón.

—Probablemente, no, pero resulta difícil rechazar esas invitaciones —jadeó—. No me arrepiento de haber intentado descalificarte. No quería que me cayeras bien, pero me caíste bien, y ver morir a la gente me resultó más doloroso de lo que pensaba. La verdad es que me importa un comino lo que les ocurra a los otros, y Dos sabe cuidarse sola, en cambio tú...

—Yo no soy un hermano al que debas proteger. Ni siquiera soy un amigo. —Yo quería ser Ópalo, igual que él—. ¿Quieres que vaya a por Dos?

Al otro lado de la puerta solo se veían sirvientes que miraban con la boca abierta, pero Dos y el resto no podían encontrarse muy lejos.

—Me parece que ya la he molestado bastante. —Sonrió y tosió, y al hacerlo escupió un grumo de sangre entre los dientes—. Cinco años.

—¿Qué?

—Me ha llevado cinco años alcanzar este nivel. Dos lo ha conseguido en tres. Exhibicionista. Por supuesto, eso es lo que más me ha motivado. —De repente me puso en las manos la bolsa en la que llevaba los cuchillos de lanzar—. Dos no ha errado un blanco tan grande como tú desde que tenía doce años, así que empieza a practicar.

—Yo lo conseguiré en dos años. —Guardé los cuchillos y apreté la mano a Cuatro.

Cuatro soltó un resoplido. Luego, su cabeza cayó hacia delante y sus dedos quedaron inertes. Me sorbí las lágrimas y volví a apretarle la mano, pero no reaccionó.

El pulso que aleteaba en su muñeca se detuvo, y su superficial respiración cesó. Le limpié la sangre de las manos y se las coloqué sobre el pecho. Aún estaba caliente,
aún sonreía.

Bien podría estar solo dormido.

34

—Bien —dijo Rubí lentamente. El sonido de sus pisadas se vio ahogado por el estruendo que se oía en el pasillo. Se inclinó sobre mí y ladeó la cabeza señalando a Cuatro. Su voz silbaba a través de la máscara, y me produjo un escalofrío—. Ha sido muy amable por tu parte. Para estar tan resentido, no se te ve que tengas tanto interés en cobrarte una venganza sangrienta.

—Cuatro se retractó. —Saqué del bolsillo la ampolla con el extracto de belladona y la sacudí—. No merecía la pena.

Rubí cogió la ampolla y se la guardó en el bolsillo.

—Porque a ti no te molesta matar.

Afirmé con la cabeza. Antes de las pruebas, no había matado nunca. Toda aquella gente a la que había robado y contra la que había peleado podía recuperarse de mis puñetazos y de la pérdida de unas cuantas joyas. Pero ahora no mataba porque me gustase, sino porque era un trabajo. Ocho, Siete y Cuatro habían firmado para morir, y todos éramos conscientes de los riesgos. Habíamos aceptado servir a Nuestra Soberana del modo que ella considerase oportuno. Nuestra misión era mantenerla en el trono.

La paz tenía un coste, y nosotros éramos cobradores.

—Maravilloso. —Se incorporó y me hizo un gesto con los dedos al tiempo que daba un golpecito en el suelo con el pie—. Es una lástima que la primera vez no tuvieras una coartada auténtica, podrías habernos ahorrado todas estas molestias.

—¿Vos lo sabíais? —Me giré en redondo sintiendo la sangre golpeando en mis sienes. Había chantajeado a Cuatro para nada. Lo había amenazado para nada—. ¿Habéis sabido durante todo el tiempo, sin la menor duda, que no había sido yo?

—Naturalmente. Nuestro trabajo consiste en saberlo todo. Por eso está involucrado Nicolás, por eso sabemos quién ha sido visto y a quién le han tendido una trampa. —Rubí fue sorteando los destrozos y el estropicio y recogió mi cuchillo. No llegó a ver el estremecimiento que me recorrió el cuerpo; no podían saber lo de Horatio del Seve, no era posible que lo supieran—. La próxima vez, búscate una coartada y mantén el brazo suelto pero la mano fuerte.

—Oh, sí, milord, me aseguraré de eso. —Me aparté de Cuatro. Naturalmente que la Mano Izquierda estaba enterada. Incluso habían ordenado a Nicolás del Contes que investigase mi pasado. Tal vez me rompiese la mano arreándole a Rubí un puñetazo en la cara, pero merecería la pena si le rompía la nariz—. En las próximas pruebas, buscaré una coartada para cada día. El rojo me va a sentar muy bien.

Rubí dejó escapar una carcajada y le dijo a su sirviente:

—Ve a buscar a los otros aspirantes. No les digas lo que ha sucedido. —En cuanto el sirviente se hubo marchado, se volvió hacia mí—. ¿Pretendías utilizarme como escudo humano? ¿En serio?

—Fue una jarra. —Me encogí de hombros—. Estaba improvisando.

Rubí soltó un bufido. Me apoyé contra la pared del fondo y me cubrí la cara con la máscara. La tela olía a sudor y sangre, y también a tierra mohosa y a bosque seco. Respiré hondo. Había vuelto a ocupar el lugar que me correspondía.

En el que debía estar.

Ahora que había vuelto a la competición, no había necesidad de permitir que Dos y Cinco supieran cuál era mi apariencia física. Amatista ayudó a la sirviente, despierta y confusa, a sentarse en una silla y me miró de arriba abajo. Esmeralda no se tomó la molestia de volverse siquiera.

La primera en entrar fue Once, que saltó por encima de la puerta destrozada con el ademán asustadizo de un ciervo. Era olvidable, igual que yo. No le había prestado ninguna atención.

Once podía haber matado a todos.

Me sorprendió mirándola y frunció el ceño. Yo hice lo mismo. No tenía derecho a poner en peligro a los sirvientes.

A continuación entró Cinco. Su mirada se posó primero en Once y después en el cadáver de Cuatro, en la Mano Izquierda y en la sirviente que estaba recuperándose. Con gesto nervioso, fue a apoyarse en un rincón. Bien. Por lo menos con él no me había equivocado; seguía encontrándose ojos por su habitación.

La última fue Dos. Al ver a Cuatro, se detuvo. Se quedó en la puerta, de puntillas y preparada para salir huyendo.

—Cuatro y Quince han muerto. —Esmeralda paseaba alrededor de nosotros, tan aterradora como una tempestad que se acerca proveniente del mar y hablando poco menos que en susurros. Giró la cabeza con gesto teatral e hizo crujir los nudillos—. Vamos, todos a la mesa.

Dos, Cinco y Once se situaron a lo largo de la mesa. Rubí paseó lentamente por detrás de ellos, y observó con ademán reprobatorio las manchas de carboncillo que había dejado Cinco en la madera con las manos. Amatista hizo una seña a los sirvientes para que entrasen. Maud, nada más entrar, me miró a mí.

—¿Cuál de vosotros puso veneno de amanita en las puertas de las habitaciones frecuentadas por personas que os ordenamos específicamente que no debían sufrir daño alguno, con venenos que provocan violencia y espejismos? —Esmeralda se situó detrás de Once—. Admítelo, y así tendrás menos probabilidades de que te mate, a pesar de las normas establecidas.

Once se estremeció y levantó una mano.

—Fueron únicamente las habitaciones de los aspirantes, y después de que hubieran pasado los sirvientes a limpiar.

De repente, Esmeralda empujó a Once violentamente contra la mesa y le aplastó la cara contra una tetera de cerámica que se rompió en pedazos y le hirió la mejilla. Al momento apareció un charco de té y sangre debajo de la cara de Once. Dejó escapar un gemido.

—Cuando dijimos que no se debía hacer daño a los sirvientes, lo decíamos en serio. —Esmeralda empleó un tono suave y grave—. Nada de hacerles daño, ni siquiera un poco, ni siquiera por casualidad. Es evidente que no te importa la vida de las personas a las que servirías cuando te convirtieras en Ópalo. De modo que muéstrame todas las trampas y después apártate de mi vista. Tienes suerte de que nadie más haya resultado gravemente herido.

Tiró de Once hacia arriba, y de la máscara ensangrentada de esta cayeron varios fragmentos de la tetera rota. Cinco se apartó. Yo hice un gesto afirmativo. No lamentaba la escena en absoluto. Once podía haber matado a Maud.

—Y tú —Esmeralda se volvió hacia mí— has tenido mucha suerte. Esto —dijo señalando el estropicio que teníamos a nuestro alrededor y asintiendo en dirección a Rubí— no ha estado bien.

Apreté los dientes; no quería que vieran mi decepción, tan intensa que me parecía estar ardiendo por dentro. Hice un gesto afirmativo con la cabeza.

—Sin embargo, Cuatro se retractó. —Esmeralda asintió en dirección a Amatista—. Y tú estabas en lo cierto respecto de los tribunales.

Amatista me miró y meneó la cabeza.

—Aunque la extorsión ha sido un buen detalle, si bien chapucero.

—Tenéis un extraño concepto de lo que es un buen detalle. —Sentí que me faltaba el aire y que me ardía el pecho. Había funcionado. Todo había salido bien.—. ¿En serio?

—El testimonio de Cuatro contra ti ya no se habría sostenido en un tribunal, de modo que tampoco se sostiene aquí. —Rubí se puso a mi lado y miró más allá. Acto seguido fue hasta la mesa, sin hacer caso de las miradas de furia que me dirigía Cinco. Sonreí, seguro de que dicho gesto iba a durar mucho. Sostenerle la mirada no haría sino provocarlo para que continuara frunciendo el ceño.

—Felicitaciones —dijo Rubí levantando hacia nosotros una taza de té rota y saludando con un gesto de cabeza— a nuestros tres últimos aspirantes: Dos, Cinco y Veintitrés.

Diez debía de haber muerto mientras yo conspiraba. Bien.

—¡Veintitrés está descalificada! —le dijo Cinco a Rubí con grandes ademanes—. No podéis permitirle volver.

Me puse en tensión. Si Cinco volvía a confundir mi sexo o volvía hablarme siquiera, le arrearía un buen puñetazo. Iba vestido de hombre, estaba más claro que el agua.

Y no me habían descalificado.

—Puedo hacer lo que se me antoje. Soy Rubí, y tú todavía llevas un número pintado en la cara. —Rubí hizo un gesto a Cinco para que se apartase y me señaló a mí—. Veintitrés no ha sido descalificado en ningún momento. Estaba en libertad condicional. Cuatro reconoció que había mentido acerca del asesinato, de modo que Veintitrés queda readmitido. Fin de la discusión. —Agarró a Cinco por los hombros, lo obligó a volverse y lo sentó en una silla—. Así lo decimos nosotros, y nuestra palabra es la ley.

Cinco apretó la mandíbula con fuerza y se estremeció al sentir el contacto de Rubí. Yo sonreí de oreja a oreja, el acento con que Rubí había pronunciado la palabra «readmitido», en masculino, me produjo una agradable sensación en los oídos. Casi me arrepentí de haberlo lanzado contra aquella jarra.

Amatista le hizo una seña a Maud para que se acercara. Esta se esforzó en poner cara de sorpresa, pero Amatista rio suavemente bajo su máscara.

—Debido a lo sucedido recientemente, reiteramos las normas —dijo al tiempo que intentaba volver a colocar la puerta rota en sus goznes—. Está prohibido causar daño a sirvientes, soldados, cortesanos, guardias, nobles y todo aquel que no sea uno de vosotros tres. Eso incluye las lesiones indirectas que pudieran sufrir por vuestra causa.

—Sed discretos. —Rubí extendió las manos sobre la mesa rota y ladeó la cabeza hacia mí—. En la primera prueba se examinó vuestra forma física. En esta se examinará vuestra sutileza. En la última necesitaréis ambas cosas. Tan solo triunfarán los que sean capaces de utilizar las dos.

—A falta de una expresión más adecuada, vosotros sois los mejores aspirantes —dijo Amatista, rígida bajo su coraza—. Aunque habéis llegado aquí antes de lo previsto.

Sin duda, porque Cuatro, Once y Quince estarían sanos y salvos si Once hubiera pensado bien su plan.

—Da lo mismo si ello se debe a vuestra capacidad o a la capacidad de otros. —Rubí se fue girando para mirarnos de uno en uno—. Preferimos pruebas más breves, porque son más eficientes. —Me hizo un gesto a mí—. Y a no ser que creáis que Veintitrés es mejor Ópalo que vosotros, su presencia aquí no tiene relevancia ninguna.

Aquello me borró la sonrisa de la cara.

—Así pues, debemos hacer una pausa en las pruebas —dijo Rubí—. En este momento, vuestro objetivo ya no es eliminar a la competencia, sino hacer exactamente lo que os digamos nosotros y cuando os lo digamos. Vuestros sirvientes recibirán instrucciones, y esta noche, en la cena, os haremos el examen final. Triunfaréis, o bien perderéis vuestro sitio en la Mano Izquierda.

Por lo menos, ya no iba a tener que preocuparme de que Cinco pudiera colarse por la puerta de mi habitación con la intención de clavarme un cuchillo en la garganta.

Probablemente.

—En la cena se os informará de otras normas. —Esmeralda apartó la puerta de su camino y, todavía con un tono de voz de callado enfado, añadió—: No atentéis contra la vida de vuestro rival y no le tendáis ninguna trampa. Se han limpiado vuestras habitaciones y se ha puesto en vuestra bañera un jabón especial. Usadlo. Vuestros sirvientes se desharán de vuestra ropa. Cinco, conmigo.

Rubí y Esmeralda salieron del comedor, el grupo de sirvientes desapareció por la puerta y se dispersó, y Cinco también se fue. Amatista contempló la mesa destrozada.

—Lo mejor será que comáis y descanséis. Las pruebas están diseñadas para examinaros y desgastaros. Hemos de saber cómo os comportáis cuando estáis agotados y bajo presión. Debéis sentiros orgullosos de haber llegado hasta aquí, pero aún no habéis terminado. Aún queda mucho que hacer.

Y se marchó en silencio.

35

Me derrumbé en una silla riendo bajo mi máscara y con el corazón lleno de alegría por aquel sonido amortiguado al que ya me había habituado.

—¿Cómo lo has conseguido? —me preguntó Dos, con las manos temblorosas. Era joven, tal vez tuviera un año menos que yo, y estaba profundamente agotada, a juzgar por sus ojeras y por sus ojos inyectados de sangre—. Cuatro era mejor luchador que tú. Todos lo somos.

«Erais» mejores luchadores. Que la Señora ayudase a Dos cuando cayera en la cuenta de dicho detalle.

—Que tú sepas. —Recuperé un vaso, lo llené con agua de la jarra que no contenía veneno y bebí un sorbo—. Yo llevo años peleando.

Dos emitió un extraño sonido gutural.

—Cuatro pensaba que tú no eras más que un ladrón. La muerte no se encaja bien cuando no se está acostumbrado a ella.

Erlend me había obligado a acostumbrarme a ella.

—Eso dicen los artistas de circo.

—Y mira lo bien que nos ha ido. —Abrió los brazos y me ofreció una sonrisa fúnebre—. Hasta la cena.

—Hasta la cena.

Dos no lo estaba llevando nada bien.

—¿Veintitrés? —Maud apareció a mi lado. Volvía a ser la Maud de siempre. Tenía el cabello perfectamente en su sitio y su rostro mostraba aquel gesto pasivo y carente de emoción que mostraban todos los sirvientes; en cambio, había estado mordiéndose las uñas hasta hacerse sangre—. Si deseas ir a tu habitación...

—Me encantaría.

Maud no me habló, ni me miró siquiera, hasta que hubo cerrado la puerta de mi habitación. Me senté en la cama y empecé a quitarme la levita. La luz incidió sobre lo que me había dibujado Elise en los brazos.

—El baño está caliente. No te mojes los puntos de la herida.

Respondí a Maud con una media sonrisa. Resultaba agradable confiar en las personas, así uno no gastaba energías pensando en posibles dobles juegos.

—Gracias.

Me metí en la bañera por detrás del biombo, y dejé a Maud trajinando por la habitación, lavando mi máscara en una pequeña palangana y poniéndola a secar. Tuve cuidado de no meter en el agua los brazos para que no se fuera el dibujo. Después me metí en la cama aún empapado, y reí cuando Maud salió por la puerta lanzando un bufido de desdén.

Me quedé dormido contemplando cómo se filtraba el sol de media mañana entre las tablas del techo. Me despertó un estrépito de platos. Sentía la boca seca y la cabeza aturdida. Me volví a tumbar boca abajo.

—¿Ya es la hora? —pregunté con voz ronca. Sentí la camisa pegada al ungüento del costado—. ¿Me has cambiado el vendaje?

—Es media tarde, y sí. —Maud tiró de mí hasta que

me incorporé y quedé sentado en la cama, y a continuación me puso una taza de latón entre las manos—. Tenemos que hablar de la cena.

Miré la bandeja de comida que estaba esparciendo por mi habitación un aroma a cebollas caramelizadas y a aceitunas.

—Qué buena pinta.

—No me refiero a esto, sino a la cena de verdad. —Se levantó y fue a buscar la ropa que había en el rincón—. Vas a reunirte con la Mano Izquierda, y he visto a la sirviente de Dos, Catia, preparando un atuendo de lo más complicado en la lavandería.

Bebí un sorbo de té. El gusto a limón me despertó del todo y me calentó el cuerpo. La tinta de los dibujos de mis brazos se había tornado de un color gris tormenta.

—¿Y qué se supone que debo hacer yo? ¿Robar un atuendo elegante antes de ir a cenar?

—Ceñirte a tus puntos fuertes. —Maud me puso la bandeja sobre las rodillas—. Te he lavado la ropa que has llevado puesta aquí, pero te sugeriría que no la llevaras puesta esta noche. Ni que te la vuelvas a poner nunca.

—Espero que sea para mejor. —Acaricié con el dedo la impronta de los labios de Elise que se veía en mi mano—. ¿Qué atuendo van a ponerse Dos y Cinco?

Maud arrugó la nariz.

—Catia tenía un uniforme de cuero con muñequeras. Dinah no se ha molestado en lavar la ropa de Cinco, y de todos modos los uniformes de los oficiales destiñen cuando se lavan y ponen el agua azul. Son solo para las fiestas. Totalmente inútiles.

Pinché un huevo duro con el cuchillo. Naturalmente, Cinco era un oficial. Se había entrenado desde pequeño con la lanza, la espada y el arco, y matar resulta fácil cuando es lo único que sabe hacer uno. La guerra todavía continuaba, pero solo en escaramuzas y en los tribunales. Los disturbios iban en aumento en el norte, donde aún prevalecían los señores que gobernaban Erlend. Cinco se había criado pensando que los civiles eran el enemigo.

Menuda sorpresa.

—Yo pensaba enrolarme, ¿sabes? —Cogí una aceituna y la aplasté entre los dientes—. Pero habría sido un soldado raso. Nada importante.

Maud lanzó un suspiro. El calor que ascendía de la comida le sonrojaba las mejillas.

—Mi orfanato vende contratos de trabajo al mejor postor. Uno no puede marcharse hasta que tenga suficiente dinero para reembolsar dicha oferta.

—Cinco perlas bastan para pagar alojamiento y manutención. —Le ofrecí una rebanada de pan, pero ella la rechazó—. ¿Y a cuántos huérfanos tienes pensado rescatar?

—A tres. —Se miró las uñas y lanzó un profundo suspiro—. Mi madre falleció al dar a luz a mis hermanos, trillizos, y cuando cumplan nueve años el orfanato venderá sus contratos a quien necesite un sirviente. Yo tengo que comprarlos primero.

Con aquello bastaría. No me extrañó que a Maud le gustaran las normas, después de haber vivido en un orfanato y de haberse responsabilizado de tres niños pequeños.

—Pero así es la cosa. —Se levantó, fue hacia la puerta y me taladró con la mirada.

—Si me dices tu nombre, yo te diré el mío —le propuse. No merecía la pena preguntarle por la documentación. Debió de mentir acerca de su edad cuando la contrataron, para poder salir y comprar antes su libertad—. Nuestros nombres auténticos.

Maud hizo una pausa.

—Haber visto mi rostro ya puede ser más peligroso para ti que decirme cómo te llamas. —Me toqué la nariz.

—Maud de Pavo. —Me sonrió medio vuelta de espaldas—. Y el hecho de ver tu rostro ha sido más un castigo que un privilegio.

—¿Cómo puede ser que te dé miedo decirme cómo te llamas y luego seas tan mala conmigo? —Intenté fruncir el ceño, al menos con gesto un poco amenazador, pero Maud no dejó de sonreír—. Mi nombre es Sallot, pero tú puedes llamarme Sal en privado, hasta que sea Ópalo.

—Más te vale convertirte en Ópalo después de todo lo que hemos pasado. —Indicó la bandeja de comida—. Come. Voy a buscarte ropa que sea aceptable. Después de todo, tienes clase particular con tu dama.

Me quedé helado.

Volví los brazos boca arriba y me subí las mangas. Los dibujos estaban todos arrugados y partidos, y las líneas de los dedos se veían difuminadas. Los guantes las habían protegido bastante, pero estaban borrándose. Me besé la palma de la mano con el recuerdo de los labios de Elise todavía grabado a fuego en mi piel.

Estaba sacando los posos de miel de mi taza de té cuando regresó Maud. Dejó la bandeja junto a la puerta y me llevó hasta el lavamanos. Me quité la máscara.

—Máscara nueva —me dijo sosteniendo en alto una capucha que llevaba cosido el número veintitrés a la altura de la frente, con hilo de un blanco perla. Esta vez el número era pequeño y discreto, totalmente distinto de la gigantesca cinta que venía luciendo hasta el momento. Maud se sacó un cepillo para el pelo del bolsillo—. El atuendo de Dos es una coraza. Es de color rojo y oro, y lleva una insignia: una flecha atravesando unas llamas.

—Naturalmente. —Silbé entre los dientes e hice una mueca de disgusto al sentir el cepillo de Maud pasando por mi pelo—. Circo de Los Tramposos, una familia de luchadores, ladrones y acróbatas.

¿Qué otro circo enseñaba a la gente a lanzar cuchillos con la misma facilidad que si fueran puñetazos? Un circo ambulante lleno de gente que hacía cosas que entrañaban peligro, principalmente de personas que sacaban partido de su peligroso pasado y enseñaban a sus hijos los trucos de todos los oficios, era el perfecto caldo de cultivo para un asesino. Y para la confianza.

Los que realizan acrobacias juntos mueren juntos.

—Cinco va a llevar su uniforme de oficial, ¿verdad? —pregunté.

Maud afirmó con la cabeza.

—Debe de haberse quitado la placa esta noche, pero se la vi cuando llegó. Su apellido era Lukan.

—¿Lukan? —Me pasé una mano por el pelo, ya desenredado, intentando pensar en un atuendo que pudiera competir con los de Dos y Cinco—. No es el apellido de un noble.

Y todo él decía a gritos que pertenecía a la nobleza.

—No, pero Dimas se ha enterado de algunas cosas. Cinco mató a su ayuda de cámara. Lo averiguaron justo después de invitarlo, y Dimas estuvo a punto de renunciar. Esmeralda dijo que las normas bastarían para impedir que Cinco nos hiciera daño, pero, en mi caso, si me hubiera tocado servirle, no me habría quedado. —Se sentó a mi lado, me tomó una mano y se puso a limpiarme las uñas poniendo cuidado en evitar los dibujos que me había hecho Elise—. Espero que tengas un traje bien impresionante con el que causar sensación.

—Los que nos dedicamos a las peleas callejeras y a asaltar los caminos no tenemos trajes. —Con la mano que me quedaba libre, me lavé la cara lo mejor que pude sin tocar los dibujos de Elise. Las heridas que había ido coleccionando a lo largo de mi vida constituían un mapa de colinas y valles—. Nosotros tenemos cicatrices.

—¿Y tienes las suficientes como para que estuviera justificado que acudieras desnudo a la cena? —Maud me tomó la otra mano.

—¿Es demasiado tarde para que me traigas una cosa? —Si aquella noche debía impresionar, quería parecerme a Rubí. Gracia y poderío, una figura capaz de ser noble y letal a un mismo tiempo—. ¿Puedes hacer que me parezca a Rubí, pero en blanco?

No había razón alguna para vestirme como en el pasado, cuando mi futuro era Ópalo.

—No —respondió Maud, pero se interrumpió y rebuscó en su bolsillo—. ¿Cuánto quieres parecerte a Ópalo?

—Lo más posible, sin resultar maleducado. —Me puse la máscara nueva y suspiré. Una tela de algodón suave y de seda cubriéndome los ojos. Mucho mejor—. Que los otros sean ellos mismos; yo quiero ser Ópalo.

Maud se levantó, afirmando para sus adentros.

—Creo que sí que podré. Tú vete a tu clase particular, ya me encargo yo de tu ropa.

Se acabó lo de cometer errores, se acabó lo de librarme por los pelos, se acabó lo de dar muerte a nadie, como a Horatio del Seve. Ya me encargaría de aquellos lores cuando me convirtiera en Ópalo.

Y tenía que convertirme en Ópalo, porque estaba bastante seguro de que la única manera de salir de aquella final a tres era con los pies por delante.

36

Llamé, me estiré la máscara y abrí la puerta.

—¡Sallot!

Me sobresalté. No estaba acostumbrado a que me llamaran por ni nombre completo. Elise se abalanzó hacia mí y los dos caímos contra la puerta, ya cerrada.

—¿Cómo estás? —Me rodeó el cuello con sus brazos, tibios y fuertes, y hundió el rostro en el hueco de mi hombro. Llevaba colores de luto: un corpiño gris ceniza ribeteado de negro y atado con una cinta opalescente, y se había recogido el cabello en una redecilla plateada. Me tocó la máscara—. Vuelves a ser Veintitrés.

Afirmé con la cabeza, sin saber muy bien qué hacer con los brazos, pero totalmente seguro de que no podía hacer aquello.

—Mi plan ha funcionado, y no he muerto. —Extendí las manos sobre la amplia curva de sus caderas, sintiendo el estruendo de la sangre en mis oídos, y con el otro brazo le rodeé la espalda—. Así que aquí estoy.

Elise recorrió el borde de mi camisa rozándome el cuello con los dedos.

—Voy a echar de menos llamarte Sallot.

—Puedes llamarme Sallot. —Acaricié con el dedo

pulgar el hueco que se formaba entre su cadera y sus costillas. Elise llevaba ya días apreciándome, y tenía que ponerme a su altura—. En privado. Será mejor que no lo hagas en público.

—Sí, en público te llamaré Honorable Ópalo, como el resto de la gente. —Se escabulló de mis brazos, acarició con los dedos las palabras que ella misma había escrito. Al instante el espacio que acababa de ocupar se llenó de frío—. Reconozco que hoy no tengo nada que enseñarte. Deseaba conversar.

Afirmé con la cabeza y la seguí, demasiado complacido para decir nada más. Elise se sentó y me indicó la silla que tenía enfrente. La ocupé.

—Ayer —dijo, jugueteando con su colgante— me soltaste un discurso acerca de lo mucho que odiabas Erlend, y yo sentía menos interés por eso y más interés por ti, ¿pero qué fue lo que quisiste decir?

Tragué saliva.

—Simplemente lo que dije. Nunca he tenido muchas cosas buenas que decir acerca de Erlend.

—Bueno, a mí tampoco me gustaste tanto cuando te conocí. Supongo que estábamos igualados. —Cerró los dedos en torno al colgante y se encogió de un hombro—. ¿Y ahora?

—Tú me has demostrado que me equivocaba. —Alargué el brazo y le cogí una mano para examinar las líneas de su palma y las desvaídas manchas de tinta que tenía en los dedos—. Me pareciste inteligente y hermosa, pero esperaba que fueras igual que todos los nobles del norte y por lo tanto despreciaras a los de mi clase. En cambio no te burlaste como ellos, y empecé a pensar que yo te gustaba porque era misterioso y peligroso.

Elise tocó la impronta de sus labios en la palma de mi mano.

—No me gustaste hasta que me corregiste cuando te dije que no tenías un lenguaje vulgar.

—¿Qué? —Me quedé sin habla y, mientras buscaba qué decir, permití que ella entrelazase las manos de ambos. De aquello hacía ya una eternidad, sucedió cuando cometí un error en mi fingimiento y le pregunté a Elise qué tipo de lenguaje era el mío—. Te reprendí.

—Fuiste sincero conmigo —repuso—, y yo estaba equivocada. Difícilmente pudiste reprenderme. Rara vez la gente me habla con sinceridad. Tú no fuiste capaz de robarme, ni de mantener tu enfadado sin suavizar tu enfado con un chiste, y siempre has venido a clase puntual y con ganas de trabajar. —Luego se inclinó hacia mí y agregó—: Por la cara que has puesto, se diría que he trastocado tu mundo.

—Pues casi. —Toqué su frente con la mía y le deslicé un brazo en torno a la cintura—. Pensé que venir aquí sería distinto, pero no esperaba encontrarte a ti.

—Te quedaste con mi anillo. —Su mirada se posó en mis labios, y sentí que el corazón se me subía a la garganta.

—Era bonito, y lo había tocado Nuestra Soberana. Nunca había tenido nada bonito que poder llevar puesto. —La rocé con la nariz y la atraje un poco más hacia mí.

—Ven aquí. —Elise se apartó, y yo reprimí una protesta cuando vi que se bajaba de la silla y se sentaba en el suelo, junto a mis pies. Me senté a su lado, con la espalda apoyada contra las robustas patas de la mesa, y ella se acomodó en la curva de mi costado, con las piernas extendidas y pegadas a las mías, con la mejilla en mi hombro y un brazo en torno a mí. Todo el calor del mundo no habría podido compararse con el que irradiaba ella—. ¿Cómo es que Sallot ha terminado siendo el aspirante número Veintitrés?

—Fácilmente. —Recorrí la curva de su muslo a través del vestido y puse sus piernas sobre las mías, para que no hubiera espacios que nos separasen. La presión que ejercía su cuerpo sobre mí era tan segura y firme como el sol naciente—. En tu bolsa llevabas un panfleto, y yo deseaba marcharme de Kursk.

—Hum —dijo, y su voz reverberó en mi pecho—. Convertirse en Ópalo representa un cambio muy grande para un salteador de caminos.

—Me gusta Nuestra Soberana, y si ella me necesita, acudiré. —Además, quería ver muertos a quienes ella había dejado irse de rositas. Alargué la mano hacia la mesa que teníamos encima y cogí un trozo de carboncillo—. Ahora me toca a mí.

Rath hacía un truco que consistía en poner una semilla en la palma de su mano y sacar una flor que tenía escondida entre los dedos, como si fuera magia. Yo nunca le pregunté cómo lo hacía, y no tenía flores.

Tomé la mano de Elise en la mía.

—¿Y tú cómo es que llegaste a la corte tan joven? —Le pasé el carboncillo por la cara interna de la muñeca y, con la mejilla apoyada en su cabeza, le dibujé lentamente una flor de azahar encima de donde le latía el pulso.

Ella, temblorosa, tomó aire y se dominó.

—Al terminar la guerra me invitaron a la corte... Era algún asunto de política que tenía que ver con mi padre, estoy segura, pero lo cierto es que Isidora me acogió. Cuando Nuestra Soberana pidió una lista de erlenianos que fueran de fiar, le dieron mi nombre. La guerra se había basado en medias verdades y en omisiones. La historia consiste simplemente en la versión del vencedor, y Nuestra Soberana tiene una legión de escribientes para que las historias sean diversas. A mí me corresponde escribir las historias de Erlend.

—Tú mantienes la sinceridad respecto de ellas. —Alargué el tallo de la flor hasta el codo y después, con sumo cuidado, le apoyé el brazo en el regazo—. Muy noble por tu parte.

Elise lanzó una carcajada y tocó la punta de un pétalo. Al retirar el dedo lo sacó manchado de negro.

—Se supone que debes ponérmela detrás de la oreja.

—¿El qué?

—La gente deposita una flor detrás de la oreja de la persona a la que está cortejando. —Elise arqueó el cuello y dejó al descubierto para mí la suave piel de detrás de la oreja—. Pero como no es una flor de verdad, me conformaré con un beso.

Elise dibujó una ancha sonrisa.

Yo tragué saliva. Ambos estábamos en el mismo sitio.

—¿Que te conformas, dices?

Elise respiró hondo, puso los ojos en blanco y se incorporó para quedar de rodillas. A continuación, con una pierna entre las mías y la otra firmemente pegada a mi cadera, me aprisionó contra la mesa y me cogió la cara entre las manos. Mi respiración quedó atrapada en el hueco de mi garganta, dolorosa y exigente, el corazón me retumbaba acusando la presión de sus muslos contra mis caderas y el calor de sus dedos acariciando las curvas de mis orejas. Llevé las manos a su cintura y tiré hacia mí. Sus labios se estrellaron contra los míos.

Se me cerraron los ojos. Elise enredó los dedos en el cabello de mi nuca y me atrajo hacia ella. Sentí la curva de sus caderas pulsante contra las mías, el aleteo de su pulso rápido y urgente contra mis labios. Emitió un leve ruidito de placer y hundió los dedos en mi pelo. Me estremecí.

—Si llegas a ser Ópalo —me dijo en tono quedo, con la voz enronquecida y sin aliento—, puedes cortejarme.

Me pasé la lengua por los labios y la boca se me llenó de sabor a té.

—Sí, por favor.

—Bien. —Elise sacudió la cabeza y se echó hacia atrás. Retiró las manos de mi cuello, de mi pecho, y jugueteó con los botones de mi camisa—. Ve a cenar, Sallot.

—Por supuesto, milady. —Contemplé cómo se ponía de pie, elegante como siempre pero ruborizada. Yo tenía las piernas débiles y sentía un hormigueo especial en la piel, una sensación irreal. Tuve que hacer un esfuerzo para incorporarme—. Creía que no besabas a quien podría matarte fácilmente.

Yo tenía las manos muy manchadas de sangre, una sangre que se me colaba en el alma y me pesaba como el plomo, y en cambio Elise era liviana como el aire, como la brisa que barre la arena de la playa. Ella era verano y calor, el sabor de la sal en las crestas de las olas, la sombra de las nubes de tormenta que preceden a un chubasco de finales de la primavera. Ella era todo lo que yo no era.

—Calla. —Elise se acercó y me plantó un beso en la mejilla, esta vez entorpecida por mi máscara—. Yo beso a quien me apetece. Ya no queda inocencia en este mundo, después de todo lo que le hemos hecho.

Elise y yo éramos niños, y habíamos cosechado lo que sembraron nuestros padres. Pero los dos estábamos esforzándonos por encontrar un equilibrio: ella enseñando a los niños a leer y pagando a médicos para su pueblo, y yo limpiando la tierra de nobles que todavía continuaban estancados en el pasado. Protegiendo a Nuestra Soberana, la única persona que nos había traído paz.

—Pronuncia otra vez mi nombre —le dije, y me preparé para sentir el frío helador que me iba a producir separarme de ella.

Elise rio y sonrió.

—Sal...

La besé con suavidad, apenas un roce de mi boca contra la suya, y memoricé la sensación de mis labios en contacto con los de ella.

—Te veré cuando ya sea Ópalo.

37

Maud me agarró en cuanto entré en mi habitación.

—Ya sé que está pasado de moda, pero confía en mí. —Echó mano a mi camisa y empezó a desabotonarla antes de que yo pudiera hablar siquiera—. Es lo más parecido a Ópalo que he encontrado.

Le aferré las manos y me zafé de ella.

—Confío en ti, pero sé desvestirme solo.

—Bien. —Maud se hizo a un lado y ejecutó una reverencia con ademán sarcástico—. Al final, tendrás que acostumbrarte a dejar que yo te ayude.

—Confío en ti —dije despacio, paladeando las palabras. Y añadí con una sonrisa—: Y de lo de dejar que me ayudes ya me ocuparé más adelante.

Maud se limitó a reír y me señaló la cama. En un extremo había un pantalón de color blanco roto pespunteado con hilo dorado. Junto a él descansaba una camisa a juego, de cuello amplio y abierto, con botones de nácar y una hilera de estrellitas de color oro bordadas a lo lardo del dobladillo. Y para terminar, sobre la silla había una levita, doblada, que parecía haber sido tejida con polvo de estrellas, de tan clara que era, y de la seda más suave que había tocado en toda mi vida.

Sacudí la cabeza en un gesto negativo.

—Maud, yo no puedo ponerme esto. —Acaricié el dobladillo de la levita—. ¿De dónde lo has sacado?

—Perteneció a un tío mío. Tú tienes aproximadamente la misma estatura, y las únicas personas que se han interesado por esa levita pretendían dividirla en trozos. No tengo valor para permitir que me paguen tan poco dinero solo para destrozarla. Espero que mi hermano llegue a mayor y pueda usarla. —Hurgó en una bolsa que tenía a los pies—. Me la tienes que devolver entera y de una pieza. El estilo es anticuado, te llegará hasta las rodillas, pero si no te la abrochas parecerá una de esas túnicas nuevas que están volviéndose tan populares.

Asentí, pero no tenía ni idea de lo que era popular.

—Vamos a transformarnos en Ópalo.

Maud dibujó una ancha sonrisa.

—Perfecto.

Me roció el cabello con un aceite que olía a madera y a hierbas, me coloreó el labio inferior con un toque de carmín y me delineó los ojos de negro, para que los círculos resaltaran y disimularan mi expresión de cansancio.

—No me pinches en el ojo. —Mantuve la vista fija en un punto mientras ella trabajaba—. Ya se me da bastante mal el tiro con arco como para tener que volver a aprender a tomar puntería.

Maud terminó y me abanicó la cara.

—Si de verdad quieres ir a la moda, podrías pintarte las inscripciones mágicas que lleva Nuestra Soberana. No se parecen nada a las auténticas, pero lo está haciendo todo el mundo.

—No. —Sentí un escalofrío. Una cosa eran las palabras y los cosméticos, pero las inscripciones mágicas constituían un mundo del que no deseaba formar parte. En mi cuerpo no tenía sitio la magia, aunque ya no existiera—. Nada de inscripciones mágicas.

—De acuerdo. —A continuación, con cuidado, Maud me cubrió el cabello y la cara con la máscara—. ¿No te alegras de haber confiado en que haría mi trabajo?

—Lo dices como si me estuvieras insultando. —Agité la nariz. Me picaban los ojos, pero me daba miedo que Maud quisiera frotármelos.

Maud se encogió de hombros. Luego me examinó por delante y por detrás y fue ajustando todo lo que era preciso. La camisa era cómoda, suave y ligera al contacto con mi costado magullado, y la levita se me ceñía a los hombros. Maud no hizo ningún comentario acerca de las palabras que tenía dibujadas con tinta en los brazos y en las manos, y yo no me las lavé. Estiré las largas mangas de la levita para que todo el conjunto quedase en su sitio. Sentía que la tinta me abrasaba la piel como si fuera fuego.

Yo era Sallot León, uno de los últimos ciudadanos de Nacea, huérfano y aficionado a las peleas callejeras, salteador de caminos y aspirante Veintitrés. Estaba a tan solo unos pasos de convertirme en Ópalo, una figura de poder que se codeaba con lores Erlend. Llevaba mucho tiempo soportando la carga de lo que me habían hecho, y ahora iba a poder hacerles pagar por la larga lista de nombres que me habían dejado. Les arrebataría su seguridad, su hogar, su cabeza. Ellos me habían convertido en huérfano e hijo único, habían conseguido que mi nombre me sonara extranjero en mi propia lengua e inútil para los que ya se habían olvidado de que alguna vez existió Nacea. Los haría acordarse de todo, y solo entonces les permitiría morir.

—¿Qué tal estoy? —pregunté, suelto y seguro. Había cometido algunos errores y todavía no era Ópalo, pero Dos y Cinco no iban a impedírmelo.

—Necesitas parecer más un ladrón reconvertido en un lord elegante y letal. —Maud sacó de su bolsillo una vaina de madera incrustada de conchas aplastadas y afiladas dispuestas en espiral y me la enganchó al cinto—. Pero no la he abierto, podría llevar dentro una daga de madera.

Sonreí.

—Gracias por pensar en ello. —Gracias por tener paciencia mientras yo aprendía a confiar en ti—. Ir por ahí desarmado no sería nada grandioso.

—¡Las uñas! —Maud dio una palmada y se puso a rebuscar en el fondo de su bolsa. Me puso un pequeño tarro en las manos—. Aguanta esto.

Abrí la tapa.

—Se supone que soy un lord elegante y letal, no un cortesano presumido.

—Puedes ser ambas cosas. —Se incorporó con un diminuto pincel en la mano—. Lo hace casi todo el mundo. Es un milagro que les queden uñas, después de que todos intenten copiar a Esmeralda—. Me quitó el tarro y empezó a pintarme las uñas con un aceite de color anaranjado opaco—. Dimas lo hace todo el tiempo, y la verdad es que le queda muy bien. Tú también tienes los dedos largos.

—¿Cuánto tiempo pasas mirándole las manos?

Maud me dio un ligero pellizco en la muñeca.

—No te muevas y deja que se sequen. Voy a cortar las puntas de tus otros guantes.

Procuré acostumbrarme a la sensación de aquellas ropas mientras repasaba mentalmente los modales que debía observar a la mesa en compañía de los nobles. Maud me ayudó a enfundarme los guantes.

—En serio —le dije en voz baja—, ¿qué tal estoy?

—Bien. —Me inspeccionó una vez más, con gesto serio, y me estiró el bajo de la levita para que ondeara a mi espalda dejando una estela blanca y dorada—. Pareces Ópalo.

38

Maud me acompañó hasta el comedor. Las cicatrices que había ido adquiriendo con los años en caminos y reyertas se veían bajo el amplio cuello de la camisa, y la vaina de madera se agitaba suavemente contra mi pierna, un peso que me resultaba familiar en medio de todo lo demás. Mis cuchillos auténticos iban ocultos en las botas. Ya no me parecía en absoluto al Sal que se presentó como candidato a las pruebas. Ahora deseaba que la gente me viera como algo más.

—Te servirás la cena con naturalidad —me dijo Maud—. La Mano Izquierda ha puesto a Dimas al frente del comedor, de modo que no habrá sirvientes hasta que os vayáis todos. Estaréis únicamente vosotros seis.

—Gracias. —Le dediqué una última mirada y tragué saliva para dominar mi nerviosismo—. ¿Estoy bien?

—Si vuelves a preguntármelo, dejarás de estarlo. —Maud sonrió—. Basta ya. Mi trabajo consiste en que tu apariencia física sea correcta, y es insultante que pienses que no lo he hecho bien.

Solté un resoplido.

—Te veo luego.

La puerta del comedor se abrió con un crujido. Respiré hondo, cuadré los hombros, erguí la espalda y di un paso adelante para cruzar el umbral.

Mierda.

Se suponía que debía aguardar a que me invitasen a entrar. De todos modos ejecuté una reverencia, con los pies separados y los brazos a los costados. De repente vi aparecer ante mí una luminosa mancha de color rojo.

—Buenas noches —dijo Rubí—. Seis sobre diez... una reverencia un tanto chapucera.

Apreté los dientes y me incorporé. Naturalmente, Rubí continuaba calificándonos. Mis pisadas levantaron eco en el suelo de piedra, y Rubí me indicó las dos sillas vacías que había junto a la mesa. Tomé asiento en frente de Amatista.

—Y Veintitrés. —Esmeralda levantó su copa hacia mí. El delicado tallo de cristal era de color verde, como la seda en que iba envuelta ella. Llevaba, además, una corona de adelfas de color malva—. Bienvenido.

La saludé con una inclinación de cabeza. Las mesas habían sido dispuestas de otra manera, juntas, para formar un único tablero alargado con tres sillas a cada lado. Yo estaba situado frente a Amatista, y Dos se encontraba una silla más allá. A mi otro lado tendría a Cinco.

Maldita sea.

—Abel, trae algo de beber. —Amatista, radiante con un vestido azul noche que tenía el corpiño ribeteado de color cobre, hizo una seña a su sirviente, y este me sirvió una copa de vino aguado. Las fuertes líneas que formaban los músculos de Amatista ya por sí solos eran pura belleza.

Dibujé una ancha sonrisa.

—Gracias.

—Estamos esperando a Cinco. —Rubí se reclinó en su silla y cruzó las piernas, la verdadera personificación del aburrimiento y el relax—. Empezaremos cuando llegue.

Una jugada ofensiva. Y por parte de Cinco. Algo totalmente inesperado. No me sorprendería que no se dignara presentarse.

Dos se removió en su asiento. Su perfecto traje a medida destacaba su figura fuerte y esbelta de la cabeza a los pies. El chaleco de cuero era viejo, gastado, teñido de color rojo, y lucía unas llamaradas que devoraban las flechas de los costados. Los brazos iban cubiertos por un mosaico de seda roja y anaranjada retorcida semejando llamas.

Antes de que Nuestra Soberana hubiera devorado la magia que invadía nuestra tierra, surgió de la nada el Circo de Los Tramposos envuelto en fuego, lleno de personas que alardeaban de llevar a cabo proezas de puntería, fuerza y valor sin recurrir a la magia. Las únicas inscripciones mágicas que se veían eran pura exhibición. Dos no llevaba ninguna inscripción mágica en el cuerpo.

Últimamente aparecían de la noche a la mañana, en vez de por arte de magia. Yo los había visto en una ocasión, desde lejos. Una acróbata practicando funambulismo entre dos edificios en Kursk, en un día de mercado, y haciendo juegos malabares con espadas frente a un público que la contemplaba extasiado. Dos tendría el mismo control sobre su cuerpo que aquella acróbata.

—No era necesario que te pusieras de punta en blanco para impresionarnos. —Esmeralda se inclinó hacia delante y apoyó la barbilla en la mano. Lo dijo de una forma que dejaba claro que debíamos ponernos de punta en blanco y que aún no habíamos superado su inspección. Tenía la copa de vino vacía, sin embargo, yo no la había visto beber—. No te preocupes, hemos estado observando, y ya tenemos una opinión formada sobre ti.

—Aunque tus orígenes y tu sentido de la moda resultan interesantes —comentó Rubí levantando su copa de vino, que ahora aparecía llena. La destreza que tenían todos con las manos era impresionante.

—Mayormente —dijo Amatista—. Elegir el color blanco indica optimismo.

—Es que yo soy una persona optimista. —Continuaban hablando como si lo supieran todo de nosotros. ¿Debía yo jugar mis cartas, o solo una parte de ellas? Ellos tenían a personas como Nicolás del Contes espiándonos. No les haría ningún daño saber que yo les estaba devolviendo el favor—. Dos y Cinco se habían engalanado tanto que no quise quedarme apartado.

Dos volvió la cabeza hacia mí. Así que ella no nos había estado espiando a nosotros como la había estado espiando yo a ella.

Amatista hizo un gesto afirmativo. De modo que tan solo estábamos mostrando la mitad de nuestras cartas. Ojalá pudiera verles la cara.

—Siempre he querido ver otra vez al Circo de los Tramposos. —Rubí se inclinó hacia Dos y habló en tono grave y controlado—: Pero ahora que han perdido a tres miembros, deben de estar buscando desesperadamente acróbatas nuevos. En fin, por lo menos sabían que no ibais a tardar mucho en marcharos.

Dos se puso en tensión.

—Teníamos aprendices preparados para ocupar nuestro puesto. No nos echarán de menos.

—Veintitrés, debes de estar deseando entrar en la corte. —Esmeralda me saludó alzando su copa—. Has atracado a la mitad de los miembros de la corte, y también a todos sus mercaderes y socios.

—Ahora solo tengo que aprenderme sus nombres. —No bebí el vino; no tenía por qué dar cuenta de lo que hicieran ellos, dado que me había saltado el examen de la segunda fase.

En eso se abrió la puerta, y sentí a mi espalda el entrechocar de talones de Cinco. Cada vez que se detenía para ejecutar una reverencia, juntaba de golpe las botas. En la pared de enfrente se reflejaron los destellos luminosos de las insignias que llevaba prendidas en el pecho. Antes había gobernado a gente, y ahora estaba pasando aquellas pruebas para matarla.

—Y con Cinco ya son tres. —Rubí indicó la silla de enfrente, la que estaba a mi lado—. Estábamos hablando de moda y de asesinatos. Súmate a nosotros.

Cinco tomó asiento con ademán rígido y tieso y cruzó el tobillo derecho por encima de la rodilla izquierda. Llevaba un grueso pantalón de lana, propio de tierras mucho más frías. Invadió todo mi espacio. Yo estiré las piernas hasta que nuestras rodillas se tocaron, y él se apresuró a apartarse.

Típico.

—Es poco habitual que los oficiales respondan a nuestras invitaciones. —Amatista saludó a Cinco con un gesto de cabeza, y al hacerlo el vestido se le resbaló del hombro y dejó ver una profunda cicatriz que le llegaba hasta el corazón. Tenía que haber sido soldado; los soldados tenían cicatrices como aquella para dar y tomar—. Su entrenamiento suele ser la antítesis del nuestro.

Yo nunca me había preguntado qué se les enseñaba a los oficiales. Si Cinco era en realidad Fernando de Lukan y Dimas lo sabía, decididamente también lo sabía Nicolás del Contes. ¿Por qué lo habrían invitado?

—Pensé que mis talentos resultarían más útiles en otro lugar. —Esta noche Cinco tenía la voz ronca, unas ojeras pronunciadas y la mirada centrada única y exclusivamente en Rubí—. Y vuestra invitación así lo sugería.

—Dudo que la invitación sugiriera gran cosa —replicó Rubí—. Lo que nos impresionó sobre todo fue tu capacidad para conservar la vida. Es infrecuente que alguien sobreviva a un ataque de lord Del Weylin. Ni siquiera sobrevivió nuestro querido y finado Ópalo. El resto de tu historia era menos que satisfactoria.

Cinco se puso rígido.

Weylin... Seguro que aquel lord se correspondía con uno de mis nombres secretos. Él nunca habría enviado soldados a Nacea, un país demasiado lejano, demasiado desconocido y demasiado extraño, pero sí que habría apoyado la retirada de las tropas a fin de salvar vidas de erlenianos. Él odiaba todo cuanto estuviera al sur de sus fronteras. Sus tierras eran un laberinto de helados pasos de montaña y trampas con riesgo de avalanchas. Él constituía la última resistencia importante contra Igna y Nuestra Soberana, y atacarlo era imposible. Lo único que podía hacer Nuestra Soberana era proteger bien la frontera con soldados y esperar noticias. A saber qué fue lo que hizo para mantener aprovisionadas sus tropas y sus tierras, pero lo logró. Probablemente reclutó a todos los que pudo, ya quisieran luchar o no, y a los demás los obligó por la fuerza.

Iba a tener que preguntar a Maud y a Elise si habían oído algún rumor en palacio.

—Me pregunto —dijo Rubí con los codos en la mesa y la barbilla apoyada en las manos— si tú conociste a lord Del Weylin.

Cinco negó con la cabeza.

Rubí puso una placa de metal encima de la mesa. Al momento Cinco se llevó la mano al bolsillo de la pechera y buscó dentro de él.

—Una lástima —prosiguió Rubí—. Deberías haberle dicho tu nombre auténtico, lord Fernando de Lukan. De ese modo, probablemente te habría visto.

Me aferré del borde de la mesa. Esmeralda dio unos golpecitos en su copa y clavó en mí su rostro carente de expresión. Cinco no solo no era ni noble ni oficial, además, era el retoño más joven de una de las familias más antiguas de Erlend. Una familia segada de raíz durante la guerra. El mayor de sus hermanos había sido el principal mago de Erlend y el primero al que había matado Rodolfo d'Abreu. Rodolfo se llevó las manos de los magos y les arrancó la piel cubierta de inscripciones mágicas, para asegurarse de que nadie pudiera hacerse de nuevo con el secreto de cómo crear sombras. Una violencia necesaria. Una violencia sangrienta y dolorosa que, sin duda, Fernando de Lukan recordaba bien.

Miré a Cinco, y entonces lo reconocí, y de repente sentí una intensa furia que me sacudió todo el cuerpo. Debía de tener seis años cuando asesinaron a su hermano, de modo que era lo bastante mayor para recordarlo y tan mayor como era yo cuando las sombras creadas por su hermano asolaron Nacea. Sus padres habían muerto en la guerra, y él había desaparecido. Ambos éramos los últimos en llevar nuestros apellidos.

Pero mi familia jamás había asesinado a niños.

Fernando de Lukan. El oficial que asesinó a su ayuda de cámara, sobrevivió a un ataque perpetrado por Weylin y terminó de invitado a aquellas pruebas bajo una identidad falsa. ¿Se habría reformado, o habría vuelto animado por algún objetivo más siniestro?

—¿Tenéis algún problema conmigo? —Cinco se removió en su asiento, con los hombros echados hacia atrás y la barbilla bien alta—. ¿Con mi antiguo nombre?

—¿Esa es tu pregunta? — Rubí se mofó—. ¿No me preguntas cómo es que conozco tu nombre auténtico?

—Al menos uno de vosotros conoció a mi hermano —dijo Cinco—. Nos parecemos mucho.

Los integrantes de la Mano Izquierda intercambiaron una serie de miradas de indiferencia. Esmeralda recogió de la mesa la placa con su nombre. La situación era casi triste. Su hermano había sido absorbido por la magia prohibida y por la venganza, y lo único que le quedaba eran fragmentos. Si los rumores decían la verdad, ya mataba mucho antes de presentarse a las pruebas, y su hermano había creado las sombras.

Aun cuando Cinco estuviera llevando a cabo un plan de venganza pensado a medias, no estaba vengando a nadie que lo mereciera.

Y tampoco podía vengarse de un muerto.

—A mí me interesaba sobre todo cómo hiciste para ser el único superviviente. Tu huida de las tierras de Weylin no tiene precedentes—. Esmeralda señaló la puerta—. Pero vamos a cenar.

Entraron en el comedor varios sirvientes de cuellos coloridos portando bandejas: soperas rebosantes de un humeante guiso de judías pintas con bolas de maíz salpicadas de chiles verdes que flotaban entre tajadas de carne de cordero; una contundente sopa de gambas y maíz tierno con tomates guisados, y unos cuencos pequeños de tomates verdes en escabeche, brotes de mostaza hechos en su jugo y unos buñuelos de maíz no más grandes que mi dedo meñique. Entrelacé las manos en el regazo.

Mi Señora, si habían envenenado aquel festín, los mataría por semejante desperdicio de comida.

—Adelante. —Esmeralda blandió su cuchara señalando los cubiertos. La comida que tenía frente a sí era idéntica a la que había en los platos de Rubí y de Amatista, pero allí no iba a funcionarles la prestidigitación. Qué solitario era vivir detrás de una máscara.

Yo en raras ocasiones había estado sin máscara desde

que empecé a trabajar para Grell, y ahora había encontrado la única profesión en la que iba a estar para siempre atrapado dentro de una.

—No hay peligro —dijo Amatista—. La prueba no está en la cena.

Cogí un poco de todo, salvo las patas de gallina con chili.

Por lo menos los huesos que tenía Cinco en su habitación obedecían a una razón sentimental, pero no lograba quitármelos de la cabeza.

—Desde este mismo instante, vuestra única misión será encontrar a la persona cuyo nombre figura en este papel, matar únicamente a dicha persona sin implicar a la Mano Izquierda, y llevar a Nuestra Soberana una prueba de que la habéis matado. —Rubí nos dio a elegir entre tres hojas de papel colocadas en abanico, como si fueran naipes—. No haréis daño a sus guardias, ni mataréis a ningún civil, ni permitiréis que nadie sepa que habéis dado muerte a vuestro objetivo.

Eran todas las lecciones que habíamos aprendido, condensadas en una sola.

Cinco bebió un poco de vino con una mano mientras con la otra tomaba el papel que le ofrecía Rubí. Dos tomó el suyo, miró el nombre y se lo guardó en el bolsillo. Yo cogí el último papel que sostenía Rubí en la mano.

—A lo largo de estas pruebas, vuestro grupo ha estado por encima de la media tanto en mortalidad como en capacidad, y ha habido varios eventos masivos que han reducido el terreno de juego. —Esmeralda se recostó en su asiento—. Lo cual nos ha dejado con vosotros tres, y, teniendo en cuenta todas vuestras faltas de discreción, no esperamos veros actuar con pericia y limpieza, pero hay algo que debéis entender: me da igual cómo lo hagáis, pero no debéis permitir que os descubran y no debéis matar a nadie más, no deberéis tocar a nadie ni un solo pelo de la cabeza, o de lo contrario yo acabaré con vosotros.

Esmeralda, como siempre, se las arregló para aterrorizarme e impresionarme al mismo tiempo. Deseé ser como ella, y nunca jamás tenerla en contra.

—Los nombres y las descripciones que figuran en esos papeles representan a tres individuos de menor importancia que han causado o provocado disturbios, cometido algún crimen violento o apoyado a los instigadores del norte. —Rubí terminó con un profundo suspiro de aburrimiento.

Amatista le tomó el relevo:

—Es necesario que sean eliminados con prontitud y discreción. No serán ejecuciones públicas, de modo que no las tratéis como tales. ¿Entendido?

—Bien. —Esmeralda no esperó a que respondiéramos—. Vuestros objetivos estarán todos en Willowknot durante estos tres próximos días, y tomaremos en cuenta la velocidad con la que actuéis. Si os capturan, estaréis solos. Si insinuáis que esto formaba parte de las pruebas para la Mano Izquierda, estaréis solos y muertos. Traednos una prueba que no levante sospechas.

Cinco terminó de cenar y echó una ojeada a su hoja de papel. Sin dejar de beber de su copa de vino, se removió en la silla, y eso me permitió ver que llevaba un cuchillo adicional en la bota. Aquello no cambiaba nada su historia; simplemente quería decir que yo sabría qué recuerdos sacar a flote para hacerle daño, si surgiera la necesidad.

—¿Alguna pregunta? —Al ver que todos permanecíamos mudos, Amatista se levantó de su silla—. Entonces podéis iros.

Todos esperamos a que se pusieran en pie los integrantes de la Mano Izquierda, eso sí que no lo olvidé, y Cinco salió del comedor tras hacer una venia a cada uno de ellos. Dos se marchó con menos ceremonias.

Estaba demasiado callada. Podía ser que me matase, y yo no sabría que había sido ella. Necesitaba terminar aquello a la perfección, y evitarla a ella y a Cinco a toda costa.

39

Maud me limpió los cosméticos de la cara y dobló aquella ropa tan elegante encima de la cama, todo el tiempo con los dedos temblorosos.

—¿Cómo es que estás tan nerviosa? —Saqué el papel del bolsillo de la levita y relajé los brazos—. Soy yo el que podría morir.

Maud me estiró el cuello de la camisa. Tenía los labios fruncidos y cuidaba de mantener un gesto inexpresivo.

—Si tú mueres, yo me quedaré sin promoción.

—Naturalmente. —Tragué saliva. No servía de nada mostrar sentimientos que podían crear una situación embarazosa para los dos—. En ese caso, procuraré no morir.

—Te lo agradezco. —Maud sonrió, si bien levemente, y me entregó una capa.

—¿Tengo un aspecto anodino? —Me eché la capa sobre los hombros y me alisé el pelo. Ahora que no llevaba la máscara, notaba frío en la cara. Iba a entrar en Willowknot, y para encontrar a mi objetivo necesitaría encontrar pronto un amigo—. ¿Estoy presentable?

—Pasable. —La idea de que yo saliera al mundo con

una apariencia «pasable» borró todo cuanto pudiera haber sentido anteriormente. Quiso arreglarme el pelo por última vez—. Si me permitieras...

—No, precisamente quiero estar solo pasable. —Aquello quería decir que nadie se acordaría de mí, y ello me bastaba. Quería decir que nadie se acordaría de nadie más del grupo. Me desprendí de los últimos dorados que me señalaban como algo más que un viajero y entregué a Maud el anillo de Elise—. Si no vuelvo, di a lady De Farone que lo siento mucho. Y no te reprocharé que intentes utilizarlo para encontrar un trabajo mejor pagado. Seguro que ella tampoco te lo reprochará.

Seguramente la sirviente de Elise estaba demasiado ocupada en limpiar las manchas de tinta y de carboncillo de la ropa de su señora como para hacer nada más.

Maud se guardó el anillo en el bolsillo.

—Lo haré. Te lo prometo.

—Ya lo sé. Confío en ti. Por eso quiero que te quedes tú con el botín de Grell da Sousa. Lo maté yo, y si muero ya no me hará ninguna falta. Amatista es la que parece más amable, háblalo con ella.

Maud abrió la boca, y yo le puse mi hoja de papel en las manos.

—Acepta el dinero y ve a buscar a tus hermanos. —Podía leer lo que estaba escrito en el papel, en su mayor parte, pero tenía que estar seguro—. ¿Qué es lo que dice?

Maud se quedó mirándome durante largos instantes.

—Thorn da Tonin, diecinueve manos de estatura, cabeza rapada, inscripciones mágicas en los antebrazos y la espalda, cicatriz a la izquierda de la boca, vive en Willowknot, dirige el Quick Silver. —Arrugó la nariz y me devolvió el papel—. Es uno de los tuyos.

Comprobé que tenía mis cuatro cuchillos y me enfundé los guantes.

—¿De los míos?

—Jugador, amante de las peleas callejeras. —Maud se apoyó en la bañera—. Hay un antiguo salón de juegos que se llama Coartada. Dimas tiene prohibido a todos los nuevos contratados que acudan allí, pero los soldados siguen llegando aquí hechos polvo cada pocas noches, y es muy rentable. Thorn intentó comprar el local, pero los dueños no aceptaron, así que abrió el Quick Silver enfrente. Les robó la mitad del negocio.

—¿Y cómo es que estás tú enterada de todo eso? —le pregunté—. No me pareces una persona dada a los juegos de azar.

—Estaba buscando trabajo. —Maud se cruzó de brazos e hizo una mueca—. La Tríada ayuda a los pobres diablos que trabajan ahora para él.

—Bueno, por lo menos Nuestra Soberana los está ayudando. —Rompí el papel y se lo entregué a Maud. Volvía a ser Sal, vestido para realizar un trabajo con la ropa más adecuada, e ilusionado por lo emocionante que iba a ser. Buscar a una persona era una tarea fácil, y más fácil aún era llegar hasta ella. No era algo muy diferente de robar una casa—. Acuérdate, lady De Farone.

—Sí, sí. —Maud me empujó hacia la puerta—. Yo ya existía antes de que tú llegaras a mi vida. Vete y conviértete en Ópalo.

Fui a Willowknot sonriendo todo el tiempo. Las calles se veían distintas a la luz del farol, más nítidas y más ruidosas. La gente se movía de un edificio a otro, gritando en las puertas de las tabernas, y yo me retiré la capucha de la cabeza y observé cómo iban deambulando de un bar a una mesa de juegos y después a otro bar. Con tantos trabajadores inundando la ciudad, las tiendas tenían mucho negocio.

Seguí a un grupo que hablaba mucho de Coartada,

porque el mejor sitio para enterarse de chismorreos era el de la competencia.

El local estaba abarrotado de gente. Soldados de Igna bebiendo en la barra, desarmados y con la guerrera quitada. Había un grupo grande de mujeres que estaban jugando a un juego de taberna desconocido para mí y que parloteaban en uno de los idiomas del oeste, de los que se hablaban pasado el Mar de Seda Azul y que yo no conocía. Al fondo había una pareja hablando en voz baja, con el duro acento de Berengard, más allá de las montañas del este.

—Las armas, en la barra —me dijo en aloniano la persona que tenía a mi espalda.

—¿La barra? —Me volví inmediatamente, con una mano en el costado, y clavé la mirada en la mujer que intentaba empujarme hacia el mostrador.

—Aquí dentro no se permite llevar armas. Déjalas en la barra, te darán un número y te las guardarán bajo llave hasta que te marches del local. —Sonrió, y al hacerlo su piel bronceada por el sol se arrugó igual que las líneas de un mapa de ríos, y me guio hasta un asiento—. Deja tus armas y pide una copa, o márchate.

Obedecí, y canjeé mis dos cuchillos por una cinta con el número 247 enrollado en un extremo.

—¿Eres del sur? —me preguntó mi compañera de barra al tiempo que se servía ella misma una copa guiñándole un ojo al camarero.

El camarero le lanzó una rodaja de limón cubierta de azúcar.

—De la costa. —Sonreí y afirmé con la cabeza—. Me llamo Rath d'Oretta.

—Nanami Kita. —Estrujó el limón entre los dientes—. Casi todos me llaman Nana.

De modo que ninguno de los dos era de Erlend ni de

Alona. Reí y me froté la nuca. Estaba viendo a uno de los penosos músicos del rincón, que intentaba convencer al camarero para que le invitase a una copa.

—Venía con la intención de apostar un poco pero... —dije mirando a mi alrededor como si estuviera confuso. No se veía ninguna mesa de juego.

—Antes teníamos de eso. —Se inclinó hacia mí, trayendo consigo aromas a algas y a sal, y sirvió en un vaso una generosa cantidad de un licor transparente que olía a frutos secos. Lo puso delante de mí y lo rellenó con té—. ¿Te gustan los dados o el billar?

—Los dados. —Bebí un sorbo de mi vaso. Nana había cogido el licor directamente del bar y no podía haberlo envenenado. La aspereza del té no conseguía tapar el ardor del alcohol—. Un amigo me ha dicho que para eso el mejor sitio es Quick Silver, pero ahí las mesas resultan sospechosas, de tan buenas.

Nana frunció el ceño, y las cicatrices que tenía alrededor de la nariz torcida se contorsionaron.

—El Quick Silver es una cueva de ladrones que juegan con riquezas. No te conviene.

—De acuerdo. —Eché más té en mi bebida para aligerarla. La chica era convincente—. No suena mal.

—Es poco recomendable. —Nana se apartó el pelo corto y negro de los ojos—. Montaron ese garito hace unos años. Lo frecuentan sobre todo viajeros, o gente que viene buscando trabajo. La casa siempre gana si uno parece demasiado pobre para pagar.

—Mala suerte. —Bebí un sorbo de mi té alcoholizado. Grell hacía lo mismo: localizaba al individuo que parecía más pobre, le informaba que tendría que pagar intereses sobre la deuda si perdía, y de repente su suerte iba empeorando jugada tras jugada. De aquel modo el jugador seguía pagando, y le aportaba más dinero del que había perdido. ¿Y si era pobre? Si no pagaba, salía del local con una serie de opciones para conseguir el dinero, ninguna de las cuales era justa. Yo odiaba los pocos trabajos que hice con sus círculos de apuestas, así que en cuanto pude me pasé al robo en domicilios y a asaltar carruajes.

Nana señaló la calle con la cabeza.

—Eso es lo que dice mi ilustre competencia.

—¿Tuya? —Me volví para mirar. En aquel momento acababa de aparecer Thorn da Tonin, calvo y lleno de cicatrices como decía el papel, apeándose de un pequeño carruaje cubierto y entrando en la puerta flanqueada por guardias del Quick Silver. Hasta sus caballos estaban adornados con el mismo color.

—En parte. En alguna parte tengo que vivir cuando no estoy en Mizuho —dijo Nana—. Eso me da la ventaja añadida de decir eso de «las bebidas corren de mi cuenta».

—Gracias. —Sonreí sin ganas. Los habitantes de Mizuho eran amigos de Nuestra Soberana, pero yo nunca había conocido a nadie de allí. Si Tonin estaba entrometiéndose en los intereses comerciales de Mizuho y actuando como un imbécil, probablemente ella estaría enfadada—. ¿Los propietarios de este local permanecen siempre dentro del edificio?

—Yo hago rondas cuando estoy aquí —contestó Nana—. Tonin juega, por eso abrió el salón. Pero tiene socios que se encargan de llevar el negocio. Tiene un jardincito de lo más mono donde juega con sus amigos. Todos ellos le deben dinero, pero él los mantiene alcoholizados para compensar.

De modo que yo no iba a poder llegar hasta él a menos que él jugase sin guardias o hasta que estos se fueran.

Me encogí de hombros.

—Siempre que uno tenga dinero.

Nana asintió con un gesto. Luego me cogió la mano y me dibujó una pequeña inscripción mágica. La tinta no se hundió en mi piel como cuando existía la magia, cosa que todavía sucedía más allá de las fronteras de nuestra nación, pero no pude evitar un escalofrío. El significado seguía siendo el mismo, aunque ya no hubiera magia.

Se suponía que debíamos sostener a la Señora, no utilizarla.

—No. —Nana me aferró antes de que yo pudiera borrarla—. Te permitirá entrar en el piso de abajo, donde están las mesas. Si te sorprenden sin llevar una, mis guardias te romperán los dedos.

—No me gusta la magia.

—Aquí no hay magia —replicó, y me soltó la mano.

Respiré hondo y me dominé. Procuré mantener la calma que me había servido para animar a Nana a conversar. Hice un esfuerzo por sonreír. A fuerza de fingirlo acabaría sintiéndolo de verdad.

—Sales por esa puerta, bajas y giras a la izquierda. —Nana indicó el rincón en sombras que se veía al fondo del local—. Y no te borres esa inscripción mágica.

Encorvado en un extremo de la barra, envuelto en una capa con capucha que le ocultaba a medias el rostro y con un licor ambarino en la mano, descubrí a Nicolás del Contes. Alzó su vaso a modo de saludo.

Como si con aquello diera respuesta a las preguntas que yo deseaba hacerle. Tenía otras cosas en que pensar, aparte de él y de su papel de espía. Nicolás tenía que estar enterado de que yo había matado a Del Seve; sin embargo, no había hecho nada al respecto. Lo cual quería decir que tanto él como Nuestra Soberana habían dado su aprobación, o que él deseaba ver muerto a Del

Seve por algún otro motivo. Fuera como fuese, aquella noche no tenía tiempo para él.

—De acuerdo. —Me levanté de mi asiento—. Gracias. Voy a volver para decirle a mi socio que no entre en el Quick Silver.

—Bien hecho. Tráetelo. Yo estaré en las peleas. Esta noche participa mi socia. —Me hizo un gesto para que me volviera. En aquel momento estaba entrando una musculosa mujer que se echó la trenza sobre el hombro y saludó con la mano. Era como yo: mantenía la postura de un luchador de las calles incluso en medio de un bar lleno de gente—. Tú también tienes pinta de saber dar puñetazos.

—Prefiero limitarme a los dados.

—Como quieras. —Nana suspiró, se llevó los dedos a los labios y lanzó un beso. Luego se puso una mano en el pecho—. Que tengas la suerte de tu parte.

—Gracias. —Señalé con la cabeza a su socia, que le estaba devolviendo el gesto con una mirada tierna—. Y de la de ella.

Recogí mis armas, apuré lo que me quedaba en el vaso —mala suerte dejar una cualidad sin aprovechar— y me encaminé hacia el Quick Silver.

Que Tonin se divirtiera un poco más. Yo podía esperar.

40

El Quick Silver era una cacofonía de voces que hablaban en erleniano y de monedas de crédito fabricadas de modo que parecieran perlas auténticas. Mis oídos se saturaron de vocales alargadas, tan inaccesibles e inevitables como los nobles. Qué cansado estaba de aquello. ¿Cómo podía la gente poner tanto odio en sus palabras?

Los guardias cobraban un diente de cobre para entrar, así que, con el ceño fruncido, decidí dar una vuelta alrededor del edificio. Las ventanas eran de vidrio. No servían.

En cambio, los edificios que rodeaban el Quick Silver eran todos elegantes posadas y casas de comidas, así era más fácil que los jugadores no se fueran demasiado lejos. Me asomé por la esquina de un edificio de yeso blanco que había más adelante; no tenía guardias y todas sus ventanas estaban cerradas. Me subí a la azotea. Los huertos de las azoteas eran tan amplios como los que había en el recinto del palacio, pero estos estaban llenos de plantas de guisantes, ajos, albahaca y otras muchas verduras corrientes. Rodeé de puntillas un emparrado lleno de arándanos y fui hasta el estrecho hueco que separaba los edificios.

Lo mejor para robar eran las ciudades. Siempre había ruido que ahogara tus pisadas y rutas alternativas para llegar adonde uno necesitaba. Me agazapé en la azotea contigua al Quick Silver.

Y aquellos huertos de las azoteas empezaban a gustarme.

Tonin tenía un huerto carísimo, lleno de flores blancas y grises que se extendían a lo largo de todo el borde y muebles plateados para sus jugadores. La mesa estaba situada justo en el centro y contaba con cuatro sillas provistas de cojines en forma de nube. En una de ellas estaba repantingado Tonin, con una postura demasiado relajada para tratarse de una persona que apostaba dinero. Su compañero estaba recto como un palo, compensando en exceso, calzado con unas elegantes zapatillas que no dejaba de mover debido a su nerviosismo. Los dos compartían una jarra de vino tinto aderezado con rodajas de naranja. Tonin se bebió lo que le quedaba en la copa, después echó un poco de miel en el fondo de esta y se sirvió más vino.

Bien. Tonin era un tipo corpulento, y estando borracho resultaría más fácil de matar. No me apetecía tener una pelea limpia con un individuo que tenía los antebrazos tan grandes como mis muslos.

Ambos continuaron jugando, bebiendo y hablando de negocios, lo suficiente como para que me entrara el sueño. Me puse a dar vueltas en la mano a uno de mis cuchillos, mientras me esforzaba por si oía algo que me resultara de utilidad. Pero las únicas palabras que pronunciaron lo bastante alto para oírse con claridad fueron maldiciones.

Mi Señora, si ser Ópalo iba a consistir en aquello, me esperaba una vida entera de aburrimiento.

—¡Eres una rata! —El socio de Tonin lanzó sus dados sobre una alfombra de tomillo—. Seguro que están cargados.

Tonin soltó un bufido.

—Los has traído tú.

Me incliné hacia delante, recogí las piernas y me alcé de puntillas por el borde del muro. Por fin había algo que hacer.

Tonin se levantó de su silla, murmurando todo el tiempo. El otro arrojó sobre la mesa un puñado de monedas de crédito —de madera, grabadas con su nombre y su símbolo, como promesa de que pagaría— y apuró el resto de su bebida. Acto seguido, enderezó la placa dorada de comerciante que llevaba en el sombrero.

Me asomé por fuera de la azotea, pero me oculté en las sombras cuando uno de los previsibles guardias pasó por debajo de mí.

—Vamos. Márchate.

El socio de Tonin se volvió.

Shan de Pau se veía tan bien alimentado y tan elegante como aparecía en los panfletos que anunciaban su negocio.

El puñetero Shan de Pau. El hombre que vendió los productos de Nacea mientras todavía estaban calientes y manchados de sangre era socio comercial de Tonin. Y yo no podía matarlo.

Me golpeé las piernas con los puños, para que el dolor contrarrestase la furia que me pedía a gritos que fuera tras Shan de Pau, lo despedazase miembro por miembro y vendiera los trozos, igual que había hecho él con nosotros. No tenía derecho a estar aún allí, de pie. Dejé escapar un gemido y me rodeé la cabeza con los brazos.

Esto era peor, mucho peor que en el caso de Del Seve, al cual tuve a mi disposición. Hice que aquello pareciera un accidente, pero lo de ahora era una trampa. Se estaban asegurando de que yo no lo matara.

¿Pero por qué no debía morir? ¿Por qué tenía que seguir en libertad cuando eran tantos los que habían muerto, o habían quedado sin hogar, o estaban muriendo de hambre?

Me habían tendido una trampa. Los integrantes de la Mano Izquierda lo sabían. Tenían que saber lo que había hecho Shan de Pau, porque lo sabía todo el mundo, y le habían dejado estar. Y ahora me tendían a mí un cebo para divertirse. Pero ¿por qué?

Tonin recogió las monedas de crédito que había arrojado Pau. Pau desapareció por la puerta.

Más dinero cambió de manos.

Dinero.

Al finalizar la guerra, nos quedó tan poca tierra de cultivo intacta que Nuestra Soberana tuvo que comprar alimentos de ultramar. Necesitó dinero. Pero a qué coste. Tenía que haber algo más, necesariamente, porque de lo contrario ella no habría cedido tan fácilmente ante el asesinato de miles de personas, cuando había luchado tanto para salvarlas a todas. Allí había algo más, y tenía que ver con Pau. Sucio o no, él tenía algo que ella necesitaba.

Pero no iba a tenerlo durante mucho más tiempo.

Me puse en pie de un salto y estiré los brazos. Pau no iba a vivir mucho tiempo más con aquella ventaja, porque yo sabía dónde estaba, y tampoco iba a vivir cómodamente. Pau pagaría. Yo iba a asegurarme de ello. Sintiendo cómo iba aumentando el dolor que me oprimía el pecho con cada paso que le veía dar, me agarré al emparrado que tenía junto a mí para no lanzarme en su persecución. Aplasté con la mano arándanos y espinas, pero dejé que mi sangre goteara hasta el suelo de la azotea.

—Por lo que he hecho y lo que estoy a punto de hacer —dije en voz baja. Aquella noche no se veían las estrellas de la Señora, eran demasiado pálidas para imponerse a las luces de la ciudad y del palacio. Abandoné el borde del muro y me replegué, con los ojos fijos en mi futuro, en Tonin, y comprobé dos veces que tenía vía libre—. Y por todo lo que vendrá después.

41

Aterricé en la azotea del Quick Silver, di unos pasos hacia delante y embestí a Tonin con el hombro. Él abrió la boca para gritar, pero le metí el puño en ella y encajé mis nudillos en sus dientes. Forcejeó y pataleó, y lo aprisioné sentándome encima de él, con una rodilla a cada lado. Lanzó un alarido, y yo le propiné un puñetazo. Entonces puso los ojos en blanco y quedó inconsciente.

Saqué la mano de su boca. Los dientes de Tonin me habían despellejado los nudillos y me habían hecho sangre. Sin apartar la vista de Tonin, me eché hacia atrás y me froté la mano para aliviar el dolor. Pau era un cobarde y un oportunista, y jamás lucharía de frente ni con Tonin ni con nadie; aguardaría hasta que le dieran la espalda.

A Pau no podía matarlo, pero sí que podía tenderle una trampa como la que me habían tendido a mí. Simplemente tenía que hacerles creer que él había matado a Tonin.

Las copas vacías ribeteadas de plata brillaban a la luz de la luna. Retiré el largo palito de revolver de una de ellas y puse a Tonin boca abajo. Dejó escapar un quejido e intentó acercar los dedos a la cabeza, pero yo volví a sentarme encima de él y de nuevo le aprisioné los brazos con las rodillas. Busqué a mi alrededor y no vi nada mejor que pudiera utilizar como arma, así que levanté el palito. Pau no llevaba cuchillo, de modo que mataría con lo que tuviera a mano. Y bien pudiera ser que tuviera un golpe de suerte.

—¿Qué...? —dijo Tonin con voz gangosa, todavía intentando llevarse una mano a la contusión de la sien.

—Calla. —Le quité el anillo de sello del dedo—. No vas a enterarte siquiera.

Situé el palito a la altura de la base del cráneo y se lo clavé en el cuello. Ni siquiera se movió.

Empapado de sudor y de sangre, y con los huesos molidos por el cansancio, me incorporé y me guardé el palito de remover en el bolsillo.

Muerto.

Mi objetivo estaba muerto. Nadie me había visto, y no había causado daño a nadie más. Mi examen final para convertirme en Ópalo había sido visto y no visto, y allí estaba yo, un paso más cerca de Shan de Pau y de todos los demás cabrones que habían enterrado a Nacea en tumbas poco profundas y en una política absurda. Por fin iban a tener que pagar su deuda. E iba a ser una tarea muy fácil.

Le quité a Tonin la bolsa que llevaba al cinto. Vi que se había aplicado en la cara un polvo cosmético color plata que lanzaba destellos como si fuera una estrella errante; manché con él las monedas de crédito de Pau y seguidamente las guardé en la bolsa. Después volqué la copa de Tonin y también la silla de Pau. Iba a invadirle el pánico.

Una bronca de borrachos acerca de una apuesta, que había llegado demasiado lejos. Un súbito apuñalamiento. Una huida frenética.

Con cuidado para no pisar el vino ni la sangre, emprendí el regreso al borde de la azotea. De vez en cuando, por el callejón que separaba el Quick Silver y el edificio desde el que había saltado pasaban viandantes y soldados. Descendí por uno de los pilares decorativos y esperé a que se despejase el camino.

Los guardias y los transeúntes no se habían dado cuenta de nada. Me guardé en el bolsillo los guantes, que estaban manchados de sangre, y me estiré las ropas. Lo único que tenía que hacer era encontrar a Shan de Pau.

De pronto, al doblar un recodo se me vino encima un chaval que se parecía mucho a mí: joven, sucio, huyendo de un borracho que gritaba algo acerca de una bolsa que le habían arrebatado. Lo agarré por el brazo y le pregunté:

—¿Quieres ganarte un dinero?

Era una muchacha. Me miró con cautela a través de un flequillo sucio y afirmó con la cabeza.

—¿Has visto a Shan de Pau? Los guardias lo están buscando. —Le deslicé en la mano una de las monedas limpias, salida del alijo de Tonin.

La chica dio vueltas a la moneda en la mano al tiempo que miraba mis manos y mi rostro. Por lo menos la oscuridad no dejaba ver las manchas de sangre que llevaba yo en la ropa.

—Está en una posada elegante, con letras doradas. —Me indicó la dirección correcta—. No tiene pérdida.

—Gracias.

Le ofrecí una sonrisa y salí disparado, con el viento en la espalda y loco de alegría. No estaba mal. Me habían tendido una trampa, pero yo siempre encontraba una salida.

La posada en la que se alojaba Pau era un lugar acogedor y bien iluminado, la mitad de las habitaciones tenían los postigos entreabiertos y por el hueco que dejaban se veía el resplandor de las velas. Pau, una silueta más cara plana que nariz, paseaba detrás de la ventana de una habitación que abarcaba toda una esquina del edificio. Por supuesto, ocupaba la habitación más grande y más bonita.

Trepé al edificio contiguo y esperé a que se fuera a descansar y apagara las luces. Luego, amparado en la oscuridad, salvé de un salto la corta distancia que me separaba de la posada y me colgué del enorme alféizar que sobresalía de la ventana de Pau. Nadie gritó al oír el ruido, y el alféizar apenas crujió.

Abrí la ventana con cuidado. Al instante oí unos ronquidos suaves. Reprimí un quejido de asco y me colé en la habitación. Me tumbé en el suelo y me quedé quieto, escuchando las pisadas del pasillo y la respiración regular que procedía de la cama, y esperando a que mis ojos se adaptaran a la oscuridad. En la mesa descansaban las placas de comerciante de Pau; naturalmente, tenía más de una. Al otro lado de la rendija de la puerta se oyeron los pasos fuertes de un guardia.

La gente dependía mucho de las puertas y de los guardias.

El pecho de Pau subía y bajaba. Fui hasta él medio andando a cuatro patas y le quité la bolsa de monedas de Tonin. De ella cayó una mezcla de tierra y sangre seca que quedó en el suelo a modo de prueba, junto a las botas de Pau. Entonces metí en una de ellas el palito de remover manchado de sangre, como si hubiera pretendido esconderlo un borracho. Pau no se movió. Me asomé por encima del borde de la cama. Poseía un rostro que podría haber resultado atractivo —ojos grandes cerrados y labios carnosos abiertos— si el odio no me nublara la vista. Se notaba que se cuidaba, y lucía una piel suave y no quemada por el sol. Todo aquello lo pagaría con el dinero que había robado de los cadáveres.

—A ver cómo haces para salir de esta valiéndote de tu dinero —le susurré. Al final del juicio sería más pobre que una rata o iría camino de la horca.

De pronto, Pau soltó un resoplido y se volvió. Metí la bolsa llena de monedas de crédito en el bolsillo de su túnica y me escupí en las manos para humedecer las manchas de sangre seca que tenía entre los dedos. No podía ser demasiado obvio, porque los sirvientes se habrían percatado, pero sí que podía serlo bastante.

Examiné el tamaño de sus manos. Era perfecto.

Dejé un guante con su ropa, puse otro detrás del cabecero de la cama, y después me lavé las manos en el lavamanos. Fue fácil dejar caer unas gotas de vino en sus ropas. Tonin no había tenido tiempo de contraatacar. Lo único que se necesitaba para relacionar a Pau con el asesinato era un arma, sangre y un motivo.

Comprueba, comprueba.

¿Qué diría la gente? ¿Que la muerte te agobiaba demasiado? Yo no conocí el dolor que causaba la muerte hasta que cumplí los cinco años y los Erlend trajeron sus sombras a mi hogar. Esto no era nada en comparación con lo que había sido mi terrible infancia.

—Espero que te cuelguen —le dije a Pau, que seguía dormido.

Pau, roncando sumido en el estupor del alcohol, simplemente se volvió de costado.

Limpié todo rastro que pudiera haber dejado en aquella habitación, eché una última ojeada a su rostro y me puse la máscara.

—Y espero estar presente para verlo.

42

Tenía una moneda de crédito y el anillo de sello de Tonin como pruebas que mostrar a la Mano Izquierda, y si eso no funcionaba, podían esperar la noticia de la detención de Pau. Dos deudas por el precio de una.

—¿Veintitrés?

Me volví al oír aquella voz conocida, y descubrí la esbelta figura de Dimas pasando entre los guardias de las puertas de palacio. Hice un alto.

—La Mano Izquierda está en el pequeño comedor del desayuno en el que tuvo lugar vuestro primer encuentro. —Me acompañó hasta el otro lado de la verja, donde había varios guardias de rostro grave y curtido, y atravesó conmigo el patio en el que vi por primera vez a Rubí—. Sería poco sensato que vinieras solo.

—¿Para mí o para los guardias? —pregunté al tiempo que él abría la puerta.

Esbozó una sonrisa.

—Para ti. Las pruebas han finalizado. Han vuelto las patrullas de palacio.

—¿Han finalizado? —Crucé la puerta que él sostenía abierta y sonreí—. Eso es estupendo.

—¿Tú crees? —La voz de Esmeralda interrumpió la

energía positiva que aún me corría por las venas tras la muerte de Tonin y el inminente arresto de Pau—. Acaban de informarme de que se ha cometido un asesinato más bien sangriento.

Afirmé con la cabeza. Sin duda, la noticia se la había transmitido Nicolás.

—¿Quién es el autor?

Esmeralda se encogió de hombros.

Rubí lanzó una carcajada.

—Has estado generando rumores.

—Vosotros me encargasteis un trabajo —repuse—. Pero era más una trampa que un examen.

—No, todo ha sido un examen —dijo Amatista inclinándose hacia delante—. ¿Lo has aprobado?

—Thorn da Tonin está muerto. No he hecho daño a nadie más. Y no me han visto. —Tragué saliva. Aquellas eran todas las normas.

—¿Tienes alguna prueba? —preguntó Rubí—. Esta noche no podrán salvarte tus secretos. ¿Dónde has estado?

Lo miré con el ceño fruncido; no estaba de humor para aguantar aquel tono ni para que me recordara mi libertad condicional.

—En Coartada —respondí.

Amatista soltó una carcajada.

—¿Coartada? —Rubí echó la cabeza hacia atrás y suspiró—. No puedes invocar «coartada» y esperar que nosotros te creamos sin más.

—He estado en Coartada. Preguntad a Nanami Kita, ella me ha visto. —Me apoyé en la pared, junto a la puerta—. No tardarán en detener a Shan de Pau acusado de asesinato.

Los integrantes de la Mano Izquierda guardaron silencio, sus máscaras carentes de expresión permanecieron inmóviles y fijas en mí. Acto seguido, muy despacio,

Rubí dio una palmada, entrelazó las manos y se inclinó hacia delante con la barbilla apoyada en los nudillos.

—De modo que Shan de Pau. Un asesino. Quién lo hubiera imaginado. ¿Cómo va a descubrirse? —preguntó—. Y qué oportuno que un hombre tan odiado sea apartado a un lado por las mismas leyes que él ha puesto tanto cuidado en acatar.

—Deudas de juego y pagarés manchados de sangre; los comerciantes son muy previsibles en lo que se refiere a su dinero. —Le entregué a Rubí la moneda de crédito que me había quedado—. Vosotros sabíais a qué se dedicaba Shan de Pau, y me enviasteis allí...

—Porque no matarlo habría sido tu trabajo si fueras Ópalo —dijo Esmeralda en tono cortante—. Sí, lo sabemos. Nuestra Soberana conoce cada detalle, pero Pau compró su libertad financiándola a ella.

Sentí que me inundaba la rabia al recordarlo tan tranquilo en aquella azotea. Nuestra Soberana lo sabía todo y, sin embargo, le había permitido salir impune a cambio de un dinero que ni siquiera le pertenecía a él.

—¡Pau es ciudadano de Igna! Todo cuanto posee pertenece a Nuestra Soberana. Ella podría haberlo reclamado sin más.

—Y entonces los habitantes de una nación que acaba de nacer jamás confiarían en ella. —Esmeralda se levantó con un movimiento fluido. Antes de que yo pudiera siquiera parpadear, se irguió sobre mí, me aferró con fuerza por un brazo y me empujó contra la pared—. Nuestra nación se mantiene unida gracias a unas frágiles promesas y al miedo. Nosotros somos ese miedo, y no podemos poner en peligro los pactos que hizo Nuestra Soberana al acabar la guerra. Lord Del Weylin se nombró a sí mismo rey de Erlend. Aprovechará cualquier oportunidad para deponer a Nuestra Soberana y reclamar el trono. Un solo instante de debilidad o de descontento, e Igna dejará de existir. Tú no alterarás la escasa paz que disfrutan los civiles de este país. ¿Entendido?

Afirmé con la cabeza.

Mentí.

—Bien. —Esmeralda me soltó y volvió a sentarse en su silla.

Rubí se acercó a mi lado jugueteando con la moneda de crédito entre los dedos.

—Deberías poner esto a buen recaudo. No obstante, ha sido una buena improvisación.

—Esta vez no he necesitado ningún escudo. —Me guardé la moneda en el bolsillo—. ¿Entonces he aprobado el examen?

Rubí se encogió de hombros. De repente se abrió la puerta con violencia y chocó contra la pared. Entró Cinco a grandes zancadas, con las botas manchadas de sangre, y seguido por Dimas, al borde del agotamiento. Rubí regresó junto a los demás miembros de la Mano Izquierda.

—Ya está —anunció Cinco dejando su papel en la mesa, al lado de Esmeralda.

Rubí se encogió de hombros y apartó el papel.

—¿Y la prueba?

Cinco se sacó del bolsillo una mano seccionada y la dejó caer sobre la mesa.

Esmeralda la levantó por el dedo pulgar.

—Está bien.

—No cuestionarán por qué a su dueño le falta una mano —dijo Cinco sacudiendo la suciedad de su capa—. No lo van a encontrar entero, y no sabrán qué pensar.

Hice un gesto de fastidio. Teniendo en cuenta su historial y los recuerdos que prefería conservar, si yo fuera Rubí albergaría sospechas. De pronto, Cinco giró la cabeza hacia mí.

—Buenas noches —le saludé con una sonrisa falsa. Recordé el rostro sin vida de Tres—. Una noche estupenda para repetir tu numerito con las sombras. —Señalé la mano cortada. Amatista se volvió hacia mí.

—¿Así que tenemos aquí a la ladrona? —dijo Cinco con una mueca de burla. Luego se dirigió a Dimas—: Una toalla.

Fruncí el ceño. Yo no era una chica, y aquello era una falta de educación. Por favor, pero si había acudido a cenar vestido prácticamente igual que Rubí, y ahora me parecía más a Cinco que a ninguna otra persona. No tenía ganas de lidiar con aquel asunto, estando tan cerca de conseguir todo cuanto buscaba. Me separé de la pared y respondí:

—O me llamas Veintitrés, o nada. —Le entregué un pañuelo sencillo... robado a Pau y todavía con manchas de sangre.

Cinco me apartó empujándome con una mano, sin prestarme la menor atención, y yo le quité el brazalete. Si quería un ladrón, iba a tener un ladrón.

—Qué susceptible. —Levanté en alto el brazalete y sonreí—. En tal caso no te quitaré la vista de encima, pajarito.

Cinco dio un paso hacia mí, y Rubí se interpuso entre nosotros. Cinco lo esquivó.

Dimas rompió la tensión, trayendo una toalla en una mano y a Dos en la otra. La toalla se la entregó a Cinco; Dos se derrumbó contra la pared.

Me senté en la única silla que había libre y me puse a tamborilear con los dedos contra los reposabrazos de madera. Estaba demasiado nervioso para sentirme cansado, pero demasiado cansado para pensar con claridad. No debería haberme enfrentado a Cinco.

—Basta. —Esmeralda puso su mano sobre la mía—.

Esto resulta molesto y patético, dos cosas que no habías sido hasta ahora.

Me quedé callado. Más me valía obedecer.

—¿Y la prueba? —preguntó Rubí a Dos al tiempo que le hacía una seña para que se aproximara.

—Aquí la tengo. —Dos le pasó un saco—. Ha tenido lugar un infortunado accidente de carruaje junto al río.

Del saco salió rodando una cabeza con el pelo apelmazado por la sangre. Disimulé mi sonrisa tapándome con la mano. Yo también le mostraría cosas si estuviera cansado y él estuviera irritable.

—Perfecto. Eso es lo que me gusta ver. Me alegra que todos hayáis sido tan puntuales y eficientes. —Rubí cogió la cabeza cortada y la puso encima de la mesa, al lado de la mano que había traído Cinco—. Aunque no sé por qué tiráis vuestras pruebas así, de cualquier manera. Vais a necesitarlas.

—La noche es vuestra. La competición ha terminado. —Rubí indicó a Dimas que saliera—. Ya no podéis agrediros el uno al otro, y ya no habrá más exámenes.

Amatista se puso de pie.

—La seguridad en torno a vuestras habitaciones y el resto del recinto vuelve a ser la normal. Ya no es necesario moverse a hurtadillas. Si os pillan, os expulsarán de Willowknot y perderéis toda posibilidad de convertiros en Ópalo.

No podía verle los ojos, pero habría jurado que me estaba mirando a mí.

—Veréis a la reina antes del desayuno. Bañaos, descansad y poneos presentables. Se os proporcionará un ropero, pero de vosotros depende elegir bien el atuendo. —Esmeralda se miró sus uñas metalizadas y cruzó las piernas. Su vestido verde se extendía a su alrededor como un mar de hierba—. ¿Entendéis?

Todos hicimos un gesto de asentimiento.

—Bien. Recoged estas cosas —dijo Rubí indicando la cabeza y la mano—. Podéis ir a lavaros.

Salí de la sala yendo detrás de Dos y de Cinco. Cinco iba con la cabeza ladeada, para no perderme de vista, y en cuanto pude lo adelanté sonriendo. Maud y otro sirviente salieron del antiguo patio de arqueros y vinieron hacia nosotros, y me detuve un momento para que Cinco pudiera marcharse sin mí. Me siguió con la mirada hasta que desapareció tras un recodo con su sirviente.

Dos se volvió hacia mí.

—¿Qué ha sido eso? —me preguntó al tiempo que se pasaba la cabeza cortada de una mano a otra arañándose con los bordes de los huesos rotos. Finalmente la metió en el saco—. ¿Qué te pasa con Cinco?

—Es un imbécil. Está furioso porque antes le he estado picando un poco. —Señalé el rasguño que tenía en el brazo—. Estás sangrando.

—Ah, ¿sí? —No se miró el brazo, ni siquiera se inmutó, simplemente se quedó mirando a su sirviente, que se acercaba—. ¿Nos vemos en el desayuno, entonces?

Afirmé con la cabeza.

—Nos vemos en el desayuno.

Se marchó sin darme la espalda. Yo, meneando la cabeza en un gesto negativo, fui al encuentro de Maud. El honor y la confianza carecían de valor cuando uno estaba rodeado de personas como yo, pero yo había encontrado a Maud y a Elise. Ellas no se parecían a mí, en el mejor de los sentidos.

—Veintitrés. —Maud, con las manos a la espalda, ejecutó una reverencia—. ¿Listo para regresar a tu habitación?

—Después de ti. —Me rasqué los puntos de la herida

del costado—. Y bien, ahora que ya estamos todos examinados y devueltos al redil, ¿cómo es la seguridad?

A Maud le temblaron los labios.

—Esta noche no debes salir de tu habitación.

Un nivel bajo de seguridad en un momento como aquel... no era de extrañar que corrieran rumores acerca de que las pruebas eran salvajes e indómitas. Así se ocultaba la verdad de lo que sucedía en realidad y de lo desprotegido que estaba el recinto de los nobles.

Maud incluso tenía que mostrar un pequeño brazalete a los guardias.

—No lo llevábamos puesto mientras estabais aquí, para que no pudierais robarlo. —Sonrió y me abrió la puerta de la habitación—. Solo los nobles, los guardias y los sirvientes deben conocer los pases y quién puede ir adónde.

Sin embargo, todavía se aseguró de que la puerta quedara cerrada con llave.

—Supongo que una probabilidad de uno de cada tres sigue siendo aceptable. —Empezó a desabrocharme la capa.

—Procuramos complacer. —Le aparté las manos y negué con la cabeza—. Deberías soltarme.

—¿Por qué? ¿Qué ocurre? —Se apartó, con la mano manchada de sangre.

—Por eso.

Retrocedió y, con una exclamación ahogada, hundió la mano en el lavamanos.

—Eso es lo que imaginaba. —Terminé de desvestirme detrás del biombo y me metí en la bañera—. ¿Te importa esperar y ayudarme con el vendaje del costado? Los puntos empiezan a picarme.

Un rato más tarde, untado de ungüento y con vendajes nuevos, me metí en la cama con la ayuda de Maud.

Los sucesos repentinos y vertiginosos de los últimos días me oprimían el pecho y me pesaban en los párpados. Apenas me percaté de que Maud salía del cuarto.

Era mi última noche siendo Veintitrés. La máscara cayó con facilidad, resbalando sobre mi cabello corto. Respiré hondo y me pasé un dedo por las contusiones que tenía repartidas por el pecho en forma de hematomas azulados y morados salpicados de manchitas rojas. Los puntos me picaban mucho.

Contemplé las estrellas de la Señora; recordaba haber hecho aquello mismo muy pocos días antes; sin embargo, era como si hubiera sido un sueño. Jugueteé con la moneda haciéndola rodar entre los nudillos. Podían ponerme todos los nombres que quisieran, pero aquello lo estaba haciendo por mí.

Por más que me había lavado, aún tenía las uñas manchadas de sangre.

—No te enfades. —Tragué saliva y apreté la moneda en la mano—. Estás a punto de reequilibrar las cosas y cobrarte las deudas. Te lo deben, por Nacea.

Las estrellas no me respondieron.

¿Lo había estropeado todo? Había querido ser perfecto, pero el hecho de ver que Shan de Pau bebía y apostaba con dinero que no le pertenecía había despertado en mí la furia que desató la muerte de Seve. Yo era muy bueno: no me había visto nadie, y nadie iba a saber nunca que Pau no había sido el asesino. Por supuesto que él protestaría, como haría cualquiera.

Guardé la moneda en el bolsillo frontal de mi camisa. Había matado a cinco personas y varias más habían muerto por mi causa, pero todo ello no iba a servir de nada si no me nombraban Ópalo. Conocer los nombres de los lores Erlend no valía de nada si no podía llegar hasta ellos.

¿Qué era uno más, cinco, cinco docenas, cuando tenía las manos manchadas de tanta sangre que jamás podría pagarla? Estaban muertos, su sangre se había secado y sus cuerpos se habían quemado, pero eran muertes que yo debía llevar conmigo y recordar, por muy siniestro que fuera su pasado. Igual que había hecho recordar a Seve. Igual que haría recordar a los demás.

Estrella del Norte. Invierno. Caldera. Ribereño. Trampa Mortal.

Grell. Ocho. Siete. Seve. Tonin.

Y mañana sería otro día, con independencia de cuánta sangre hubiera desperdiciado. Me quedé dormido bajo el parpadeo de las estrellas, y mis sueños estuvieron llenos de aroma a tinta y a limón.

43

Desperté con el sol. Maud me pasó por debajo de la nariz el olorcillo de una taza de té y me llamó en voz baja, una y otra vez, hasta que me volví boca arriba. La luz diurna me hirió los ojos.

Iba a conocer a Marianna da Ignasi, Nuestra Soberana de los Pináculos del Este y Señora del Rayo.

Y antes tenía que acudir a desayunar.

Dos parecía un corazón en llamas, vestida en tonos rojos intensos y vivos anaranjados, amarillos y dorados, con un retazo de seda azul a la altura del pecho.

Cinco no estaba.

—Ya ha entrado. —Dos curvó las manos en torno a una humeante taza de té, con dedos temblorosos, y sonrió—. Este comedor parece más grande ahora que falta todo el mundo.

—Lamento lo de Tres y Cuatro. —Me serví un té, demasiado temeroso de mancharme la ropa con comida como para comer nada, y añadí miel suficiente como para encolerizar a Cuatro, si estuviera presente—. Cuatro tenía razón, incluso por intentar descalificarme.

—Todo ha sucedido muy rápido —dijo Dos sin atender a lo que yo acababa de decir—. Las pruebas anteriores duraron dos semanas.

—Pero tú estás viva.

—A ti no te turba matar, ¿verdad?

—Sí que me turba —respondí en voz baja—, pero todos firmamos en su día sabiendo que podíamos morir. Todos tenemos un final.

Iba a acordarme de ellos para siempre: sus nombres, mis motivos, la manera en que se hundieron sus cuerpos en la muerte y sus ojos traspasándome. Si me detenía, si permitía que sus muertes me agobiaran y me impidieran ser Ópalo, todo ello no habría valido para nada. No había vuelta atrás.

Yo era lo que era, y ahora ellos formaban parte de mí.

Dos abrió la boca, pero en aquel preciso momento llegó Dimas y reclamó su atención.

—La Mano Izquierda está lista para verte —le dijo señalando el comedor restringido.

Antes de irse con Dimas, Dos titubeó un instante y dijo:

—Yo no deseaba que murieran a solas y me dejaran a mí aquí.

Me quedé mirando cómo se iba.

Pero habían muerto a solas, y ya no se podía hacer nada para remediarlo. Matar como había matado Cinco a Tres era monstruoso, igual que lo que hicieron los lores empleando las sombras como arma. Aquello sí que debería turbar a una persona; lo de ahora no era nada.

Mojé un panecillo en el té. Habría sido horrible ver aquí a Rath, verlo matar, temblar bajo la presión de lo desconocido, hasta que un día no se presentase para el desayuno. Se habría perdido para siempre, y yo no habría soportado verlo desaparecer.

Dejé el panecillo y removí el té para pasar el tiempo mientras intentaba borrar de mi mente a Cinco y a Dos.

No servía de nada pensar en lo que a mí me faltaba y ellos tenían. Todo había acabado.

—Veintitrés.

Di un respingo, y sin querer golpeé a Dimas con el reposabrazos de mi silla.

—La Mano Izquierda desea verte.

—Siento haberte manchado el suelo de sangre anoche. —Lo acompañé andando a su misma altura y observé las pequeñas arrugas que tenía alrededor de los ojos. Era un poco mayor que Maud y que yo, pero no mucho. La tarea de ocuparse de tantas personas y edificios le había pasado factura—. Maud me habría matado por ello.

—Gracias, pero no supuso ningún problema. —Tensó la mandíbula—. Maud es muy...

—¿Encantadora? —Me pasé la lengua por los dientes para limpiar todo resto de pan y de miel y me estiré la levita. Había ayudado suficientes veces a Rath para saber cómo funcionaba aquello—. ¿Digna de confianza?

Dimas se puso rígido.

—Dedicada, pero avariciosa.

—¿Y quién no lo es? —Arrugué el ceño. Todo el mundo necesitaba dinero, sobre todo los huérfanos y los sirvientes. Desearlo no era nada malo—. Todo el mundo tiene sus motivos.

Dimas me miró, ya perdida su expresión calmada, y llamó con los nudillos en la puerta. Yo respiré hondo.

—Vuelve el hijo pródigo —comentó Rubí en tono sarcástico y fingiendo euforia al otro lado de la puerta entreabierta—. Anoche estuviste muy ocupado.

—Vosotros sabréis. —Me senté en la única silla libre que había en aquella estancia contigua al comedor, pequeña y estrecha—. Después de tenderme una trampa y seguirme durante todo el rato.

—No eres tan ducho en disimular tu odio como crees. —Amatista se reclinó en su asiento. Había vuelto a ponerse su coraza de cuero tostado y bellamente trabajada—. Pero esta vez no has dejado que te dominase la furia. Mayormente.

Me sonrojé.

—Poseo cierto control de mí mismo.

—A duras penas —replicó Rubí en voz queda—. No obstante, eres joven y estás aprendiendo, y quitaste de en medio a Shan de Pau sin hacer ruido. Había bebido demasiado para recordar lo que había hecho durante toda la noche, así que mucho menos aún lo que le había ocurrido, en realidad, a su socio.

Aquello, por lo menos, había obrado en mi favor.

—Dentro de un momento te llevaremos a que conozcas a Nuestra Soberana Marianna da Ignasi. —Esmeralda recalcó el nombre en voz baja—. No deberás aproximarte a ella. Te dirigirás a ella por el título, y te inclinarás en una reverencia hasta que ella te diga que puedes incorporarte. No debes tocarla. Le responderás con sinceridad, y en ningún momento le darás la espalda. Cuando te despida, saldrás de la sala haciendo otra reverencia, tan profunda que rozarás el suelo con la nariz. ¿Has entendido?

—Sí. —Asentí con la cabeza y tragué saliva para contener los nervios y el miedo que me obstruían la garganta—. ¿Y la prueba de haber superado el examen, la moneda?

Rubí se inclinó hacia delante y extendió una mano.

—El que de vosotros sea seleccionado para convertirse en Ópalo presentará formalmente a Nuestra Soberana la prueba de su primer contrato.

—Servirá de juramento de lealtad. —Esmeralda puso los codos en la mesa y apoyó la barbilla en las manos entrelazadas—. ¿Alguna pregunta más?

—Si la seleccionada es Dos —dije con cuidado—, ¿qué me sucederá a mí?

No se miraron unos a otros, pero tuve la sensación de que me recorrían de arriba abajo con la mirada.

—Podrás marcharte. —Rubí abrió las manos, las dejó caer sobre los reposabrazos de su silla y emitió una risilla leve y amortiguada por detrás de su máscara—. Siempre que Nuestra Soberana no se muestre en desacuerdo con tus otras prioridades, serás invitado a las próximas pruebas y recibirás una remuneración por tu encargo.

—Suficiente para que te compres un uniforme. —Amatista se levantó y me tendió una mano—. Vamos. Nuestra Soberana está esperando.

«Mi Señora, dadme esto. Pagaré por la sangre que he derramado con la mía propia. Permitidme tener esta vida.»

Acepté la mano de Amatista.

—Tranquilízate. —Amatista me condujo a una puerta de aspecto corriente guardada por unos soldados de gesto demasiado severo. Llamó dos veces: una con dos golpes lentos y otra con dos golpes rápidos—. Estaremos observando, pero no escuchando. Todo irá bien.

—Gracias —intenté decir, pero el pánico transformó mi voz en un gemido.

Amatista rio y abrió la puerta. Levanté la vista y procuré retirarme de la puerta lo suficiente para ejecutar una reverencia profunda, y se me cortó la respiración.

Comprendí por qué los que veneraban a la Señora habían reconstruido sus templos para honrar a Nuestra Soberana. Ella era el poder atrapado en una forma humana. Hice una reverencia para no seguir mirándola.

—Y tú eres Veintitrés. —Su voz pronunció mi nombre y me reverberó en los oídos. Percibí un roce de seda y terciopelo, y el sonido metálico que hicieron sus uñas contra el sillón—. Ven y siéntate.

Me levanté, todavía con la cabeza inclinada, y tomé asiento en la silla que había a sus pies. Su sillón no estaba decorado pero sí sobreelevado, dispuesto encima de una tarima que se levantaba del suelo y que hacía que su cabeza quedara un palmo por encima de la mía. Tenía las piernas cruzadas a la altura de los tobillos, y sus pies se perdían de vista bajo un vestido azul oscuro.

—Empecemos por el principio. —Se inclinó hacia delante. Sus ojos negros centellearon, y la camisola de color gris tormenta le resbaló del hombro izquierdo. Los rayos, dos cicatrices oscuras que resaltaban contra su cutis cálido y denso, se curvaban alrededor de su cuello. Eran como decía todo el mundo: que surcaban su carne allí donde la magia había abandonado su cuerpo. Ella había canalizado toda la magia de la Señora a través de sí misma, y tan solo le habían quedado un cabello quebradizo y unas cicatrices—. ¿Quién eres?

—Sallot León, Nuestra Soberana. —Miré fugazmente su rostro y enseguida aparté la vista.

—De Nacea. —Tenía unos ojos salpicados de motitas blancas, como los de Rath. Las antiguas inscripciones mágicas, que todavía seguían estando tan oscuras como el día en que se las tatuaron, le bordeaban el ojo izquierdo y le rodeaban la oreja. Se fruncían cada vez que hablaba o parpadeaba, con lo cual daban la impresión de moverse bajo la piel—. ¿A cuántas personas has dado muerte, y por qué?

Tragué saliva. Ahí estaban mis otras prioridades. No podían ser distintas de las de ella. Si la reina supiera lo que nos habían hecho, estaría de acuerdo conmigo.

—Grell da Sousa, Ocho, Siete, Horatio del Seve y Thorn da Tonin. He hecho que a Shan de Pau lo detengan por asesinato, y es posible que matara a alguien más cuando me dedicaba a pelear en las calles, pero no lo sé con seguridad.

La reina ladeó la cabeza.

—Horatio del Seve se cayó de su azotea y se rompió el cuello. Fue un trágico accidente.

Lo sabía. Lo sabía todo el mundo y, sin embargo, allí estaba yo.

Abrí la boca, me interrumpí, y me recorrió un escalofrío. Nuestra Soberana había visto a los monstruos que crearon las sombras y las transformaron en civiles. Ella las había matado para salvarnos a nosotros.

—Porque si hubiera sido algo distinto de un inoportuno accidente —dijo con voz suave—, los lores de lo que antes fue Erlend tendrían motivos para cuestionar mi gobierno y la soberanía de nuestra nación, y volveríamos a entrar en guerra.

—Ya no deberían ser lores, ahora que Nacea ya... —Llevaba años sin hablar tan abiertamente, y a mi lengua le costaba trabajo articular las palabras—. Nos abandonaron. Todos y cada uno de los soldados de Erlend nos abandonaron antes de que llegaran las sombras. Ni siquiera nos avisaron, simplemente se sirvieron de nosotros para frenar el avance de las sombras y así poder salvar a Erlend. No deberían ser lores, ni siquiera deberían vivir, mientras Nacea yace olvidada.

Nuestra Soberana se reclinó en su asiento, entornó los ojos y entrelazó las manos en el regazo. La luz arrancó destellos a los cuatro anillos que llevaba en la mano izquierda y proyectó luces de color rojo, morado, blanco y verde a mis pies.

—El mundo no es tan simple.

—Nos masacraron. —Meneé la cabeza. Aquello no era lo que yo quería. Aquello no era lo que había soñado. Ella lo sabía y no había hecho nada—. Y vos les habéis permitido vivir cómodamente mientras a mí me iban trasladando de un pueblo a otro. ¿Sabéis cuántos huérfanos tenéis que carecen de un lugar en el que dormir y de comida para comer, mientras los Erlend viven rodeados de riquezas?

—Sallot —me dijo con una voz que acariciaba como era debido los picos y valles de mi nombre—. Me arrepiento de muchas cosas, pero ninguna es tan dolorosa como lo que le sucedió a Nacea.

—El arrepentimiento solo sirve para mitigar vuestro sentimiento de culpa. —Sorbí—. Pensé que no lo sabíais. Habríais hecho algo.

—Estaba esperando el momento adecuado. —Me indicó con una seña que me acercara, con los ojos tristes y fijos en mí. Oh, Señora, los tenía llenos de lágrimas, como yo. Se preocupaba. Naturalmente. No podía fingir algo así—. Las tierras de Erlend son fértiles pero agrestes, y los pupilos de los nobles están muy arraigados en sus costumbres. No me era posible eliminar una nación entera de la noche a la mañana. Si quería que Igna prosperase, los lores tenían que seguir existiendo. Ahora estamos prosperando, y los antiguos lores de Erlend están inquietos. Ya no los necesito.

—Pero nunca habéis hecho nada al respecto —le repliqué—. Esperé mucho tiempo, acudí a todos vuestros desfiles, y jamás nos mencionasteis siquiera.

—No podía reconocer a Nacea sin reconocer lo que había hecho Erlend, y hasta ahora mi gobierno ha dependido de Erlend. —Dejó escapar el aire muy despacio—. No podía mover un dedo contra ellos sin dar a lord Del Weylin motivos para atacar Igna. Habría muerto más gente.

—¿Y ahora? —Levanté la cabeza y la miré a los ojos—. ¿Qué podéis hacer ahora que ya no los necesitáis?

Su semblante no se alteró, ni sonrió ni frunció el ceño, y yo empecé a sentir un agudo pitido en los oídos. Había replicado a Nuestra Soberana. Le había contestado, y ni siquiera de forma cortés. Era hombre muerto. O descalificado, o muerto.

—Me parece que ambos deseamos lo mismo, Sallot León.

Di un respingo, todavía sin reponerme del impacto, y respondí con un gesto afirmativo.

—¿De verdad, Nuestra Soberana?

Me quedé paralizado. La reina me había hablado en naceano, y yo le había respondido en la misma lengua. Resultó antiguo y torpe, como el que abre una puerta vieja que estaba cerrada y oxidada pero todavía en uso. Se me había olvidado la dulce sensación de aquellas palabras en mis labios, y de cómo sonaba mi nombre en realidad.

—Gracias, Veintitrés. —Me despidió y volvió a utilizar la lengua aloniana—. Puedes marcharte.

—Por supuesto, Nuestra Soberana.

Ejecuté una reverencia tan profunda que hasta me dolió la cabeza, pero ella ya no dijo nada más. La puerta que nos separaba se cerró con un golpe. Parpadeé para contener las lágrimas y sorbí. Todavía la amaba.

Pero no me fiaba de ella.

44

O iba a ser Ópalo o iba a morir, pero Nuestra Soberana había sido tan firme que no logré entender bien qué probabilidades tenía.

Genial.

Maud y Dimas estaban conversando en el rincón, sin mirarse a los ojos como era debido. Me coloqué a hurtadillas detrás de Maud, y Dimas se sobresaltó y dejó de mirarse los pies.

—¿Maud? —solicité.

Dimas me hizo una venia y se fue.

—¿Aún sigues en la competición? —Maud se giró hacia mí y, a pesar del gesto de desaliento que indicaban sus labios, enderezó los hombros.

Afirmé con la cabeza.

Me acompañó hasta la puerta.

—Bien, por lo menos eso está actuando en nuestro favor.

Maud me quitó todas mis ropas elegantes y un momento después ya las tenía pulcramente dobladas. Después salí. Me dijo que tenía permiso para moverme por todo el campo de entrenamiento. Me encaminé al invernadero de Esmeralda.

—¿La has visto?

Di un respingo. Allí estaba Dos, sonriéndome desde las ramas de un árbol. Afirmé con la cabeza y le tendí la mano a modo de saludo. Ni siquiera se me había ocurrido mirar hacia arriba.

—¿A Nuestra Soberana? —Me eché hacia atrás para ver mejor a Dos. No se había vendado el corte del brazo—. Tiene algo diferente.

—Así es. —Dos arrancó un trozo de corteza y la desmenuzó en la mano—. Yo la vi en una ocasión en el circo. Incluso con toda la multitud que nos rodeaba, di un traspié cuando me miró. Se me cayó el cuchillo en el pie de Cuatro.

—¿Te encuentras bien? —Miré a mi alrededor y me estiré para poder mirarla a los ojos.

—Estaba pensando. —Me hizo señas para que no me acercase a su rama—. Conocerte ha sido agradable. No lo estropees.

—Nos vemos luego. —Le estreché la mano e incliné la cabeza—. O puede que no. Según lo organicen.

Antes de llegar al invernadero pasé por delante de dos guardias que estaban patrullando. Forcé la cerradura, me colé al interior e inhalé aquel aire denso y húmedo. A cada paso que daba me saludaban las flores letales y crujían las tablas del suelo. Me senté al lado de la mesa del fondo, que ahora se hallaba vacía. La tierra estaba blanda y mojada, y me manchó los dedos. Una abeja se posó en los pétalos de una flor venenosa.

No pude resistir el impulso de moverme, y todas las abejas y las mariposas, salvo las más valientes, huyeron al otro extremo del invernadero. Hice unos hoyos en la tierra.

—No recuerdo haberte dado permiso para entrar aquí. —Ante mí apareció Esmeralda, acariciando los pétalos de unas rosas de té—. Y recuerdo con toda claridad haber cerrado con llave.

—Estaba abierto, y nadie me ha dicho que no pudiera entrar aquí. —Espanté a una mariposa que se me había posado en la bota; mejor no tenerla, por si Esmeralda atacaba—. Este lugar es más bonito que ninguno de los que teníamos en Kursk. Y más tranquilo.

Esmeralda ladeó la cabeza, y tuve la seguridad de que debajo de la máscara estaba arqueando una ceja y frunciendo el ceño.

—Y está lleno de plantas venenosas.

—Esa es mi área más débil. —Me encogí de hombros—. Y no creo que vaya a tener la oportunidad de ser aprendiz de un boticario.

Esmeralda lanzó un suave resoplido, muy habitual en ella.

—Yo diría que tu parte débil es el arco.

Me indicó con una seña que me pusiera de pie y me llevó hasta el fondo del invernadero. Una vez allí, sacó de detrás de un enrejado un arco que tenía escondido, envuelto en cuero engrasado, y un pequeño paquete de flechas, y me miró para cerciorarse de que la seguía. Terminamos fuera del invernadero, a la izquierda del edificio. Me entregó el arco.

—Creo que el silencio no va contigo. —Señaló un árbol—. Practica.

Respiré hondo y tensé la cuerda del arco sin poner una flecha. Estómago dentro, brazos arriba. De pronto sentí una brisa en el cuello.

Esmeralda se había ido. Cómo no. Pero llevaba razón, y yo jamás iba a tener en mis manos un arco tan estupendo a no ser que lo robase.

—El hombro apuntando al blanco, y un dedo encima de la flecha —murmuré.

Con aquella postura, sentía dolor en el costado. Quizá Dos había tenido la mejor idea, la de pasar los últimos momentos escondida donde nadie pudiera encontrarla. Todo había acabado.

Estrella del Norte. Invierno. Caldera. Ribereño. Trampa Mortal.

La primera flecha se desvió enormemente. Las tres siguientes apenas corrigieron la trayectoria. Cambié los pies de postura y apunté con cuidado. La flecha se estampó contra el árbol de al lado. Disparé otra.

Volvió a desviarse. Repetí una docena de veces más aquella monotonía de fallos y casi aciertos, hasta que al ir a tomar la siguiente flecha encontré el carcaj vacío. Con cada disparo había ido disminuyendo el pánico cerval que sentía en el pecho. Recogí las flechas repartidas por el bosquecillo en el que me había hecho disparar Esmeralda.

Mi puntería fue mejorando según pasaba el tiempo. Disparaba, fallaba, disparaba, acertaba, disparaba, y fui recogiendo las flechas hasta que me dolieron los músculos y se me cansaron los brazos y se me quitaron las ganas de continuar. Solo quería saber.

—El estómago dentro, los hombros perpendiculares al blanco. —Las uñas metalizadas de Esmeralda me enderezaron la espalda, me hicieron cambiar de postura, me situaron en posición. Sentí su respiración cosquilleándome en el oído—. Ya te he enseñado estas cosas.

Mi flecha se clavó en el tronco, no en el centro, pero sí más cerca que antes.

—Tu postura todavía es endeble. —Esmeralda tomó un arco recurvo que llevaba a la espalda y se puso tres flechas en la mano—. Si uno es malo practicando, será malo para siempre.

Disparó tres flechas más rápidas que la vista, y todas ellas se clavaron en el árbol limpiamente.

—Ya hemos tomado una decisión —me dijo tocando mi empeine con una flecha—. Los pies, más separados.

—Dos es tranquila —dije—, ha cumplido las normas y ha matado a bastantes personas. —Disparé otra flecha y acerté en el árbol, más cerca de las flechas de ella—. Cinco es bueno, pero supone un riesgo.

—Efectivamente, todos esos detalles los hemos comentado. —Esmeralda me miró fijamente y disparó de nuevo—. El que dirige la flecha es tu cuerpo, no tu ojo.

Disparé la última flecha. Esmeralda inclinó la cabeza hacia un costado, y su máscara verde proyectó intensos reflejos a nuestro alrededor. Observó el tiro descentrado que había efectuado yo y se encogió de hombros.

—Sigues estando demasiado tenso.

—Ha sido un día tenso. —Hice ademán de ir a recoger mis flechas.

—Quédate donde estás. No te muevas. —Levantó su arco con una última flecha—. Confía en mí.

Me quedé paralizado y la miré.

—Observa la flecha y no vuelvas la cabeza. Luego dime cómo se ha movido. —Disparó. La flecha, una mancha borrosa un poco más ancha que el asta, se clavó en una rama que había detrás de mi cabeza—. ¿Lo has visto?

Sacudí la cabeza.

—He visto que se bamboleaba.

—Pero se dirige a donde tú has disparado sin desviarse, a no ser que haya viento o lluvia —dijo Esmeralda—. Si quieres mejorar, tendrás que aprender algo más que la postura.

—Aprenderé. —Me situé junto a ella y levanté de nuevo el arco. Sentí un dolor que no tenía nada que ver con mi cansancio, y que me nació en el pecho y me subió a los ojos—. El ejército me meterá todo en la cabeza como es debido.

Esmeralda asintió con un gesto.

—A la hora de cenar habrá un anuncio más formal —dijo. A continuación, me colocó los pies correctamente y pasó las manos por mi costado hasta que quedó satisfecha con la línea que dibujaban mis hombros. Me levantó el codo y añadió—: Nuestro nuevo Ópalo eres tú.

Acerté de lleno en el árbol, justo en el centro de las dos flechas de ella.

45

La Mano Izquierda salió a mi encuentro en la última puerta que me separaba de los nobles. A lo largo del camino me había tropezado con innumerables guardias, todos ellos con los ojos muy abiertos y en posición de firmes, atentos a todo lo que sucedía. Notaba los marcados pliegues de mi blanca vestimenta sobre los cuchillos que llevaba en la cintura, y en mi piel todavía quedaban restos desdibujados de tinta. Aquí no aguardaba ningún guardia.

Era una sala de espera exclusiva para la Mano Izquierda de Nuestra Soberana.

—Ya volvemos a ser cuatro. —Rubí me hizo una seña para que me aproximara. Una cuña de luz brillante iluminó la sombra de sus brazos extendidos, que me rodearon y me estrecharon en un incómodo abrazo.

—¿Sin resentimientos? —le pregunté.

Esmeralda lanzó una carcajada.

—Rubí es demasiado voluble con los sentimientos.

—Tu libertad condicional ha sido lo más interesante que me ha ocurrido en mucho tiempo. Pero dejémonos de replicar con insolencias. —Me soltó y me dio una palmada en la mejilla—. Ven. No puedo llamarte Ópalo hasta después de la ceremonia, y no pienso llamarte nunca más Veintitrés. Me cuesta trabajo pronunciarlo.

—¿Cómo te sientes? —me preguntó Amatista en voz baja—. No estés asustado.

—No lo estoy. —No había palabras que explicaran la relajada sensación de plenitud e ilusión que me corría por las venas.

—Bien. —Rubí dibujó una ancha sonrisa, tal como delató el movimiento de sus orejas—. Vas a ser nuestro nuevo Ópalo, y nosotros vamos a ser tu nueva familia.

Familia. Ni siquiera había intentado nunca formar una, pero si iba a tener que matar al lado de aquellas tres personas y confiar en ellas, tendría que considerarlas algo más que cómplices. Un vínculo tan fuerte como la sangre que habíamos derramado.

—No le hagas caso. Lleva la poesía en las venas, y yo nunca he podido sacársela para que la reparta con nosotros. —Esmeralda extrajo una caja delgada y ancha de los pliegues de su vestido verde y abrió la tapa. Dentro había una máscara de color marfil, con unas ranuras verticales para los ojos y una sonrisa dibujada—. Te servirá la máscara de nuestro anterior Ópalo hasta que te fabriquen la tuya. ¿Cómo te gustaría que fuera?

—Totalmente lisa. —Una nueva vida, empezar desde cero. Iba a poder ser cualquier persona—. Blanca y lisa, sin ojos y sin boca.

Amatista afirmó con la cabeza.

—El artesano te la confeccionará mañana.

Acaricié las cintas negras que colgaban de la máscara nueva. Amatista acercó las manos a la antigua y me la retiró de la cabeza para descubrirme la cara.

La cara de Sallot León.

—Ahora te conocemos. —Amatista estudió mi rostro durante unos instantes y se guardó la máscara antigua en el bolsillo.

A continuación, cada uno de ellos se fue quitando la máscara. La primera fue Amatista, que me miró sonriente. Era pálida, con un bronceado dorado bajo el color malva, un rostro poco acostumbrado al sol, con unas cuantas manchas que rompían la uniformidad de su piel allí donde había desaparecido el color. Rio, y sus amables ojos ambarinos se llenaron de finas arrugas.

—Y ahora nos conoces tú a nosotros —dijo Rubí con una sonrisa que era igual que su voz: afilada y torcida. Tenía el cabello castaño y peinado en forma de meseta, y unos ojos hundidos y de color gris, oscurecidos por unas inscripciones mágicas ya desvaídas. La nariz, salpicada de pecas, era larga y estaba torcida hacia un lado.

—Bien —dijo Esmeralda al tiempo que se quitaba la máscara. El metal dejó paso a las gemas. El lado derecho de su rostro estaba surcado por tres profundas cicatrices que le bajaban por la mejilla y se arrugaban cada vez que sonreía. En lugar del ojo derecho tenía un delicado globo de cristal verde en cuyo centro brillaba una esmeralda, y todo alrededor de su boca se podían ver inscripciones mágicas, pequeñas y oscuras como la noche—. Espero que no nos arrepintamos.

—Procuraré que no. —Negué con la cabeza, agarré con fuerza la máscara de Ópalo, mi máscara, y apreté los labios. Sentí el escozor de las lágrimas en los ojos.

Rubí me hizo un guiño.

—Yo también lloré.

Aquello destruyó mi última resistencia. Amatista me enjugó las lágrimas de las mejillas al tiempo que Esmeralda me alisaba el pelo y me colocaba la máscara en su sitio. Seguidamente, Rubí se volvió hacia las grandes puertas que teníamos delante.

—¿Llevas la moneda? —me preguntó, y esperó a que yo contestara afirmativamente—. Cuando se abran las puertas, ve directamente hacia Nuestra Soberana y arrodíllate. Ella te dirá lo que has de hacer a continuación.

Cuando empezaron a abrirse las puertas, vislumbré un cielo de estrellas plateadas que titilaban sobre un fondo de nubes de tormenta de color ónice en el que llovían zafiros.

—Todo va a salir bien —me dijo Amatista apretándome la mano—. En la cena te sentarás entre Esmeralda y yo. Siempre siguiendo el orden de los anillos.

Se abrieron las puertas del todo. Eché los hombros hacia atrás, levanté el rostro y respiré hondo. Yo era Sallot León, Veintitrés, Ópalo. Había sido elegido por mi destreza, y no tenía por qué sentir miedo de la corte. Eran ellos los que tenían todos los motivos para temerme a mí.

Atravesé las puertas. Solo tenía ojos para Nuestra Soberana, que era una visión de la muerte envuelta en terciopelo negro. Llevaba la cabeza afeitada, y sobre ella una corona tejida con campanillas recién cogidas del jardín. Además, se había adornado los párpados y el hueco de la garganta con polvo de plata. Vestía un corpiño de terciopelo negro entretejido con hilos de acero, y el emblema del ejército imperial estampado en el pecho. Sus manos, largas y delicadas, descansaban sobre el reposabrazos de su trono. La derecha estaba enfundada en un guantelete de metal terminado en unas garras de oso. Extendió la mano izquierda hacia mí. Yo me arrodillé.

—Mi nuevo Ópalo. —Me indicó con una seña que me aproximara, y en aquel gesto relucieron sus anillos. En el del cuarto dedo brilló un ópalo—. Y me has traído un regalo.

Besé el ópalo y seguidamente le deposité en la mano la moneda de crédito.

—Por supuesto, Nuestra Soberana.

—Por supuesto. —Sonrió y disimuló la risa con la mano cubierta por el guantelete—. Estás deseoso de complacer, y yo estoy deseosa de aceptar. Tú eres mío y nada más que mío, y habrás de eliminar a todo aquel que se interponga en el camino de Igna.

—Sí, Nuestra Soberana.

—Bien. Levántate.

Obedecí, y ella acercó mi rostro al suyo y me dio un beso en la frente. Olía a limón y a lavanda.

—Creí que vos no lo sabíais —susurré—. Creí que erais la justicia.

—La verdadera justicia no existe, y te he decepcionado, querido mío. —Levantó una mano y me tomó la barbilla. Sentí el frescor de sus dedos bajo los bordes de mi máscara—. Pero te lo compensaré. A los traidores se les ha agotado el tiempo, y ya hace mucho que deberíamos haberles dado muerte. Hazlos pagar, rápido, sutilmente, tal como hiciste con Seve y con Pau.

Entonces bajó la mano y me dejó a un lado, confuso y en medio de una nube de perfume.

—Miembros de mi corte —exclamó abriendo los brazos—. Ya tenemos con nosotros a mi nuevo Honorable Ópalo. Comportaos.

Y dicho aquello, me convertí en Ópalo, noble y mortal.

Un sirviente me condujo hasta una mesa alargada, y tomé asiento al lado de Amatista. Su mano buscó la mía por debajo del tablero.

—Relájate. —Me dio un apretón en la mano y luego me la soltó—. Más tarde tendremos nuestra propia fiesta.

Rubí estaba locuaz, compensaba con el cuerpo lo que no podía expresar con el rostro, e Isidora dal Abreu me hizo un gesto con la cabeza desde enfrente. Estaban enzarzados en un caluroso y exagerado debate acerca de un poema que yo ni conocía ni había leído, en el que participaban también otros nobles que yo nunca había visto. Elise escuchaba con atención, sentada demasiado lejos de mí para poder hablarme, y yo escuchaba a medias. El arte que otros habían encontrado en la poesía nunca me había llamado a mí.

Nicolás del Contes animaba con elogios a su esposa en el debate. Sus grandes ojos castaños seguían todos los gestos de ella, recostado en su asiento, con sus largas piernas extendidas bajo la mesa. Cuando me sorprendió mirándolo fijamente, me dirigió una sonrisa.

Aquella misma noche iba a tener que encargarme de él.

De pronto se oyó un acorde musical que ahogó los últimos versos de Rubí, e Isidora, deseosa de escapar de él, arrastró a Nicolás a la pista de baile. Él se limitó a reír.

Amatista bailaba en la periferia de la pista con un lord de más edad, de cabello entrecano, y Rubí se mezcló entre la multitud con un lord aloniano de rostro arrebolado que caminaba dando traspiés. Esmeralda me miró desde la silla que había dejado libre Amatista.

—¿No bailas? —me preguntó—. Estoy segura de que tu joven amor no tardará en levantarte los pies del suelo.

—Te has fijado en todo, ¿no es verdad? —dije, y de repente me agaché. Elise se había ido a alguna parte, y le había perdido la pista—. ¿Bailar no es tu estilo?

Esmeralda negó con la cabeza.

—Lo cierto es que no soy la típica compañera romántica, pero, al igual que tú, prefiero no explicar mi existencia cada vez que salgo ante el público. No tardarás en conocernos mejor, compartimos las mismas dependencias.

De pronto señaló algo a mi espalda. Me volví.

Elise, ataviada con un vestido color plata de estrellas que caía como los pétalos de una rosa, me saludó con una venia.

—Estáis muy atractivo, señoría.

—Gracias. —Mi improvisada máscara me impedía ver con claridad, pero no había nada que pudiera ocultar la elegancia de Elise—. Y vos estáis encantadora, lady De Farone.

Ella se ruborizó y, golpeando el suelo con el pie al ritmo de las notas de un archilaúd, me tendió una mano. Yo tragué saliva.

—Me temo que debo desilusionaros —le dije, señalándome los pies—. No tengo ni idea de bailar.

—Ya os llevo yo, vos solo tenéis que seguirme. —Me levantó de la silla y, al tiempo que nos dirigíamos a la pista, puso una de mis manos en su cintura. La otra la mantuvo agarrada en la suya—. He tenido que sobornar a Rubí para averiguar que Ópalo eras tú. Me debes un baile.

—En fin, las deudas hay que pagarlas. —Arrugué la nariz hasta que la máscara se elevó, y vi el color que le teñía las mejillas y el modo en que sus ojos buscaban los míos detrás de la máscara—. ¿Qué sucede?

—Que echo de menos tus ojos. —Entrelazó sus dedos con los míos y me hizo ejecutar una serie de giros.

—Podría robarte. —Reí y abrí la mano que tenía apoyada en su costado, para absorber el calor de su cuerpo. No había estado tan cerca de ella desde aquella noche, y solo contábamos con aquellos sencillos recuerdos, pero echaba de menos sentir su contacto y el roce de sus labios en mi cuello. Teníamos muchos recuerdos que fabricar—. ¿Un poco de familiaridad te haría sentirte mejor?

Elise sonrió.

—No creo que sea buena idea. Tendremos que conformarnos con bailar.

—Sí. Conformarnos.

Continuamos dando vueltas. Yo me dejaba llevar por Elise, cuyos dedos estaban cada vez más cerca de mi cuello. De repente di un traspié.

—Perdón perdón.

Todo era nuevo y estaba ocurriendo muy deprisa, pero allí estaba yo, y ella estaba conmigo. Jugueteé con las puntas de su cabello, con los suaves mechones que se escapaban de la intrincada corona de trenzas que llevaba y se me enroscaban en los dedos. Noté que se estremecía.

—Pero esto no está tan mal. —La multitud nos protegía de miradas curiosas; amores y amigos demasiados ensimismados en sus propias vidas para preocuparse de las de los demás. Con cada paso, los dedos de Elise se acercaban otro poco más a mi cuello. Me incliné hacia delante para ponérselo más fácil. Me fijé en una mancha de tinta que le punteaba la nariz—. ¿De qué trataba el poema?

Elise se sonrojó y abrió unos ojos como platos.

—¿Qué?

—Me escribiste un poema en el brazo. —Pasé los dedos por el arco de su cuello, recorrí su hombro y bajé hasta su muñeca para entrelazar su mano en la mía. La música aceleró el ritmo y nos empujó hacia el grupo de bailarines. Yo acerqué a Elise hacia mí—. Quiero saber qué decía.

Fuera lo que fuese yo en aquel momento, fuera el que fuese el título que me había concedido Nuestra Soberana, tenía a Elise, y ella debía tenerme a mí. La tinta ya se me había borrado de la piel, pero los recuerdos no se borrarían jamás.

—Solo era un fragmento. —Apoyó la cabeza en el hueco que formaba mi cuello. Su pelo aún conservaba un cierto aroma a agua de rosas y a limón, fresco, penetrante, que desplazaba el olor a muerte de la máscara que yo llevaba puesta—. Ni siquiera es de Igna.

Lancé una breve carcajada.

—¿Querías que tradujera un poema escrito en una lengua que no conozco y que tampoco estaba aprendiendo?

—Todavía la estoy aprendiendo yo. Era un poema para practicarla. —Suspiró, y su aliento se proyectó contra mi garganta—. Bajo la luz de la luna, me quebré como se quiebra el hielo.

Me detuve bruscamente en medio de la pista.

—¿Qué?

—No es más que un verso —murmuró Elise.

—Pero es triste. —Continué bailando mientras el gentío giraba a nuestro alrededor, un susurro de pasos al son de las cuerdas del archilaúd—. Quebrarse... es morir, ¿no?

—No es en sentido literal. —Elise apoyó una mejilla en mi hombro. Oculta por la multitud y por los volantes del cuello de su vestido, me dio un beso debajo de la oreja—. Y a veces, es bueno morir un poco.

Iba a tener que pedir a Rubí que me explicara algo de poesía.

La canción llegó a su fin y la multitud dejó de bailar. Elise se detuvo, y yo le rocé torpemente la mejilla y me erguí. Retiró las manos y se apartó, y yo la saludé con una ligera venia.

—Quiero que conozcas a mi padre. —Sonrió y me sacó de la pista de baile—. Aún está enfermo, así que no hablará mucho. Pero no te preocupes.

Yo acerqué la boca de mi máscara a su mejilla.

—Lo que tú quieras.

Meneó la cabeza y echó a andar. Conocer al padre de Elise no iba a ser un mal trago, siempre que la tuviera a ella conmigo. Pasó un sirviente con una bandeja de bebidas, y aproveché para coger una copa de vino con especias para calentarme las manos. Me acomodé en una silla junto a una ventana, sintiendo un viento frío en la espalda.

—Hay que cuidarse del invierno de Erlend —dijo una voz suave a mi izquierda—. Cuando empiezan a soplar los vientos del norte, llega rápidamente y sin avisar.

46

—Nuestro nuevo Honorable Ópalo —me saludó Nicolás del Contes con una reverencia. Su alto corpachón apenas cabía en el nicho de la ventana—. Bienvenido a la corte.

—Lord Del Contes. —Respondí con otra inclinación de cabeza. Visto de cerca resultaba una figura depredadora, y las inscripciones mágicas que asomaban de su ropa hicieron que me rechinaran los dientes. Un Maestro del Alma, uno de los pocos que quedaban, el único que no había tenido nada que ver con las sombras, tal como lo demostraban los tatuajes que llevaba en las muñecas y en los pies. En los viejos tiempos era capaz de transportarse de un lugar a otro por mucha distancia que hubiera, empleando únicamente una inscripción mágica. Y ahora estaba allí estancado.

—¿Qué quiere decir eso? —Saqué la mano por la ventana, bajo la que discurría, a lo lejos, la corriente del Caracol—. ¿Lo del invierno de Erlend?

—Afirma un antiguo dicho que los inviernos de Erlend son heladores. —Se recostó contra la pared y contempló a la multitud que bailaba—. Cuanto antes empiece a soplar el viento, más largo y más frío será el invierno. Ello hace que resulte más difícil vencer a lord Del Weylin, pero debería ser más fácil de manejar ahora que vos habéis eliminado a Seve de la ecuación.

Tuve que recurrir a todo mi autodominio para no ponerme en tensión y negarlo de inmediato. Incliné la cabeza hacia un lado y me volví ligeramente hacia él.

—¿Pero no se cayó por una ventana?

—Bueno, se cayó de la azotea, pero solo después de que vos lo empujarais. —Nicolás me miró fijamente, sin mover las facciones, pero con ojos fríos—. Os ruego que no me insultéis fingiendo no saber nada. Estáis persiguiendo a la gente que permitió que Nacea cayera, una lista de personas casi idéntica a la de las casas nobles de Erlend, estoy seguro.

—Si vos os hubierais encargado de resolver los desastres que provocasteis, lord Del Contes, yo no tendría necesidad de perseguir a nadie. —La furia me recorrió la espalda y me empujó a erguir la postura. Ya era Ópalo. Del Contes no podía tocarme—. Permitisteis que vuestros amigos se marcharan de rositas.

—Deberíais llamarme Nicolás, en adelante trabajaremos juntos con frecuencia. —Se llevó un dedo a los labios para hacer el gesto de guardar un secreto—. El arte de mantener intacto un país que es muy frágil y muy nuevo sin recaer en la violencia que lo precedió consiste en saber separar los sentimientos personales de las necesidades de la nación. Por eso Nuestra Soberana diseñó vuestro examen final: no matar a nadie más que a Thorn da Tonin.

Aquello no mejoró en nada las cosas. Me encogí de hombros.

—¿Por qué despellejaron a Tres en el bosque? —Nicolás se inclinó para poder mirarme a los ojos—. Exactamente igual que hacían las sombras. ¿Por qué?

—Para asustarme a mí.

—No, para asustar a todos. —Nicolás depositó su copa en el alféizar de la ventana, a nuestra espalda, y agitó los dedos proyectando largas sombras sobre las losas—. El derecho de Nuestra Soberana al trono, a la nación que ella creó, se basa en su historial de maga que expulsó la magia y destruyó las sombras para protegernos. Pero si existiera alguna prueba de que la magia todavía existe, de que las sombras siguen vivas, de que la reina no nos libró totalmente de ellas, nadie tendría motivos para hacerle caso. Sería simplemente una mujer con corona. La única razón por la que la mayoría de los nobles de Erlend se plegaron ante su autoridad fue que le tenían miedo, y necesitábamos a dichos nobles porque necesitábamos sus tierras para impedir que surgieran hambrunas y revueltas.

—Ellos mismos fueron la guerra —dije—. Ellos eran la única razón de que estuviéramos en guerra.

—Y, políticamente, es mucho mejor para nosotros que las guerras las inicien ellos. —Se irguió de nuevo y bajó el tono de voz hasta convertirlo en un susurro—. Pero es cierto que la cultura de Erlend es un río rebosante de violencia. Tal vez esté maldito, tal vez discurra encauzado y sea útil, pero se erosiona en el resto del mundo. Yo nací en su corriente y conozco su trayectoria, y aunque salga de sus aguas jamás me veré libre de su empuje. Pero todos los ríos nacen en alguna parte. Si uno quiere impedir que Erlend vuelva a cometer semejantes atrocidades, ha de frenar a Erlend en donde nace.

—Lord Del Contes, ¿por qué me decís todo esto? —pregunté. Por fin había encontrado lo que deseaba decir, en medio del torbellino de rabia e incertidumbre que me arrasaba por dentro.

Nicolás sonrió.

—Porque ya no los necesitamos.

Me removí en mi sitio. No me quedé nada contento con aquella respuesta, pero ya no estaba enfadado.

—¿Y ya está? ¿Ya no los necesitáis?

—Vos incluido. Vos también formáis parte de esta nación. —Bebió un sorbo de su copa de vino, completamente tranquilo—. ¿Del Seve os dijo algo?

Sopesé un momento mis opciones y terminé negando con la cabeza.

—Nada que no pueda contaros mañana.

No era necesariamente una mentira: tenía varios nombres, pero no podía hacer nada con ellos. Tal vez él supiera lo que significaban. Aun así, sería imposible encargarme de mis lores aquella noche.

Isidora y Rubí se pararon a nuestro lado. Isidora observó primero mis manos fuertemente entrelazadas y después miró el rostro de Nicolás; lanzó un suspiro y desvió el rostro el tiempo suficiente para hacer venir al sirviente que estaba más cerca. Este saludó inclinando la cabeza, y el cabello rubio le cayó sobre los ojos. Isidora le solicitó algo.

—¿Estáis corrompiendo a mi nuevo protegido? —preguntó Rubí al tiempo que tomaba un cuchillo de la bandeja del sirviente y lo blandía ante el rostro de Nicolás—. Me pertenece a mí. Ya podéis iros a buscar a algún otro lamentable espadachín al que enseñar vuestras horribles costumbres.

Yo fruncí el ceño y me volví hacia él.

—Yo no soy lamentable.

—Eres penoso —recalcó Rubí.

—Estábamos conversando. —Nicolás hizo caso omiso de Rubí y depositó un beso en la mano que le ofrecía Isidora—. ¿Os marcháis?

Isidora le dio un beso en la mejilla. Rubí, a mi lado,

emitió un ruido gutural expresando disgusto, e Isidora se giró rápidamente hacia él. Rubí levantó las manos en un gesto de rendición.

—Rubí está acompañándome en mis rondas. —Le palmeó el hombro y me miró a mí—. Hago visitas a domicilio con los otros médicos por la noche, cuando ya todo el mundo ha vuelto del trabajo. Deberías acompañarme tú alguna vez, cuando estés instalado. Es una buena oportunidad para aprender, teniendo en cuenta que te saltaste varias de mis clases.

Asentí con una sonrisa, satisfecho de que mi conversación con Nicolás hubiera terminado, pero experimentando un extraño sentimiento de culpa. Había estado haciendo otras cosas importantes.

Junto a Isidora apareció el sirviente con una copa llena de agua de azahar y otra de vino con especias. Ella tomó la de vino y se la puso a Nicolás en la mano.

—Necesitáis relajaros y comer algo antes de volver al trabajo. —Se apartó y se fue bebiendo de su copa de agua, hasta que Rubí se la quitó de las manos e hizo una seña a Nicolás.

—Ópalo —dijo Nicolás en voz baja al tiempo que se despedía—, cuidaos del invierno de Erlend.

Y en el espacio que dura un suspiro, desapareció dejándome con el familiar aroma a primavera.

Me volví. Elise se había detenido a unos pasos de donde estaba yo, trayendo a su padre del brazo.

—Ópalo. —Se inclinó respetuosamente en una breve reverencia, y yo le respondí con otra más larga. Su padre estaba observándonos, y yo no quería desagradarlo más—. Me gustaría que conocierais a mi padre, lord Nevierno del Farone.

Ejecuté una reverencia más profunda todavía, e hice caso omiso del hormigueo que sentí al reconocer el nombre. Por supuesto, no era la primera vez que lo oía. Era el padre de Elise.

Nevierno era erleniano antiguo, y yo había sido un necio. Era un nombre tradicional para un hombre tradicional.

«Cuidaos del invierno de Erlend.»

—Lord Del Farone —dije sin levantarme. Aquel maldito nombre me produjo un escalofrío que me caló hasta los huesos, y tuve que reprimir el dolor que sentí por Elise—. Es un placer conoceros.

Nevierno. Cumbres heladas y bosques cubiertos de nieve, el antiguo nombre que se daba en Erlend a un invierno tan duro y frío como la propia muerte.

Mi Señora, ni siquiera se había buscado un buen nombre secreto.

Elise no me había odiado todavía, pero a buen seguro que me odiaría a partir de aquel momento, por monstruoso que fuera su padre. Su padre tenía que morir.

—Bienvenido a la corte, Ópalo —me dijo devolviéndome la venia. Llevaba el cuello descubierto. Resultaría muy sencillo matarlo allí mismo. Podría clavarle mi cuchillo en la espalda y contemplar cómo se le iba la vida. Rápido y simple. Más de lo que él se merecía—. Espero que mi hija también os haya dado la bienvenida.

Elise lo miró y arrugó la nariz. Estaba enfermo; un rubor rosado le cubría el cuello y las mejillas por más que él intentaba ocultarlo con las altas solapas, y cada palabra que pronunciaba sonaba áspera y seca.

—Desde luego —dije con precaución; no sabía muy bien qué era lo que estaba pasando, pero estaba pasando algo. A lo mejor estaba demasiado enfermo para mostrarse exigente.

—Excelente. —Tosió en un pañuelo y este salió manchado de sangre y alguna otra sustancia desconocida.

Pero era el padre de Elise, así que era mejor que lo matase la enfermedad, y no yo.

—Me gustaría que te viera Isidora antes de irse a hacer sus rondas —dijo Elise mirándome primero a mí y después a él—. Seguro que tiene algo para esa tos.

—No soy tan viejo como para morirme por culpa de una tos. —Irguió la espalda y empezó a doblar el pañuelo en cuadros. Entre los pliegues se advertían manchas de color rojo.

Rojo vivo, como la crema cosmética que me había puesto Maud en los labios.

Elise sonrió.

—Claro que no, pero más vale prevenir que curar.

—Naturalmente, cariño. —Se guardó el pañuelo en el bolsillo de la levita. Perfecto—. Odiaría estropear las celebraciones y tus expectativas.

—Lord Del Farone. —Me incliné de nuevo, todo lo que pude, sin tocarlo, y le ofrecí mi pañuelo—. Insisto.

Él asintió con la cabeza, y yo permití que mi mano libre se deslizara hacia su levita, con tanta naturalidad como los amplios ademanes que hacía Rubí. Su pañuelo desapareció en el interior de mi manga.

—Muy generoso por vuestra parte.

Observé la mancha de color rojo. Decididamente, era cosmético.

Elise se quedó mirando cómo se alejaba su padre.

—Pensé que se resistiría más. ¿Tú crees que de verdad está tan enfermo?

—No. —Le di mi copa de vino. Su padre no sufría ninguna enfermedad del cuerpo ni de la mente, tan solo del alma. Había que estar enfermo para hacer lo que había hecho él—. Seguro que está harto de que le regañen por no ir a ver a Isidora.

No estaba enfermo. Había accedido demasiado rápido a ver a Isidora, y era Invierno. Allí había un complot de lo más claro, un largo enfrentamiento que se acercaba a su punto culminante. Perderse aquella fiesta para ir a ver a Isidora suponía el principio o el fin.

—Supongo. —Elise bebió un sorbo. Con cada respiración iba acercándose un poco más a mí—. Sabía que no discutiría conmigo al respecto porque tú eres Ópalo, pero nunca se mostraría...

—¿Generoso y comprensivo? —Le rodeé la cintura con un brazo y saboreé el calor de su cuerpo en contacto con el mío—. ¿Cuánto tiempo lleva enfermo?

Ojalá fuera el principio. Ojalá no tuviera yo que hacer trizas tan pronto los recuerdos que Elise tenía de su padre, y ojalá Nuestra Soberana se enterase rápidamente.

—Desde el verano. —Pronunció la palabra despacio, igual que Rubí—. Lo odio. Trabaja día y noche, nunca habla con nadie que no sean sus ayudantes, y no quiere ver a Isidora porque resulta impropio que un hombre de su categoría muestre debilidad. Las tradiciones tienen su importancia, pero esto es ridículo.

Los ideales de Erlend habían destrozado más familias que los de Nacea.

Horatio del Seve mencionaba en sus notas que había que esperar al invierno, pero el viento del norte que sentía yo en mi espalda no tenía nada que ver con el escalofrío que me bajó por la columna vertebral. Tenía que salir de allí.

—Tengo que hablar con Rubí.

Elise frunció el ceño.

—¿Qué?

—Ahora vuelvo. Te lo prometo. —La abracé con fuerza, me consoló pensar que volvería a verla pasara lo que pasara—. Al hablar con tu padre me he acordado de una cosa que quiero preguntar a Rubí antes de que se vaya.

Aunque no estuviera equivocado, él lo entendería. Y si estaba en lo cierto, abrigué la esperanza de que no fuera demasiado tarde.

—Ve, pues. —Lanzó un suspiro largo y triste, pero sonrió—. Debería haber comprendido que aún no te tengo para mí sola.

Entrelacé mis dedos con los suyos, los acerqué a la boca de mi máscara y apreté mi frente contra la de ella.

—Te lo compensaré.

Contaba con todo el tiempo y todos los recursos necesarios para ello. En cuanto averiguase qué era lo que se proponía Invierno —su padre—, podría dejar que Nicolás y Nuestra Soberana hicieran lo que se les antojara al respecto. No era culpa mía ni de Elise que su padre fuera lo que era. No era culpa mía que yo tuviera que hacer lo que estaba a punto de hacer, pero Elise no podía saber que había tomado parte en ello. Aún no. Si es que estaba en lo cierto.

Ojalá estuviera equivocado.

47

Invierno estuvo una eternidad andando. Pasamos por una docena de edificios diferentes y recorrimos los alrededores de palacio, donde el número de sirvientes y de guardias era más reducido. Invierno tenía la misma cara redonda y el mismo cabello castaño y rizado que Elise, este último recogido con una cinta de color verde bosque ribeteada de oro, y lucía los antiguos colores de Erlend ocultos en los pliegues y pespuntes de sus ropas. Resultó fácil seguirlo por los senderos al aire libre que se elevaban por encima del bosque en el que yo había vivido cuando era Veintitrés. Por fin se detuvo en un pasillo de puertas cerradas con llave que carecían de placa de identificación.

Entró por una puerta y volvió a cerrarla tras de sí. Al otro lado se oyeron voces amortiguadas.

Lancé un suspiro. Su falsa enfermedad, la nota de Seve y su vida en calidad de Invierno: todo ello apuntaba a algún plan siniestro que se estaba tramando. A Del Seve le habían dicho que esperase a Invierno, pero no se sabía qué era lo que esperaba. Regresé raídamente al sendero al aire libre por el que había venido y me asomé a un costado. No se me había ocurrido acudir a una fiesta llevando encima mis ganzúas.

Del edificio sobresalían los extremos de unos soportes. Un camino entrecortado, situado tres alturas por encima de las turbulentas aguas del Caracol.

Mejor sería que no me cayera, pues.

Salté al muro y me encaramé a una viga. Las ventanas tenuemente iluminadas resplandecían en la oscuridad. Salté al siguiente soporte. Bajo mis pies se desmenuzaron los restos de un viejo nido, que cayó de la viga de madera reforzada con metal y volcó un puñado de huesecillos de pájaro en el río. Me concentré en una ventana un poco más alejada, por la que salía la voz de Invierno amortiguada por una persiana de papel. El borde inferior de la persiana estaba decorado con una hilera de tortugas.

Las tortugas representaban a un médico de la realeza... Isidora dal Abreu.

—Notable —dijo Invierno en un erleniano tan fino como el de Elise pero teñido de un acento propio. Su voz ya no sonaba ni áspera ni débil—. ¿Cómo te has dado cuenta? Yo apenas distingo cuándo hablan, y mucho menos cuándo beben.

—Mi trabajo consiste en percatarme de cosas que a ti te pasan inadvertidas. —La familiar voz de Cinco despejó las dudas que pudieran quedar en mi mente. Invierno abrigaba malas intenciones, y aquel iba a ser el final de su juego—. Celso y yo hacíamos lo mismo, y teniéndolo a él a su lado, a nadie se le ocurriría nunca envenenarla.

Orienté el oído hacia aquella ventana. Cinco estaba trabajando para él, con él, y tenían que estar hablando de Isidora y de Rubí. Los dos bebían lo mismo... Aquella noche ambos habían bebido agua.

Un agua que les entregó un sirviente rubio y de ojos claros.

De repente un cuerpo chocó contra el suelo. Isidora emitió un grito inarticulado y Cinco soltó una carcajada. Reprimí el acceso de furia que me subió a la garganta. Fuera lo que fuese lo que estuviera tramando Cinco, en ello no tenía sitio Isidora. Ella era doctora. Y una de las buenas. Una que nunca había incumplido su juramento para causar daño a nadie, ni siquiera en medio de una guerra.

—Domínate. —Invierno atravesó la habitación—. Tu pequeña fantasía de venganza ya me ha obligado a actuar muy por delante del calendario previsto. Necesitamos que esto resulte creíble.

—¿Fantasía? —dijo Cinco elevando el tono de voz, y, a continuación, se oyó un entrechocar de metales—. No es la primera vez que hago esto. Tú has estropeado tu parte. Eso es problema tuyo.

Cerré los dedos en torno al alféizar de la ventana y me icé hasta ella. Cinco no tenía bastante con los recuerdos y los huesos de dedos, él necesitaba más, él necesitaba vengarse en nombre de un mago que no se lo merecía. Pero Rodolfo d'Abreu estaba muerto, e Isidora no tenía nada que ver con las acciones de su hermano. ¿Por qué hacerle pagar a ella?

—Déjala ahí. —Invierno recogió algo del suelo y rasgó un trozo de tela—. Tengo la caja ahí... ya está abierta.

Se oyó un susurrar de tela contra el suelo de piedra y unos tacones que rozaban la madera. Las familiares pisadas de Cinco se aproximaron a mí. Mis músculos aún tenían reciente el entrenamiento de Amatista; me icé haciendo fuerza con las manos y me asomé por debajo de la persiana de papel.

Cinco se encontraba de pie junto a Isidora dal Abreu, que estaba tendida en el suelo. Iba vestido como un sirviente, pero había cambiado la bandeja por una espada.

La habitación era sencilla y eficiente, una mesa escritorio en un rincón y las paredes forradas de estanterías de libros. Sobre el escritorio descansaba el agua de azahar de Isidora. A su lado distinguí el cuerpo inerte de Rubí.

Rubí dejó escapar un gemido, y al momento se arrojó Cinco contra él y le aplastó los dedos con la bota.

—Aún no tienes nada de qué protestar —le dijo inclinado sobre él—. Ni siquiera hemos empezado todavía.

Mierda.

Se me había pasado por completo. Las inscripciones mágicas alrededor de los ojos, las mismas pecas y los mismos ojos, la cercanía, la cólera que provocó en él mi estallido cuando cambió mi descalificación por la libertad condicional. Rubí lo había perdido todo.

Su vida como Rodolfo d'Abreu.

Era el perfecto Rubí: mostrando una lealtad incuestionable a Nuestra Soberana, preparado para hacer cualquier cosa por ella y, sin duda, había estado viviendo encerrado en tierras pertenecientes a la familia, manteniendo toda su existencia en secreto. El hecho de ser Rubí le había devuelto la vida, le había dado un nuevo propósito.

Y había hecho que Cinco tuviera todos los motivos del mundo para verlo muerto.

Invierno volvió los ojos hacia Cinco y lanzó un suspiro. Yo ya no podía continuar viéndolo como el padre de Elise, dado que podía ser que al final de aquello mis manos acabasen manchadas con su sangre. Había esperado algo sospechoso, pero no aquello. Ni aquella noche.

—Nada de huesos rotos. Las sombras solo se llevan la carne.

Cinco se volvió. Sus ojos chispearon y sus dedos se agitaron.

—Ya lo sé.

—Pues entonces no sigas. —Invierno cogió la copa de agua y se volvió hacia la ventana en la que estaba yo—. Tenemos que terminar con esto antes de que llegue Nicolás.

De modo que era aquello. Las últimas personas que sabían cómo crear sombras iban a morir como si hubieran perdido el control de una de sus creaciones. Si la gente creía que Nuestra Soberana era una farsante que de ningún modo había eliminado la magia ni las sombras, y que encima estaba fabricando sombras, arrasarían Igna antes de que ella pudiera preparar una defensa. Weylin y sus lores podían lanzarse en picado y adueñarse de todo sin armar el menor aspaviento.

Me agaché y me arrimé a la pared. Invierno levantó la persiana de la ventana, arrojó fuera el agua y aspiró una profunda bocanada de aire. Yo me cubrí la cabeza con las manos tan despacio como pude. Las rodajas de naranja fueron a parar al río.

—¡Dijiste que podías hacerlo! —exclamó Cinco con voz aguda, más alterado y más aterrador de lo que yo le había oído nunca, ya desembarazado de toda precaución. Se oyó rozar el metal contra la piedra: fue la máscara de Rubí, que había chocado contra el suelo. Con fuerza—. He sufrido durante muchos días tu consigna de no llamar la atención y conservar la vida al lado de esos necios que me endosaste, y no pienso marcharme de aquí sin su cabeza y sus manos.

Invierno se volvió bruscamente, y la persiana de la ventana cayó de nuevo. Yo interpuse un dedo para impedir que se cerrase.

Cinco estaba reproduciendo la muerte de su hermano. Cuando Rubí era Rodolfo, les dio a los magos de Erlend un poco de su propia medicina despellejándolos tal como las sombras despellejaban a sus víctimas, y ahora Cinco iba a devolver el favor.

Dos contra uno no era una proporción tan mala, pero es que yo tenía que cuidar de Isidora y de Rubí. Y Cinco no estaba bien. Ya le conocía yo aquel tono especial en la voz. Mientras Cinco continuara respirando, Rubí no iba a salir vivo de allí.

—Te irás cuando yo diga que te vayas y con lo que yo diga que puedes llevarte. —Invierno se apartó de la ventana—. De un modo u otro, él morirá.

—Las sombras despellejaban a los vivos —dijo Cinco con una ancha sonrisa al tiempo que se quitaba la levita y dejaba ver los cuchillos de mesa que llevaba sujetos al costado con una cinta. Desenvainó su espada—. Tres forcejeó, pero a ti voy a sujetarte.

Al instante me icé de nuevo hasta el borde, haciendo un esfuerzo, y levanté la persiana sin hacer ruido. Rubí estaba apartando la espada de Cinco de un manotazo.

—He estado en fiestas peores. —La voz de Rubí se oyó ahogada por un entrechocar de metales, y al momento empezó a gotearle sangre de la barbilla—. ¿Así que por fin lo has averiguado?

Estaba intentando ganar tiempo. Bien. Me senté en el alféizar, con las piernas colgando por fuera, y esperé unos instantes. Rubí se enfrentaba a Invierno y a Cinco, y yo no tenía ninguna arma. Agarré la copa vacía.

—Ya está. —Cinco le dio a Rubí un puntapié en la espalda, y a continuación fue acompañando cada palabra con una patada certera dirigida a los riñones, las costillas, el estómago—. No seas previsible, no seas previsible, no compartas la misma bebida en todas las comidas ni repitas la misma rutina todas las noches. Me obligaste a abandonar a mi hermano cuando tú ni siquiera pudiste hacer lo mismo por tu hermana, y ya ves lo que ha supuesto para ella tu despreocupación. Se te da muy mal borrar tus huellas, Rodolfo.

—Y a ti se te da muy mal dar patadas. —Rubí hizo un esfuerzo por incorporarse, pero ladeó la cabeza hacia Isidora—. ¿Debo suponer, entonces, que esto tiene que ver con esa tontería de tu hermano?

De improviso Cinco golpeó a Rubí con la hoja de la espada. Rubí cayó hacia atrás, sin fuerza en los brazos y flaqueándole las piernas. Yo respiré hondo, me subí del todo a la ventana y me agarré al cristal. Rubí se desmoronó en el suelo.

—¿Tontería? —Cinco tiró de las manos de Rubí para situarlas delante de todos y le aprisionó las muñecas pisándolas con las botas—. Le despellejaste los brazos antes de cortarle la cabeza. Estaba vivo.

—Sí, fue despellejado vivo, igual que las víctimas de las sombras que él creó. Muy poético por mi parte. —Rubí hizo una seña a Invierno para que se acercara a él y se apartara de Isidora. En ningún momento me miró a mí, pero tenía que saber que yo estaba en la ventana, tenía que ser hiperconsciente de todo cuanto estaba sucediendo—. ¿Pero qué estás haciendo aquí?

Bien. Que continuara hablando.

Invierno meneó la cabeza en un gesto de negación.

—No importa.

De pronto, Cinco le arrancó la máscara a Rubí y le propinó un puñetazo.

—¿Esto es todo? —Rubí lanzó una carcajada y escupió un diente—. Pensábamos que como mínimo pretendías un asesinato, ¿pero una venganza?

Cinco volvió a golpearlo, y la cabeza le cayó hacia atrás.

—¡Vaya chorrada! —Se carcajeó Rubí, coloreando el aire con una rociada de sangre a cada palabra que pronunciaba—. ¿Tanto trabajo para esto?

La aguda risa de Rubí reverberó en mis oídos y me produjo escalofríos. Cinco respiró hondo, alzando los hombros. Reconocí aquella expresión, aquella tensión en sus músculos y aquel temblor en sus dedos, señal de que ansiaba vengarse. Me abalancé contra él, y él blandió su espada. Sentí una salpicadura de sangre en todo el rostro.

Golpeé a Cinco en la sien con la copa de agua; a continuación, mientras él se desplomaba, me agaché y le robé uno de los cuchillos que llevaba al costado.

—Gritaría, pero eso te gustaría a ti, ¿verdad? —Rubí arremetió con el hombro contra Cinco y lo arrojó al suelo. Luego se incorporó de rodillas. La mano derecha le colgaba de la muñeca, los dedos estaban inmóviles y los tendones seccionados. El brazo izquierdo estaba todo ensangrentado, de un rojo vivo, y empapado. Ninguna magia era capaz de suturar una arteria. No tenía ninguna posibilidad de sobrevivir a aquella noche—. Tu hermano Celso gritó. Llegué a creer que se le iba a desgarrar la garganta de tanto sollozar, pero no paraba, fue lanzando una maldición tras otra con cada herida, hasta que le corté la cabeza. Y no dijo ni una sola palabra para pedir perdón a las víctimas de sus sombras.

Le arranqué a Cinco la espada de la mano de una patada. Él, boquiabierto, hizo ademán de asir los cuchillos, pero yo le clavé el que le había robado en el cuello. Cayó de rodillas en medio de un gorgoteo.

Rubí se volvió para indicar la espada.

—Eres penoso —me dijo con un gemido al tiempo que se derrumbaba sobre mí—. Jamás te deshagas de un arma mejor.

—Suelta ese cuchillo. —Invierno me apuntaba con la espada de Cinco al corazón, manteniendo una postura perfecta, tal como Rubí me había exigido a mí en todo momento, y dio un paso al frente—. Tú has sido el causante de que me desapareciera el pañuelo, ¿verdad?

Rubí dejó escapar un suspiro. Ningún mundo carente de magia podría devolverle la sangre que había perdido. Me miró, ya sin máscara, con la cara manchada de sangre y la mirada vidriosa, y murmuró—: Improvisa.

Invierno levantó su espada.

Ojalá Elise fuera capaz de entenderlo.

Empujé a Rubí delante de él. La espada le atravesó el cuerpo y le abrió un agujero desde el ombligo hasta la columna vertebral. Invierno se detuvo un instante, aturdido al ver la espada clavada en Rubí, y yo aproveché para asestarle un puñetazo en la garganta. Se tambaleó. Entonces agarré el cuchillo que tenía Cinco clavado en el cuello y ataqué.

—¡Alto!

Nos quedamos paralizados. Invierno se volvió lentamente, con la boca abierta a causa de la impresión. Yo no hice lo mismo, no pude mirar.

—¿Qué ocurre aquí? —preguntó Elise con la respiración agitada—. ¿Qué habéis hecho?

48

El asfixiante olor a seda empapada de sangre se filtraba a través de mi máscara. Un goteo constante hacía eco en medio del silencio y mantenía mi mirada fija en la mancha roja que iba agrandándose en el hombro de Invierno. Mi cuchillo se apoyaba tembloroso contra su cuello, y nada se interponía entre la muerte y él salvo la voz de Elise. Me sentía incapaz de mirarla, no soportaría ver su rostro distorsionado por la furia.

Invierno bajó el brazo.

—Elise —dijo Invierno, al tiempo que Rubí se sacaba la espada y se derrumbaba a sus pies.

—¿Qué es esto? —preguntó Elise con la voz débil y jadeante. Dio un paso al frente. Sus pisadas resonaron con fuerza en mis oídos—. ¿Ópalo?

Entonces me moví, frío y sereno bajo su mirada. Invierno dejó escapar un suspiro.

—Cariño, este salvaje...

—No, no te pregunto a ti —se apresuró a replicar Elise—. Él me conoce mejor y no me insultaría mintiéndome. Puede que te esté amenazando con un cuchillo, pero hace un momento mi amigo estaba atravesado por tu espada. Sé que esto no tiene nada que ver con Ópalo ni conmigo. A quien han llamado ha sido a Nicolás, pero él me ha hecho venir a mí en su lugar.

Invierno se puso en tensión. Yo sentí una oleada de calor que me llenaba el pecho. Por supuesto, Elise era más inteligente que él. Ella odiaba la política, pero la había estudiado. Ella conocía todos los trucos que se habían utilizado, y acababa de entregarme a mí la pieza que faltaba. También buscaban a Nicolás.

Estaba en lo cierto. El asesinato cometido en el bosque al estilo de las sombras fue solo el comienzo. Todo estaba planificado, conectado, y Erlend estaba llevando a cabo una pantomima para la corona de Nuestra Soberana haciéndola parecer débil. Si ella nunca hubiera expulsado la magia, si no nos hubiera liberado de las sombras, si hubiera permitido que sus consejeros más fiables hubieran vuelto a traer aquellos horrores, todo el mundo la odiaría. Igna dejaría de existir.

La única persona en la que confiábamos para que nos protegiera de los monstruos había mentido desde el principio. Eso era todo cuanto necesitaría decir Erlend. Todo el que estuviera descontento por algún motivo, ya fuera por culpa de Nuestra Soberana o no, perdería la fe.

—Elige: o tu hija o tu conspiración —dijo Elise cuadrándose de hombros ante su padre.

Invierno suspiró.

—Eres demasiado joven para recordar cómo es vivir teniendo un buen gobernante. Ya lo entenderás con el tiempo.

—¿Que soy demasiado joven para recordarlo? —Elise lanzó una carcajada, hueca, aguda, y resopló—. Los recuerdos que tengo de mi infancia son de soldados y piras funerarias, de un aire tan cargado de cenizas que aún noto su sabor en la boca. ¿Y tú pretendes devolvernos a esa época? ¿Para qué?

—¡Por nosotros! —Invierno dio un paso atrás, con lo que me obligó a mí a alejarme también de Elise—. Con esa mujer nos está yendo peor de lo que nos fue nunca, y es necesario hacer sacrificios para restituir el equilibrio. Ella traerá nuestra ruina.

—Ella traerá la igualdad. —Elise estaba enfurecida. Con los ojos convertidos en dos ranuras y las mejillas arreboladas, miró a Isidora. Permaneció así durante largo rato, incapaz de volver a mirar a su padre. Yo reconocí aquella expresión, aquel asco—. Tú pretendes arrojar a la basura una paz que tanto esfuerzo ha costado para obtener un beneficio personal, y yo no pienso ayudarte.

Ciertamente, Elise lo entendería.

—Dile qué más has hecho. —Me pasé la lengua por los labios. Sentía una opresión en el pecho, pero estaba muy dispuesto a extraer una segunda confesión, igual que se extrae el pus de una herida—. Lo que le hiciste a Nacea.

Tanto Invierno como Elise se giraron hacia mí con expresión perpleja. Invierno negó con la cabeza. Yo le arañé el mentón con el cuchillo hasta hacerle sangre.

—Cuéntale lo de Nacea, Invierno.

Se estremeció al oír el nombre. Elise dio un paso hacia nosotros.

—¿Nacea? ¿El antiguo territorio de la costa? —Elise movió la cabeza en un gesto negativo—. ¿Qué tiene que ver él con eso?

—Todo. —Di la vuelta al cuchillo y le arañé la cara a Invierno en una delgada línea de arriba abajo.

—No sé de qué estás hablando —dijo Invierno.

—Encontré tu nombre junto con el de Horatio del Seve, y sé que los tuyos tenían la misión de dirigir a las tropas. —Miré a Elise. Por primera vez la vi plenamente, me entraron ganas de quitarme mi maldita máscara para que ella pudiera ver el dolor y la verdad que se reflejaban en mis ojos, para que pudiera ver que le pedía perdón por lo que deseaba hacerle a su padre—. Cuéntaselo, o de lo contrario lo oirá de mis labios cuando tú ya estés muerto.

—Las sombras estaban cada vez más cerca de Erlend...

—Las sombras que tú liberaste entre la población civil de Alona. —Tragué saliva; me costaba trabajo impedir que se me notase el asco que sentía.

—Y decidimos retirar unas cuantas tropas de Nacea para proteger Erlend. —Se apartó unos centímetros de mi cuchillo. Estaba demasiado sereno, demasiado tranquilo con lo que estaba sucediendo, y en todo momento miraba más allá de mi hombro, no a mí—. Como Nacea carecía de ejército, por desgracia ello quería decir que no estaba preparada, y muchos no consiguieron huir a tiempo.

—Sí, estábamos muy mal preparados para las sombras de las que tú no nos advertiste. —Miré a Elise e intenté transmitirle todo lo que pude con mis movimientos, dado que aún llevaba puesta la máscara—. Lo siento.

—No tienes por qué —contestó ella—. Quien debe sentirlo es él. Puede que yo fuera demasiado joven para acordarme de la política, pero me acuerdo de los pactos que hicimos con Nacea.

Ambos guardamos silencio oyendo la voz fría y cortante de Elise. Estaba totalmente irreconocible, de tan horrorizada: los ojos muy abiertos, la boca torcida en una mueca de burla, el cuerpo cada vez más alejado de su padre, como si la distancia física pudiera borrar el pasado que los había unido a los dos.

—Cariño. —Invierno se recobró, y empujó a un lado la espada con la que había traspasado a Rubí—. De verdad, no puedes creer que...

—Puedo creer lo que se me antoje creer, y si alguien tiene la culpa de hacer que parezca plausible tu intervención en una masacre, ese alguien eres tú. —Su mirada se apartó de él, luego se fijó en Isidora y en el cuerpo postrado de Rubí, y finalmente se posó en mí—. ¿Nacea?

—Nacea no tenía más protección que los soldados de Erlend. —Tragué saliva; me costaba articular—. Y los lores de Erlend decidieron que cuando las sombras estuvieran más cerca ellos ganarían tiempo para fortificar sus tierras si retiraban sus soldados de Nacea y permitían que las sombras nos hicieran pedazos como si fuéramos forraje para el ganado. Los nombres que figuraban en las cartas para la planificación de la masacre eran Estrella del Norte, Trampa Mortal, Ribereño, Caldera, Víbora e Invierno.

Elise se sorbió las lágrimas. Sacudió la cabeza en un gesto de negación y se echó hacia atrás, incapaz de contener el llanto.

—Lo siento mucho —me apresuré a decirle—. No era mi intención arrebatarte a tu padre. Jamás haría algo así, pero es que él me arrebató a toda mi familia, todo mi mundo. Lo siento. De verdad. Y esto no lo he hecho yo.

Indiqué con gesto blando la sangre de Rubí, que salpicaba toda la habitación, rezando para que Elise me comprendiera.

—¡Siempre he hecho lo que era mejor para ti y para nuestra familia, y esa mujer no lo es! —chilló Invierno.

Elise, con el rostro surcado de lágrimas, negó con la cabeza y se fue poco a poco hacia la puerta.

—Lo peor de esto es que no me sorprende en absoluto. Pero... ¡miles! ¿Sabes siquiera a cuántas personas mataste?

La minúscula parte de mi ser que todavía se despertaba por las noches gritando y que empujó a Del Seve de la azotea me llamaba ahora a voces desde mi mente, y yo sentía un torrente de furia y de impaciencia que me inundaba las venas. Deseaba ver muerto a Invierno, deseaba verlo sufrir.

Elise iba a odiarme. Yo no estaba siendo en absoluto justo.

—Invierno. —Me volví hacia él y aparté a Elise de mi pensamiento. Sentí el viento frío del otoño que entraba por la ventana y me azotaba la espalda. Eran vientos del este, que arrastraban consigo olor a mar. Habían cruzado las tierras naceanas. Las tumbas naceanas—. ¿Quieres decirme algo más?

—No. —Elise se volvió hacia mí con la mirada fija en el cuchillo manchado de sangre que yo sostenía en la mano—. No puedes matarlo.

Sorbí las lágrimas. Aquello era el fin, entonces. Un hogar por otro. Elise no iba a llevar una vida agradable, pero viviría. Yo podría vivir soportando que me odiara.

O eso esperaba.

—Lo siento mucho —dije, y ataqué.

Invierno me embistió con su espada. Yo levanté un brazo para parar el golpe y eché el otro atrás para herirlo a él. Elise se interpuso entre nosotros.

—¡Basta! —Me aferró de la muñeca, cuadró los hombros y puso su cuello a la altura de la hoja de su padre. Luego dio un paso atrás y nos obligó a separarnos—. Basta ya.

Ambos nos quedamos inmóviles, pero Invierno no bajó el brazo. Ni siquiera le tembló mientras apuntaba con su espada al cuello de su hija.

—No lo mates. —Me acarició la muñeca con el dedo pulgar, y ello hizo aflorar el recuerdo del calor que experimenté cuando me escribió aquellas palabras en la piel—. Confía en mí.

—Elise... —empezó Invierno, pero ella no le permitió continuar.

—No digas nada. Ni siquiera soporto mirarte. —Se interpuso entre los dos y me dijo—: No lo mates. Es necesario que la gente sepa lo que ha hecho.

—¿Qué? —Mi cuchillo cayó sobre el hombro de Invierno.

Elise se volvió despacio hacia su padre y me dijo:

—Os fallamos a Nacea y a ti, y lo siento, pero él podrá pagar con su vida ante un tribunal. Que todo el mundo sepa lo que ha hecho y sepa que ha estado mal. De ese modo tú lograrás hacer justicia. Confía en mí. Pero si lo matas ahora, nadie sabrá nada y no cambiará nada.

¿Se haría justicia si él no hallara la muerte a manos del último superviviente de Nacea? Lo colgarían. Tenían que colgarlo. Pero Elise estaría enviando a su padre a la horca.

—Es lo que se merece —me dijo con voz suave—. Te lo ruego, hazlo por mí.

Ella no tenía parte en esto. Aquello era justicia, venganza, tenía frente a mí todo aquello por lo que había vivido, el culpable bajo mi cuchillo y su corazón latiendo, a mi disposición. Podía detenerlo para siempre. Podía poner fin a aquello. Y no era más que el principio. Su muerte me daría todo.

Excepto a Elise. Excepto a Maud. Excepto mi nuevo puesto en la corte. Con independencia de lo que hubiera hecho Invierno, jamás me perdonarían que lo hubiera matado. Y Elise jamás me perdonaría que hubiera asesinado a su padre, después de haberme pedido que no lo hiciera.

Nacea por Elise. Un hogar por otro hogar.

Un hogar que Invierno no se merecía. Un señorío

cómodo y acaudalado que no se había ganado y que no debería haber conservado. Lo que merecía era un millar de muertes, que le arrancasen la piel y que sufriera una década de horribles pesadillas llenas de amigos sin rostro, todos reclamando atención. Todos reclamando venganza.

Me desangraron la mañana en que vi morir a mis hermanos y oí cómo asesinaban a mis padres, y en mis venas ya no quedaba otra cosa que la sed de venganza.

Así había sido hasta ahora. Hasta que Elise se me metió bajo la piel como si fuera tinta en un papel y se llevó consigo mi soledad. Iba a poder tener el hogar que me habían arrebatado. Iba a poder ver a Invierno desfilando delante de todos los habitantes de Igna, iba a ver cómo lo ahorcaban. Sería Ópalo, Invierno estaría muerto y Elise no me odiaría.

Tendría a alguien que se preocuparía por mí, justo lo que me había robado Invierno. Podría volver a tenerlo.

Abrí la mano, y el cuchillo cayó con estrépito a mis pies.

—Confío en ti.

Elise se apartó. De repente su padre se abalanzó contra mí, con los brazos extendidos, y me clavó la espada en la herida de mi costado. Retrocedí tambaleante y choqué contra el alféizar de la ventana. Entonces Invierno, sonriendo, me empujó al vacío.

Fui cayendo, cayendo... y en mi mente quedó grabada a fuego la expresión de horror de Elise recortada contra el cielo de la noche.

49

Tenía ceniza en los labios y sangre en las manos, y no había ninguna fuerza de este mundo capaz de limpiarme. El fuego ya iba perdiendo fuerza, las ascuas estaban rojas como el sol naciente, y de pronto se quebró el último tronco. Me estiré hacia delante, todo mi cuerpo eran huesos rotos y heridas suturadas. El calor acariciaba el filo de mi túnica de duelo.

El olor azufrado del cabello chamuscado y el sabor acre del polvo de huesos iban filtrándose por debajo de mi máscara nueva, hasta que cada bocanada de aire me supo a muerte. Nunca había asistido a una incineración: no había habido funerales por Nacea, y para los miembros que causaban baja en la banda de Grell no había dinero. Nunca había probado el sabor de la ceniza.

Al contrario que Elise.

—Odiaba el vino de color tostado —murmuró Esmeralda.

Amatista arrojó al fuego la copa llena de vino tostado. Tenía la máscara cubierta de manchas de hollín.

—Adoraba el vino. Lo que odiaba eran los funerales. Yo vertí mi copa de vino en la camisa destrozada que sostenía en las manos, manchada con la sangre de Rubí, ya seca y oscura como la noche en contraste con el color blanco de la seda, y la arrojé al fuego. Se inflamó en un instante.

Muerto, desaparecido, irrecuperable.

Acto seguido, me remangué la camisa, saqué mi cuchillo y me grabé siete rayas en la cara interior del brazo. Siete personas que habían muerto por mi mano, siete cadáveres que aún quedaban por incinerar, y siete espectros que aullaban dentro de mi cabeza. No fue justicia; fue necesidad.

Sin muerte no había paz, y tampoco había en absoluto justicia. Nada era cierto, nada era real. Yo era aquello en lo que me había convertido Erlend: un asesino al servicio de Nuestra Soberana, y ellos eran aquello en lo que los había convertido la historia. Los lores que reclamaban mi cabeza eran aquello en lo que los había convertido yo tras dar muerte a Cinco.

Fernando.

Se llamaba Fernando. Era igual que yo, y estaba muerto.

Bajé el brazo, y vi que había gotas de sangre alrededor de mis pies. Podría sangrar durante años sin eliminar nunca sus nombres de mi alma. No me merecía otra cosa que el peso de aquellas muertes. Elise se merecía algo mucho mejor.

—¿Cómo se hace para vivir así? —pregunté—. ¿Cómo se hace para seguir viviendo y mirar a los demás a los ojos, cuando todos saben lo que has hecho?

Elise era demasiado comprensiva para mí. Y para las despiadadas tierras de Erlend. Se la comerían viva. La irían destrozando poco a poco, hasta dejarla tan hastiada e insensible como ellos, y ya no se recuperaría nunca. Tal vez Invierno no la mataría, pero sí que podría servirse de ella para satisfacer sus necesidades, y sabían lo que Elise significaba para mí, y eso podría...

Me recorrió un escalofrío. Elise no podía morir, aún no. Tenía mucho por hacer, era mucho lo que se merecía tener. Sería mejor noble de lo que nunca había sido su padre, y pondría patas arriba las tradiciones de Erlend. Haría lo que fuera con tal de impedir una guerra.

Elise había luchado. En la pared perduraban todavía unas marcas que indicaban que su padre la había sacado a rastras, marcas de uñas que se clavaron en la pintura hasta hacer sangre. Yo guardaba muchos recuerdos de ella que eran más agradables —tinta, hielo y flores de azahar—, pero lo único con lo que soñaba actualmente era con su rostro recortado contra un fondo de estrellas. Con sus gritos.

E, incapaz de escapar del eco interminable de su voz gritando mi nombre, me quebré como se quiebran los huesos.

—Con cuidado. Con tristeza. —Amatista terminó de vendarme el brazo al cuerpo, me ayudó a ponerme de pie y me limpió las lágrimas que me resbalaban por el cuello—. Porque es lo que hemos de hacer. Porque quienes nos conocen lo entienden.

—Porque si no hubiéramos sido nosotros, habrían sido otros —dijo Esmeralda al tiempo que relajaba las manos. Sus uñas, antes cobrizas, ahora aparecían pintadas de rojo.

Me sorbí las lágrimas, con un nudo en la garganta, e hice un gesto afirmativo.

Amatista dejó escapar un suspiro. Levantó mi máscara nueva hasta descubrirme el rostro y me limpió el batiburrillo de lágrimas y restos de ceniza.

—Somos la Mano Izquierda de Nuestra Soberana, y nadie más. Tú eres Ópalo. Desempeñamos un trabajo triste que no debería existir, pero este es nuestro mundo, y somos lo que somos.

Y yo era lo que era, aquello en lo que Nacea, Erlend y Nuestra Soberana me habían convertido. Ya no quedaba inocencia en el mundo, ni en mí tampoco, después de todo lo que habíamos hecho. Yo había matado a siete personas, las había borrado de la faz de la Tierra, y aún habría de matar a más. No iba a tener más remedio.

No podía permitir que otra persona, una persona pura, una persona que no se despertaba por la noche con una opresión en el pecho y sin aire en los pulmones, sintiendo que los espectros de sus víctimas le clavaban sus garras en la garganta, supiera la horrible inquietud que me calaba el alma.

Iba a ser Ópalo a partir de aquel momento y hasta la hora de mi muerte, para que nadie más tuviera que serlo. Mataría a los lores cuyo patrimonio se había construido sobre la guerra y el odio, y jamás me vería libre de mi misión; en cambio, el mundo quedaría liberado de ellos.

Amatista volvió a bajarme la máscara y me dio un apretón en el hombro. Acto seguido me obligó a volverme.

Nuestra Soberana nos saludó con un gesto de cabeza.

—¿Te encuentras lo bastante bien como para caminar?

—Por supuesto, Nuestra Soberana. —Me arrodillé, con Amatista a mi derecha y Esmeralda a mi izquierda. Éramos las tres únicas personas que iban a permanecer al lado de Rubí hasta que saliera el sol y su pira funeraria quedara reducida a un montón de cenizas humeantes. La voz de Nuestra Soberana y sus suaves pisadas me habían causado un estremecimiento—. Tenía que despedirme de él.

Los tres días que habían transcurrido desde mi caída y la traición de Invierno se antojaban como tres décadas para mi brazo destrozado y mis costillas fracturadas. Me movía tan despacio que el mundo me adelantaba con cada parpadeo.

—Me alegro de que estés bien. —Recorrió con los dedos los bordes de la máscara de Rubí, manchada de sangre—. Eres nuevo, Ópalo, pero ya conoces las dificultades que afligen a nuestra joven nación y amenazan la paz por la que tantos han dado la vida.

Hice una mueca de dolor, y mi máscara sin expresión tan solo se movió un poco.

—Sí, los criminales de guerra a los que permitisteis permanecer fermentando en la corte finalmente se han alzado contra vos.

Esmeralda cerró una mano en torno a mi brazo. Tragué saliva. Elise había sido secuestrada por Invierno, que se la había llevado a las montañas nevadas del antiguo Erlend para librar una última guerra en la que ella no deseaba tomar parte, y si Nuestra Soberana hubiera hecho siquiera un esfuerzo, Invierno y sus cohortes no continuarían vivos. No habría una Nacea olvidada, no habría lores que amenazasen con desatar el caos y la guerra, y no habría ninguna población civil sufriendo bajo el gobierno de Erlend.

—Sí, así es. —Nuestra Soberana despidió a Esmeralda con un gesto. Hoy no llevaba puesto el guantelete ni el corpiño de metal. Su sencillo vestido gris de luto estaba manchado de hollín y de barro—. Y ya es hora de que sean purgados de nuestras tierras. Vosotros me traeréis sus cabezas.

Esmeralda y Amatista afirmaron. Yo me limité a sostenerle la mirada. Me dolían todos los huesos del cuerpo, y la rabia que sentía estaba borrando el último vestigio de miedo que podía quedarme dentro.

—Esmeralda, di a Nicolás y a Isidora que necesito

hablar con ellos. —Acto seguido, Nuestra Soberana la despidió con un gesto de cabeza y un fruncimiento de cejas, pero sin apartar los ojos de mí—. Amatista, por favor, espera junto a la entrada.

Tal vez hubiera librado a nuestra tierra de la garra opresiva de la magia, pero nos había utilizado a nosotros como sustituto. Bien poco nos diferenciábamos de su sombra: obedecíamos todas sus órdenes, matábamos a quien a ella se le antojaba y le susurrábamos secretos al oído. No había perdido nada, y había ganado un trono.

—Tengo una misión para ti, Ópalo.

—Vuestros deseos son órdenes para mí, Nuestra Soberana. —Ejecuté una reverencia, con la espalda recta y el brazo roto pegado al costado a pesar del dolor.

Ocho sobre diez, sin duda, si a aquellas alturas Rubí no fuera ya cenizas y huesos.

—¿De verdad? —Dio un paso hacia mí con su vestido oscuro y cubierto de cenizas secas. Las inscripciones mágicas que tenía en los párpados se plegaron sobre sí mismas—. Es mucho lo que has perdido, Sallot, y yo...

—Yo antes os amaba. —Me recorrió un escalofrío. Aún tenía muy reciente el recuerdo de las inscripciones mágicas, las sombras, los cuchillos de mesa empleados como un arma, y sacudí la cabeza en un gesto negativo—. Os adoraba. Habría dado la vida por vos. Pensaba que os había enviado la Señora para salvarnos, para sacarnos del caos en el que nos habían sumido la magia y la avaricia, pero sois igual que nosotros. No sois distinta de ellos, manipuláis a las personas como si fueran piezas de ajedrez para conservar vuestro poder.

De improviso me aferró por el cuello de mi camisa y me atrajo hacia ella. Mi máscara cayó al suelo, a nuestros pies.

—No soy en absoluto como ellos. Las decisiones que

tomé, todo aquello a lo que renuncié, lo hice por vosotros, por todos y cada uno de vosotros, y tú no tienes ni idea del coste que supuso. Es posible que tú pagues tu deuda con sangre, pero yo me iré con la mía a la pira. Jamás quedaré libre de lo que hice por este país.

Y yo jamás quedaría libre de lo que su pueblo le había hecho al mío.

Agarré la mano de Nuestra Soberana y le fui soltando los dedos del cuello mi camisa, uno por uno. Tenía menos fuerza que yo, y yo aún tenía la tintura de amapola corriendo por mis venas. Su último acto de magia le había dejado algo más que cicatrices. Se tambaleó.

—Ninguno de nosotros quedará libre. —La solté.

Ella recogió mi máscara del suelo con manos temblorosas y la mirada fija en las rugosidades de su cara interna.

—No podemos permitir que nuestro pueblo sufra otra guerra.

—Vuestro pueblo. —La ayudé a incorporarse—. El mío ya no existe.

—Lord Weylin se ha autoproclamado rey y ha reunido un ejército formado por civiles y aliados de Erlend. Es necesario aplastar su rebelión antes de que se transforme en una guerra, y los ciudadanos que pretende mandar a la guerra sin preparación alguna deben ser liberados. —Me tendió la máscara, de color blanco marfil y carente de expresión—. Y a nuestra Elise se la han llevado en contra de su voluntad. No podemos abandonarla.

La frágil calma que me había provocado mi ira se quebró.

Cogí mi máscara y me oculté el rostro.

—Vos no conseguisteis matar a lord Del Weylin.

El último lord Erlend que se aferraba al pasado. A la tradición.

El origen.

—No, era la última misión encomendada a nuestro anterior Ópalo. Los tres iréis a Erlend. Del Weylin y sus aliados morirán. —Me indicó con un gesto que me volviera, y me ató las cintas de la máscara—. ¿Entendido?

Del Weylin esperaba enfrentarse a asesinos. Esperaba que la Mano Izquierda y Nuestra Soberana intentaran quitarle la vida, pero de aquel modo jamás lograrían su propósito. Él había enviado aquí a Cinco, de modo que ahora conocía todavía mejor las tácticas de la Mano Izquierda. Esmeralda y Amatista fracasarían.

Pero yo era algo más que Ópalo. Era un ladrón y un asesino, me había entrenado a lo largo de una infancia de violencia y miedo, y Del Weylin no estaba preparado para mí. Ninguna muralla y ningún ejército podrían protegerlo.

—Entendido. —Intenté retirarme, pero ella me clavó las uñas en la carne.

—Ópalo, mi Ópalo —me susurró al oído—. Te perdonaré el resentimiento que me has mostrado hoy, pero si vuelves a tratarme así, no saldrás vivo de esta ciudad. —Me soltó—. Ahora ve y mátalos, o muere en el intento.

—Por supuesto, Nuestra Soberana. —Me volví y ejecuté una profunda reverencia. Los nombres que llevaba grabados en el interior de la máscara me quemaban la piel como hierros candentes.

Estrella del Norte. Trampa Mortal. Ribereño. Caldera. Invierno.

Me conocerían. Conocerían Nacea, y jamás volverían a olvidarse de ella en el corto espacio de vida que pensaba concederles antes de acabar con ellos.

Me habían arrancado mi país y mi vida, y yo iba a arrancarles sus cabezas.

Para Sal

La historia de Igna es larga y dividida —por pueblos, por religiones, por lenguas—, y Nuestra Soberana me ha encomendado, a mí y a muchos otros, la tarea de unificarla. He procurado desgranarla a lo largo de una única cronología abreviada que facilite una consulta rápida y un análisis histórico que detalle lo que en mi opinión son sucesos que han configurado nuestra forma de ser. Con el fin de asegurarme de que todo el que necesite esta historia pueda hacer uso de ella, he decidido emplear los términos comunes en vez de los académicos. En el libro propiamente dicho se expandirán las expresiones que más a menudo utilizan los historiadores y se explicarán sus orígenes. Dentro del mismo libro se incluirán tanto la versión en erleniano como la versión en aloniano, con el propósito, así lo espero, de promover un común entendimiento entre lectores de diverso origen.

Erlend y Alona ya no existen, pero la división perdura. Estos diez últimos años han estado plagados de escaramuzas, batallas y guerras de un día entre Nuestra Soberana y lord Gaspar del Weylin, y pocas de ellas tienen relevancia por sí solas si no se toma en *cuenta una visión más amplia. He omitido muchos de esos enfrentamientos en la cronología porque son tan frecuentes como repetitivos, y no tenemos ni el tiempo necesario ni el apremio para enumerarlos todos en esta estrecha franja. Dado que cada vez surgen más ciudades fantasmas y que se han incrementado las incursiones nocturnas de las gentes del norte, en Igna han ido apareciendo diversos rumores favorables y sensacionalistas. Constataré los hechos conocidos y no propondré teorías, dado que dichos sucesos aún están teniendo lugar. Por el momento, lo importante es saber que la lucha entre Igna y Erlend —o algunos dirían que entre Alona y los desplazados de Meredan— todavía continúa.*

ELISE DE FARONE

Primavera 295 RA	Se forma la monarquía de Alona —precursora de Alona— con la Costa Soleada y sus ciudades-estado.
Verano 308 RA	Los refugiados de la Gran Migración-Meredan atraviesan Berengard y reciben tierras al norte de Aren después de que Berengard les deniegue el asilo debido al papel que desempeñaron en la Guerra Susurrada.
Primavera 346 RA	Empieza la Guerra de los Doce Dioses entre Lona y Berengard.

¿Para qué doce dioses? A mí ya me cuesta entender vuestra Tríada

Invierno 354 RA	Finaliza la Guerra de los Doce Dioses con la firma del Tratado de Derechos Religiosos entre los tres Sumos Sacerdotes de Lona y la reina de Berengard.
Invierno 397 RA	Los norteños señores de Aren —Del Weylin, De Seve, De Farone y Del Aer— se retiran del país y forman la nación de Eredan.

Pues claro que sí.

Primavera 398 RA	La última familia noble superviviente de Aren, la De Contes, se rinde a Eredan. Lona le declara la guerra a Eredan tras una serie de refriegas en la frontera, en el este de Nacea.

Invierno 398 RA	*Las Tres Estrellas de Nacea aceptan pagar tributo a Eredan a cambio de protección militar. Nacea pasa a ser un territorio de Eredan.*
Primavera 400 RA	*Finaliza la primera guerra civil con la firma de un tratado entre Eredan y Lona en el que se especifican las condiciones de la rendición.*
Otoño 400 RA	*Se inaugura la Escuela Triplemente Bendecida en la frontera de Eredan y Lona, para promover el civismo entre ambas naciones.*
Verano 405 RA	*Lona pasa a ser Alona después de que la monarquía de Lona quede disuelta, y se elige un Consejo Supremo.*
Verano 435 RA	*Muere la primera víctima de la Peste Cenicienta. Numerosos ciudadanos de Alona se dirigen al norte huyendo de la epidemia. La ciudad de Marea Alta, en Eredan, les permite establecer asentamientos frente a sus puertas. Nacea distribuye hospitales de cuarentena a lo largo de sus fronteras para vigilar a los que van llegando. Mizuho cierra todos sus puertos y hace volver a sus embajadores.*
Invierno 436 RA	*La epidemia se extiende por la bahía de Cristal. Eredan cierra sus fronteras, pero continúa enviando ayuda humanitaria.*

Otoño 438 RA	*La Primera Estrella de Nacea sucumbe a la epidemia de peste. Las ciudades del norte se aíslan para evitar que se extienda más.*
Primavera 439 RA	*Se adopta el sistema de medicina Médico de la Realeza de Berengard después de que el médico Serrat Ansleigh visita Alona durante la Peste Cenicienta y se forma con los Sacerdotes del Cuerpo en la Escuela Triplemente Bendecida.*
Verano 440 RA	*La Tercera Estrella de Nacea envía a diez estudiantes seleccionados a la Escuela Triplemente Bendecida a estudiar medicina y procedimientos de cuarentena.*
Otoño 501 RA	*Durante este siglo de paz, Eredan sufre pequeñas alteraciones lingüísticas (explicadas más pormenorizadamente en los pasajes que tratan de cómo el idioma profundizó las divisiones entre Erlend y Alona) y el nombre «Eredan» empieza a aparecer como «Erlend» en documentos históricos.*
Invierno 502 RA	*Mizuho reabre sus puertos al comercio extranjero.*
Verano 542 RA	*Se activan las fronteras de Berengard a lo largo de la cordillera oriental. Los magos intentan cruzar las fronteras, pero*

	no lo consiguen. Se pierde todo contacto con Berengard.
Primavera 543 RA	*Lord Gaspar del Weylin afirma que el territorio de Marea Alta, situado en el norte de Alona, corresponde a una tierra de Erlend injustamente reclamada.*
Verano 543 RA	*El ejército de Erlend ocupa Marea Alta. Namrantha Brielle, Tercera Estrella de Nacea, deja de pagar los tributos anuales a Erlend como protesta por la ocupación de Marea Alta. La Primera Estrella y la Segunda hacen lo propio. Comienza la segunda guerra civil.*
Otoño 543 RA	*Mizuho denuncia que la invasión de Erlend infringe el tratado que firmaron Erlend y Alona al final de la primera guerra civil, y anuncia su intención de apoyar a Alona.*
Invierno 543 RA	*La ciudad de Bosque de Lex, situada en el sur de Erlend, desaparece de pronto. Erlend exige retribución, pero Alona niega haber tomado parte.*

Nada desaparece de pronto sin un poco de ayuda

Primavera 544 RA	*Lord Mattin del Aer ataca el lago Caldera de Alona afirmando que tenían que «equilibrar la balanza de la justicia tras la masacre cometida en Bosque de Lex». No hay supervivientes.*

Verano 545 RA	*La armada de Mizuho asalta las costas de Erlend, lo que fuerza una retirada de las tierras orientales.*
Otoño 546 RA	*Lord Del Weylin lanza con éxito un ataque contra el ejército aloniano acampado en las montañas Snakespire.*
Otoño 546 RA	*El Mago Supremo Celso de Lex anuncia la creación de sombras mágicas, que serán incorporadas al ejército de Erlend.*
Invierno 546 RA	*Durante la batalla de nueve días librada en Campo de Amapolas, Isidora dal Abreu se convierte, a sus quince años de edad, en la persona más joven que alcanza la categoría de Médico de la Realeza en las tierras situadas al este del mar Seda Azul.*
Primavera 547 RA	*La Sacerdotisa de la Mente Marianna da Ignasi se niega a ceder a sus alumnos para que ejerzan de magos de combate en sus respectivos países de origen. Alona retira la petición. Comienza el asedio de la Escuela Triplemente Bendecida por parte de Erlend.*
Verano 547 RA	*Arleen dal Oretta, último miembro del Consejo Supremo de Alona, es asesinado.*
Otoño 547 RA	*Rodolfo d'Abreu asesina al Mago Supremo Celso de Lex y a sus ayudantes.*

Invierno 547 RA	*El ejército de Erlend pierde el control de las sombras restantes. Las zonas comprendidas entre el Campo de Contes en el oeste y el cabo de la bahía de Cristal en el sur están en cuarentena y se dan por perdidas. Se recuperan solo siete supervivientes después de que el Sacerdote del Alma, Nicolás del Contes, utiliza su capacidad de bilocación al otro lado de la frontera*

¿cuarentena? ¡Y una mierda!

Primavera 0EA	*La Sacerdotisa de la Mente, Marianna da Ignasi, destierra la magia y sus creaciones de Alona y de Erlend. Finaliza la Era de las Inscripciones Mágicas y comienza la Era Vacía.*
Verano 0EA	*Erlend se rinde, y finaliza la guerra civil conforme a las condiciones acordadas en el Tratado de las Últimas Palabras. Lord Del Weylin se niega a capitular y se retira de Erlend.*
Otoño 1EA	*Se forma oficialmente la nación de Igna y se aseguran sus fronteras. Marianna da Ignasi es coronada como Nuestra Soberana de los Pináculos del Este y se selecciona a los integrantes de su Mano Izquierda. Como protesta, los llamados «Luchadores por la*

	Libertad» de lord Del Weylin lanzan una serie de ataques contra la frontera del norte de Igna.
Invierno 2EA	Lord Del Weylin captura la ciudad norteña de Merebrook.
Primavera 3EA	Nuestra Soberana elige a un nuevo Rubí como integrante de su Mano Izquierda.
Verano 3EA	La ciudad de Merebrook es recuperada por las fuerzas de Igna. Lord Del Weylin repliega sus tropas hasta la frontera de sus tierras.
Verano 5EA	Una peste asola el norte de Igna y las tierras situadas más allá. Lord Del Weylin rechaza la ayuda humanitaria.
Primavera 6EA	Nuestra Soberana intenta lanzar una incursión contra las fuerzas de lord Del Weylin, pero halla vacíos los territorios situados más al sur. Se destacan soldados en las ciudades fantasma.
Invierno 7EA	Nuestra Soberana elige a un nuevo Amatista como integrante de su Mano Izquierda.
Verano 10EA	Nuestra Soberana elige a un nuevo Ópalo como integrante de su Mano Izquierda.
Invierno 10EA:	Mueren los últimos traidores de Erlend

Agradecimientos

No hay palabras suficientes para expresar cuán agradecida estoy a las personas que han contribuido a la creación de este libro. Mi prometido Brent sufrió la redacción de los primeros borradores y mis múltiples divagaciones en la construcción de este mundo ya incluso antes de que Sal se llamase Sal, y sin su apoyo y su habilidad especial para hacer café jamás se habría escrito *Máscara de sombras*. Doy las gracias a mi madre y a mi abuela, que fomentaron en mí el amor por la lectura y por la cocina, dos cosas que tan a menudo se superpusieron la una a la otra y me mantuvieron viva mientras escribía.

Mi mentora y mis compañeros a la hora de escribir fueron sumamente valiosos. Jessie Divine fue la mejor mentora que se puede pedir; Kerbie Addis fue una fuente constante de fuerza, conocimientos y juegos de palabras; Carrie DiRisio creyó en la historia de Sal incluso cuando no creía yo misma, y mi dragona favorita, Kara Wolf, fue una de las primeras personas que leyeron la historia de Sal y se enamoraron del personaje.

Doy las gracias también a los increíbles lectores que ayudaron a que no me equivocara con este libro y a que resultara lo más entretenido posible. No sé cómo agradecéroslo.

Gracias a Brenda Drake por la creación de Pitch Wars y por haberme presentado al grupo Pitch Wars 2014, en el que conocí a muchos escritores y amigos que han logrado que estos tres últimos años hayan sido espectaculares.

Como es natural, nada de esto habría sido posible sin mi increíble agente Rachel Brooks, de la agencia L. Perkins. Ella creyó en Sal y en mí desde el principio, y trabajar con ella ha sido una de las mejores partes de la publicación de este libro.

Annie Berger, muchas gracias por tomar el librito sobre asesinos que yo había escrito y transformarlo en una novela de verdad. Todavía recuerdo cuando me llamaste para decirme que querías trabajar en *Máscara de sombras*, y jamás olvidaré ese momento. Gracias a Elizabeth Boyer, Katy Lynch, Alex Yeadon, Stefani Sloma, Heather Moore y al equipo entero de Sourcebooks, por todo el trabajo que habéis invertido en este libro.

Y en especial quiero dar las gracias a Nicole Komasinski y al increíble departamento artístico que diseñó la portada. Es más bonita de lo que yo podía haber soñado nunca.

Nada de esto habría sido posible si no hubiera sido por las decenas y decenas de personas que aportaron algo a *Máscara de sombras* en cada paso de su creación, y estoy eternamente agradecida a todas ellas.